不安な演奏

松本清張

文藝春秋

目次

不安な演奏

1

雑誌編集者の宮脇平助《みやわきへいすけ》は、誰にも教えない自分の巣を三軒持っている。浅草《あさくさ》に一軒、池袋《いけぶくろ》に一軒、新宿《しんじゅく》に一軒。どれも安バーであった。

彼は芸能欄の担当である。仕事の上で映画人とのつき合いが多い。酒もかなり飲むし、遊びも好きだった。三十二歳で、こういう仕事をしていると、世の中が面白くてたまらない。

彼はつき合いでいろいろキャバレーやバーに入ることはあるが、この三つの巣にだけは絶対に誰も連れて行かなかった。ここは彼にとって何の気がねもなしに大きな顔をして愉《たの》しめる場所だった。

第一、自腹となれば、酒は安いのに限る。女の子もちょっと誘う気にもならないような連中ばかりだから、思わぬ費用がかかることもない。

映画担当だから、切符は自由になるし、それを女の子に二、三枚もくれてやれば、大もてだ。彼がスター達の裏話のあれこれを真偽とりまぜて話してやると、店の女は、瞳を輝かして聞き入っている。

宮脇平助は、一見、無造作な恰好はしているが、実は眼に見えぬところに彼の服装のお洒落があった。洋服にしても、ワイシャツにしても、飛びきり高いのだ。

彼は奇妙な蒐集品をいろいろ持っているが、その中で友人に所望されるのが、怪しげな写真であった。これは街頭で密売しているようなチャチなものではなく、いずれも見事な出来である。どこで手に入れるのかと友だちにしつこく訊かれても、彼はニヤニヤ笑うだけだった。顔の広いことが彼の自慢である。

ところが、最近、彼の蒐集品が変わって、もっぱらレコードになった。

レコードといっても、近ごろ流行《はやり》のソノシートだから、ポケットに忍ばせるのにまことに便利だ。こいつを、酒の酔いにまかせて、バーのステレオにちょっと掛けてみる。むろん、ほかに客のいない閑散《ひま》なときだ。

ステレオから発する迫真的な場面には、バーのマダムや女給なども思わず熱っぽい眼つきで聞き入ってしまう。しかし、彼は同じ店で一度も同じものをやったことがない。必ず内容が変わっていた。

むろん、友だちにも聞かせてやる。不思議なのは、どうしてそんなものを彼が次々と手に入れているかだ。ネタを明かせと迫られても、彼はこれだけは絶対に拒否していた。

宮脇平助は憎めない男で、いつも大言壮語しているが、どこか飄々《ひょうひょう》とした味があって、皆から愛されている。彼は編集部の女の子にもすぐに、

「おい、見せてやろうか」

と懐ろから例の写真入りの封筒を出しかけたり、

「聞かせてやろうか」

とポケットから円いソノシートの一部をのぞかせたりする。女の子は叫びを上げて逃げる。そのくせ、彼は彼女たちに人気があった。

宮脇平助の最大の希望は、映画評論家になることだった。そのために、勉強だと思ってあらゆる映画を見尽している。仕事のうえで試写を見たり、顔で入場したりするから、金はかからない。

彼の家はかなりの資産家だった。そこで、給料は独りで使ってしまって平気だった。社用以外にバーを派手に回るのも、ときどき、女の子としけ込むのも、給料を生活費に取られる苦労がないからだった。

ミヤさんみたいな身分になりたいというのが、その雑誌社にいる社員たちの羨望であった。

ところで、例のソノシートのことだが、近ごろ、宮脇平助は、だんだん、その「曲目」がつまらなくなってきた。どれを聞いても、大体、同じようなものである。

はじめのころは、彼も、その原版が温泉旅館の部屋に忍び込ませてあるテープレコーダーから移植されるものだと信じていた。バーに来る売込人がそう宣伝したという。

ついでだが、この売人《ばいにん》も、決して宮脇平助の眼に触れたことがない。販売者は商品を特約したバーに置き、そのバーのマダムが気心の知れた客にこっそりと頒布《はんぷ》するのである。

元はそういうことはなかった。大がかりに製造して、専門の販売人も使っていた。ところが、三、四度も大きな手入れがあって、すっかりその根を枯らされてしまってから、販売方法も一方通行で、彼らの意志で店に来るときだけが取引だった。それ以外、彼らに注文する手段がないのだ。

その種のソノシートがつまらなくなった理由は、聞いていてどうも演出されているらしいことだ。似たり寄ったりの筋から考えて、脚本もあるような気がする。これは、エロ本が、大同小異のストーリーで書いてあるのと同じである。

そう気づくと、宮脇平助は一ぺんに興ざめになった。真実の姿を録音してこそ、はじめてリアルになるのだが、芝居だと思って聞いているとバカバカしくなってくる。どんなに技巧を凝らしても、作りごとだと甚《はなは》だ索然となる。

彼はそのルートのバーに行って、ママに話した。

「おい。こんど例の売人が来たら、言っとけよ」

カウンターの上に横着そうに肱《ひじ》を突いて言った。

「なんだい、ありゃア。みんな芝居じゃねえか。こちとらは、ホンモノかと思って、高い銭を払ってるんだぜ。少しはまともなものを寄こせと言えよ」

ママはちらりと眼を上げたが笑っていた。

「そりゃ、ミヤさん、無理よ」

「なんだい、ママ、知ってたのかい？」

「ええ。わざと黙っててあげたのよ。でないと、あんたがせっかく聞いても、感情が起こらないでしょ？」

「ふむ」

宮脇平助はむくれた。

「ママ。おまえ、同類だったのかい？」

「失礼ね。そんなんじゃないわよ。ただ、あたしはね、うすうす事情を知ってるから、そう言ったまでよ。ミヤさんが気づかなかったら、まだ黙ってたわ」

宮脇平助は、ふと気づいた。

「なあ、ママ。ソノシートは二通りあるんじゃないか？」

「二通りですって？」

「つまり、一つは、今までぼくが騙《だま》されていた声の芝居さ。もう一つは、これこそ正真正銘の録音さ。録音のほうは、声が不鮮明で効果がうすいから、自然と売れなくなったんだろうが、それでも構わない。そういうやつはないかね？」

痩《や》せて骨ばったママはうす笑いした。

「そんなのありっこないじゃないの。でも、ミヤさん、さすがに察しがいいわね」

「おい、何だい?」

「本当よ。あんたの言う通り、はじめは、旅館で取ったものをソノシートにプレスしていたんだわ。でも、ほら、録音の場所と対手《あいて》の位置とは、いつもおんなしじゃないでしょ。なにしろ、対手は生きものですからね。巧く声が取れないの。大事なところが消えちゃったり、かすれちゃったりして、せっかく取っても、聞いてるほうは何が何だか分からなくなるのが多いの。これが不評判になったものだから、それよりも芝居のほうをやってみると、こいつはうんとうけたのよ。なにしろ溜息も、声も、音も、はっきりしてるからね。それに、はじめからちゃんと脚本が書いてあるから、一枚のレコードに首尾一貫して収まるってわけね。ホンモノは、途中で切れたりして、かえってつまらないものになっちゃうのよ」

宮脇平助は、顔を撫《な》で回して、コップに口を付けた。

「しかし、ぼくらは、そっちのホンモノのほうがいいな。たとえ声が消えても、かすれても、やっぱり記録だからな。どんな巧い作りごとでも、ドキュメンタリーには及ばないからな」

「そう? でも、わけが分からないじゃつまんないでしょ?」

「いや、いいんだ。あとはこっちの想像で補うよ。そんなやつないかね?」

「さあね。多分駄目だと思うわ。今はこればかりよ」

「そうかい。こんなものばっかり聞いていると、たまにはホンモノが聞きたいな。ママ、なんとかもう一度そっちのほうを当たってくれないか」

「そうね。そりゃ言ってもいいけれど」

ママは気乗りうすだったが、

「ね、ミヤさん」

と、くるりと顔を宮脇平助の前に持って来て、小さい声になった。

「あんた、それほど熱心なら、旅館でテープを取ってもらったらどう？」

「へえ、そんなこと出来るのかい？」

「頼めば、出来ないことはないでしょ。でも、お金、高いわよ」

「高くてもいいが……第一、おれには、そんなコネのある旅館なんかないよ」

「あんたがその気なら」

ママは煙草を口に咥《くわ》えて烟《けむり》を吐いた。

「あたしの妹に話してもいいわ」

「え、ママの妹、旅館をやってるのか？」

「ううん、そうじゃないわ。湯島《ゆしま》のほうでね、或る旅館の女中頭をしてるの。よくアベックが来るというわ。あたしが頼んであげましょう」

「そりゃいい」

宮脇平助は掌《て》でカウンターを叩いた。

「頼む。妹さんに頼んでくれ」


宮脇平助に「記録もの」が入って来たのは、それから一カ月ほど経ってからだった。

ただしこれはテープである。

「妹は、いやだいやだと言ってたけど、結局、なんとかしてくれたわ」

ママは最初のテープを渡すときに平助に言った。

「すまん、すまん」

彼は相好《そうごう》を崩《くず》した。

「お礼はどのくらいしたらいいかね?」

「そうね」

ママは割り切っている。カウンターの上に指で数字を書いた。ちょっと高かったが、彼は気前よく支払った。

「これ、君、聞いたかい?」

彼は真四角な函《はこ》に入っているテープの一巻を見て訊いた。

「聞くもんですか。そんなの、興味ないわ。第一、ここには人が始終いるし、自宅《うち》にはテープレコーダーもないから、聞きたくてもダメよ」

「そうか。じゃ、ぼくが封切というところだな」

彼はそれをポケットに入れ、いそいそとして帰った。

宮脇平助はまだ独身だった。これまで、何度か結婚の話があったが、彼に三年ばかり同棲した女があった過去を知ると、たちまち破談となった。

女とも早く別れ、縁談のほうも足踏みしているので、独りでのうのうと暮らしていた。

宮脇平助は、茶色のテープをテープレコーダーにかけた。

なるほど、今まで聞いたソノシートと違って、声は不鮮明だった。それに、取りっ放しで編集も何もしてないから、冗慢なところが多い。余計な部分も入っている。例えば、男女の話にしても、会社の同僚のことや、自分の家庭のことや、共通の友人の噂などが出てくる。く、くくくと忍び笑いが入っているところだけが、普通の会話と違う。

それはそれで当人たちの環境が知れて面白いのだが、なにしろ、肝心のところがちっとも取れていない。録音は、いい加減なところでスイッチが入るのだろうから、こういう結果になるのはやむを得ない。しかし、これでは売れないにちがいない。

しかし、平助は一応満足した。今までの声の芝居に飽き飽きしていたところだから、かえってその不鮮明さに迫真力を覚えた。

宮脇平助が例の巣に行って、次々と注文したのはもちろんのことである。

彼はそのテープが十数巻集まったら、望みのところだけを切って繋ぎ合わせ、編集するつもりでいた。一本にまとめるには、どうしてもあと数本を要する。

「ずいぶん、熱心なのね」

ママは笑っていた。

「妹も怕《こわ》がっているわ。もし、分かったら大変ですからね」

「大丈夫だよ。絶対におれの口は堅いからな。妹さんに、あとをよろしく頼んでくれ」

「そりゃいいけど」

「ところで、例の商売もののほうはどうだい？　やっぱりやって来るかね？」

「相変わらずだわ」

「一体、どこで製造してるんだろうな？」

「そんなこと、分かりっこないわ。売りに来ても、とても慎重なの」

どうせ、大仕掛な商売ではあるまい。表向きは普通の商店で、その地下室か何かにスタジオをこしらえているのかもしれない。

「よく、警察に知れないで済むものだね？」

「ええ。あれくらい用心してれば、ちょっと分からないでしょう」

宮脇平助はその場所が分かれば探してみたいような気持ちにもなった。

ここに持って来るぶんは、向こうの一方的なお仕着せである。これが直接交渉となると、彼の気に入るような、もっと面白いものがあるかもしれない。だが、こちらから先方に連絡する線は遮断されているのだ。

そのテープが六本目ぐらいになったころ、平助がそのバーに行くと、ママは声を潜めて言った。

「ねえ、ミヤさん。あんた、変わったものが欲しいと言ってたわね」

「ああ、言ったよ。何かあったかい？」

「あのね。うちの妹のとこにね、ときどき、男同士で来る客がいるというわ。どう、そんなの？」

「そりゃ、おもしろいな。クロクロだね」

宮脇平助は、額を指先ではじいた。

2

それから一カ月近く経ってからだった。

宮脇平助が、或る映画会社の大作完成記念パーティの戻りに、銀座を二、三軒回り、最後にその店に寄ったときだった。

「あら、ミヤさん。ママが待ってたわよ」

女給の一人が言った。

「へぇ」

彼はぴんと来た。

「ど、どこにいる？」

「いま、お客さんを送って、そこまで行ったわ。すぐ戻ると言ってたから」

間もなく、戸口にいた店の女が、お帰んなさい、と声を揚げた。

「ミヤさん。ママがお帰りですよ」

宮脇平助は振り返った。ママが彼の肩を叩いた。

「いらっしゃい」

「おい。どこで浮気してたんだい？」

「何を言ってんのよ。あんたのために、例のモノをちゃんと貰いに行ってたのよ」

「すごい」

ママは手に四角な新聞包みを持っている。

「はい」

ママは、宮脇平助の膝に、その包みを押しつけるように置いた。

「家に帰って、とっくりとお聞きなさいね」

宮脇平助は包みを推し戴くようにした。

「ママ」

彼は首を伸ばして、低声《こごえ》で訊いた。

「これ、いくつくらいの年齢の取り合わせだい?」

「さあ知らないわ、聞いてないから」

ママは眩《まぶ》しそうな眼つきをした。

宮脇平助は、そのテープを大事に持ち帰った。

彼だけが両親のいる母屋《おもや》と離れて住んでいる太平楽な身分だった。どんなにおそく帰ろうと、文句を言う者はいない。ときどき、母親が顔をしかめるが、そこは編集者としての生活の特権で、どうにでも言訳がつく。

彼はさっそくテープレコーダーを持ち出した。今まで集めた秘密テープにはちょっと飽いている。さて、このテープからどんな声が聞こえるか、彼はわくわくした。今まで一度も耳に経験したことのないものだ。

彼は茶色のテープのはしを入念にリールに掛けて、スイッチを入れた。テープは滑らかに片方のリールに捲き取られてゆく。

男と男の色模様なのだ。一体、どんな会話が出て来るか。どのような物音がするだろうか。年齢《とし》は聞いていないが、どうせ、一人はゲイボーイみたいな若い男で、一人は中年の変態男にちがいない。

そんな趣味をもった男の話を聞いていないでもなかったが、話だけでは具体的に分からない。いろいろ遊んできたが、それだけは宮脇平助に経験がなかった。

彼は耳を澄ました。テープは、録音された瞬間の軽い衝撃音を立てた。座敷のまん中に坐って、彼は早くも顔に脂《あぶら》を浮かべ、聞き耳を立てた。ザー、ザーザーという音がつづく。

何やら人間の声が聞こえているようだが、はっきり分からなかった。どうも録音の具合が悪い。

摩擦音はやがて止んで、今度は、襖《ふすま》や障子をガタピシと閉めているような音がした。女中でも入って来ているのかと思った。

ドスーンと音がした。それは人間が畳に坐った音だと分かった。

《君》

太い声だ。はじめて入った人の声だ。宮脇平助は唾を呑んだ。

《大丈夫だ。外が壁になって、内側は二重の襖になっている》

《そうか。じゃ、ちょうど、都合がいい》

——いよいよ始まるのか、と思った。

《しかし、うまいところを択《えら》んだものだね》

《こういう家が一番いい。なにしろ、ここはアベック専門だからな。防音装置もよく出

来ている》
《ちょっと分からないな》
《ところで、時間がないから、早いとこ話をしよう。こないだ、おやじさんに会ったよ》
《何か言っていたか?》
《例のを早く始末するように言っていた》
《そりゃさんざん考えているところなんだが》
《おやじもそれを知っている。しかし、なにぶん、ことは急を要する》
宮脇平助は、おや、と思った。どうも会話の調子がおかしい。さぞ、濃厚な言葉が出るかと思ったら、これは、また、ひどく事務的な話だ。
しかし、いきなり例の場面になるわけもあるまい。まず、こんなところから幕があくのだろう、と思ってつづきを聞いていた。
《そこでだ。今日は何とか君と決めて、おやじさんに報告しなきゃいかんがね》
《それは、この前から相談しているんだが、いい結論が得られないんだよ。何度も話し合って、お互い次までに考えて会おうということになっているが、何度、思案してもおんなじことだ。それとも君のほうに名案が出来たかい?》
《名案というほどでもないが、多少の考えは浮かんだ。なにしろ、消すのはやさしいが、

問題は跡始末だ。モノをどうするかということだな》
声は押えたように低くなった。それが録音にははっきりと聞き取れる。
宮脇平助はどきんとなった。
まるで思いもよらない話の内容である。彼の期待は、急に別なものに転換した。テープは静かに一定のリズムで捲き取られてゆく。
《たいていの場合、モノから足がつくからな》
《そうだ。それで考えてるんだ。消す方法は、こりゃ何とでもなる。そんなことはやさしいが、問題はあとのことだ。君の腹案というのは、どういうんだ？》
また、ザーザーという音が聞こえた。声が途切《とぎ》れて、咳払いが入った。
テープは言葉をしばらく聞かせないままに流れている。
《……はどうだろう？》
前の語が聞こえなかった。何かかすれたようになっている。
《うむ》
対手はそれきり黙っている。シュッと音がした。マッチを擦って、煙草をつけたらしい。
《それもいいな》
と、しばらくしてその声が出た。

ところで、宮脇平助は、二人の声の調子で大体の年齢に見当をつけた。いいな、と最後に言った声は、わりと若い。言葉のはしばしに変になげやりな所がある。対手の方はちょっとダミ声だ。明らかにこちらのほうが年上だった。だが、二人の話の調子は、対等の友だちづき合いである。

《な、いいだろう》

と、そのダミ声のほうが言った。

《それでなかったら、もう一つ場所がある》

《どこだね?》

そこで急に声はまた低くなった。何か擦れ合うような音だけが高い。

宮脇平助は耳を澄ましたが、言葉がよく聞き取れなかった。が、ふいにその声が元の調子に戻った。

《しかし、そりゃすぐ判るだろう》

と、若いほうの声が言った。

《なにしろ、夏場は海水浴場だからな》

《なに、大丈夫だ。人が集まるのは夏場のことで、今ごろの寒い時期には、誰もあんなところに来やしない。砂浜の中に埋めてしまえば、たとえ夏に発見されても、そのときは分からなくなっているよ》

宮脇平助はひとりで眼をむいた。

《第一、運ぶのに便利でいい。あの辺はドライブの車が多いから、車で運ぶ方は人目につかない》

《しかしな、茅ヶ崎《ちがさき》ではあんまり有名すぎる》

宮脇平助は心臓が鳴った。茅ヶ崎という地名が出た。

つづいて、テープはダミ声を出した。

《これは、ぼくの思いつきだが、もう一つの案がある。それは、甲府《こうふ》まで持って行くのだ。あれから山に入って埋めてしまえば、ちょっと判るまい。深い山林だと、めったに人も寄りつかないからな》

《そうだな》

若い声はあまり乗り気でないようだった。

《甲府から山に持って行くのが大変だよ。その途中で見つけられたら、万事、おしまいだ》

《そんなことを言ってるが、ほかに何か案があるかい?》

《柏崎《かしわざき》はどうだろう?》

《柏崎?》

《あすこの近くの鯨波《くじらなみ》というところに旅館がある。それは海岸に突き出た丘の上に建ってるがね。その丘の近くの岩の下が洞窟になってる。こいつは、満潮時になると、水が洞窟の上まで来る。干潮時には潮が引いて、道から砂浜伝いに洞窟まで行けるんだ》
《なるほどな》
咳払いした。この音は異様に大きい。
《だからさ、モノを洞窟の中に置いておくんだ。すると、満潮になって、潮が洞窟の中のモノを攫《さら》って沖に運ぶだろう。沖に行けば、しめたものだ。あの辺の潮流は、佐渡《さど》と本土との間を流れている。だから、佐渡のほうに行くか、もっと山形県側のほうに行くかは知らないが、とにかく、現場からずっと離れたところに漂着するはずだ。舟を沖合に出すと目につくからな》
《そりゃ面白いな。現場が判らないところが一番いい……おやっ、ちょっと待て》
《なんだ？》
《どうもおかしいぞ》
話は急に止んだ。起ち上がる気配が音になって流れる。襖を開けたり閉めたりする音が入る。どうやら、部屋の外を警戒しているようだった。
ザー、ザーザーと雑音が入って来る。
しかし、録音の部分は、それきりで、テープは、あと半分を残してぷつりと音を消した。

宮脇平助は呆然とした。これは一体何の話だ。

明らかに殺人計画の打ち合わせではないか。

しかも、消すのはたやすいが、そのあとの始末がむずかしい、と言っている。相談は、死体をどう始末するかの検討だ。モノと言っているのは死体のことだろうか。

宮脇平助は、いま聞いた会話が現実のこととは思えなかった。しかし、考えてみると、こんな芝居はないし、第一、どのような会話か、あのママの妹という女もこのことを予想しないで仕掛けたテープだった。男二人で温泉マークに入って来たので同性愛だと思い込んで仕掛けたのだ。

今の内容を聞いてみると、迫真性がある。雑音といい、話の切れ具合といい、とても芝居とは思われない。

えらいものを聞かされたというのが宮脇平助の感想だった。彼はもう一度テープを捲き戻して、最初から聞き直した。こんどはゆっくりと、一語一語、気をつけて聞いた。その間に挟まっている雑音にも、対手方の動作を想像した。

聞き終わってから、やはり殺人計画だと確信をもった。なるほど、こういう相談をするには、つれ込み宿がいちばんいいのかもしれない。うまいところに眼を着けたものだ。これだと、誰にも怪しまれずにゆっくりと相談ができる。部屋は密室になっているし、防音も完璧だ。

それにしても、殺される対手は誰だろう。そしてこの二人の素姓は何だろう。どうやら、話の様子では、まだ、殺される運命にある男は生命を保っているようだ。

いやいや、それはこのテープが録音されたときのことで、テープを聞いている現在、すでに、その人物の運命がどうなっているか判らない。宮脇平助は、テープを三度かけ直した。聞けば聞くほど、内容を「殺人事件」と断定した。

——これから自分はどうしたらいいか。

宮脇平助は思案した。

しかし、このまま捨ててはおけない。といって、自分ひとりで乗り出すには少しばかり手にあまる。彼は、このテープを警察に持って行くことも考えぬではなかった。しかし、警察とは事件が起こってからのち、初めて捜査活動するところだ。

それも、このテープの内容が殺人計画とはっきり判っていれば格別だが、これには具体性がない。「モノ」とか「消す」とかいう言葉でそれらしく推定されるが、一体、消される人物は誰なのか、殺すほうの側はどのような人間か、まるきり手がかりはないのだ。

それにこれを警察にもち出すのはちょっと惜しいような気もする。自分ひとりが秘密を知っているというひそかな愉しみを、当分、持ちつづけたいのだ。

テープの声の主は、年齢も人相もまるっきり判っていない。宮脇平助は、まず、マダムの妹というのに逢う必要を感じた。

　翌晩、宮脇平助は、宵の口から例のバーに行った。

　むろん、客はまだ一人も来ていない。女の子たちは遊んでいた。

　カウンターに肘を突くと、ママが顔を出した。

「よう。こないだは有難う」

「どうだった？　聞いた結果を報告してよ」

　マダムの眼が笑っている。

　宮脇平助は女の子を追い払い、カウンターから上体を乗り出させてママの耳に長い顔を寄せた。

「それがね……あれは、どうも失敗だったよ」

「あら、よく取れてないの？」

　バーテンが顔を出した。

「ミヤさん、今晩は」

「よう、君、ちょっと悪いが、内緒話の途中だ」

「はいはい」

　バーテンは、すぐ潜《くぐ》り戸に背を曲げて奥に消えた。

「そうじゃないんだ。わくわくして聞いてみたらね、全然違うんだよ」

「あら」

「そこで、ちょっと、ママに頼みがある。君の妹さんの勤めてるところを教えてくれないか？」

「どうするの？」

「そのテープのことで、ちょっと、妹さんに逢ってみたいんだ。いや、べつに迷惑をかけるようなことじゃない。少しばかり訊きたいことがあるんだ」

いつになく宮脇平助の顔が真面目《まじめ》なので、マダムも本気になった。

「なんだか知らないけど、変ねえ。あのテープの内容が違ってたの？」

「ううん、そうじゃない、正真正銘のクロクロだったよ……いや、説明すると、ちょっと厄介だ。いずれ、あとで詳しく話す。とにかく、頼むよ。そのために、今日、息せき切って駆けつけて来たんだ」

「道理で早いと思ったわ」

いつもカンバン間際になって現われる宮脇平助が、今夜に限って宵の口から顔を出したので、マダムもようやく彼が真剣なのを覚ったらしい。

ママが渋りながらも妹のところに電話したのは、ただ常連への好意からだけではない。宮脇平助という人物が気に入っていたからでもあった。ママは送受器を手で囲って、ひそひそと話していたが、やがて、それを置いて、宮脇平助を見上げた。

「ご苦労さん。どうだった？」

宮脇平助は、ママの手が電話から離れるのを待ちかねて訊いた。

「妹は、お会いすると言ってたわよ。ちょっとだけならね」

「有難い。早速、これから行くよ。どこだい？」

マダムは、カウンターの内側から伝票を取り出し、その裏に鉛筆で住所を書いた。

「はい」

「おフミさんというんだね、君の妹さんの名は？」

「そうよ。そういう名前で呼び出してもらえば、すぐに出て来るわ」

「分かった、分かった。どうも有難う」

宮脇平助は、バーを走り出た。


「あの、お部屋は、あいにく今、塞《ふさ》がっておりますが」

女中は、背の高い、瘦《や》せた客に言った。

「いや、お客さんとは違うんだ」

宮脇平助は手を振った。

「ここに、おフミさんという人がいるだろう？」

「はい、いらっしゃいます」

女中は背の高い男を見上げた。

「悪いが、ちょっと、ここに呼んでもらえないか」

「あなたさまは？」

「いま、新宿のバーから連絡があって来た者だ、と言ってくれたら分かる」

「はいはい」

女中は植込みの樹の陰に隠れた。

両手をポケットに突っ込んで立っていると、アベックの客が彼の前を通りかかったが、そこに人相の悪い男が立っているので、ぎょっとなって、一瞬たじろいだ。それからアベックは怖れるように速足で逃げ去った。

宮脇平助がニヤリとして長い顎に伸びた髭を爪で抜いていると、庭石を踏む下駄の音が聞こえて来た。石の陰にあるうすい雪洞《ぼんぼり》の明りは、三十二、三くらいの、肥った女を浮かび上がらせた。

「こっちですよ」

宮脇平助は、暗いところから手招きした。

「いらっしゃいまし」

女は彼の影に腰を屈《かが》めた。

「あなたがおフミさんですか。ぼくは宮脇という者です」

彼は小声で言った。

「はい。いま、新宿のほうから電話がありました。いつも、姉がお世話になっています。まあ、こんなところでは話ができませんから、どうぞ、こちらへいらして下さい」

女は、宮脇平助を案内して、ちょうど建物の横手に当たるほうへ伴《つ》れて行った。そこに小さい小屋があった。

「こんな家《うち》ですから、お話をするのにも、こういう場所しかありませんのよ」

そこはボイラー室だった。

「おじさん、悪いけど、ちょっと外してくれない？」

フミはここの女中頭だ。老人のボイラー焚きは素直に出て行った。

「まあ、お掛け下さい」

二畳ばかりの汚ない畳が敷いてある。宮脇平助は、その上がり框《かまち》に腰を下ろした。フミもその横にかけた。

「こないだは、ご無理なお願いをしてすみませんでした」

宮脇平助は笑いながら頭を下げた。

「いいえ、どういたしまして」

フミも照れ臭そうに笑った。

「馴れないことなので、苦労しましたよ。ちょうど、お望みの一組が入りましたのでね。あわてて隠しマイクを或る場所に仕掛けたんですが、うまく取れてましたか」

「おフミさんは再生を聞かなかったんですか?」

「はい。わたしは、なにしろ、そういう趣味がありませんのでね。いいえ、高尚ぶってるわけじゃありませんが、こういうところに働いていると、面白いという気持ちになれないんですよ」

「そうでしょうな。そりゃ分かります」

宮脇平助は、それでこの女があの録音を聞いていないことを知った。

「いかがでした、あれは?」

「ええ、有難う。とても素敵でしたよ」

「あら、そう。だったら、わたしも聞けばよかったわね」

「いや、そのことだがね。その録音の声の主というのを、おフミさんも見たでしょう?」

「ええ。そのお客さんなら、わたしも帳場に坐って、窓越しに見ましたわ」

「それは何日かおぼえていますか?」

「四日前ですから、三月十七日ですわ」

「三月十七日ね」

宮脇平助は頭の中に刻みこんだ。

「では、年齢から訊きましょう。二人の年ごろは、いくつぐらいでしたか？」

「そうですね、一人は年配の方でしたわ。あれで四十四、五ぐらいでしょうか。一人はまだ若くて、二十七、八ぐらいでしたわ」

それは宮脇平助の推定とぴったりだった。

「はあ、なるほど。で、年配の男の人相はどうでした？」

「人相とおっしゃっても、よく憶えていません。それほどじろじろ見たわけじゃありませんから。なんでしたら、ここに、係の女中を呼びましょうか」

「そりゃ有難いな。ぜひ、お願いします」

宮脇平助はその旅館を出た。

女中頭と係の女中の話とを総合すると、大体、次のような要点になった。

男は二人づれで、女中頭の言ったように、ひとりは四十四、五歳、ひとりは二十七、八歳ぐらいである。年配のほうは、でっぷりと肥えている。青年は痩せて顔色も青白かった。

すべて二人は対照的だった。この取り合わせが、女中頭のフミに、ははんときて、早速姉から頼まれた録音を仕掛けたというのである。二人の男は、それほど上等の服装はしていなかった。肥えたほうも、痩せたほうも背広だったが、一見、サラリーマンのように見えて、実はそうでないことが読みとれた。若い方のシャツは原色に近かった。

こういう家《うち》に働いている女中は、客を見るカンは案外鋭い。その女中の話によると、二人とも毎日几帳面な勤めに出ているような律儀《りちぎ》な生活ではなく、ちょっと崩れたようなくらしをしている人のように踏んだという。

二人は部屋に入ると、係女中にすぐチップをやった。こんなところも旅館には馴れている人間だと判った。

(二時間ばかり休憩するからね)

肥った男がひとりで女中に口をきいていた。若いほうは蒼白い顔をして、少しうつむいていたという。

(どうだね、お隣にもお客さんが入っているかい?)

男はそんなことを訊いた。隣室は空いているというと、

(それは都合がいい)

とうれしそうに言っていた。

それから、隣の部屋との間の壁は、厳重に仕切ってあるだろうな、などと訊いたり、構造を確かめるように部屋を見回していたという。

係女中は、たいそう用心深い客だと思った。もちろん、こういう宿はアベックが圧倒

的だが、それとは違い、やはり男同士というのはどこか異常に神経を使うものだと、妙なところで女中は感心したという。

「人相は、どんなふうだったかね?」

宮脇平助は係女中に訊いた。

「さあ、それがよく憶えていないんですよ。肥った人も痩せた人も、そういう印象だけで、はっきりと思い出せません。ただ若い方は小柄で、どことなく、のっぺりしたような顔がいやでしたが。ぼんやりとわかっているようで、案外わからないもんですね」

「何か特徴はなかったかね。たとえばさ、顔にほくろがあるとか、眉が太いとか、口が大きいとか……」

「さあ」

係女中は、ひとりで首をひねっていた。

「どうも、はっきりおぼえていませんね」

困ったように言った。

「案外、お客さんの顔はおぼえていないもんですよ」

女中頭のフミが、横からとりなすように言った。

「そうかな」

大事な点が摑めないので、宮脇平助は弱った。

「では、君、その人がここにもう一度きたら顔の区別ができるかい？」

質問をこう変えた。

「ええ、それはわかります」

係女中はうなずいた。

「今度ここにいらしたら、気をつけて見ておきます」

「ぜひ、頼む」

「一度お見えになったお客さんは、あとからも続いておいでになることが多うございますから」

しかし、その二人は多分ここにはこないかも知れない、と思ったが念のために、

「そうだ、その同じ人物がまた来たとき、すぐに新宿のママさんに電話してくれませんか。ママさんからぼくに連絡するようにしておきます」

「でも、姉さんは、夜しか店にいませんわ。あのお客さんがまた昼間きたら、どうします？」

「ああ、そうか。じゃ、悪いけど、おフミさんがぼくのほうに直接連絡してくれない？」

宮脇平助はポケットから名刺を抜いて彼女に渡した。

「あら、雑誌社の方なのね？」

きらりと眼を光らせた。

「いや、雑誌社だが、決して書きゃしませんよ。そんなんじゃない」

宮脇平助はあわてて手を振った。

「うちに迷惑のかかるようなことだったらご免こうむりますわ」

フミは、俄かに警戒的になった。

「そんな意味ではないといったら。さっきも言ったように、ぼく個人の用事だから。決して迷惑をかけたりしないし、書きもしませんよ」

宮脇平助は懸命に弁解した。

3

宮脇平助は、翌日出社するとあらゆる新聞の綴じ込みを自分の机の上に集めた。

例のテープの吹き込みは、フミの話によると、三月十七日だったという。それから五日経っている。

話の内容では、殺人計画は相当長いようだ。とても、四、五日のうちに実行されるとは思えない。

しかし、楽観的な予想はできない。各紙の綴じ込みを集めて、三月十七日以降の社会面を詳細にめくったのは、誰かが急に失踪したとか、行方不明になったとかいう記事を発見するためだった。

彼は、どのような雑報でも丹念に拾っていった。

「よう宮サン。えらく熱を入れているが、何だい?」

彼の背中からのぞきこんで行く同僚もいた。

「いや、ちょっと、探しものがあってね」

平助は余計な口をきかなかった。

新聞は東京で発行されるものが六紙だった。それを丁寧に読んでいったが、どれにも、これはと思われる記事はなかった。

してみると、殺人はまだ実行されていないようだ。

宮脇平助は、ちょっと安堵を覚えたが、同時に、どこかもの足りなさも感じた。人殺しを期待するのは悪いことだが、やはり当て外れの思いだった。

彼はテープの声が、殺人を相談していたことを疑っていない。「消す」とか「モノ」とかいう言葉は、前後の話から判断して、どうしても殺人でなければならぬ。

ところで、一体、「消される」対手というのはどのような人物であろうか。テープの相談は、消すことよりも、あとの始末、つまり、死体の処置を研究しているらしい。狙われているのは、男だろうか、女だろうか。

まず、女とすれば、痴情関係が考えられる。しかし、どうやら、殺人者の側が人数が多いようだ。それに、テープの二つの声は、しきりとオヤジという言葉を吐いている。オヤジなる人物が、どのような人間かわからないが、どうやら、その二人の親分格と考えていいようだ。文字どおり、父親の意味ではあるまい。

が、いずれにしろ、これは多人数の共同謀議である。それなら、予定されている被害者は女性でなく、男と考えた方が、この場合、自然のようだ。

男だとすると、如何《いか》なる原因で彼は殺されるのであろうか。

あの旅館の女中頭のフミも、係女中も、声の人物の風采を述べている。その二人は年《と》齢《し》こそ違っていたが、どちらも、堅気には見えないところがある、と言っていた。客商売に馴れている旅館の女中の眼だから、まず、間違いはあるまい。

すると、殺害者は、普通の生活をしている人間でなく、多少、遊び人的な人間かも知れない。

宮脇平助は、さらにこれを検討してみる。

――そのような旅館を密談の場所に択んだことは、その二人がいつも同じところで生活していないことを推測させそうだ。

もし組織があって、いつも相談のできるような仕組みになっていたら、何もわざわざ、温泉マークの旅館を、密談場所に択ぶことはないのだ。つまり、そのような場所を択ばなければならないほど、彼らは、密談の場に困っていたということにもなろう。

宮脇平助は、ひとまず、これだけの見当をつけたが、さて、これからどうしたものか。旅館の女中は、あの二人がまた来るようなことがあったら、すぐに電話で連絡すると約束したが、これは、あまり期待が持てない。彼の予感では、彼らは、もう二度と、その旅館には姿を現わさないような気がする。

なぜかというと、一度だけならそうでもないが、二度も男同士で来るというのは、そういう特殊な旅館だけに、目立つに違いない。それは、彼らの最も恐れるところであろう。

残された手段は一つだ。

それは、テープに取った声には、茅ヶ崎の海岸、甲府の山、新潟県の柏崎の洞窟、と、この三つの地名が出ている。

もっとも、この三つの地点のうち、どれにしようかというのが、彼らの相談であり、また、必ずしもどれに決定したというのではない。一番、彼らが気乗りがしているらしいのは、柏崎の洞窟だが、テープは途中で切れているから、それに最終的に決まったかどうかは分からない。

宮脇平助は、そのテープの声に出た地点に一応行ってみることを考えた。

といって、新潟県の柏崎くんだりまで、やたらと出かけるわけにはいかない。また、甲府といっても、どの山だか見当がつかない。甲府は四囲が山だらけの盆地だ。気軽に考えられるのは、結局、茅ヶ崎の海岸だった。

しかし、話の内容からは、この海岸がもっとも可能性がうすいように思われる。けれども、こういうことは、あとでどう話が変わるか分からないものだ。さし当たっての方法がないとすると、一応、茅ヶ崎の海岸に行ってみることであろう。

思い立ったら、すぐに行動に移すのが、宮脇平助の性分だった。

彼は机の上に「執筆家回り」と書いた紙片を置いて、外出の支度をした。こう書いておけば、どこに行こうと、はたの者に文句をつけられる心配はない。

しかも、行く先が不明なのだから、いちばん便利な口実だった。

昼すぎに出たのだから、茅ヶ崎に着いたのが午後三時ごろだった。

夏場になると、この辺一帯が芋《いも》の子を洗うような海水浴場になるのだが、今は砂浜に子供が一人か二人遊んでいるだけだった。

見渡すと、陸のほうに枝の曲がった松林が無限につづいている。海の色はまだ寒く、砂浜は茶褐色の寂しい色をしていた。むろん、人ひとりとして歩いていない。渚《なぎさ》に白い波がわびしく打ち寄せているだけだった。

宮脇平助は、道路から浜に下りた。潮の香が鼻に漂って来る。懐しい匂いだ。

彼は誰もいない砂浜を歩いた。靴の中に砂がこぼれて入る。早春の風は頬に冷たかった。

――さて、死体を埋めたとすると、どの辺であろうか？

なるほど、こういう場所だったら、夜中に死体を運んで来て埋めたとしても、容易には見つかるまい。夏が来て、海水浴場となったとき、はじめて誰かに埋没死体が発見されるということになるのだ。しかし、少なくとも、それまでには三カ月以上の余裕がある。

宮脇平助は歩きながら、砂浜の上に眼をむけた。

ふと見ると、松林の中に人影が動いていた。宮脇平助は眼を据えた。

が、これは近在の女が二人、籠を背負って、枯松葉を集めているのだった。向こうでもこちらを見ている。こんな寒い季節に、物好きな人もあるものだ、と思って眺めているらしい。

どこまで行っても変化のない海岸だ。死体を埋めたとすれば、必ず、掘り返された砂の跡がなければならない。しかし、見渡したところ、浜はまるで鏝《こて》を当てたように平らで、渚の濡れた砂地がガラスのように光っていた。

足もとに蟹《かに》が匍《は》っていた。

ふと見ると、前方に砂の乱れが発見される。宮脇平助は眼を光らせた。思わず胸が鳴った。彼は大股で歩いた。

その現場に近づくと、たしかに、平らな砂がそこだけ掻き乱されている。しかし、仔細に見ると、乱れた砂の上には、自転車のタイヤの跡があった。宮脇平助はがっかりした。子供が自転車の稽古をした跡らしい。砂が掘られているように見えるのは、転んだ跡らしく、浅く掻かれている。違っていた。

彼はそこに腰を下ろした。大体、あんなテープを頼りに、こんなところにのこのこ来るのが間違っている。そう都合よく問屋は卸さない、と彼は思い返した。

半分は、こういう結果になるだろうとは思っていたが、現実に何の収穫もないとなると、やはり落胆しないわけにはゆかなかった。わざわざ、東京からここまでやって来たことである。彼は、仕方がない、今日は半日ピクニックにでも来たつもりで諦めようと思い、しばらく腰を据えて落ちつくことにした。

空の雲はもう、夕陽の色を映しはじめている。

彼の眼には、いつか幻影が起きた。……一日中、島陰に停まっている漁船。島から島を繋ぐように走る巡航船。ポンポンポンポンという音まで聞こえそうだった。故郷の風景である。

殺人事件の探査という妙な用事で来ていながら、彼がいつのまにか少年時代の甘い追憶に耽《ふけ》っていると、一つの小さな人影が海辺を歩いているのが見えた。

その肥った体格から、宮脇平助は、鎌倉に住んでいる久間隆一郎《くまりゅういちろう》という映画監督を思い出した。

これから東京に引き返しても、どうせ仕事にはならない。久間監督にはここのところしばらく会っていないので、ついでに彼の家へ寄ってみることを思い立った。

宮脇平助は、いま、久間隆一郎監督が仕事を休んでいることを知っていた。彼の頭の中には、あらゆる映画会社の製作予定が記憶されている。毎日、映画関係者、殊に宣伝部の連中と会うのが彼の仕事なので、いつのまにかそんな事情に詳しくなっている。

「いらっしゃい」

鎌倉の八幡さまの裏手にある久間監督の家を訪れると、奥さんが玄関に出て来て、笑いながら彼を迎えた。

「あら、ミヤさん。久しぶりですわね」

「ご無沙汰してます」

彼は行儀よくお辞儀をした。

「先生はいらっしゃいますか?」

「はい、いますよ。どうぞ、お上がりになって」

「いいんですか? いま、お仕事の最中ではないんですか?」

久間隆一郎は、監督もするが、脚本も書く。撮影の仕事はなくても、家ではシナリオの執筆があったりする。

「いいえ。いまは何もやっていませんのよ。怠け者ですから」

宮脇平助は狭い応接間に通った。この家に来るのもしばらくぶりだった。主人の趣味で、応接間には汚ならしい壺や土器が並べられている。ロケハンなどして地方に行ったとき、古道具屋から手当たり次第、考古学者みたいにこんな物を集めて来るのが趣味だった。

「やあ、しばらく」

久間隆一郎が入ってきた。二十貫はゆうにある肥った身体を、宮脇平助の前の椅子に沈ませた。

「ご無沙汰してます。お元気そうですね」

宮脇平助は挨拶した。

久間隆一郎といえば、監督のなかでも、現在、ベテラン級だった。宣伝文句によれば、彼はいつも「巨匠」になっている。これまで数々の評判作を作って来たが、おもに女性の心理を尖鋭に描き出すことで評判だった。

「お仕事の予定は、どうなんですか?」

「去年〝奢れる衣裳〟をアゲてからずっと、何もしないでいる。若い人のために、シナリオを一本書く約束をしているがね。なんや怠け癖がついちゃって、そのままになっている」

監督は肥っているせいか汗かきだ。応接間のガスストーブの温《ぬく》もりで、額にうすい汗が光っている。家の中にいても、派手な格子縞のシャツとズボンだけだった。腹が突き出ている。身体は太いが、久間隆一郎の言葉には関西訛りがあってやさしい。

奥さんがウィスキーなどを運んで来た。

「ゴルフなどはどうですか？　毎日やってらっしゃるんでしょう」

「ああ。ほかに仕様がないからね。いや、退屈だよ」

退屈なら仕事をすればいいように思うが、なかなか気乗りがしないらしい。巨匠ともなると、めったな作品は作れないのかもしれない。

「今日は何だい？」

久間監督は訊いた。

「やっぱり映画人の家庭訪問かい？」

鎌倉には映画人が相当住んでいる。宮脇平助も仕事で取材に回っているものと思ってるらしい。

「いや、そうじゃありません。今日は茅ヶ崎の海岸に行って来たんです」

「茅ヶ崎？　いま時分、妙なところに行ったね」

「いい気持ちでしたよ。久しぶりに海の香を吸って来ました」

「へえ、君も案外詩人なんだね。今ごろあんなところに行っても、何もないだろう?」

「寂しいものです」

「何で行ったんだね? まさか、潮の香を嗅ぎに、東京からわざわざ来たのじゃあるまい」

「ええ、少し心当たりがありましてね」

ここまで言って、宮脇平助は、あのテープのことを、つい、話してみる気持ちになった。

彼は、この問題が自分ひとりの手に負えないことを知っている。誰かに相談したいと思っているのだが、こればかりは対手を択ばなければならないので、ちょっと困っているところだった。

それに、こういうことをいつまでも自分の胸の中へ蔵《しま》ってはおけない。自分だけで独占したい気持ちも強かったが、同時に、誰かに話してしまいたい誘惑も動いていた。

これを話して聞かせたら、対手はどんなにびっくりするだろう。その顔つきも見てやりたい。同時に、胸の中に蔵っているこの秘密を吐き出して、できれば話相手になってもらいたい。どうも、ひとりでこういうモノを背負っているのに、そろそろ胸が閊《つか》えて来たところである。

それと、久間監督を前にして、つい、その気持ちが動いたのは、久間隆一郎があらゆる面に好奇心が強く、詮索的な性分の持主だったことだ。彼の作品にもその傾向が顕われている。一つのものと取り組むと、久間監督はあらゆる調査に手間を惜しまない。作品を大事にするという気持ちからであったが、もともと、久間隆一郎には、ものを調べるという興味が強いのである。

宮脇平助は決心した。

「実はですな、ぼくがこの寒空に、季節外れの茅ヶ崎の海岸に立ったのは、実に不思議なことからですよ」

「なんだか、思わせぶりな言い方だね」

久間隆一郎は、宮脇平助の人間性を知っているので、早くも唇にうすら笑いを泛《うか》べた。

「いいえ、本当です。久間さんだから、しゃべっちゃおうかな。ぼくは絶対に誰にも黙ってるつもりでしたが……」

次の日、宮脇平助は、また東京から鎌倉へ行った。

昨日、例のことを話したら、久間隆一郎監督はひどく乗り気だった。急《せ》きこむときの彼の癖で言葉を吃《ども》らせ、ぜひ、早いとこ聞かせてくれと言うのだ。

三時ごろという約束なので、その時間に行くと、久間監督は、座敷で酒の用意をして待っていた。見ると、ちゃんとテープレコーダーも座敷に持ち出されてある。

「やあ、ご苦労さん」

久間監督は、坐ったまま、肥った身体を重そうに動かした。

「さっきから待っていたよ。まあ、一杯飲み給え」

監督は、コップにオールドパーを注ぎ、自分で器から氷塊を移して水で割ってくれた。

「すみませんね」

「いやいや、こっちこそ。忙しいところを悪いと思っている。早速だが、ミヤさん、これに掛けて聞かせてもらおうか」

「はあ、やってみます」

宮脇平助は、持って来た四角い函を開けた。茶色のテープがまるい形で納まっている。

「ほほう、それだね」

久間監督は上から見下ろした。

「ぼくが掛けてみよう」

「いや、いいです。あなたは、そこでじっとしててください」

再生のスイッチを入れると、リールが回り出す。テープは快く伸びはじめた。

「さあ、始まりますよ」

宮脇平助は、机の前に戻り、自分も一緒に期待する眼になってコップを上げた。

真向かいの久間監督は坐り直して両肱を机に突き、機械のほうへ耳を傾けるような恰好をした。
テープの音が出た。ザー、ザーザーという音が続く。人間の声も聞こえているようだが、摩擦音が激しい。
「君。よく取れてないね」
監督は、宮脇平助の顔を見た。
「もう、じきですよ」
宮脇平助が答えた途端に、ドスーンという音がした。
《君》
これは、テープが初めて発した声だ。監督の顔が緊張する。
《大丈夫だ。外が壁になって、内側は二重の襖になっている》
《そうか。じゃ、ちょうど、都合がいい》
《しかし、うまいところを択んだものだね》
《こういう家が一番いい。なにしろ、ここはアベック専門だからな。防音装置もよく出来ている》
——会話はテープの流れに従って進行した。
久間監督は、もう、額に汗を浮かべて聞き入っている。眼鏡が曇るのか、急いでそれをはずして、ハンカチで拭った。その動作の間でも、聞き耳だけは立てている。

《……何度、思案してもおんなじことだ。それとも君のほうに名案が出来たかい？》

《名案というほどでもないが、多少の考えは浮かんだ。なにしろ、消すのはやさしいが、問題は跡始末だ。モノをどうするかということだな》

監督は、テープの声がこの辺になると、微動だにしなかった。眼は天井の一端を見つめている。

ようやく会話の全部が切れたときは、監督は大きな溜息をついて肩を落とした。思わず力が入っていたらしい。

「これまでですよ。残念ながら、あとの録音は取れていません」

宮脇平助は言った。

「どうです？　ぼくの感想と同じでしょう」

「うむ」

久間監督は唸っていたが、

「君。悪いが、もう一度、はじめから聞かしてくれないか」

と要求した。ひと通り聞いたあと、今度は話の内容を分析して判断にかかるらしい。

「分かりました」

宮脇平助は、テープを捲き戻し、ふたたびスイッチを入れた。

見ると、監督はメモを出して、鉛筆を構えている。

テープが再び会話の部分に入ると、監督はときどき気がついた点を簡単に走り書きしていた。

今度は、眼を天井に向けたり、機械を見つめたり、うつむいたり、監督の様子は前よりも変化があった。

テープの会話の時間は、三分四十秒くらいであろう。

しかし、ずいぶん長いように思われるのは、聞いている方が緊張しているからに違いない。

ことに茅ヶ崎の海岸とか、甲府の山中とか、洞窟のある柏崎の海岸とかいう言葉の箇所は、久間監督が最も眼を光らして聞いたところだ。

「もう一度、掛けますか？」

宮脇平助は訊いた。

「いや、あとでいい」

監督はひと息といったところで、煙草を出して火を点けた。

「なるほどね」

吐息と共に烟《けむり》を吐いて、

「こりゃ、君、大変なもんだね」

と宮脇平助の顔をうち眺めた。

「でしょう?」

宮脇平助は、多少、得意そうだった。実際、監督の顔には、彼が予期した以上の感動がみえて、鼻の両脇が脂汗で光っていた。

久間隆一郎は、その後も二回、テープを掛け直して入念に聞いた。

「君、これで面白いのは、柏崎の近くにある洞窟という言葉だ。ここで、干潮時に死体を入れて、満潮になって潮に攫《さら》われると、潮流の関係で佐渡のほうへ流れる、と言っているな」

監督はしばらく考えていたが、手帳を書斎から持って来ると、最初に付いている七曜表に眼をさらした。

「久間さん。ほんとに甲府か柏崎かの現地にいらっしゃるんですか?」

宮脇平助は眼をみはった。なるほど、久間監督は噂に違《たが》わず好奇心が強い。

4

宮脇平助が雑誌に載せる映画スチールを見ていると、前にいる同僚が電話をとって聞

いていたが、

「おい、ミヤさん。君だ」

と渡してくれた。

「もしもし、ぼく、宮脇です」

「あら、先日は失礼しました。わたしはフミ子です」

「……」

「あの、××荘のフミ子ですけれど」

「ああ、おフミさんか」

フミ子などと気取って言うので分からなかった。

「こないだは失礼」

フミの声は急いでいた。

「あの、ちょっと、お目にかかりたいのですが、いま、お時間がありますか？」

「ええ、都合はつきますよ。なんですか？」

「実は、例の二人が、昨夜《ゆうべ》、来たんです」

「えっ、昨夜というと七日の晩ですね。また来たんですか？」

まさかと思ったが、再びやって来たというのだ。

宮脇平助は胸が鳴った。

今度もフミは録音を取ってくれているだろうか。

「そいつは有難い。で、例のやつは、ちゃんと仕掛けてくれたでしょうね?」

すると、フミの返事が鈍《にぶ》った。

「それがね、駄目だったんですよ」

「うまく取れなかったの?」

「いいえ、はじめから装置をしなかったんですよ……詳しいことは、お目にかかって言いますわ。わたしはそちらのほうに出られないので、どこか、近所でお逢いしたいのです」

「分かりました。すぐ行きます。どこか、落ちあう場所の目じるしがありますか?」

「旅館から駅へ二百メートルばかり離れたところに、小さな喫茶店があります。そこだけしか喫茶店はありませんから、すぐ分かります」

「じゃ、すぐ、ここを出ます」

宮脇平助は受話器を置くなり、机の上にひろげていた映画スチールを大摑《おおづか》みに寄せて、抽斗《ひきだし》の中に抛《ほう》り込むとザラ紙に「都内取材」と走り書きを残した。

「おい、いまからデイトかい?」

前の席の男の冷やかしは背中に聞いた。

指定された喫茶店は、あの旅館に行く途中の坂道にあった。貧弱な店だ。中も暗い。

宮脇平助が見回すと、片隅に一組の客が坐っていたが、女のほうが起ち上がった。

「宮脇さん。ここですよ」

フミがにこにこ笑っていた。

このとき、宮脇平助はフミの横に坐っている男を素早く一瞥《いちべつ》した。

その男はぞんざいな恰好をしていたが、二十七、八歳くらいの色の黒い、無精髭の生えた、垢抜けのしない顔だった。

「電話を有難う」

宮脇平助がフミの前に坐ると、対手の男は彼に目礼を送った。

「この人は」

フミがその男を紹介した。

「うちの旅館に出入りしている運転手さんです」

「実は、ハンカチタクシーの運転手ですよ」

その男は自分のことを言った。

「××荘さんには、いつもお世話になっています」

事情を聞くと、あの旅館に来る客を、いつも前で待機していて、白ナンバーの車で送りつけているという。

「名前は、中西《なかにし》といいます。よろしく」

「中西さんは、とても正直な人ですわ」

フミが言った。

「始終、うちで頼んでいるのですが、料金もぼらないし、あくどいこともしない、良心的なハンカチです」

中西はフケを散らして頭を掻いた。

「お電話した通り、昨夜《ゆうべ》、こないだの二人が来ましたよ」

フミは話し出した。

宮脇平助は、フミがこの運転手をここに伴れて来た理由が分かった。その二人を車に乗せて送って行ったのが中西に違いない。

「意外でしたね。ぼくはまた、二度と現われないかと思っていましたよ」

「ええ、わたしもそう思ってましたわ。ですから、帳場にいて、あの二人づれが部屋に通ったのを見たときは、びっくりしました」

「そうでしょうね。で、例の録音は取れなかったんですか？」

「前回は、お部屋が空《あ》くまで、あの二人に待ってもらったのです。それで、楽々とマイクを取り付ける暇がありましたが、今度はあいにくと、すうっと、そのまま部屋に通ったので、どう仕様もありませんでしたわ」

「それは残念だったな」

「ごめんなさい。うまくゆかなくて」

フミは謝《あやま》った。

「フミさんから、行先を突きとめるようにと頼まれたんですよ」

中西が口を挟んだ。

「中西さんから」

とフミが言った。

「そのあとの話を聞いたんですけれど、こういうことは、本人から直接お聞きになったほうがいいと思って、今日、伴れてきたんです」

「それは、どうも有難う」

宮脇平助は両人《ふたり》に頭を下げた。

「で、君は、その二人をどこまで送ったんですか?」

「二人は、方角が別々でした」

中西は説明した。

「ここを出てから、年配の男が、秋葉原《あきはばら》の駅までやってくれ、と言うので、そこまで行きました。そして、その男は駅前で降りたのです」

「ちょっと待って」

宮脇平助は止めた。

「君は、車の中で、二人の話を聞いたでしょう。何か言ってましたか？」

「わたしも、フミさんから頼まれたので、それとなく、運転しながら聞き耳を立てていたんです。ところが、べつにこれという話はしませんでした。やっぱり、運転手を用心しているんですね。ずいぶん暖かくなったとか、明日は雨かもしれないとか、そんな取り止めのないことを話していました」

「分かりました。続けて下さい」

「四十五、六くらいの男は、国電の秋葉原のほうに歩いていったようでした。残っていた若い蒼白い顔の男は、これから新宿に出てくれ、と言うんです」

「新宿にね？」

「それも用心深く、新宿の西口でほかのタクシーに乗りかえました。ぼくはあとをつけました。なに向こうは気がつきませんよ。まさかと思いますからね。そのままタクシーは甲州街道に出ました。そうです。甲州街道といっても、ずいぶん遠方でしたよ。ほとんど府中《ふちゅう》に近いところです」

「府中に？　そりゃ遠い」

「わたしも、まさかあんな遠くまで行くとは思いませんでした。なにしろ、甲州街道をすごいスピードで、どんどんつっ走るのですから」

若い男は府中のほうへ向かったという。もう一人の年配の男は国電の秋葉原で降りたという。宮脇平助は考えた。

なるほど、それで両人の出遇いの場所をフミの旅館に択んだ理由が分からないでもない。

つまり、湯島という場所が二人の住んでいる位置の中央部に当たるのではなかろうか。

「君。年配の男は秋葉原で降りたというが、電車に乗ったのだろうか？　それとも、タクシーに乗り換えたのだろうかな？」

「そうですね、そこんところはよく分かりません。なにしろ、そのまま車を回したもんですから」

駅の前に降りたからといって、必ずしも国電を利用したとは考えられない。駅前にも、タクシーが駐車しているからだ。

だが、二人の出遇いにあの旅館が最も便利な場所だとすると、年配の男は下町のほう、それも本所《ほんじょ》か亀戸《かめいど》、あるいは、ずっと離れて千葉県の市川《いちかわ》方面にでも住んでいるのかもしれない。

とにかく、いまは府中のほうへ行った青年のことを追及しなければならない。

「府中は、どの辺でその男はタクシーを降りたのかね？」

「府中までは行かないんです。そうですな、調布《ちょうふ》のちょっと手前あたりでしょう。わたしは、あの辺にはあまり行ったことがないので、不案内です。甲州街道といっても、あの辺になると、すっかり田舎町ですね」

「で、君は、その男がタクシーを降りてからも、あとから尾《つ》けて行ったのかね?」

「ええ。タクシーが引き返したので、わたしは、その男の降りたところに車を停めて、ライトを消し、心当たりのところを探しました。ご承知のように、甲州街道は一本道ですから、あの男がその道をまっすぐに歩いていれば、うしろ姿が分かるはずです。それが無いのは、街道から横に岐《わか》れた路を入ったに違いありません。この岐れ路は、幾つもありますがね。いろいろと歩いてみましたが、結局、姿が分かりませんでした。なにしろ真暗ですから」

「そうか。ご苦労だったな。しかし、その男がその近所に住んでることは間違いないだろうね?」

「間違いないと思います。岐れ路というのは、少しはいれば、家が無くなって、畠に出ます。なにしろ、街灯も無いところなので、ぜんぜん、追跡が利きません」

「君は、今でもそこに行けば、例の若い男が降りた場所が判るかね?」

「そりゃ判ります。そのつもりで目標を憶えて来ましたから」

宮脇平助は時計を見た。まだ午後三時だった。

「君。いま、忙しいですか?」

「いいえ、昼間は遊んでいますよ」

「それなら都合がいい。これから車を出してくれませんか」

「そこへいらっしゃるんですか？」

中西は、宮脇平助の気の早さに愕《おどろ》いたようだった。

「じゃ、ここで待ってて下さい。すぐ車をもって来ます」

運転手は起ち上がった。

「大変なことになりましたね」

フミが横から笑った。

「何とか見当がつくかも分かりませんよ。いや、どうもご苦労さまでした」

「じゃ、わたしはこれで……」

「何かあったら、また報らせて下さいね」

フミと中西とは喫茶店を出て行った。

宮脇平助は、車の来る間、煙草を吸って待っているつもりだったが、ふと思い出したのは、久間監督のことだ。もし、久間が撮影所にでも来ていれば、一緒に誘ってみる気になった。撮影所はそれほど寄り道ではない。

喫茶店の電話を借りた。

「企画部へ願います」

交換手に言うと、企画部の知っている声が出た。

「久間監督は、さっき来ていたが、なんでも、地方に旅行するとか言ってたよ」

「地方に？　どこだろう？」

「はっきりとは判らないが、なんでも、新潟県の柏崎のほうへ行くとか言ってたそうだよ」

「柏崎？」

宮脇平助はおどろいた。

テープを持って鎌倉に行ってから半月になるが、それでは久間監督は忘れていなかったのだ。ひまができると早速とび出したものと思える。

宮脇平助が電話を切ると同時くらいに、喫茶店の表に車が着いた。

中西運転手が入口から覗いた。

「旦那。支度ができました」

車は、それでもシボレーの五五年型だった。手入れがいいとみえて、かなり見栄えがする。

「なかなか上等だね」

宮脇平助はお愛想を言った。

「えへへへ」

と中西運転手は笑い、ハンドルを握った。

車は新宿へ出て甲州街道へ入った。この街道も、近ごろはやけに車が混んでいる。

しかし、高井戸《たかいど》のあたりを過ぎると、家並もすっかり田舎じみてくる。旧い家がそのままに残ったりしていて、昔の街道筋の面影《おもかげ》があった。それもやがて切れると、雑木林や田圃が多くなってくる。畑と家並とが断続的につづく。

もう、かなり走っていた。

「君。大丈夫かい?」

宮脇平助はうしろから念を押した。

「大丈夫です。夜でしたが、大体の見当はついています」

出発してから、もう、一時間近くかかっていた。

「そうそう、ここにガソリンスタンドがありましたっけ」

二股に岐《わか》れているところで中西は言った。

「この先に、たしか、高いところに灯がともっていました」

運転手は、夜の景色と昼の景色とでは戸惑《とまど》うらしい。

しばらく行くと、中西の言う高いところに灯があったというのが分かった。それは火の見櫓《やぐら》だった。

「あ、ここです。その先に信号がありましたっけ」

運転手は宮脇平助を安心させるように、記憶していることを呟いた。

その辺はちょっとした町の恰好をしていて、両方に家が長く伸びている。店も多少あったが、どれも間口が狭い。瓦も、軒も、埃で白くなっていた。

「旦那。確かにここです」

中西運転手は、その前から徐行させていた車をここで停めた。そこは、小さな路が両方に岐れている四つ角だった。左側が昨夜の青年の入った路らしいと中西は言う。

「男が立っていたのは、あの辺です」

と運転手は電柱の傍《そば》を指さした。

「あそこで降りたんですから、確かにこの道だと思います。行ってみましょうか?」

「そうしよう」

車をそこに停めて、二人は角が雑貨屋になっている横を入った。

その狭い路の両側も家並が続いている。表に赤い旗を立てている煙草屋があるのも田舎風だった。農具を売る店、駄菓子屋、呉服屋みたいなのが間に挟まっている。

だが、その家並もしばらく行くと切れて、一面の田圃を見渡す場所になった。眼の前に緑色の京王電車が走って過ぎた。

二人はここに来るまで、それとなく両側の建物を覗くようにして歩いたが、どの家もひっそりと睡《ねむ》ったようになっていて、人の影もあまり見えない。

こんなところでは、夜間は何も分からないに違いなかった。

宮脇平助の感じでは、その男がこんな場所に住んでいるとは思えない。どの家を見ても、昔から地着きの人間の住居だった。

「ほかに路地があるかね?」

「はあ、これから少し歩くと、この路に並行して、もう二つぐらいあります。わたしも、昨夜は、そこまで入って見たんですが」

だが、その二つの狭い路も、家並の具合といい、同じようなものだった。

出遇う人間といえば、元からここに住んでいる田舎者らしい風采の人ばかりだった。

宮脇平助はがっかりした。もっとも、昨夜の話を聞いて、今日にもあの男の手がかりが摑めるとは思っていない。だが、それにしてもこの界隈《かいわい》のひなびた印象は、あまりにも例の男のイメージとかけ離れていた。

寺の前に出た。

かたちばかりの山門がある。小さな本堂前の広場では、子供が遊んでいた。小高いところに墓場があるが、その崖のすぐ下を京王線が通っていた。

そのとき、山門から、十八、九ばかりの若い坊さんが白い着物を着て出て来た。傍に、この近所の者らしい老婆が何やら話しながら肩をならべていた。

「和尚さんが留守なら、仕方がない。あなたが今晩お経を上げて下さるか」

老婆は路のところで立ち止まって坊さんに言った。

「ええ、そうします。そのくらいのお経でしたら、わたしにも勤まります」

「そんなら頼みますよ」

天気がよくて、けだるいような暖かさだった。春の午後の退屈な会話だ。そんな話声まで宮脇平助の耳に懶《もの》う く入って来た。

二人は置いた車のほうに引き返した。徒労を味わったあとの、だるい足どりだった。

5

久間隆一郎は、六時に眼が醒めた。

カーテンの隙間から覗くと、夜が明けたばかりの雪のなかを列車は走っている。どの辺だろうかと、しばらく見つめていたが、雪の平原の向こうに白い山が見える。そのかたちで妙高山《みようこうさん》と分かった。四、五年前、この辺でロケをした憶えがある。

それからちょっと睡れなくなって、寝台のなかで本を読んでいた。震動が背中に快く響く。

この辺から各駅停車になっているので、列車は小刻みに停まった。

久間隆一郎は、宮脇平助からあのテープを聴かされてからすぐにも出かけたくなったが、さしあたり、しなくてはならない仕事があり、おそくなった。それにしても酔狂に遠くまで来たものだと、自分で思った。

映画監督という商売は、撮影に入ると物凄く忙しいし、重労働だが、仕事の合間はまるで遊びだった。毎日、することもなしにぶらぶらとしている。それに、普通のサラリーマンよりは多少とも収入が多いから、つい、こんな余計なことまでしてみたくなってしまう。

高田《たかだ》駅に近づくと、隣や上段の乗客が支度をしはじめる。この汽車は直江津《なおえつ》止まりで、すぐあとに新潟行のディーゼル車が連絡することになっているが、久間は直江津から自動車《くるま》で行くことに決めていた。

この線も汽車では何度か通っているが、まだ海岸を車で走ったことがない。今度が丁度いい機会だった。

テープレコーダーで聞いた「鯨波の洞窟」という言葉で、つい、誘われてここに来た。しかし、まるで根拠のないことではなかった。柏崎の西のほうには米山《よねやま》の裾が海岸になだれ込んで、そこだけはジグザグの断崖地帯となっている。案内書などには、「福浦《ふくうら》海岸」という名勝地になっているほどだ。

その洞窟はまだ見たことがないが、なるほど、地形上そういう場所もあるように考えられる。あのテープの声によると、洞窟は海に落ちた崖の下に造られ、満干のたびに海水が浸入したり引いたりするという。

もとより、その一言を手がかりに、すぐに犯行が発見できるとは思っていない。第一、殺人事件が発生しているのかどうか、まだ分からないのだ。いわば、これはロケハンみたいなものだった。もし、あのテープのいうような場所があれば、それを確認するだけでも、と思っている。

久間隆一郎は、直江津駅の前でハイヤーを頼み、行く先を鯨波と命じた。

直江津からの海岸道はひどく悪い。運転手にそれを言うと、新潟県は海水浸蝕がひどいために護岸工事費に金を食われ、道路まで手が回らないのだ、と答えた。車の窓から見ていると、しばらくは褐色の砂だらけの景色である。丘も家も砂の上にあった。

日本海の蒼い色が憂鬱な砂の色と対照的に冴えていた。まだ四月の初旬で、この辺は早春といってもいいが、どんよりとした霞が沖にかかって、佐渡ヶ島《さどがしま》はその奥にかくれている。右側の窓にみえる米山は裾まで雪を被《かぶ》っていた。道は峠にかかり、海を左に見ながら断崖沿いに走る。民家はまだ雪囲いが取れていなかった。

久間隆一郎は、米山峠を車で通るのは初めてだった。汽車で通過するよりも、絶えず高い位置で眺めるので、車のほうが風景はずっとよかった。映画の場面として使いたくなるようなところも幾つかある。道には滅多に人が歩いていない。

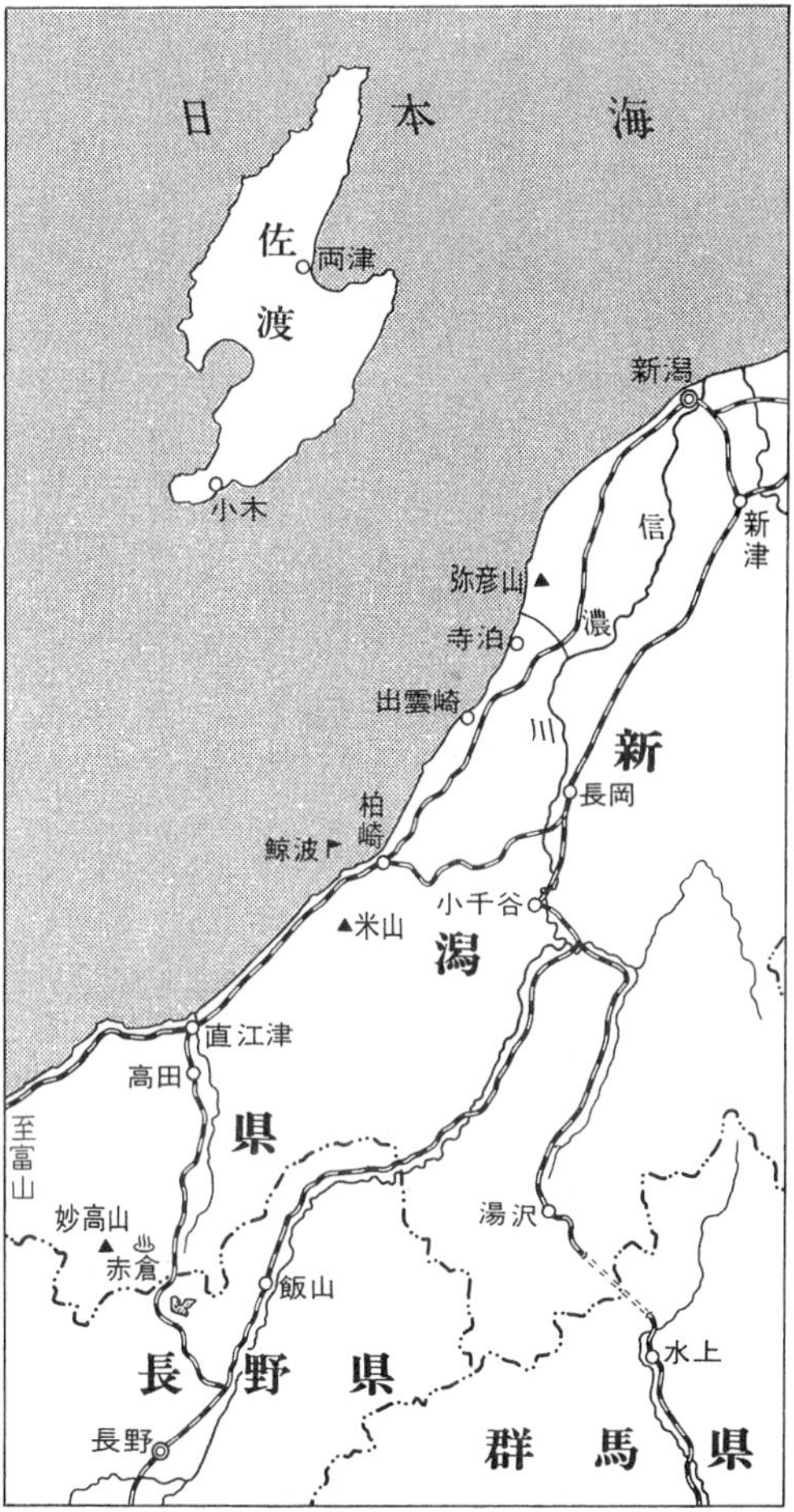
日本海
佐渡
両津
小木
新潟
信濃川
新津
弥彦山
寺泊
出雲崎
新潟県
長岡
柏崎
鯨波
小千谷
米山
直江津
高田
至富山
妙高山
赤倉
飯山
湯沢
水上
長野県
長野
群馬県

もう、一時間近くは走っていた。

「鯨波はまだかね？」

「もう、すぐですよ。あすこの岬を回ったら見えます。旦那、鯨波のどこへ行くんですか？」

「なんでも、崖の下に洞窟があって、その上に旅館があるそうだね？」

「あります。それは青海荘ホテルというんです」

「ホテルかい？　そこへ着けてくれ」

運転手の話によると、海につき出た米山峠の北の端の海岸が鯨波になり、南の端が椎《しい》谷《や》になるという。

「ああ、三階節《さんがいぶし》の文句にある、あれだね。柏崎から椎谷まで……って」

「そうです、そうです」

そんなことを言っているうちに、車は坂道の途中で停まった。久間も、その辺一帯がいままでの寒々《さむざむ》とした漁村と違っていることに気が付いた。なんとなく都会的なのだ。

「この上ですよ」

運転手が指さした。

久間が窓に眼を付けて上を見上げると、丘の上の松の疎林の間に旅館らしい屋根が見える。

通された部屋は、海岸側の八畳ばかりの座敷だった。鏡台が一つと古びた卓が一つ、型のように置いてある。掘炬燵《ごたつ》の上にふわりと掛けられた友禅模様の蒲団だけは、眼に親しみぶかかった。

宿は季節外れとみえて森閑としている。スラックスをはいた、十七、八ばかりの女中らしい少女が来たので、久間は、早速、洞窟のことを訊いた。

「はい、それなら、すぐ、この下にございます」

彼女は窓から指さした。窓には松林が見えて、その先に蒼い日本海が展《ひろ》がっている。

「この下というのは、この台地を降りて行くのかね?」

「はい。すぐ下が海岸になっていますわ。そこにお降りになると、見えます。名前は、この辺では鬼穴と言っています」

「なるほど。じゃ、飯の支度が出来るまで、ちょっと散歩して来る」

「はい」

女中は若いだけに客あしらいにも馴れていない。言葉つきもぎごちなかった。

一番下に降りると、玄関脇の帳場から、主人が顔を覗かせた。

「お出かけですか?」

「鬼穴を見に行って来る」

久間は、早速、おぼえたばかりの名前を言った。

「それなら、この公園の下に段々が付いていますから、それをお降りになると、すぐです。行ってらっしゃいまし」

公園というのは、この台地一帯らしい。久間が赤土の径《みち》を歩いていると、それは急坂になって海岸に下降していた。渚《なぎさ》が眼の下にあった。人ひとりいない。

車の中で見た海の表情と、実際歩いて見ている海とは感じが違っていた。よく考えると、冷たい風が顔にじかに当たっているせいもあり、ここは岩礁が多いので波が大きく砕けて壮大に見える。

径は丘の斜面に沿って付けられている。バンガローが松林の間に見えた。その中で変わっているのは、酒の仕込桶がバンガローに利用されている事だった。なるほど、ここは酒どころだと思った。

径は斜面を終わって普通になった。すぐ下が十メートルばかりの断崖なのだ。そこから木立ち越しに問題の洞窟が初めてよく見えた。

突き出た台地の裾が断崖になって海に切り立っているが、その下に半円形の洞窟がぽかりと開いている。仔細に見ると、その中に二つの穴が眼鏡のように穿《うが》たれていた。すぐ前は海だが、多少の砂地となっている。

久間はテープの言葉を思い出し、いまが干潮なので洞窟が露出しているのだと思った。そこまでの下降場所を探すと、洞窟の横が急な坂になっている。久間は二十貫に及ぶ体重を用心しながら、ゆっくりと急斜面を這い降りた。

ここで見ると、洞窟のあるところは断崖だが、それから南のほうは、ゆるやかな弧を描いた砂浜になってつづいている。つまり、そこが夏場の海水浴場なのだ。その涯《はて》は、また入り組んだ断崖の重なりになっている。

久間はまず、洞窟の探検に向かった。

海はすぐそこに迫っている。いまは干潮だから、これで済むのだろう。二つの穴のまん中には、磨崖仏《まがいぶつ》のようにすました小さな地蔵さまが刻み込まれていた。こういうところにある地蔵だというと、たいてい海難者か自殺者の冥福を祈るためだ。

洞穴は、硅岩層《けいがん》が海水の浸蝕のために自然に穿《うが》たれて出来たものだ。奥は暗くて分からない。ただ、それほど深そうでもなかった。久間はもっと近くに行くため、濡れた砂の上を歩いた。強い潮の匂いが鼻にきた。

洞窟の前まで行くと、波がすぐ近くの岩に飛沫《しぶき》を上げていた。洞窟の入口の天井からも雫《しずく》が雨のように降っている。

久間は足もとが波で濡れないように用心しながら、内を覗きこんだ。

奥はそれほど深くない。せいぜい、入口から六、七メートルというところだ。むかって左側が少し浅い。

下は砂地になっていて、空罐や、藁屑などが散乱していた。おそらく、満潮のとき、波がここに捨てたものと思う。

久間はその上に人の死体の幻を置いてみた。いま、彼の足もとに近づいて来る波が満潮《しお》と同時に次第に盛り上がり、洞窟を浸してゆく。死体は砂から海面に浮き上がり、退《ひき》潮と共に沖に攫《さら》われてゆく。

沖を見ると、海にかかったうす霞のなかに佐渡の一部がぼんやりと現われかかっていた。

その島と本土との間の潮流が死体を乗せて北の沖に運んでゆく。満潮が真夜中だとすると、洞窟から潮に運び去られてゆくものは、誰も目撃できないわけである。——

すると、不意に洞窟の向こうの岩陰から、人影が現われた。

見ると、それは三十ばかりの男で、釣竿袋を肩に担いでいる。古い作業服のようなものを着て、膝までズボンをたくし上げていた。

彼は沖のほうを眺めていた。波が幾つもの岩に砕けて、白い飛沫《ひまつ》を勢いよく上げていた。

男は動じない。入江を隔てて立っている久間隆一郎の姿に気づいたのか、ちらりと彼の方を眺めはしたが、そのまま眼を海のほうへ戻した。

釣道具を担いではいるが、明らかに漁師ではなかった。この辺に遊びに来た男が釣りを愉しむ恰好である。久間が見ていると、その男はしばらく足場を探しているようだったが、適当な場所がないのか、そのまま諦めたように洞窟の前を岩伝いに歩き出した。

「こんにちは」

久間隆一郎は近づいてくるその男にはじめて声をかけた。

「こんにちは」

向こうでも応えた。都会的な立派な顔だった。見せた眼つきも柔和であった。

「この辺では、何が釣れますか？」

久間は鎌倉に住んでるくせに、釣りにさっぱり興味がなかった。しかし、話のきっかけとしては、そう訊くほかはなかった。

「この辺ですか。いまはヒラメが釣れるんですよ。それに、エビ、カニも獲れます」

青年はにこにこして答えた。

「ほう。あなたはこの土地の人じゃありませんね？」

青年の言葉からして違っていた。

「そうなんです。こちらに親戚がありましてね。東京から遊びに来たんですよ」

久間はその男の腰にぶら下がっている魚籠《びく》を見た。

「まだまだというところですな」

「はははは。いま来たばかりですから」

青年は快活に笑った。

久間隆一郎は、丁度、青年の背景になっている鬼穴を指さした。

「これは満潮になると、どの辺まで海水が来ますか？」

青年も振り返って洞穴《ほらあな》を見た。

「そうですな。も少し海水が入口近くに押し寄せてくるでしょうな」

「えっ、そんな程度ですか。ぼくは、満潮になると、この洞穴いっぱいに水が来て、穴が隠れると聞いたんですが」

「そんなことはありません」

青年は笑いながら言下に否定した。

「この辺は内海と違って、あまり干満の差が激しくないんです。いまだって、それほど退潮《ひきしお》ではありませんよ」

「ははあ」

釣りに興味をもっている青年だから、久間はその知識を信じた。

すると、あのテープの声は、まるきり事実と違ったことを話していたことになる。たしかにあの声では、満潮になると、海水がこの洞窟の中に浸入し、死体を沖に流すということだった。

久間はがっかりした。青年のいう通り、その洞穴が隠れるようだったら、海水はこの崖の途中くらいまで来なければならない。崖にも水位の跡は見られなかった。

やれやれ、と久間は心の中でぼやいた。あんなテープの声を頼りにして、のこのこと、ここまで遥《はる》けくもやって来た自分が、われながらおっちょこちょいに思えた。

「どうも、お手間をとらせました」

久間は頭を軽く下げた。

「どういたしまして」

作業服の青年は釣竿の袋を担いで、久間の横を通り過ぎ、二、三歩行ってから足をとめ、こちらをふり向いた。

「失礼ですが、あなたはR映画の久間監督じゃありませんか？」

青年は遠慮したように久間を見つめている。

「はあ、そうですが」

久間は煙草を口から放した。

これがスターなら旅先で見咎《みとが》められることはあるが、監督ではめったにそんなことはない。

「どこかでお遇いしましたかしら？」

久間は青年の顔を見直した。

「いや、久間先生なら、よく、雑誌に写真が載って知ってますよ。肥っていらっしゃるし、失礼ですが、独特な顔ですから、すぐ、そうではないかと思ったんです」

久間は苦笑した。ときどき、新聞や雑誌に写真が載ることはある。しかし、見知らぬ旅先の土地で、すぐに、こんなふうに言い当てられることは少なかった。

久間は、映画関係のもの以外にも、たまに雑誌に随筆を書いたり、新聞に意見を求められて然《しか》るべき言葉を弄《ろう》したりする。そのつど顔写真が出るから、これは、そういう新聞、雑誌を読んでいる、割合にインテリの青年ではないかと思った。普通の映画雑誌の愛読者とは思えない。

「ぼくは一目見て先生ではないかと思ったんですが、まさか、こんなところに久間先生がいらっしゃるとは考えられないので、いま、確かめてみたんです」

確かめてみた、という言い方がおかしかったので、久間は声を出して笑った。

「そうですか。恐縮ですな」

「先生は、いつ、こちらへお見えになりましたか？」

青年は皓《しろ》い歯を出して訊いた。

「今朝《けさ》ですよ。昨夜《ゆうべ》の夜行に乗って、いま、この上の宿に着いたばかりです」

「青海荘ですね。何か、次の作品のロケハンにでもいらしたんですか？」

「いや、そういうわけではありません。ただ、何となくふらっとやってきたんですよ」

まさか、見ず知らずの青年に例のテープのことも話せないので、久間はそう答えた。

「そうですか……先生の作品は、いつも欠かさないように拝見しています。この前の

『奢《おご》れる衣裳』も力作でしたね」

「いや、どうも」

「しかし、生意気ですが、あれには、ぼくはぼくなりの、多少の批判がないでもありません。しかし、先生の作品は、どれもみんな大きな失望を与えないから、安心して見られます」

「どうも」

久間隆一郎は思わず頭を掻いた。青年はちょっと文句を付けたが、自分の映画の愛好者であるらしい。

「じゃ、失礼いたします。どしどし、いい作品を作って下さい」

「有難う」

青年はペコリとお辞儀をすると、肩幅の広い背中を見せた。そのちょっとした会釈のなかにも、目上の者に対する尊敬が十分に払われている。久間はますますこの青年が好ましくなった。


宿の玄関に帰ったときは、久間は太い首筋に汗をかいていた。

「お帰んなさい」

宿の主人が迎えた。

「お客さん、お疲れになったでしょう。洞窟はご覧になりましたか？」

「見てきた」

久間は少し不機嫌になって廊下を歩いた。ここまでわざわざ実検にきて、当てが外れたという失望は、やはり気持ちを重くさせている。

部屋に戻ると、炬燵《こたつ》の横の食卓に支度ができていた。皿が賑やかに並んでいる。エビとヒラメの刺身、カニとアワビ、サワラの焼物、黒鯛の吸物と、魚ずくめだった。

彼を案内した、さきほどの女中が黒塗りの小さな飯櫃《めしびつ》を抱えて入って来た。

「お帰んなさいまし」

「ただいま」

「鬼穴までいらしたそうですね？」

女中は眼を笑わせて訊く。

「ああ、やっと行ってきた」

「お腹が減ったでしょう」

「いい運動だったからね」

女中はすぐに湯気の立つ御飯をよそってくれた。

「ずいぶん御馳走だね」

「みんな、この辺で獲れたものですよ」

女中は色が白く、眼の細い、下ぶくれの、かわいい感じの女だった。

「美味《おい》しかった」

久間隆一郎は茶を飲んだ。

「お粗末さまです」

女中はそこを片づけはじめた。

「お客さまは、今晩はお泊まりではございませんでしょ?」

「ああ。もう少ししてから発ちたいと思っている。昨夜、汽車だったからね、ひと休みしていきたい」

「それでは、新聞でも、持ってまいりましょうか?」

「ああ、そうしておくれ」

女中は枕と新聞とを持って来た。新潟市で発行されている地方紙で今朝の朝刊だった。

「どうぞ、ごゆっくり」

久間は炬燵の中に脚を突っ込み、仰向いて枕に頭をつけた。

新聞を開いた。地方紙とはいいながら、記事も充実していて、印刷もいい。政治面などは、東京の中央紙を見るのとあまり変わりはない。

地方紙の特色は、何といっても社会面である。久間は、雪の北アの遭難事件を報じたトップ記事から丹念に読みはじめた。次に、新潟の海岸の沈下状態を調べにきた調査団の話が載っている。農協の不正、春を告げる佐渡の観光行事など読んでいるうちに、ふいと、睡気がいっぺんに醒めるような記事にぶつかった。

「女の溺死《できし》体漂流　東京の者か――

四月八日午前八時ごろ、出雲崎《いずもざき》町大字大浜漁業粕屋重三郎《かすやじゅうざぶろう》さん（五八）が出雲崎沖合二十キロのところで出漁中、年齢二十四、五歳ぐらいの死体が漂流しているのを発見、収容して、出雲崎署に届け出た。同署で検死したところ、死後推定三十時間前後と見られ、死因は溺死と判明した。紺のスーツを着ていて、一見、女事務員風。頭のかり方は後ろが短くボーイッシュである。身元は判らないが、財布には一万二千円余の金が入っており、スーツの胸の小さなポケットに東京京王帝都電鉄会社の回数乗車券があった。前後の事情からみて、七日朝の四時前後に入水自殺したものと推定され、東京から来た婦人ではないかとみられている」

久間隆一郎は異常な注意を集めて、これを三度くり返して読んだ。

彼はむっくりと畳から起き上がると、炬燵に凭《よ》りながらその新聞記事を前に置き、煙草を吸った。いつも、台本の困難な場面に遭遇すると、頭の中でさまざまな思考を働かすが、今が丁度、それと同じ姿だった。

煙草をやたらに吸う。それも半分だけで、すぐにつづけてあと一本に火を点けた。胸から下は灰だらけだった。

彼は頭の中で地図を描いていた。

出雲崎と佐渡とは対《むか》い合わせになっている。佐渡の南端小木《おぎ》港は出雲崎と直線に結んだところだ。この間に日本海の潮流が流れている。

出雲崎から二十キロというと、ほぼ、本土と佐渡の中間に近いところではなかろうか。

久間の記憶には、テープの声が蘇《よみがえ》って来た。

《だからさ、モノを洞窟の中に置いておくんだ。すると、満潮になって、潮が洞窟の中のモノを攫《さら》って沖に運ぶだろう。沖に行けば、しめたものだ。あの辺の潮流は、佐渡と本土との間を流れている。だから、佐渡のほうに行くか、もっと山形県側のほうに行くかは知らないが、とにかく、現場からずっと離れたところに漂着するはずだ》

この想定が当たっているかどうかは、久間にはよく判らない。しかし、この新聞記事で、出雲崎の沖合で漁船が漂流死体を拾ったというのは、何かあの声と符節を合わせたような気がする。もし、漁船が拾わなかったら、死体は、テープの言葉のように、佐渡に着くか、山形県側に着くかするのではあるまいか。

考えてみると、テープは、殺人を行なって、或いは行なったあとを予想して、その死体の処理を相談し合っているようだ。しかし、現実には、まだその殺人事件は起こっていないのだ。

久間は、あのテープを聞いた三月二十三日には、自宅に保存してある新聞の綴じ込みを持ち出して、テープをとったという三月十七日以後の記事を丹念に読んだし、それから今日までの新聞も毎日注意して読んできた。だが、東京の新聞には、それと思えるような報道はなかった。

いま、この土地に来て、初めてそれらしい記事に出遇ったのである。

久間は、テープの声にある「モノ」という意味を宮脇平助同様、人間の死体と考えている。いままでは被害者になる者は男だと思い込んでいたが、この記事によると、出雲崎沖合を流れていた死体は女だというのだ。

「モノ」が、死体を意味する以上女性ということもあり得る。

死体は溺死体と決定し、入水時刻は七日の朝四時ごろとある。つまり久間が読んでいるのは、その死亡日より二日後なのだ。

「入水」というのは、投身自殺の意味であろうが、それが投身かどうか、甚だ疑わしいところだ。溺死体は、自他殺の判別が最も困難だといわれている。殊に、失礼だが、田舎の警察だと、不審な点もうっかり見逃しているのではなかろうか。

身元が判らないというのも、おかしいと言えばおかしい。もし、他殺だとすると、犯人が身元の知れるようなものを取り除いたとも考えられる。ただし、財布の中には一万二千円の金のほかに、スーツの胸ポケットには東京の京王電鉄の回数券が入っていたというから、新聞記事のように、東京から来た女性だとは推定できそうである。

問題は、もし、犯人が被害者の身元を知られないように工作したとすると、なぜ、東京の電車回数券だけを残したかである。しかし、それはスーツの小さな胸ポケットの中に入っていたので、犯人がうっかり見落としたのかもしれない。回数券はうすい紙だし、胸ポケットは飾りだけについているものだ。

だが、犯人側は、そんなものでは絶対に身元が判りっこはないと、つい、安心したのかもしれない。また、一万円以上の金が残っているところを見れば、絶対にもの盗りが目的の犯行ではない。

久間隆一郎は、ちょっと不思議な因縁を感じた。

あのテープの声に騙《だま》されたつもりで、はるばる東京からここまで出かけて来たが、着いた日に早速遭遇したのがこの記事である。彼に似合わず運命的な考えに陥った。久間は俄かに部屋の呼びボタンを押した。

久間隆一郎は青海荘ホテルを発った。

そこから柏崎の町までは十分たらずだ。タクシーだったのを柏崎駅前でハイヤーに乗り換えた。

旧い町に工員の姿が多い。町を出はずれると、車は絶えず左側に海を見ながら走った。この辺の海岸線はなだらかである。

やはり佐渡は見えなかった。前方の海岸の突端に高い山がせり出していた。運転手はあれが弥彦山《やひこさん》だと教えた。

久間隆一郎は、あの新聞記事を読んで、出雲崎警察署に行って調べてみる気になったのだ。

尤も、この死体の件がなくても、出雲崎には行くつもりだった。柏崎、出雲崎、寺《てら》泊《どまり》は、芭蕉が歩いた跡だ。

出雲崎の町に入ると、この辺特有の構造の民家が狭い道路の両側から突き出ている。二階は戸で塞《ふさ》がり、まん中に小さな窓が一つだけ開いている。軒の出の深いのも雪国の特徴だった。

久間隆一郎は警察署の場所を聞いて、その近くで自動車を停めた。家の間に狭い路地があって、海の一部がその隙間から見えた。久間は海岸まで歩いてみることにした。

なだらかな渚だった。沖を見ると前よりはいくらか佐渡の形が現われていた。海岸には人影もなかった。

大体、久間の想像したとおりの景色だった。芭蕉がここを訪れたときも、恐らく、これとあまり変わらなかったに違いない。

昨夜は銀座のバーで酒を飲み、今日は北陸の海辺に立っている。旅なれているつもりの彼も、ちょっと不思議な気がした。

しかも、この海の沖に女の死体が浮いていたのだ。その死体さえ、旅の詩に包まれているような気がする。

出雲崎警察署は、そこから歩いても二分ぐらいのところだった。古い民家に合わせたわけでもあるまいが、燻《くす》んだ建物である。

久間は、受付の巡査に名刺を出した。

名刺には、ただ彼の名前を印刷してあるだけで、肩書も何もない。

「どういうご用ですか？」

巡査は、ぶっきらぼうに訊いた。

「今朝の新聞で読んだのですが、ここに女の溺死体が上がったそうですね。そのことで伺ったのですが」

久間は汗を拭いて言った。二十貫を超える身体だから、歩いたあともすぐ汗が出る。

「ふむ、あなたは、遺族ですか？」

「いや、そうではありません。しかし、そのことでちょっと係の方にお訊ねしたいのですが」

「どういうことを訊きたいんですか？」

久間隆一郎は少し説明に困った。

自分は、その溺死体とは縁もゆかりもない人物である。しかし、映画監督という特殊な職業は、警察でも理解してくれると思っている。

「それは、係の方に会ってお話しします」

「あなたはどういう人ですか？」

巡査は久間の名を知らない。

「映画会社に勤めています」

「映画会社？」

巡査は眼を瞠《みは》って、久間の汗ばんだ顔を見つめた。

「はあ、監督をしております」

そう答えたあと、久間は、自分が何か特権意識を持ってここに臨んできたような反省が起こって恥ずかしさを覚えた。

「ほう」

巡査は、またびっくりする。監督という職業は、映画のポスターかプログラムの活字でしか見ていないのであろう。

「ちょっと、待って下さい」

「監督」が効いたのか、巡査は名刺を握って奥のほうに行った。奥といっても正面の壁際である。電気時計の下に上司が坐っていた。その上司は、巡査の報告で久間のほうに顔を傾けて覗いていたが、こちらに通せと命じたらしい。巡査が戻って彼にそう告げた。

久間はぶかぶかする板張りの床を歩いて、正面の机の前に立って、おじぎをした。

「やあ、お名前は聞いていますよ」

襟章で警部補と判った。先方は机の抽斗《ひきだし》から名刺箱を出し、一枚めくって久間に差し出した。肩書に捜査主任とあった。

「まあ、どうぞお掛け下さい」

四十を越した人だった。

「こちらには、ロケハンですか?」

警部補はさすがにこの言葉を知っている。

「いえ、ちょっと私用で旅行の途中です」

久間は汗を拭いた。

「なるほど。それであの新聞記事がお目に止まったわけですね」

警部補は煙草を取り出して、一本を勧《すす》めた。

「新生」だった。久間隆一郎は自分のパイプを取り出すのに気がひけた。

「あの死体の身元は、判りましたか?」

久間は、捜査主任の煙草をご馳走になって訊いた。

「いや、まだ判らないんです。それで弱っているところですがね」

捜査主任は顔をしかめた。

「ああいうのがいちばん困ります。この辺の人だと、大体、届出があって判るのですがね」

「ははあ。すると、やはり東京の者ですか？」

「だと思いますね。なにしろ、スーツの中に東京の電車の回数券が入っていましたから」

「実は、わたしもそれで興味を持って、こちらに伺ったんですよ。主任さん、その死体は他殺ではないでしょうね？」

「いや、そんなことはありません。わたしのほうで充分に検視を済ませたんですから。水も相当飲んでいたようですよ」

久間がいきなり他殺ではないか、と言ったものだから、主任は素人の無知を嗤《わら》うように微笑《ほほえ》みながら強調した。

「ただし、自殺か、過失死かは判断がつきかねますがね」

「外傷はありませんか？」

「多少、岩などに当たって、皮膚が傷ついたところはありますが、それは刃物などで切られたものではないのです」

主任は、気づいたように客の顔をのぞき、

「ははあ、映画の監督さんともなると、他殺と考えるほうが面白いんでしょうね？」

「面白いといっては申しわけないが、他殺のほうが事件らしい臭いになりますからな」

「あなたのご商売だと、そっちの方がネタになるかも知れませんな」

主任は鼻に皺を寄せた。

「新聞には、一見、女事務員ふうだとありましたが」

「そうですな。そういえば、そういう恰好で、脚のきれいな人ですよ」

「美人ですか？」

「死んだ女は、みんな美人になります。冗談ではなく、実際美人でした。死体の写真を撮影しましたから、お見せしましょうか？」

「ほう、見せていただけますか？」

「あなたならいいでしょう」

主任は横を向くと、若い部下にそれを持ってくるように言った。

「スーツの胸のポケットに入っていたという電車の回数券は、京王帝都電鉄のだそうですね？」

「そういう名前です。わたしは、東京の事情はよく判りませんがね。そうだ、それもお目にかけましょう」

主任は、ほかの者にまた言いつけた。

前の部下が茶色の封筒を持ってきた。主任はその中から鑑識写真を出して久間に見せた。

死体はいろいろな角度から撮られている。筵《むしろ》の上に寝かされているのだが、この筵がよけいに陰惨な感じの背景となっている。眼は半分閉じ、口は舌を見せて開いていた。髪は後ろを短く刈り、顔の細い女だった。主任のいうとおり、なかなか整った容貌である。写真では黒く写っているが、スーツの色は紺色ということだった。二十四、五くらいとみえるが、実際はもっと若いのではなかろうか。久間は何かの本で読んだが、人間は死体になると、やや老けた印象に見えるそうである。

なるほど、この顔なら東京の人間だと久間は何の理由もなく思った。倉庫に遺留品を取りに行った部下が、電車の回数券を持ってきた。海水で濡れたのを乾かしたので、小皺がよっていた。

「これですがね」

久間は手に取った。それは、薄桃色の地模様の十一枚券だが、現在はそれが五枚切り取られている。つまり、残りが六枚である。

区間は、新宿・調布間で、通用期間は、昭和三十×年三月二十九日から四月二十八日までの一カ月となっている。

「わたしは東京の地理に詳しくないんですが、新宿は大体わかります。調布というのはどこでしょうか?」

主任は久間に訊いた。

「東京から西のほうに、府中というところがあります。調布はその途中ですよ」

久間は説明した。

「ああ、そうですか。そうすると、この人はこの調布というところから、新宿のほうに勤め先を持っている人でしょうね?」

「いや、通勤者なら、回数券よりも、定期券を持っているはずです。それに、この人は調布に住んでいるとは限りません……」

そう言いかけて、久間自身が首をひねった。

電車の切符は、運賃区間のぎりぎりのところが記されている。新宿から調布までは四十円くらいだろう。すると、三十円区間の最初の限界が千歳烏山《ちとせからすやま》か仙川《せんかわ》あたりだとすると、この溺死者は、それから調布の間に居住していることになる。これは東京に帰ってから、調べてみたいと思った。

久間は手帳に回数券のことを控えた。序《ついで》に回数券の番号0762も書いておいた。

「ところで、主任さん」

久間は改めて自分の疑問を訊ねた。

「この辺の海岸に洞窟があるのは、鯨波のところだけでしょうか?」

主任には唐突な質問だったとみえて、ちょっとびっくりした顔をした。

「そうでですね」

それでも思案するようなふうで、

「洞窟というと、やっぱり、鯨波にある鬼穴が一番大きいでしょうな」

「そのほかにありませんか？」

「小さいところならほかにもありますよ。この出雲崎の辺《あた》りはなだらかな海岸線になっていますが、この先には、弥彦山がつき出て断崖を作っています。なかなか景色のいいところですよ。その辺だと、小さな洞穴が数カ所ぐらいはあるでしょうね」

しかし、その洞穴がどうしたのか、と言いたげに主任は久間の汗のついた顔を見返した。

久間隆一郎は洞窟のことはそれっきり黙った。

もし、鯨波の鬼穴が満潮のときに浸水するのだったら、それを言い出してもいいが、あのとき出遇った釣りの青年から聞いて、そんな事実はないと分かったので、話しても、かえって嗤《わら》われそうである。もちろん、テープの声も、この警察の人には冷笑のたねでしかあるまい。

「その死体が東京の者だというと、一応、警視庁に照会するのですか？」

久間隆一郎は訊いた。

「そうですね、向こうのほうには家出人などの捜索願が出ているでしょうから、この溺死人のことは早速通知してあります」

「あの記事は、東京の新聞にも出たのでしょうか?」

「さあ、なにしろ、ここは田舎ですからね。それに、この出雲崎には地方新聞の通信部もないようなありさまですよ。よほど大きな事件なら別ですが、水死体ぐらいではどうでしょうか?」

この主任の意見には、久間も同感だった。

「しかし、映画の監督さんともなると」

主任は久間の好奇心の旺盛なのを珍しがっていた。

「いろいろなことを、お調べになるのですね?」

「いや、われわれは絶えず何にでも興味を持っています。現在は役に立たなくても、あとで参考になることがありますからね」

「そうでしょうな。いや、どうもご苦労さまです」

久間も、これ以上質問をすることもなかった。これが死んだ人の近親者だと、もっと突っこみようがあるが、ただ、興味的に来たというのでは、おのずから限界がある。

「どうも、お手間をとらせました」

久間は起ち上がった。

捜査主任に出口まで見送られて、久間隆一郎は表に出た。

白い地面と憂鬱な重い家並とが、また眼に映った。小さな雑貨屋の軒には、××キャラメルの赤い旗が翻《ひるがえ》っていた。

久間は自動車のところに戻りかけて、ふと、右側に寺があるのを見つけた。門前には「説教　来る四月十五日より三日間　東京　田辺悦雲《たなべえつうん》師特別講話」と立看板が出ている。東京の坊主だというと地方では幅が利くらしい。

6

宮脇平助は、四月十三日の晩、鎌倉の久間隆一郎の家に行った。

久間の柏崎行の一部始終を聞いて一息入れた所で、今度は宮脇平助の話す番だった。

湯島の旅館に出入りの白タクの運転手に案内させて、甲州街道まで行ったいきさつだ。

「そこが、ちょうど京王帝都電鉄の沿線になるんです」

「ほう。それは耳よりだね」

久間は眼の下にうすい汗を出している。

「なるほど、甲州街道は京王帝都電鉄と並行して走っているからな。すると、君が行った場所に一番近い駅だと何処だろう？」

「それは布田《ふだ》駅でしたよ」

布田は調布から一つ新宿よりの駅である。やはりその回数券の指定区間に入っている。

「これは、少々おもしろいことになったね」

久間は大きな身体を椅子から乗り出した。

「すると、あのテープの声の当人は、その布田に住んでいるのかな。もし、そうだとすると、出雲崎の沖合で死んだ女も、その男と関係があるんじゃないかな」

「そういう推測もありますね」

「君。女は、その男と一緒に暮らしていたんじゃないかな」

「そうですね。一緒に生活していたか、あるいは、女が新宿から布田まで通っていたかもしれませんね」

「何とか、その男の家が分からないものかな？」

「こうなったら、ぼくはあの辺一帯を一日がかりで歩いてもいいです。歩いているうち、その男に出会うかもしれませんから」

宮脇平助は指を鳴らした。

「人相は判っているの？」

「ぼくは、あの旅館の女中や、運転手から聞いただけで、はっきりとわかりませんが、何でしたら、運転手に日当をやって一緒に歩いてもいいです」

「そうだね。あの辺は家数も少ないから、根気よく歩いていると、ぱったりと出遭わないとも限らないな」

久間もちょっと思案して言った。

「ところで、久間さん。出雲崎の警察では東京に照会して、その死体の身元を調べているんでしょうか？」

「さあ、そいつは考えられないね。なぜかというと、これは殺人事件にしていないから、そこまで警察がやるとは思われない。コロシとなれば徹底的に洗うだろうがね」

「それでは、こっちで全部調べなければなりませんな……。待って下さい。そうなると、ぼくも少なくとも、一週間ぐらいは会社を休まなければならないことになります。布田の近所を一ン日だけ歩いても、先方が家の中に引っ込んでいるとか、よそに行っているとかすると、これは絶対に路上では遭えないわけですからね。あの運転手も一週間ぐらいこちらが雇って連れて歩かねばなりません。さっき思いつきを言ったのですが、よく考えてみると、大変ですな」

宮脇平助は尻込みをはじめた。

「そうだね。はっきりその家がわかっていれば別だが、それも分からないとなると、歩き回っても無駄かもしれないな」

監督も同感だった。

「それに、その男が布田でタクシーを降りたとしても、そこに自分の家があるかどうかわからないよ。そうすると、せっかくの君の見張りが徒労になってくる」

悲観的に考えると、何もできなくなった。

「そんな方法でなしに、何か論理的に追及する工夫はないだろうか？」

久間は言った。

「そうですな」

宮脇平助も顔をしかめて考える。二人の間に短い沈黙が落ちた。

「ああ、そうだ、一つありますよ」

「うむ？」

「もっとも、これはモノになるかどうか、分かりませんがね。あなたが言った電車回数券の番号ですよ。あれを頼りに電鉄会社に行くのです」

「うむ、それで？」

「そこで、窓口で訊いてみるのです。むろん沢山の客ですから、係員は、一々顔を覚えてはいないでしょう。だが、万一ということがありますよ。もしですね、その買い手が特別に係員の記憶に残っていたとすると、これは一つの手懸りになります」

「何だか、少し頼りないね」

久間隆一郎は宮脇平助の思いつきを聞いたが、あんまり乗り気でないらしく、眼が再び睡たげになった。

旅館に現われた例の男が降りた地点は、京王線布田駅の近くである。新潟県出雲崎の沖合に浮かんでいた女の死体から発見された電車回数券も、布田が指定区間内になっている。こうなると、たしかに両者が無関係とは思われない。

水死した女が東京から新潟県の海岸に行ったのは、回数券の発行日三月二十九日以前ではない。いや、それどころか、毎日往復のため二枚ずつ回数券の切符を使用したとすると、実際に切り取られたのは五枚だから、三月三十一日か四月一日までその回数券を彼女は利用したことになる。

もっとも、これは二十九日から毎日正確に使うということを前提とした上での話である。

しかし、五枚というと中途半端である。これは、最後に彼女が片道だけを使ったという推定が出るのだ。——

この推測を中心に、宮脇平助と久間監督とはしばらく論議した。

回数券は毎日使用するとは限らないから、使用された日の点では何とも言えない。

しかし、死体の推定死亡日は四月七日の朝になっている。

したがって、回数券を買った三月二十九日から四月七日までは十日間だが、当人が東京からその地方に行くには、一日か一晩がかりだ。すると、この十日間から一日を引かなければならない。つまり、九日間だ。

この九日間に、女は切符を五枚使っていることになる。毎日一往復としても、彼女は九日間のうち三日間は東京にいて、京王電鉄の新宿・布田間を往復したことになるのだ。すると、残りが六日間になる。この六日間に、その女は、あの出雲崎を中心とする北陸一帯をさまよっていたのかも分からない。

一応、こういう結論が出た。

ところが、宮脇平助が例の男の消えた布田に案内されたのは、四月八日の昼である。久間監督はその夜、新潟に発っている。

そして、白タク運転手が旅館から例の男二人を乗せて、一人を秋葉原で降ろし、新宿でタクシーに乗りかえた一人を甲州街道の先まで尾《つ》けたのは、その前の日、つまり七日の晩だ。

宮脇平助は、京王電鉄の新宿営業所に行った。雑誌社の名刺を利用し、回数券のことで訊きたい、と言うと、窓口の係員は、奥へ入ってくれ、と横手の通用口を教えた。

係長のような人が出て来た。

「どういう御用でしょうか？」

宮脇平助は、手帳に控えた回数券の発行駅と、日付と、番号を言った。

「この回数券を買った人を知りたいのですがね。判るでしょうか？」

係長は笑った。

「そりゃ無理ですよ。定期券と違って、回数券は窓口で誰にでも売りますからね」

「この番号で、大体、何時《いつ》ごろ売り出されたということは判りますか？」

「それは見当がつきます。正確には言えませんが、一連番号で整理してあるから、およそのことは見当がつきます」

係長は係りの者を呼んだ。

「この番号の回数券はいつごろ売り出されたか、調べてくれたまえ」

係員が去ると、

「その回数券がどうかしたのですか？」

と係長は宮脇平助の顔を見て訊く。

ここで匿《かく》しても仕方がないので、宮脇平助はざっとの事情を話した。係長は眼を円くしている。しかし、事情を話したので、係長はかえって調べに熱心になってくれた。

「大体、判りました」

係員は戻って来た。

「それは、三月二十九日の午後二時から三時ごろの間です」

「あなたが窓口で売ったのですか？」

宮脇平助は、直接に若い係員に対《むか》った。

「いいえ、ぼくじゃありません。丁度、いま、窓口に坐っている人です。その日も当番で、この回数券を売っています」

「そんなら、君、ちょっと交替してくれ給え」

係長は命じた。

交替して来たのは、中年の係員だった。

「その回数券は、君が売ったんだね？」

係長が眼の前に立っている係員を見上げた。

「そうです」

「どういう人に売ったか、憶えていないかね？」

「全然、記憶がありません」

これは当然のことで、顔を憶えているのが奇蹟だった。

「何か問題が起こったのですか？」

係員は、自分の手落ちではないかと思って心配そうな顔をしている。

「いや、こちらには関係のないことだがね。ただ、ある事情から、この回数券を買った人を調べたいんだ」

「そうですか」

中年の係員は思案げな顔をしていたが、

「ちょっと待って下さい」

と言うなり、足早に引き返した。

「何か思い出したのかもしれませんね」

係長がその後姿を見送って宮脇平助に言った。

すると、五分も経たないうちに、係員が前とは違った表情で戻ってきた。

「判りましたよ」

彼は勢いこんで言ったので、こちらのほうがびっくりした。

「その回数券は、その日のその時間、十冊かためて売っています。一人がそれを買ったのです。その十冊の中にその０７６２が入っているんです」

「あ、そうか。いいところに気がついたね。で、買った人は判るの？」

「ヤソの神父さんでしたよ。二人連れでしたがね、真っ黒い服を着た西洋人でしたので、印象に残っています」

「神父？」

すると、係長はそれに答えるように言った。

「そうだ、布田にはキリスト教の教会がありますからね。きっと、そこの神父さんでしょう」

翌日、宮脇平助は仕事のあいまに布田駅に行った。

駅の近くが小さな商店街になっている。そこを通り抜けると甲州街道に突き当たる。この辺は、この前、白タクの運転手とさんざん歩き回ったところだ。

洋品店でキリスト教の教会を訊くと、それは甲州街道を横断して、山のほうへ一キロばかり登ったところにあるという。

「行ってご覧になればすぐわかりますよ。高いところに十字架の付いた尖塔が聳《そび》えていますからね」

教えられた通りの方角へ歩いた。さすがに外国人経営の教会だった。こんな寂しいところでも、道路だけは立派についている。

宮脇平助は、山の斜面を切り開いて作られた坂道を登った。両側に鈴懸《すずかけ》の並木が作られている。

正面の森の中に異国ふうの教会を望んだときは、大げさにいうと、ちょっと日本離れした感じがした。厳《いかめ》しいゴシック風の鉄の門扉《もんぴ》が開いている。そこからは白い砂利道になっていて、正面の高い建物まで屈折していた。

こういう場所は、宮脇平助は苦手だった。殊に正面の礼拝堂の石段に紅毛人の宣教師を見たときは、彼もたじろいだ。

赤い髪の毛を額に垂れた背の高い神父は眼をいっぱいに開いて、宮脇平助が歩いてくるのをじっと見ていたが、長い優しい微笑《ほほえ》みは、彼を信者と間違えているのかも知れなかった。

「こんにちは」

宮脇平助は頭を下げた。

「コンニチワ」

神父はおじぎをした。

「ちょっと、つかぬことを伺いに参りましたが」

日本語が分かる対手と思って、宮脇平助は普通の訊ね方をした。

「三月二十九日に、こちらの教会で京王帝都電鉄の回数券を十冊お買い求めになったことがありますか？」

神父は瞬間に青い眼を開いて驚愕をみせた。西洋人だから大げさな表情を顔いっぱいにひろげる。

「アナタハ、ケイサツノヒトデスカ？」

神父は両手を組み合わせて訊いた。

「いえ、いえ」

宮脇平助は、あわてて手を顔の前で振った。

「警察ではありません。雑誌社の者です」

「オオ、ザッシシャ！」

神父は眉をひそめ、肩をすくめた。

「ザッシシャノカタ、コワイデス」

宮脇平助は、ははあ、と思った。以前、やはり外国人の神父が日本人のスチュワーデスを殺したと疑われ、新聞記者や雑誌記者が教会に押しかけて大騒ぎしたことがある。このときの印象がこの教会にもこたえているらしい。

「ご心配はいりません」

宮脇平助は笑顔になった。

「こちらにご迷惑になることではありません。どうか、安心して下さい」

彼は丁寧に説明した。

「実は、お宅でお買いになった回数券を、どういうお方が利用されているか、お伺いに来たのです」

「ソレハ、ドウイウワケデスカ？」

「あるところで女の人が死んだのです」

ここまで言いかけると、神父の顔が俄かに険悪になった。これはいけない。ますますスチュワーデス殺し事件に似てくる。

「いやいや、それは全然こちらとは関係のないことです。つまり、事件は遠いところで起こったのです」

宮脇平助は躍起になって弁明した。

「その女の人が、こちらで買われた回数券を持っていたのです。それは新宿駅で判ったのですがね。ところが現在、その人の身元が不明なんですよ。ですから、もしこちらで回数券をお配りになった先が判れば、その人の身元が知れるかも分からないのです。どうか、仏が浮かばれる……」

と、いいかけて、あわてて言い直した。

「神に召された迷える魂をお救い下さい。ぜひ遺族に報らせてあげたいのです」

「ソレハ、ドコデ死ンダ人デスカ？」

「新潟県です。ずっと遠方ですよ。そうですな、ここから……」

「ニイガタケン、トウキョウカラ四三〇キロデス」

と神父のほうが教えてくれた。

「ソノ人、コロサレタノデスカ？」

「いえ、どうやら誤って海へ落ちたようです。溺死ですよ」

神父は安堵したらしい。

「チョットマッテクダサイ。イマ、キイテキマス」

神父は鴉《からす》のように真黒な姿を会堂の中に消した。宮脇平助は、あの神父は知ってはいるが、誰か上のほうの人に相談に行ったのだと思った。

長いこと待たされた。ここから見ると、調布から布田あたりの青い田が真下に見える。問題の京王電鉄の電車が緑色の車体を連ねて玩具《おもちゃ》のように走っていた。正面に多摩丘陵が霞んでいる。

煙草を一服吸い終わったとき、後ろに靴音が聞こえた。あわてて靴の下でもみ消すと、さっきの神父のほかに、頭の禿げたいかつい顔の老神父が並んで暗い入口から現われて来た。二人とも慈悲深い表情を湛《たた》えている。

「カイスウケンノコトヲ、キキニコラレタノハ、アナタデスカ?」

頭の禿げた神父がやはりうまい日本語で確かめた。すくい上げるような眼つきで見詰めている。

「はい。そうです」

宮脇平助は、恭《うやうや》しくお辞儀をした。

「どうも、詰まらないことをお尋ねに上がって恐縮です」

「イヤ、話ハキキマシタ。ソノ女ノカタ、キノドクデス。カイスウケン、ドナタニサシアゲタカ、オハナシシマス」

怕《こわ》い顔だが言葉はやさしい。どこか関西訛《なま》りがある。多分、この老神父の前任地が京都か大阪だったのに違いない。

宮脇平助はそのあと撮影所に回った。

鎌倉の久間の家に電話すると、奥さんが、いま撮影所に行っているから、連絡があったらそちらのほうにするようにという久間の言伝《ことづて》を聞いていた。

宮脇平助は撮影所で久間監督の所在を訊いたが、いま別室で桐本《きりもと》重役と話をしているということだった。彼は宣伝部で無駄話をしながら、久間監督の身体の空くのを待った。

話を通しておいたので、久間のほうから電話を掛けてきた。すぐ所内の食堂に来てくれというのだ。宮脇平助が先に食堂でコーヒーをすすっていると、久間の肥った身体が現われて前の椅子に坐った。あたりに腰かけている俳優などが久間に挨拶を送った。

「ご苦労さん」

久間は顔の汗を拭いていた。

「判ったかい?」

回数券がまとめて買われたいきさつまでは、昨夜、電話で話してあった。

「大体わかりました。しかし、あんなところは苦手ですよ。キリスト教とは縁がありませんからね。それに、対手が日本語が上手でも話しにくいものですな」

「君の性分には合わないだろうな。では、結果から先に聞こうか」

「やっぱりあの回数券はその教会が十冊まとめて買ったそうです」

「そこの神父が使うのかい？」

「いや、そうではありません。ちょうど三月二十九日から四日間、教会で特別儀式があげられたそうです。これには主だった信者が集まったそうですが、教会側としては、日ごろ寄付や何かで世話になっている信者へあの回数券を渡したんだそうです。つまり、教会側のサービスというわけですな。まあ、あんな所でも都心から車で来る信者もあるらしいから、世話になっている信者全部というわけではないですけどね」

「ふむ、そういうことだったのか」

久間は近づいた女の子に紅茶を頼んだ。

「で、渡した先はわかったのかい？」

「向こうでは、だいぶん迷惑のようでしたがね。結局、溺死した女の身元がわからないというと、しぶしぶながら回数券の渡し先を教えてくれました」

「え、君はあの一件をしゃべったのか？」

「仕方がありませんよ。それを言わないと、向こうも教えてくれませんからね」

「そうか。なるべく、あれは伏せておきたかったんだがな」

「まあ見て下さい、これが教えてくれた人名表です」

宮脇平助は手帳に写し取ったものを、久間に見せた。

世田谷区経堂《きょうどう》一の三〇三　山下一郎、目黒区自由ヶ丘《じゆうがおか》三の四五〇　大村良子（三冊）、新宿区東大久保《ひがしおおくぼ》三一七〇　吉田時夫、中野区天神町《てんじんちょう》二四一　堀内栄之助、杉並区松ノ木町《まつのきちょう》　原田保子、練馬区南町三一〇　南田広市《みなみだひろいち》（二冊）、中野区鷺宮《さぎのみや》　清水吉太郎。

「なるほどね」

監督は一通り眼を通した。

「一人で三冊と二冊ともらっている人があります。これは一家で行ったんだそうです」

「しかし、君。これは大変だぜ。このリスト通りにいちいち当たるのは」

久間は眼鏡をずり下げて見ている。巨匠も近ごろは老眼が出てきたのだ。

「そうですな。しかし、シラミつぶしに根気よく当たってみますよ」

「そうかい、ご苦労だな」

「しかしですな、久間さん。あなたが北陸に行ったばかりに、こんなことになったんですが、もし、その溺死した女が、あのテープの一件とは全然関係がなかったら、この辛苦も無駄な話ですね」

「そりゃ、何にもならないな」

「それを思うと、ぼくも闘志が鈍《にぶ》りますよ。案外、あの女は新潟の者で、溺死も平凡な失恋自殺だったりしてね」

「まあ、そう言うな。せっかく、ここまで調べたんだ。最後まで仕上げてもらおうか」

「そのつもりではいます。だが、ひどいことになったもんですな」

「そんなに悔んだって、元はといえば君から持ち込んだ話だぜ。ぼくだって、君の口車にのって柏崎くんだりまで行って来たんだからな」

「わかりました。とにかく、やってみましょう」

その晩、彼は銀座に出て酒を飲んだ。疲れていたし、この辺で気分転換したかった。バーは行きつけの店だったが、安いので、編集者仲間がよく集まる。

「おい、ミヤさん」

ある新聞記者が、トマリ木に坐っている彼の肩をうしろから叩いた。

「今日、R撮影所をのぞいたが、君はクマさんと、何やらえらく話し込んでいたじゃないか」

「うむ、君、見ていたのか。あれはね、実はねえ……」

酒の勢いもあって、宮脇平助は思わず面白そうに久間監督が柏崎に行った一件をしゃべってしまった。半分は、この事件はモノにならないという諦めの意識からだった。

するとたちまちだった。

翌日の夕刊のゴシップ欄に次のような記事が出た。

「久間隆一郎監督といえば、わが国映画界の〝巨匠〟だが、近ごろはやりの推理趣味に凝っている。ご当人は小説を読むだけでは満足できず、この間新宿のバーで某怪事件を耳にすると、矢も楯もたまらず、新潟県柏崎へ夜行で急行した。凝り性の久間監督のことだから、さすがに綿密な調査をして帰京したことと思われるが、内容は秘中の秘だそうである。そのうち、久間監督の名探偵ぶりが披露されるであろうと、撮影所の連中はコワがっている」

久間隆一郎は、早速、妻から抗議された。

「パパ、こんなことが載っているの、ほんと?」

夕刊を突き付けられた。

久間隆一郎も妻が読む前に見ている。

宮脇平助がしゃべったに違いなかった。あれほど口止めしたのにしようのない奴だ、と思っている矢先だった。

「ああ、多少、それはオーバーだがね」

「でも、新潟にいらしたわね。わたくしには何もおっしゃらなかったわ」

妻は非難した。

「いやだわ、こんなゴシップが載ったりなどして。パパ、よっぽど、おっちょこちょいに見られるわ」

「仕方がないさ。おれは好奇心が旺盛なんだからな。映画監督みたいな商売をしてると、何でも物ごとを見究めておく必要がある」

「どうですか」

妻は、多少、眉の間につくった皺を消した。

「それで、事件の推理は出来ましたの？」

「いや、まださっぱり分からん。宮脇の奴が、いま、しきりと材料の収集をやってるがね」

「ご苦労なことね。宮脇さんはあんな人だから、どこにでも飛び回るわ。それで、本当に、これに書いてあるような事件があったんですか？」

「偶然だ。ぼくが行ったのは、女の溺死体があるとは思わないで遊びに行ったんだがね。びっくりしたよ」

「やっぱり殺人事件ですか？」

「いや、現地の警察では、ただの自殺か事故だろうと言っていた」

「いやね、それをあなたがこんなふうに騒ぐんだから」

「騒ぐのはゴシップだよ。ぼくはただ日本海を見に行っただけだ」

「でも、こんな風にすぐ書かれるんですから、気をつけて下さいよ」

「もう分かったよ」

「宮脇さんがいけないんだわ。あの人、あんまり口が軽すぎるわ」

「そう言うな。あれでなかなか気のいい男だ」

「それは認めるけれど、なんだか頼りないわね。それじゃあ宮脇さんは、本気でいるんですか？」

「そうさ。今も言っただろう。奴、刑事みたいに心当たりのところを一軒一軒当たっているって」

「どこを当たってるんですか」

「だからさ、彼の心当たりのところだよ。ぼくは知らないがね」

翌々日の午後だった。

「速達ですよ」

妻が手紙を置いて行ったが、久間には見憶えのない名前だった。住所は杉並になっている。もっとも、久間ぐらいになると、ファンレターが来るので、未知の人から便りを貰うのは珍しくない。妻もそれには馴れていたから、久間に発信人が誰だか訊こうともしない。

久間は表の字を見て封を切った。中の文字もなかなかの達筆である。

「この間は失礼いたしました。

と書いても、何のことかお分かりにならないでしょうが、実は、私は先生と新潟県の鯨波の海岸でお遇いした者です。あの節は思わない場所で先生にお目にかかり、たいへんうれしく思いました。また、その節、ちょっと生意気なことを申し上げましたが、どうぞ、お許しを願います。

さて、このようなお便りを突然差し上げるのは、ほかでもありません。昨夜、偶然に某紙の夕刊を読んでいますと、ゴシップ欄に先生の記事が載っていました。もし、あの記事が正しいとすれば、先生がなぜあんなところに立っていらしたか、はじめて分かりました。

それに、満潮時には鬼穴の中に海水がいっぱいになるかというあのときの質問も、呑み込めたように思います。実は、あの記事はわたしにとって大変なつかしいものでした。それで、生まれて初めてファンレターみたいなものを書きましたが、その動機の中には、先生の〝捜査〟に、もし、幾分のご協力をする余地があったら、という気がしているからです。ただし、目下のところは、あの記事だけではよく分からないので、一度、先生のところにお伺いし、お話を承りたいという気持ちも動いております……」

7

玄関でブザーが鳴ってしばらくすると、妻が妙な笑い方をして入って来た。

「パパ、宮脇さんですよ」

「そうか。すぐ、こっちへ通してくれ」

久間は『日本民俗図譜』を下に置いた。

「お待ちかねね」

妻は舌をのぞかせて出て行った。

宮脇平助が長い顔を現わした。顎に無精髭が黒く生えている。しかし、宮脇平助の場合は、その髭もお洒落の一つだった。久間の前に立つと、いきなり最敬礼をした。

「何だい?」

久間はじろりと見た。

「いえ、この間は、たいへん失礼しました。あれは、ぼくが、つい、酒に酔って、バーで口がすべったんですが、あれほどオーバーに新聞に書かれるとは思いませんでした」

「やっぱり君か」

「すみません」

宮脇平助は頭を押えて、

「いま、玄関で、奥さんから妙な笑い方をされたので、もう、あなたに感づかれたと思いました」

「当たり前だ。君以外にしゃべる者はいないよ」

「これからは決して誰にも言いません。その代わり、例のほうは、毎日、てくてくと歩いて、みっちりと調べて来ましたから」

回数券のことだった。

「そうか。それで帳消しとしておこう。で、どういう結果だった?」

「キリスト教会で聞いた通りでした。あの神父の言う通りに間違いはありません」

「よく分かったね?」

「いや、たいへんでしたよ。はじめ、どう切り出していいか分からなかったです。で、適当な理由を言って訊き出して来ました。社の名刺でだいぶ信用されましたから、向こうの返事も間違ってはいないと思います」

宮脇平助は、胸のポケットから四つにたたんだ紙を出した。

「ぼくが口で言うよりも、ここに書き込んでおきましたから、見て下さい」

久間はその紙を拡げて、眼鏡を外した。

× 世田谷区経堂一の三〇三　山下一郎（洋品店主。四十三歳。信者としては青年のころから入信している。=回数券本人使用）
× 目黒区自由ヶ丘三の四五〇　大村良子（某大学教授夫人。四十五歳。熱烈な信者=三冊は父君、本人、妹で使用）
× 新宿区東大久保三一七〇　吉田時夫（自転車店主。三十一歳。入信五年=本人使用）

×中野区天神町二四一　堀内栄之助（酒味噌醬油販売業。四十三歳。入信十一年＝本人使用）
×杉並区松ノ木町　原田保子（某会社重役夫人。三十六歳。幼少時より入信＝本人使用）
×練馬区南町三一〇　南田広市（区会議員。土建業。五十一歳。一家は全部入信者で本人と長女使用）
×中野区鷺宮　清水吉太郎（著述業。四十三歳＝本人使用）
久間隆一郎は、二、三度、眼を往復させた。
「この中に、出雲崎の該当者はいないね？」
「そうなんです。みんな生きていますよ」
「おかしいな。十冊のうち一冊は、水死した女が持っていたんだぜ。この表《リスト》の誰かが、一冊だけ、使わなかったことになる」
「番号まで憶えているといいんですがね。みんなそこまで気に留めていませんよ」
「そりゃそうだろう。回数券を貰ったからといって、いちいち、番号まで見ている者はないからな。君、この表で見ると、みんな新宿から布田まで乗っている人ばかりだな？」

「そうです。だから、回数券を使用する資格はみんなあったわけです」

「ここに、南田広市という人がいるね。長女が使用している。この長女というのは生きているのかね？」

「もちろんですよ。ぼくは、その点をよく訊いてみたんです。長女というのは、二十五歳で、或る公団に勤めていますよ」

「君、会ったかい？」

「いいえ、会ってはいませんが、母親も、いま役所にいる、と言っていましたから、間違いないです。それに、もし、行方不明だったり、死んだりしていたら、家の内が騒動しているので、すぐ分かりますからね」

「そりゃそうだな。どうもおかしいね」

久間は腕を組んだ。

「君、この本人たちはみんな使用したとあるが、自分がそれを他人にやったということはないだろうね？」

「ぼくも同じところに気がつきました。しかし、まさか、そこまで突っ込んで訊くわけにはいきません。とにかく、ぼくが会った人間全部が自分で使ったと言ったんですから」

「その辺が、刑事だったら、徹底的に突き止めるだろうがね」

「そうなんです。これだけ訊くのでも、ぼくには精いっぱいでしたよ」

久間はまだ人名一覧表から眼を放さない。

(0762番は、たしかに、この十人のうち、誰かが使用している。しかし、その回数券は水死者が持っていた。しかも、全部使ってなくて、五枚だけを使用していた。論理は明白だ。十人のうち、誰かがその回数券を別の人間にやったのだ。貰った者が、新潟県の海岸で死んだ女だ……)

久間は急に眼を開けた。

「君、一番おかしいのは、やっぱり南田広市さんだよ。長女の年齢も、水死者のそれと大体似ているし、もしかすると、あの水死者は彼女の友だちかもしれない。こいつをひとつ突込んでみたらどうだい」

「わかりました。やってみましょう。こうなったら、乗りかかった船ですからね」

夫人がコーヒーと果物とを運んで来た。

「宮脇さん、ご苦労さまですね」

夫人は横眼で見ながら言った。

「いや、どうも」

宮脇平助は無精髭の頰を掻いた。

「ところで君、こんな手紙が来たよ」

久間隆一郎は二日前に来た速達を見せた。

「へえ、葉山良太《はやまりようた》、東京都杉並区西田町《にしだまち》一の七〇七二……」

宮脇平助は、封筒の裏書を読んで、

「あなたのお知り合いですか？」

と、中身は読まないで訊いた。

「いや、はじめての人だ。まあ、読んで見給え」

「そうですか」

宮脇平助は便箋を拡げた。しばらく文面に眼を動かしていたが、ひと通り読み終わると、

「へえ、妙な因縁ですね」

と久間の顔を眺めた。

「そこに書いてある通りだ。鯨波の洞穴の前で、偶然、遇ったんだがね。奴さん、その辺に親類があるとかいって、釣竿を担いでいたよ。その手紙の文句にある通り、ぼくが洞穴の満潮時の状態を訊ねたのがはじまりだ」

「やっぱり、ぼくがしゃべったのもまんざら効果がないではなかったですな。あのゴシップを見て、ちゃんとこういう反響があったんですから」

「あまり自慢にはならないがね」

「返事は出さないのですか?」

「出すかもしれないがね。ぼくのことだから、そのままになるかも分からない。今までファンレターを貰っても、なんだか照れ臭くて返事を出したことはないよ」

「いけませんね。おっくうでも、葉書ぐらい出したほうがいいです。そのほうが、人気を持たせる上に効果があります」

「無精者にはつとまらん話やね。ところで、これで世の中には、ぼく以上に好奇心を動かす人があるのを知ったよ」

「人間には探求心がありますからね。常に、なぜ、という問題には興味を持ちます。……じゃ、今おっしゃった南田さんの件を来週からやってみます」

「ご苦労ついでに頼むよ」

菊子《きくこ》というのが南田広市の長女の名前だった。宮脇平助は、それを近所の家で聞いた。

「お勤めだと聞いていましたが、どこでしょう?」

近所で訊いたのは、もう、南田の家に行けなかったからである。たびたびこんなことを訊きに行くと、同家に警戒される。

「××公団にお勤めだと聞いています」

その家の主婦は教えてくれた。

「××公団ですか。それはいいとこに出ていますね」

「ほんとにいいところですわ。そう言っては悪いんですけれど、菊子さんは大学の成績もあまり良くなくて、親御さんも困っててらしたようですが、やっぱり、そういう一流のところにお勤め口があったのは、親御さんのヒキですわね」

近所の主婦は教えた。

「ヒキですか。しかし、お父さんというのは区会議員でしょう？」

これは言外に、一介の区会議員にそれほどコネの実力はないだろうという疑問を含めたのだ。

「ええ、そうなんですけれどね」

主婦にも宮脇平助のいう意味は分かった。

「あのくらいの方になると、いろいろとあるんでございましょうよ」

「南田さんは保守党ですね？」

「そうです。でも、親分が親分ですから、区会議員でも羽振りが利きます」

「親分というと、誰ですか？」

「国務大臣の秋芳《あきよし》さんですよ」

「秋芳武治《たけじ》ですか」

宮脇平助はちょっと愕《おどろ》いた。与党の大物だ。前から重要な党の役員になっていたが、現在では内閣の閣僚にのしあがっている男だ。

「へえ、そんないいヒキがあったんですか」

「なんでも、秋芳さんの選挙のたびによく働く、忠実な子分だという話ですよ。これは内緒にして下さいね」

「もちろんです。でも、それは一般には知れてることでしょう？」

「分かっていますけど、やっぱり近所の者が言ったとなると、あとがうるさいですからね」

「そういうヒキがあれば、娘さんがいいところに就職したのも分かりますね」

宮脇平助は、正午《ひる》過ぎに××公団に行った。

白堊《はくあ》の建物の前の歩道に、マロニエの葉が短く影を落としていた。役人と会社員らしい連中がワイシャツだけで散歩している。

宮脇平助がこの時間を狙ったのは、昼休みを考えたからだ。これだと当人にゆっくりと会える。

課も聞いて来たので、公団の受付で呼んでもらうと、いま本人は、食堂にいるから、あと十分ばかりして玄関に出ますということだった。宮脇平助が煙草を二本ばかり吸い終わったころ、背の低い、肥り気味の若い女が、眼をきょろきょろさせながら現われた。

あんまり美人ではない。頭も良くないという話だし、この器量だったら、なるほど、ヒキでもないと、ここへは就職できないだろうと思ったくらいだ。

「あなたが菊子さんですね？」

宮脇平助はにこにこして訊いた。

「はい、そうです」

はじめ、菊子は宮脇平助の顔を真正面から不審そうに見つめていたが、すぐ見当がついたような表情になった。

「ぼくは、あなたのお宅に、京王電鉄の回数券のことでお訊《たず》ねにあがった者です」

「はあ」

菊子はこっくりとうなずいた。受付の横の、廊下の隅だった。立ち話である。

「お母さまにお会いしたのですが、大体のお話はお聞きになりましたか？」

「はい、帰って、母から聞きました」

「そういうわけで、たいへん面倒なことをお訊ねして恐縮です。お母さまのお話だと、その教会から配られた二冊の回数券は、あなたのお父さまと、あなたがお使いになったそうですね？」

「そうです」

「あなたは、それをお友だちに上げたということはありませんか？」

「いいえ」

菊子は強く首を振った。

「わたくしが使っています」

「ほう。ずっとお使いなんですか？」

「教会には日曜ごとに行っていますから」

「今でも、そこにお持ちでしょうか？」

「持っています。お見せしてもいいですわ」

宮脇平助は、そこまで見届けるのはちょっと気がひけたが、先方からそう言うので、見せてもらうことにした。

菊子は、ハンドバッグの中に入れているからと言って、彼をしばらくそこに待たせた。

役所の廊下はうす暗い。昼間でも天井に電灯が点いている。

四角に区切った玄関の空間には、外の光が眩しく満ちていた。

菊子が戻って来た。

「これですわ」

ハンドバッグごと持ってきて、蓋をパチンと開けると、回数券をとり出した。

「あと三枚きゃ残ってないんですよ」

「どれ、では拝見します」

手に取ると、その言葉のように、最後の三枚が短く付着している。

指定も新宿・調布間だし、期間も三月二十九日から四月二十八日までだ。

ところが、宮脇平助の眼が光ったのは、番号が０７９５になっていることだ。

これはおかしい。

「有難う」

しかし、宮脇平助はさりげなくそれを彼女に返した。

「この回数券が教会から貰ったものですね？」

「はい、そうです。教会からいただいたのを使っていますわ」

「どうもすみませんでした」

彼は丁寧に頭を下げた。

「いいえ、どういたしまして」

菊子は眼を細めた。

宮脇平助は、公団の建物から明るい歩道に出た。

彼は、サラリーマンたちがのんびりと日向ぼっこしている前をむずかしい顔つきで歩いた。

――番号が違っている。

彼は呟いた。

——水死者が持っていた回数券は、０７６２だった。電鉄会社では十冊固めて売ったというから、その番号を含めた前後の数字が、あのキリスト教会に売られているのだ。一連番号だから、当然そういう理屈になる。

ところが、菊子に見せてもらったのは「０７９５」である。

菊子ははっきり教会から貰ったと断言しているが、これはおかしい。そんなに番号が飛ぶはずはないのだ。あれは教会がまとめて買った十冊の中のものではない。

南田菊子は嘘をついているのだ。

区間も、期間も合っている。しかし、番号までは彼女も気がつかなかったのであろう。宮脇も、回数券のことを訊いて回ったとき、番号のことまでは言っていない。

もし、彼女が嘘をついたとすると、どのような意図からだろうか。

菊子が、わざわざハンドバッグを取りに行って、その中から回数券を出して宮脇に見せたことも、作為と思えば思えるのだ。

妙なことになった。

宮脇平助は、早速、この結果を久間に報告した。久間も変な顔をした。

「おかしいね。その女の子はどういうつもりなのかな」

「区間も日付も合っているが番号だけが離れているんです。教会で十冊分買ったときより、ずっと遅い時間に発売されたのですよ」

宮脇平助は言った。

「だから、こういう推定ができますね。南田広市と菊子とは教会から貰った回数券をすでに持っていないのです。そこへ、ぼくが回数券のことを訊きに行ったものだから、発売日と区間だけ合っている回数券を探して手に入れ、ぼくに見せたんだと思いますよ」

「それだったら、おそろしく用意周到だね。君が、もう一度、訪ねて来るのを予想していたみたいだね。その南田父娘《おやこ》は、実際に持っていないのだったら、なぜその回数券を使用済で捨ててしまったと言わないのだろう?」

8

久間隆一郎は、南田広市の人物について調べてみる気になった。

回数券のことは、一応、あと回しにしよう。疑問は多いが、問題の南田広市とはどのような人物か、それからかかることにする。

南田広市は区会議員だから、それほど有名ではない。彼のことを知ろうと思えば、やはり新聞社の支局の記者に聞くほかはなかった。

久間監督は顔が広い。新聞社にも相当友人がいるので、その伝手《つて》から、支局記者にメモを作ってもらうことにした。

頼んでから三日目に、その記者から速達が来た。

「南田広市氏は、当年五十一歳。区会議員としては当選三回です。出身は九州で現在は土建業を営んでいます。区会における勢力は相当なものですが、これは現国務大臣秋芳武治氏の線とつながっているところが大きいといわれています。

現に、この前の選挙で、南田氏は秋芳氏に献身的な応援をやっています。秋芳氏は、その際、選挙違反を起こしましたが、南田氏も事件に捲き込まれ、当局に再三、参考人として召喚されています。しかし、これは容疑が確定せずに釈放となっています。

人柄としては、キリスト教信者だけに清廉を噂されていますが、彼の政敵からは二重人格ともいわれています。

以上、簡単ながらご報告します」

久間隆一郎はこの報告を読んで、はは あ、と思うところがある。

現内閣が二年前に成立した当時である。新内閣による最初の国会が召集されたとき、野党の一議員が次のように質問したのが新聞記事に出ていた。

——現内閣の施政方針に綱紀粛正がうたわれているが、現閣僚の中には選挙違反をおかしている人がいる。このような疑惑の人物を閣僚にしたのはどのような理由か。——

これに対して首相が答弁したが、その閣僚はうしろのほうで顔を俯《うつむ》向けていた、という記事だ。その面を伏せた閣僚が国務大臣秋芳武治であった。

久間は、南田広市が秋芳の選挙違反に、連坐しかかったという報告を見て、それを思い出したのだ。

南田がどの程度秋芳の選挙違反に問われたかは分からない。起訴されなかったところをみると、それほどの容疑はなかったのであろう。しかし、政治家は巧妙に危機をすり抜けるから、南田が起訴されなかったからといって、彼が絶対に潔白だったとは決められない。

久間は、南田広市を知るには、さらに秋芳の選挙違反がどうなっているかを調べてみる必要があると感じた。

それからの彼は、新聞社や通信社の友人たちの手を借りて、いわゆる〝秋芳選挙違反記録〟なるものを克明に調べてみた。

こういう調べものも、久間隆一郎には結構愉《たの》しみであった。

映画を作るとき、彼は丹念に材料を調査し、メモを作る。たとえば、時代ものの作品になると、どのような小道具にも彼の神経が届く。元来が詮索《せんさく》好きのほうである。こういう癖に対して彼のエピソードはかなり豊富だった。

久間が三週間ばかりかかって作った調査メモというのは、大体、次のような要領となった。

「昭和三十×年五月の衆議院議員選挙直後のこと、秋芳武治は、九州T県第四区から立候補して当選したが、このとき、未曾有の選挙違反容疑者の検挙がはじまった。
すなわち、選挙戦開始と共に設けられたT県警察の捜査本部では、投票の終わった日の早朝から、一斉に容疑者の検挙に乗り出したのである。このとき、二名の運動員の口から、
《秋芳さんへの投票をまとめてくれ、それにはこの金を使ってほしい、と千倉《ちくら》さん宅で現金三万円を直接手渡された》
という事実が洩れた。
千倉さんというのは、秋芳候補の出納兼総括責任者となっており、県会副議長をつとめている千倉練太郎《れんたろう》（六十四歳＝当時）のことである。千倉練太郎は、東大法学部を卒業し、判事、弁護士の経歴をもち、昭和の初め県会議員に当選して以来、連続出馬当選し、この間地元から代議士に出馬し、落選したことがある。文字通りT県政界の実力者の一人であった。
一カ月ののち、県警察本部で千倉練太郎に対して任意出頭の形式で出頭を求めた。しかし、千倉はこれに応じなかった。県警では、身柄逮捕に切り換えて、急遽、係官が千倉宅に逮捕に赴いたところ、自宅はすでに、もぬけの殻であった。
五日後、選挙違反容疑の同派運動員の裁判には、千倉が弁護士として立ち会うはずだったが、この公判にも欠席。さらに当人の行方が分からないので、県警本部ではあわて

て千倉練太郎に対して全国指名手配をした。

以来、千倉練太郎は県民の前から完全に姿を消し、全く消息を絶った。県警本部の捜査でも彼の足どり一つ摑めなかった。

したがって、千倉練太郎は、秋芳派運動員の選挙違反検挙がイモヅル式に開始されると、逸早く身の危険を感じて県外へ逃亡したとみられた。このころ彼の海外亡命説が流布された。

海外亡命説は、たとえば、ワイキキの浜辺でアロハシャツを着た千倉を見たとか、台北市内を散歩していたとかいった類《たぐい》である。

一方、千倉練太郎から直接間接に金を手渡された容疑者は起訴三十五人に及び、つづいて有罪が確定したのであった。

このとき、南田広市も容疑者の一人だったが、証拠不十分として起訴を免れている。なお、南田広市は、千倉練太郎と同郷人の関係で千倉の頼みを聞いたといわれている。

さて、千倉の行方については、翌年になって、大分県宝泉寺《ほうせんじ》温泉に潜伏しているという情報が伝えられ、地元警察署では色めき立ったが、捜査の結果、県内潜入の事実は皆無ということであった。

では、警察が、なぜこのようなデマに躍らされたのかというと、それには千倉練太郎の逃亡について、

《千倉はまもなく時効になる。法律の裏の裏まで知り抜いている弁護士である千倉がそれを知らぬはずはない。時効となると同時に、これ見よがしに顔を出すのではないか》

という県民たちの臆測が隣県の宝泉寺温泉潜伏説につながっていたともいえる。

しかし、千倉練太郎の時効は、逃亡したことによって二カ年となり、また、相被疑者たちの起訴確定までは時効進行は停止されてしまうわけなので、そのことから現在の千倉練太郎の時効の成立は昭和三十×年一月となっている。すなわち、あと八カ月で彼は無罪になるのである。

しかし、検察側によって時効間際に起訴されることになると、時効は中断され、何年でも時効停止の処分をすることができるから、時効を待って千倉が顔を出すということは、必ずしも期待はできない。つまり、千倉にとっては、あるいは永久に世間に姿を出せないことになるかもしれないのだ。

地検の検事正は、証拠関係からいえば、千倉練太郎の有罪は確実であると断定しているし、この見通しからいえば、現在の千倉は、姿を現わして裁判を受けるか、あるいは死亡するかの場合を除いて、晴れて陽の目を見ることはできないことになる。

新内閣が発足したとき、国務大臣として初入閣をした秋芳武治は、錦を飾ってお郷土《くに》入りをしたが、このとき、詰めかけた記者団の中から意地悪い質問が飛び出した。

《個人的なことをお伺いしたい》

と切り出した途端、それまで所管事項の問題で気焔を上げていた秋芳国務大臣が、顔面蒼白となったことがある。

秋芳国務相は記者団の質問に対して、

《千倉練太郎氏の行方は知らない》

と唇を震わして言った。

記者団が、

《もし、大臣が潔白であるなら、千倉に出て来るように呼びかけたらどうですか》

と追及すると、

《承っておきましょう》

とぼそりと一言答えただけである。あとは沈黙のまま、そそくさと記者会見を打ち切ってしまった。

その後、この問題が野党側の攻撃材料の一つとして取り上げられると、秋芳国務大臣の秘書官は、それについて次のような談話を記者団に発表した。

《千倉練太郎氏は、いわば押しかけ選挙参謀といった格で、当方から正式に依頼したものではなかった。しかし、選挙違反を出した責任を感じてか、選挙後姿を消して、今まで全く連絡もない》

しかし、皮肉にも、秋芳武治の中央での政治的立場は、ますます強力なものになってている。だが、彼の勢力が伸びるにつれて、県民の間にはこの事件をいよいよ忘れまいとする現象が起こっている。
千倉練太郎の海外亡命説も、国内での千倉の足跡が完全に捉えられないことに原因している。

これは秋芳武治が強力な支援を与えて、わざと彼を海外に逃がしたのではないか、という推測である。というのは、現公職選挙法では、総括または出納責任者が買収などで有罪になると、その当選が無効になるからである。

内閣閣僚の大部分は衆参両議員の中から択ぶ慣例になっている。もし、千倉の逮捕によって彼の有罪が確定すると、秋芳武治は代議士の資格を喪失するのみならず、閣僚という栄光の台座からすべり落ちることになる。この辺が、秋芳武治の庇護で千倉が長期逃亡しているという説の出るゆえんである。

しかし、千倉練太郎が海外に逃亡したという点は、かなり疑問視されている。それよりも、人口の稠密《ちゅうみつ》な東京都内に潜伏している可能性が案外強いのではないか、という見方も行なわれているのだ」

久間隆一郎は、いわゆる秋芳武治選挙違反事件について、これだけの知識を得た。

南田広市が秋芳国務大臣の線につながっているというのは、実は、南田と目下逃亡中の千倉練太郎とが同郷の誼《よしみ》から出ているようだ。つまり、千倉が秋芳の子分だったので、千倉の子分格の南田も秋芳の傘下に入ったということになろう。南田広市が、秋芳の選挙に応援を一役買って選挙違反に連坐しかけたいきさつは、以上のことで納得できる。

要するに、千倉練太郎は逃亡しているが、彼が官憲の手に逮捕されることは秋芳国務相にとって重大な脅威となっているわけだ。——

久間は考えた。

千倉練太郎自身には、逃亡期間中を食いつなぐ資金があろうとは思われない。また、うっかり自分の家から送金させていたのでは足がつく。当然、考えられるのは、秋芳の線から逃亡中の生活費が秘密の裡《うち》に賄われているであろうことである。

もちろん、秋芳自身は、千倉のことに関しては全く関知しないと世間には公言しているが、彼のために日陰の身となっている千倉を道義上からも見捨てるわけはないのだ。当然、秘密裡に生活資金の応援があるとみなければならない。

逆にいえば、千倉の長期逃亡が成功しているのは、秋芳のほうからの資金援助があるからだともみられる。すると、現在も、千倉と秋芳とは絶えずこっそりとどこかで連絡があるものと思わねばならぬ。

久間隆一郎は心の中でうなずいた。

秋芳、千倉の連絡線のなかに南田広市が一役買っているのではなかろうかという推定だ。秋芳は千倉に金を渡す場合、秘密保持のため間に幾人もの人間を置いていることであろう。その一つのクッションに南田広市を考えるのは、そう的外れではあるまい。

テープの声――出雲崎の女の水死体――京王帝都電鉄の回数券――南田広市。

この線が果して有機的な相互関係をもっているかどうかは分からないが、とにかく、久間隆一郎の眼の前には、「秋芳選挙違反事件」で急に別の世界が展《ひら》けてきたような気がした。

その晩、宮脇平助が久間を訪ねて来た。

久間は、早速、選挙違反の話をして聞かせた。

「ほう、秋芳武治にそんなことがあったのですか」

宮脇平助も眼をまるくしていた。

「ところで」

と、次は彼の番だった。

「ぼくは白タクの運転手に案内されて布田駅の近くに行きましたが、あの声の主の一人は、やはりあの辺に住んでいるような気がします」

「それは、こないだから君が探していたね」

「ええ、ただ漫然と歩いただけでは手がかりが摑めません。ぼくが思うに、あの人物は、あの辺の地元の人間ではないと思います」

「うむ。それで?」

「すると、他所《よそ》からあの土地に移って、間借りをしているか、一軒借りているか、それとも下宿か、そんなところだろうと思いますよ」

「よろしい。それから?」

「そこでですな、他所者がああいうところにふらりと居を定める場合、縁故以外には、どうしても不動産屋の紹介が必要となります。今どき、貸家などという札は貼ってありませんからね」

「うむ」

「ひとつ、あの辺の不動産屋に当たってみようかと思います。どうせ、あの男がそこに居を移したのは、そう古いことではないから、不動産屋が紹介していれば、きっと記憶にあると思いますよ」

「そりゃ、君、いいところに気がついたな」

久間はほめた。

「君もまんざら悪い頭じゃないね」

「冷やかしちゃいけません」

――その翌日だった。

宮脇平助は、京王線の布田駅に降りた。小さな駅だ。

ホームから外へ出ると、すぐ前に不動産屋の看板が眼についた。粗末な、狭い家だが「布田不動産」という看板だけは派手に出ている。

彼はその前に立った。どこの不動産屋も店の構えは同じである。前のガラス戸に、物件広告の貼紙がべたべたと隙間なく貼られてある。ガラス戸の隙間からのぞくと、机の前に、五十近い肥った洋服男が所在なげに煙草を吸っている。

宮脇平助がガラス戸を開けると、その男は煙草を灰皿に捨てて、愛想よく椅子から起ち上がった。

「いらっしゃい」

机の上には、電話が一つと、帳簿がもっともらしく五、六冊並べてある。

「どうぞ、こちらへ」

不動産屋の男は、押し出しをよくするためか、立派な洋服を着ていた。彼は宮脇平助を客と見たか、逸早く傍らの応接椅子に招じた。

「この辺に移りたいのですが、どこか貸家はありませんか？　一戸建てでなくても、部屋借りでもいいんですがね」

宮脇平助は鷹揚に坐って訊いた。

「貸家ですか。さて、と」

不動産屋は頭をかいた。

「惜しいことをしましたね。たったこないだまで、この近くにいい家が一軒あったんですがね」

「それは残念だったな。で、契約の済んだ家というのは、一戸建ちですか？」

「そうなんです。ちょうど恰好の家《うち》でしたよ。ええと、四畳半に六畳、八畳です。風呂はついていませんがね」

「そりゃ、惜しかった」

「全く、こんな田舎でも、あんな恰好のうちはめったにありません」

「少し休ませてもらいましょうか」

彼はポケットから煙草を取り出した。

「さあさあ、どうぞ」

向こうは商売人だから、愛想がいい。傍の客用のソファに招じた。

「もうその家は、当分空きそうもないですか？」

彼はいかにも未練げな顔つきで言った。

「大体、一カ月ばかり前に入れ替ったばかりですからね。当分は空きませんよ」

「このごろは、借家が少なくなりましたね。それに、たいてい狭いアパートばかりだから、家族持ちには、ほんとうに不自由です」

か？」

「ご尤もです。よくそういう苦情を聞きますがね。旦那のところは、家族は何人です
「おふくろと、女房と、子供が二人いますよ」

宮脇平助はいい加減に答えた。

「そいじゃ、アパートでは不自由ですね」

傍で帳簿の記入をしていた女事務員が、茶をいれてきた。顔立はととのっていて、ルージュなどひいているが、どこかぎすぎすしていて、筋ばった手で彼にそれをすすめた。

ここでは特に収穫はなかったので、いい加減にとび出して二十メートルも行くと、今度は反対側に「武蔵野《むさしの》不動産」という看板の家があった。宮脇平助がここにとびこむと「布田不動産」で聞いた同じ物件の話が出た。

「で、その家を借りた人は、どういう家族構成ですか？」

宮脇平助は仕方なしに訊いた。

「多人数でしたね。年寄り夫婦に若夫婦が一組と、子供が三人です」

この不動産屋は三十七、八のよく肥えた男だ。宮脇平助は、また茶を振舞われた。

「おやおや、それは大世帯だ。その前の人も家族が多かったんですか？」

「いえ、それはごく少なかったんです。あの家には勿体《もったい》ないくらい小人数でしたよ」

「というと？」

「六十ばかりのおじいさんと、二十六、七くらいの息子さんと二人きりでした」

「なるほど」

「おじいさんのほうが金を持っていたんでしょうね。二人ともめったに外へ出ませんでしたよ」

「偏屈人《へんくつにん》ですね」

「そうかもしれません。なにしろ、近所に風呂があるというのに、二人ともそこに行かないんですからね」

「え、風呂に入らないんですか?」

「そうなんです。まあ、たいてい、ぶらぶらしていると、退屈まぎれに散歩に出るとか、近所に話しに行くとかいうことはあるんですが、その親子に限って、めったに外に出ないんですよ」

宮脇平助の頭にちらりと掠《かす》めるものがあった。駅前の不動産屋に目をつけた直感は正しかった。彼は急に椅子から身体を起こした。

「ちょっと訊きますがね。その人をその借家に世話したのは、お宅ですか?」

「そうなんです。尤も、そこの〝布田不動産〟から頼まれて、わたしが世話したのです。〝布田不動産〟は半年前に出来たばかりで、実力はあまりありませんからね」

と、後輩同業者の悪口をちょっと言った。

「では、あなたのほうに、その人の名前は分かっていませんか？」

「そりゃ分かります。しかし、何かお心当たりがあるんですか？」

「ええ、ちょっと。わたしの知った人によく似ているんです。もし、そうだったら、永い間探していた人ですからね」

「いま、帳簿を調べさせましょう。……君」

と、肥えたおやじは横にいる女房に声をかけた。

「いま聞いた通りだ。調べてくれんか」

女房はうなずいて、前の帳簿に手をかけた。

「いや、世の中にはいろいろ変わった人があるもんですね」

おやじは目下閑散《ひま》だとみえて、宮脇平助を相手にしてくれた。もっとも、宮脇は調子がいいから、誰にでも好かれる性質《たち》だ。

「そうですね。その人たちの家に、誰もお客はなかったんですか？」

「それですよ。隣の家主がしまいには妙に思いましてね、それとなく様子を見ていたんですが、夜のお客はあったようです」

「ほう」

「それは女の人なんですがね。二十五、六ばかりの年ごろで、これはその息子さんの恋人か何かじゃないか、という推測でしたが」

二十五、六の女——宮脇平助はいよいよ眼を光らした。
「分かりましたわ」

帳簿から書き抜いたらしく、女房はメモに名前を書いて来た。

「そうそう、この人ですよ」

おやじは、それを宮脇平助に渡した。

——中山市太郎《なかやまいちたろう》、同一夫《かずお》。

宮脇平助は二つの名前を頭の中に刻み込んで、メモを手帳の中にしまった。

「どうでしょう、も少し、この人の話を伺わせてもらってもいいでしょうか？　いや、名前は違うんですが、どうも、わたしの心当たりの人のように思われますから」

「どうぞ。わたしゃ、今仕事はありませんからね。いくらでもお話ししますよ」

肥えた不動産屋は黄色い歯を出してにこにこした。

「いまお話の、息子さんの恋人らしいという女の人ですがね。それは、その家に始終来てたのですか？」

宮脇平助は腰を落ち着けて質問をはじめた。

「わたしはべつに見たことがないので分かりませんが、その隣の人の話では、一週間に一、二回ぐらいは来ていたそうですよ」

「その女の人は、その家に来ると、すぐ帰ったのでしょうか？」

「さあ、それは分かりません。が、昼間はあまりこなかったそうです。夜こっそり忍ぶようにして来たそうですがね。ご承知のように、この辺は八時を過ぎると深夜のようになります。ですから、その頃にやって来れば、ほとんど近所の人に顔を見られるということもありませんよ」

「なるほどね」

宮脇平助は、今まで聞いたところを頭の中で整理してみた。

六十余りの老人と、二十六、七の息子。二人ともめったに外に出ない。銭湯にも行かないで、家で湯を沸かし、行水で済ましている。夜は息子の恋人らしい女が訪ねてくる……。

「どうもおかしな話ですな」

宮脇平助はひとりで首をかしげて呟《つぶや》いた。

「いや、どうもお邪魔しました」

彼は起ち上がった。

「すっかり話し込んでしまいましたね」

「いやいや、閑散《ひま》なときは、いつでもお話相手になりますからいらして下さい。そのうち、ご希望の物件を見つけておきますよ」

「ぜひ、お願いします……ところで、伺いますが、その家というのは、どの辺でしょうか？」

「ああ、それだったら、この道をまっすぐに行って左に行くと、お寺があります」

宮脇平助は、この前来たときに見た寺のことだと思った。

「ええ、ありますね」

「その近くに、大きな無花果《いちじく》の樹がありますから、それが目標です。その横の家ですよ。いま、水田《みずた》という標札が掛かっていますがね」

「分かりました。ついでにお伺いしますが、家主さんはどこでしょうか？」

「家主は、そのすぐ裏に農家があります。尾崎という家ですがね」

「分かりました。いろいろ有難うございました」

宮脇平助は丁寧に礼を述べて不動産屋を出た。


しばらく歩くと、寺の前に出た。この前、白タクの運転手と来たところだ。今日は人影もなく、山門の屋根が眩しい黒い影を落としている。無花果の樹はすぐ眼についた。

「水田」という標札の家は、屋根の低いしもたやだった。閉まった格子戸に軒の影が半分おりている。その前に白い犬が一匹眠そうにうずくまっていた。

彼は狭い路地を入って、裏側の農家の前に出た。広い前庭には、中年の主婦が竿に洗濯物を掛けていた。

「こんにちは」

と宮脇平助は先に頭を下げた。主婦は眩しそうな眼で振り返った。

「ぼくは中山さんを訪ねて来たんですが、どこかにもうお引越しのようですね？」

彼は丁寧に訊いた。

「ええ、もう、とっくですよ」

主婦は濡れた手を前掛で拭いた。

「ちっとも知りませんでした。前にはがきを貰ったのですが、つい、今まで来そびれていました」

「そりゃお気の毒ですね」

主婦は笑顔を見せた。

「さあ、どこにいらしたか、全然わたくしどもには何もおっしゃいませんので、分からないんですよ」

「そうですか。で、相変わらず、家の中にばかり引っ込んでいたんでしょうね」

彼はさも知ったかぶりで言った。

「ええ、ええ、そうなんです。やっぱり、前からそういう癖があったんですか？　息子さんなんか、昼間はほとんど見たことがありませんよ」

「ええ、妙な親子でしてね。ちょっと変わったところがあります」

「お風呂にもいらっしゃらないんですからね。お宅で行水をなさっていたようです。冬でもあれじゃあ、ずいぶん、お寒いんじゃないかと思ってましたよ」

「昔からあれなんです。で、息子のほうに女が訪ねて来ていたでしょう?」

「まあ。よくご存じで」

と主婦は笑った。

「あれは息子さんの好きな人ですか?」

「さあ、どの口でしょうかね。あの男は、あれでなかなか隅におけないほうですからね。奥さんは、その女の人の顔を見憶えていますか?」

「夜遅くこられるので、はっきりと見たことはありません。でも背のすらりとしたきれいな人だったように思いますよ」

「いつも、どんな恰好でした?」

「黒っぽいスーツのようでしたわ。顔も、いつもネッカチーフでかくすようにしていました。何か、おつとめをしている人のような感じでしたわ」

宮脇平助ははっとなった。

「その人は、もちろん、電車で通って来たのでしょうね?」

「そうなんです。わたしがちらりとその女の人を見たのも、駅のほうから歩いて来るのに出遭ったからです」

「で、女の人は晩に来るからには、もちろん、泊まって帰ったでしょうね？」

「それがよく分からないんですよ。その女の人が帰ってゆく姿を見たことがないんです。もしかすると、遅い電車で帰ったかもしれませんし、近所が起きないうちに朝早く帰っていたかも分かりません」

「そうですか。しかし、その親子の引越しのときは、家財道具もあったでしょうが、運送屋なんかはどうでした？」

「それがね、あんまり荷物がないんです」

「では、トランクぐらいで、簡単に引越して行ったんでしょうか？」

「それも分かりません。家賃などは前払いで貰っていましたから、夜、越して行かれるのも知らなかったくらいです」

「ほかに、お客さんのような人は来ませんでしたか」

「そうですね。べつになかったようですよ。そりゃ静かなもんでした。三カ月間、お貸ししたのですが、あんな静かな人は初めてです。あの人たちは前からそんな方だったんですか」

と主婦は逆に訊いた。

「まあ、そういう男でしたね」

宮脇平助は仕方なしに相槌を打った。

「そうそう、もう一つ伺いますが、中山君は、こちらで米の配給など受けていましたか?」

「それが、あなた、このごろのことですから、米穀通帳などなくても済んだようです。米は自由に買えますからね」

「もう一度、念のために訊きますが、その老人の顔も、息子さんの顔も奥さんはよくご存じでしょうね?」

「ええ、そりゃ知っていますよ。お父さんのほうは、なかなか品格のある人でしたね。頭も真白でしたが、眉毛がまるで書いたように真白くて太かったですね」

主婦はまだ宮脇平助がその親子の知り合いだと信じている。

「ええ、そうそう、そういう顔でした」

宮脇平助は、その人相を心で憶えた。

「でも、息子さんのほうは、髪を長くのばしていたようですが、顔がよく分かりません。なにしろ家の中に引込んだっきりなんですよ。でも、あの息子さんはお父さんにはよく仕えていたようですね」

「そんなによく尽していましたか」

「そりゃ、もう、なかなか今どき、あんな孝行息子は見られないくらいです。なにしろ、朝の炊事から洗濯物まで、一人でやっておられたようですからね。家の中からその音がよく聞こえたもんです」

「で、その親子はいまどこにいるか、全然、手がかりはないわけですか?」

「さっぱり分かりません。それこそ、風のようにどこかへ行ってしまったといった具合です。あなたもこれからお探しになるのは大変でしょう」

主婦は同情した。

もう、これくらいでいいだろうと思って、宮脇平助は頭を下げて、その農家の前から去った。昂奮がそのあとから湧いた。帰りにお寺の前に出ると、今度は山門に、この間見かけた若い坊さんが立っていて、近所の人らしいお婆さんと話をしていた。

「和尚《おしょう》さんは、あと四、五日したら帰りますから、そろそろ、檀家まわりをされると思います」

その声が、歩いている宮脇平助の耳に流れた。

帰りがけに「布田不動産」に寄って、親子が家を借りに来たときのことを聞くと、

「年寄のほうがフラリと入ってきて、借家はないかというので、そこの武蔵野不動産さんに、回して頼んだんですよ」

と肥えたおやじは正直なところを言った。

宮脇平助はその足で、鎌倉に直行した。

「あら、ミヤさん、このごろ、よく見えますのね」

玄関で久間監督の奥さんに皮肉られたが、彼はにやにや笑って黙殺した。今日は久間を昂奮させる材料を仕込んで来たのだ。

宮脇平助は、はじめ、わざと女のことを話からはぶいた。これは効果上あと回しにしたのだが、それでも久間は瞳まで据わってきた。

「そりゃ、君、たいへんな聞き込みだったね」

久間はひと通り聞き終わって太い息を吐いた。この人は肥えているので呼吸があらい。

「でしょう？　ぼく自身がびっくりしました。ことの起こりは、こないだ、ぼくが白タクの運ちゃんと探しに行った例の男が、間借りをしていると見当をつけたことからです。それで駅前の不動産屋に飛び込んだんですがね」

「君の着眼がよかったんだな」

「その男のアジトは発見できませんでしたが、別な筋がかえって大物でしたよ」

彼は言った。

「そりゃ全くだ。老人は白髪に太い眉が特徴だと言ってたね。調べてみると分かるだろうが、きっと、それは、現在逃げている秋芳派の総括責任者千倉練太郎に違いないよ」

「ぼくもそう思います。なにしろ、息子と称する若い男も、外にも出ず、銭湯にも行かないというんですからね。よほど、人に顔を見られるのが怖《こわ》かったとみえます」

「そうだ。それに布田辺りだと、ちょっと人に分かるまい。いくら東京でも、都内にいれば、知った顔に出遭う気遣いがあるからね。そこへいくと、布田なんていうところは、電車で通過する以外、用事のないところだ」

「老人のところにいた若い男というのは、家の中にばかりいてあまり近所にも顔がよく分からなかったそうですが、ぼくはやはり秋芳派から付けられた千倉の世話役だと思います」

「君の推定通りだろう。秋芳大臣にとっては、千倉は恩人だからね。粗略な扱いはできない。そこで、潜行中の千倉の世話を子分の若い者にさせた、というところだろう。……待てよ、君、これにはもっとほかの狙いもあるよ」

久間は途中で気づいたように勢いづいた。

「ほう、何ですか？」

「つまりだな、秋芳にとっては千倉は恩人だが、同時に、怖《こわ》い男だ。千倉が潜行の苦労に耐えかねて、いつ、その筋に自首して出るか分からない。そうなると、秋芳にとっては大変だ。代議士の失格は勿論、大臣の座からも転落することになる。だから、その若い男は、千倉を監視する役でもあったわけだよ」

「そうですね。それは十分に考えられますな」

宮脇平助は、なるほどそういうこともありそうだとうなずいた。

「しかし、急に、その二人が家を越して行ったのは、なぜでしょう？　あなたの説だと、そこにいたほうが安全のように思われますが」

「うむ」

久間隆一郎は太い腕を組んだ。

「それには、二つの理由が考えられるな」

と彼は頭を傾けながら言った。

「一つは、いくら安全なところでも、長くいるのはやはり危険だ。現に、裏の家主がその父子の不思議な生活に疑問を持ちはじめていたじゃないか。千倉は絶えず居所を転々とする必要があったのだ。長居は無用だ。そのための転居だったのさ」

「もう一つは？」

「これは、対手側に気づかれそうになったということからだ。対手側というのは、警察かもしれない。あるいは新聞社かもしれない。ぼくはよく知ってる新聞社の者に訊いてみたんだが、新聞社のほうでも、千倉の潜行にはひどく興味を持っていて、なかには、専門にその行く先を追及させていた社もあるそうだな」

「そうですか。いや、それはそうかもしれません。なにしろ、それをすっぱ抜けばたいへんな特ダネになります。ことは現大臣に関係がありますから」

「そうだ、えらいスクープだ。だから、ぼくは警察というよりも、もしかすると、新聞記者に感づかれそうになったのじゃないかと思っている。なにしろ、君が眼をつけるようなことは、ほかの人間でも考えるからね」

「おやおや。たった今、ぼくの着眼はユニークだと賞めたばかりなのに」

「いや、失敬。ただ、いくら君の独特な着想でも、人間の頭だ。考えは同じところに落ち着く、と言っただけだよ」

宮脇平助は、もう、この辺で、とっておきのものを出すことにした。

「ところが、これには、もう一つ面白いことがあるんですよ」

と彼はにやにやして言った。

「その息子と称する若い男のところに、よく女が来ていたそうですがね。ほかに客がないのに、その女だけは出入りしていたそうです。それも昼間ではなく、夜に限って忍んで来ていたそうですよ」

「ほう」

久間はたちまち眼を光らした。

「その女は、幾つぐらいだね？」

「二十五、六だそうです。服装は黒っぽいスーツで、一見、ＢＧ風な女だったと、家主のおかみさんが言ってました。残念ながら、いつもネッカチーフで顔をかくしているので、人相はよく分からなかったそうですが」

「なに？」

久間は飛び上がりそうになった。

「そりゃ、君……！」

久間は眼をむいている。

「そうです。ぼくも同じことを考えましたよ」

宮脇平助はわざと落ちついて言った。

「君、な、なぜ、それを早く言わんのだ」

久間は吃《ども》った。

「いえ、話には順序がありますから」

「酷《ひど》い奴だな。それならそうと、いっぺんに言えばいいのに」

「久間さんも、その息子の恋人というのを、出雲崎の水死女と推定しますか？」

「当たり前だ。年齢も服装も、ちゃんと合ってるじゃないか」

久間は昂奮したときの癖で、口を尖らせた。

「それに場所だ。水死女は新宿から調布までの回数券を持っていた。何もかも一致するじゃないか。女がそんな状況で京王線で通っていたというなら、定期よりも回数券のほうが余計に考えられるよ」

「そうです、そうです」

宮脇平助はうなずいた。

「だから、ぼくも早速、今夜ここにやって来たんですよ。ただ千倉らしい人物の発見だけなら、明日でもよかったんですがね」

「君、それをもっと詳しく言ってくれ」

宮脇平助は、もう一度はじめから言い直した。久間は眼を閉じて強張《こわば》った顔つきで聞いている。

「君、やっぱりその女だよ」

聞き終わると、久間は改めて断言した。

「君、その女は青年の恋人かもしれないが、また別なことも考えられるよ」

「ははあ、どういうことです？」

「連絡係だ。つまり、千倉は潜行しているが、絶えず親分の秋芳武治と連絡をとっていたに違いない。連絡といっても、うっかり電話などでは誰に気づかれるか分からないので、信用のおける人間を使っていたのだ。その場合、男よりも女のほうが目立たなくていい。彼女は、そういう役目で千倉の隠れ家に始終行っていたんじゃないかな。女を使っているところを見ると、秋芳夫人あたりのさし金かな。新聞記者の話によると、夫人はなかなかの賢夫人で内助型だそうだから」

「しかし、女は、その家に泊まって、朝帰ることもあったそうですよ」

「そりゃ、君、淋しい場所だから、安全な処置をとったんだろう。君はスケベエだから、女が泊まると、必ずそっちのほうに取りたがるね」

「しかし、その青年と関係があったとしても、おかしくはないでしょう?」

「そりゃおかしくないが、どうも、すっきりしないね。君、この場合は、色恋のほうにあまり気を取られると、本筋を見失ってしまうよ。第一、その女の持っていた回数券の番号が、例の南田の手から回ってきたらしい事実も考えに入れなきゃいけない」

「そうですね。南田広市は、千倉と一緒に忠勤を励んでいましたからね」

「そうだ、相互間の線は完全にひかれているじゃないか」

「すると、こういうことになりますね、秋芳が南田に依頼して、南田がその女を千倉のところに送っていたという推定ですね?」

「うむ、あり得るね。もしかすると、その女は、南田の娘の菊子の友だちかもしれない。回数券のことも、南田父娘《おやこ》がたまたま教会から貰ったのかもしれない。もちろん、それまでも、その女は布田に京王帝都電鉄で行っていたのだが、それは普通に回数券を買っていたんだろう」

「そうなると、なぜ、その女は殺されたんでしょう?」

「さあ、そこだよ。それはもう少しじっくりと考えないといかん」

久間はふくれた顎を撫でて、

「もし、彼女を殺した犯人が、秋芳ないしは千倉側の人間だとすると、彼女が変心したというような原因かもしれない」

「変心といいますと？」

「相手は女だ。どうせ、秋芳ぐらいになると、政敵もいるだろうからね。その連中だって、警察や新聞記者に負けずに、千倉の行方を捜しているに違いない。その女も、相手側から誘われて寝返りをしそうになった、それを早くも気がついて、先手を打って、死で口を封じたというわけだな」

「なるほど。そりゃ面白いですな。すると、なんですね、秋芳派の政敵を知る必要がありますね」

「しかし、もう一つ分からないことがあるな」

久間は宮脇平助が元気づくのを押えるように言った。

「何ですか？」

「その女が出雲崎で死んだ女と同一人だとすると、どうして連中はその行方を捜《さが》さないのだろう？　女は前から行方不明になっているのだから、彼女を手なずけていたどちらかの側が捜さねばならぬ。さしずめ彼女に目をつけていたと思われる反秋芳派が、まっさきに騒がねばならぬところだ」

「そうですね」

宮脇平助は考えていたが、

「それは、実は騒いでいるかもしれないが、表に出ないだけじゃないですか。問題が問題だから内輪で処理しようとしているんじゃないでしょうか。だから、実はしきりと彼女の行方を探しているんだと思います」

「そうだな。それも考えられるが」

と久間はまだ十分納得できない顔つきだった。

「それにしては、少々、連中ものんびりしているね。もっと早く、出雲崎の死体に気づきそうなものだが」

「そりゃ、あなたはたまたま現地に行って偶然に見たから、そう思いますが、東京の新聞に報道されていないと、ちょっと柏崎くんだりまでは気がつきませんよ」

「いやいや、そうではない。もし、その気になれば、全国の地方紙には、一応、眼を通しているはずだ。君の言う通り、表面に出るのをおそれて、警察に捜索願も出さなかったとすれば、それだけ余計に手を尽してるはずだからね。少なくとも、各地方紙の社会面には眼を通していると思うよ」

「それはそうですが、そこまでは、案外、気がついていないのかもしれませんよ」

「まだ疑問はある。その女がどうして東京から柏崎まで連れ出されたかだ」

「それは、騙《だま》されて行ったんでしょう」

「騙されるにしては、あの辺に行くような然るべき口実がなくちゃならない。ということはだな、事実、新潟県辺りに、彼らの連絡場所のようなものがあったということにもなるよ」

久間の推測には一理あった。

「なるほど、そういうことは考えられますね。待って下さいよ」

宮脇平助は思い出すように言った。

「録音テープには、甲府まで持って行くという言葉も出ていましたね。柏崎までの中継地が、たしかに、彼らにありそうですよ」

「それだよ、君。連中のアジトは、もう一個所ある。思うに新潟県か、そこに近いところだ。だから、女もおとなしく柏崎へ運ばれて行ったと思うね」

「その中継地というと、どこでしょう？」

「それはまだ分からない。だが、東京と柏崎を結ぶ中間、例えば、長野県あたりが推定できそうだ」

「そうすると、例の洞窟に入れるモノという言葉ですが、やっぱりあれは死体という意味でしょうね？」

「そうだね。こういう状態になると、やっぱり死体を指していると考えたほうがいいようだな」

「ますます面白くなりましたね」

宮脇平助は指を鳴らした。

「久間さん、こりゃ、少々、スケールが大きくなってきましたが、やり甲斐はありますよ」

「そうだな」

「誰にも知らせないで、ぼくらだけでやってみましょう。みんなをあっと言わせるんです。少々、おっかないかもしれませんが、やれるところまで突っ込んでみましょうよ」

「うむ」

宮脇平助は勢い込んで言ったが、ふと見ると、対手の久間の顔は妙に冴えない。先ほどの昂奮も跡形もなく消えている。妙に浮かない顔つきになっているのだ。

「おや、どうしました？」

宮脇は気づいて訊いた。

「うむ、だいぶ面白くなったがね、残念なことに」

と久間は元気のない声を出した。

「ぼくにはその調査が、もう、できなくなったのだ」

「へえ、どうしてですか？」

「会社から新しい仕事を出されてね。むりやり引き受けさせられたんだ」

「ほう、何ですか？」

「女性ものだがね。会社としては、興行成績の不振な折から、ひと山当てようというわけで、ぼくにそのお鉢が回って来た……ミヤさん、監督という商売はね、仕事のないときは閑散《ひま》で仕方がないが、仕事を持たされると、これぐらい忙《いそが》しい身体《からだ》はないからね」

「それは弱りましたね」

宮脇平助は力を落とした。

「ここであなたに逃げられたんじゃ、ぼくも張合いがなくなります。何とか作品のほうは先に延ばせませんか？」

「無茶言っちゃ困るよ。ぼくもここしばらく遊んだからね。何かやらんと、めしの食い上げになる。君と一緒に探偵の真似ごとをやっても、一文にもならんからな」

「しかし、あなたがいなくなると、ぼく一人じゃとても手に合いませんよ」

「それだ。そのことで、ぼくにも心当たりがないでもない。つまり、ぼくの身代わりを出そうというわけだ」

「身代わりですって？」

「ほら、こないだ、話しただろう。鯨波の海岸で出遇った男さ」

「ああ、あなたに手紙を寄こしたあの人ですか？」

「そうだ。葉山良太という名前だったがね。実は、明日、本人をここに呼んでいる。ぼくが会ってみて、人物が及第だったらそいつをぼくのスタンドインに出すよ」

9

宮脇平助が久間隆一郎の電話を受けたのは、その翌々日だった。会社に顔を出したとたんに掛かって来た。

「ミヤさんか」

久間の濁《にご》った声が聞こえた。

「一昨日《おととい》の晩話した件で、すぐ、こっちに来てくれんか」

「こっちというと、どこです？」

「撮影所だ」

「あの人を呼んでいるんですか？」

宮脇平助は、久間のいわゆるピンチヒッターのことを思い出した。

「そうだ。ぜひ、君に会わせたい」

「そいじゃ及第したんですね？」

「まあまあだ。あれぐらいなら、何とか役に立つだろう」

「久間さんのおめがねにかなうんだったら、相当なものですね？」

「ぼくはね、新人を見つけ出すのは得意だからな。今も、ここで次回作品の打ち合わせをしているが、そのうち二人は新人だよ。今度も売り出してみせるから、まあ、見ていろ」

実際、久間隆一郎監督は、新人発掘に奇妙な才能を持っていた。もっとも、それは、彼の監督としての腕が優《すぐ》れているからなのかもしれない。今ではすでにスター級になっている俳優も、かつて久間に見出された大部屋の俳優だった。

「そいじゃ、すぐ、これからそっちへ伺います」

宮脇平助は、机の上に「××撮影所」というメモを残して、社を飛び出した。撮影所なら彼の仕事だから、少しも不自然ではない。大威張りで出かけられる。

彼の社から撮影所までは、車でもたっぷりと一時間半はかかった。

まず、宣伝部に顔を出して久間の所在を訊くと、いま打ち合わせが済んで、食堂におりたばかりだということだった。

食堂に行くと、大きな図体の久間がライスカレーを頬張っているのが見えた。恰度《ちょうど》、昼過ぎなので、食堂も相当混んでいた。

いつものことだが、撮影所の食堂は奇妙な風景だ。髷《まげ》を付けた扮装のままで飯を食べている男もあれば、お姫さまとトップモードとが並んで天丼を抱えているのも見られる。

「やあ、来たかい」

久間は口の端を黄色く染めて宮脇平助を見上げた。

「まあ、そこに坐りたまえ」

彼は自分の眼の前を指した。

「君、何かとらないか？」

「そうですね、トーストぐらいならつき合ってもいいですよ」

「そうしろ」

久間は大声で女の子を呼び、自分の伝票で宮脇の注文を通させた。

あたりは雑然としている。久間のすぐ横には高名なプロデューサーが並び、そのうしろの卓には有名な女優が二、三人いた。先方も商売だから、雑誌記者の宮脇のほうを見てにっこりと笑った。映画担当だと、そう粗末には扱わない。

スターの横には新人ばかりいたが、宮脇の知らない顔ばかりだった。

「電話でちょっと聞きましたが、あなたが鯨波で出遇ったという青年は、合格だそうですね？」

宮脇は久間の横に知り合いのプロデューサーがいるので話しにくかったが、それだけは訊いた。

「そうだ。あれなら何とかいけそうだよ」

久間は黄色い飯を頬張っていた。

「で、いま、こちらに呼んでるんですか？」

「いるよ。あとで、すぐ紹介する」

久間は匙で飯を口の中に入れるかと思うと、コップの水をがぶ飲みする。それをほとんど交互に繰り返すので、忙しい食事だった。久間は肥っているから、冬でも常に水を飲んでいる。彼によると、いつも咽喉に抵抗を感じる冷たさでないと承知できないというのだ。

水のお代わりを何杯となくする。

「しかし、あなたが途中で脱《ぬ》けるのは残念ですな。ぼくは何だか心細くなってきましたよ」

「大丈夫だ。ぼくもまるきり脱けるわけではないからね。君たちの相談相手にはなるよ」

「それだけはやって下さいよ。でないと困るんです」

傍でその話を聞いていた黒眼鏡のプロデューサーが、

「おい、ミヤさん、あんまり他人《ひと》の仕事の邪魔をするなよ」

と顔を上げた。

「何の話か分からないがね。久間さんを道楽に引っ張り込むのはごめんだぜ」

「いや、そういうわけではないのですが」

と宮脇平助は仕方なしに苦笑した。

「まあ、新ちゃん、そう言うな。仕事は仕事で、人間、やっぱり多少の愉《たの》しみは持っていないといかん。そのほうがかえって仕事の能率が上がるんだぜ」

「どうだか。一体、あんたは物事にすぐ熱中するほうだからな」

プロデューサーはじろりと宮脇を見て、

「こりゃ、早いとこ京都に引っ張って行かんと、危ない危ない」

「えっ、今度は京都ですか？」

宮脇平助は久間の顔を見てがっかりした。

「なに、京都に行っても、絶えず連絡してくれれば、相談に乗るよ」

久間は飯のあと、宮脇を別の卓に引っ張って行った。彼もプロデューサーが横にいたのでは話しにくいらしい。

「いつからですか？」

宮脇平助は力を落とした声で言った。

「大体、四、五日あとになるだろう」

「京都には、いつまで居るんです？」

「大体、一カ月ぐらいだな。そのあと、こっちに帰って、またセットの仕事がある」

「一カ月とは長いですな」

「まあ、そう言うな。その間は、例の若い男と相談し合ってやってくれ。ぼくも乗りかかった船だ。今さら後へは、ひけん。場合によっては、写真を撮《と》るのを止めてでもやって来るからな」

「それを聞いて、少しは安心しましたよ。ところで、どの人ですか、問題の青年は？」

「あすこで飯を食っている」

「え？」

宮脇平助は久間の指す方向に眼を向けた。それは、先ほどのスターの卓のまた後ろだった。そこも雑然と男や女が並んでいたが、ひょいとこちらに向けた顔に久間は手招きした。宮脇平助は近づいて来る男を見て、妙な気になった。

これは全く俳優としてもおかしくはない。身長は一メートル八〇はたっぷりとあろう。年齢は三十ぐらいだが、髪は少し縮れ加減で、面長な顔にやさしげな眼がついている。その眼は久間の顔から宮脇の顔に移って、一層柔和に細まった。

「君、この人が葉山良太君だ」

久間隆一郎は肥った身体を椅子に据えたまま紹介した。葉山良太という長身の青年は軽く会釈した。

「葉山です。久間先生から宮脇さんのことを伺っています。よろしく」

宮脇も長身だが、葉山良太は宮脇より五センチは高そうだった。

「まあ、掛けたまえ」

久間は両方に言った。

「ミヤさん、大体のことは、昨日、この人が来たとき話してある。データも全部メモして渡したつもりだ。あとは君たち二人で話し合ってくれ。そろそろ、ぼくに迎えが来る時分だからな。ほら、あそこに黒眼鏡を光らしている奴がこっちを見ている」

その言葉を裏書きするように、若い助監が近づいて来た。

「先生、早速、はじめるそうです」

「やれやれ。ぼくも君たちと一緒にやりたいのだが、食うためにはこんな始末だ」

久間監督は大儀そうに起ち上がった。


宮脇平助と葉山良太という青年とは、連れ立って撮影所を出た。どこか静かなところで話し合おうということになり、二人は撮影所の近くの喫茶店に入った。入口の狭い、奥の暗い、侘しい店だった。裏の窓からは、黄色く枯れた麦畠が展《ひろ》がっていた。

「ぼくはまだ、何も分かりません」

と葉山良太は宮脇の前に坐ってにこにこした。

「もう、お聞きでしょう。久間先生と、鯨波でお遇いしたのがはじまりで、次は、夕刊に出ていた記事で手紙を出したのです。妙な因縁です。なんだか、途中から飛び込んで、宮脇さんに迷惑をかけるようで気がさすんですよ」

「そんなことはありません。久間さんがああいうことになってから、かえって、あなたのような人が現われたのは心強いです」

宮脇平助はそんなことを言ったが、昨日、この男と久間とが出遇って、どんな問答を交したのかと思った。久間は当人を試験すると言っていたが、どのような試みをやったのだろうか。

「これから、あなたのお話を伺いたいのですが、その前に、ぼくが久間先生から伺ったことを、ここにメモしています。間違うといけませんから、ざっと要領だけを書き留めておきました。これを見て下さい」

葉山良太はポケットから手帳を探り、自分で開いて差し出した。

宮脇平助が見ると、それは次のような箇条書きの体裁になっている。

① 三月十七日夜、湯島の旅館で二人づれの男が密談をした。そのテープによって、二人の相談はモノを始末する方法を考えていたことが分かった。それは㋑茅ヶ崎の海岸。㋺甲府の山。㋩柏崎の洞窟。
② 以上のテープの問答によって、㋑モノとは死体らしいこと。従って殺人計画と推定

しいこと。

される。㋺加害者の側は二人以上らしいこと。㋩彼らにはオヤジと呼ぶ指揮者があるらしいこと。

③　四月七日夜、二人づれの男は、ふたたび同じ旅館に現われたが、このときの話は分かっていない。旅館の白タクの運転手の話で、年配の男は秋葉原でタクシーを降り、若い男は甲州街道の布田付近で下車したこと。

④　四月八日、出雲崎の沖合で、年齢二十四、五歳くらいの女性の水死体が発見されたが、そのスーツの中には、京王電鉄の新宿・調布間の回数券が入っていた。この回数券は、その番号によって、南田広市がキリスト教会から配布を受けたものらしい。しかし、娘の南田菊子は別な回数券を宮脇に示したこと。

⑤　今から約四カ月ぐらい前、布田駅前の不動産屋が周旋した老人と息子は、借家で奇妙な生活をしていた。そして、三カ月後にどこへとも知れず引越して行ったこと。

⑥　南田広市は、現国務大臣秋芳武治の子分だが、秋芳は目下選挙違反を起こしている。その総括責任者の千倉練太郎（現在六十六歳）は、当局の追及から逃げて、目下行方が知れない。布田付近の借家を借りた男は、中山市太郎と称しているが、どうやら、千倉練太郎ではないかと思われる。なお、中山市太郎の息子と称する髪を伸ばした一夫のところには、その恋人らしい女が京王電車を利用して新宿方面から夜間に来ていたが、この女の感じや服装が、出雲崎沖で発見された水死体の女と似ている。息子は実は秋芳派

から千倉に付けられた世話役であるらしい。

宮脇平助はざっと読んでいったが、なかなか要領よくまとまっている。いま、これを読み返してみると、彼のこれまでの経験が頭の中で整理されてゆくようだった。

「結構です」

宮脇平助は顔を上げた。

「べつに、ほかに付け加えることはありません」

「そうですか。それじゃ、ここまでを一応の出発点としておきましょう」

宮脇平助は、もう一度、その帳面の記述を見たが、この要領の良さは、葉山良太の頭脳を見せているように思えた。

「ぼくも、大体、あなたの意見に賛成します」

と葉山良太は言った。

「録音テープの件は一応別にして、出雲崎沖で浮かんだ女の死体が、布田の中山親子のところに出入りしていた女性と同じ人だ、という考えに絞ってみましょう。中山市太郎なる老人が、千倉練太郎だとすれば、彼は秋芳派の選挙違反で逃走中だから、その女性もこれに関連があると思わねばなりません。そこでですな、その女性の死は、千倉の逃走の線に関係してくるわけです」

「そりゃそうですな」

と宮脇平助はうなずいた。

「だから、千倉練太郎の行方を追う必要があります」

「ちょっと、お話し中ですが」

と宮脇平助は遮《さえぎ》った。

「おっしゃるように、千倉の行方を追うのはたいへん大事なことです。けれども、これは、目下、警察も追及中であり、新聞社の連中も血眼になっています。それが未だに所在を摑めないでいる。いま、われわれが千倉の行方を捜すということは、とうてい、至難のことだと思いますよ」

「ごもっともです」

と葉山良太はやさしい眼に笑いを湛《たた》えてうなずいた。

「しかしですな、あなたはすでに千倉練太郎が、三カ月間、布田の近くに家を借りていたことを突き止めていらっしゃる」

「しかし、それは千倉かどうか……」

「いや、これは、そう仮定した上でのことですが、われわれの方向は、この仮説から出発することになります。間違っていたら、また元へ戻ればいいのです。とにかくその推定ではじめることですよ」

「では、どうするんですか？」

宮脇平助は対手の勢いに呑まれた。

「それはですな、千倉が、なぜ、その布田の家から慌てて転居したかです。この理由は、久間先生からも伺ったが、ぼくは、新聞社の追及の線を感じたので逃げたと思いますよ」

「それも仮定でしょう？」

「いや、これは推測ではありません。そういう事実があったのを知っています」

「何ですって？」

「宮脇さん、これは偶然にぼくが知ってる新聞記者から聞いたんですがね。ごく内密な話として、他人《ひと》に洩らしては困る、と口止めされたんですが、こうなっては黙っていられません。実は、その新聞社では、一度千倉の隠れ家を突き止めたことがあります
……」

宮脇平助は聞き耳を立てた。

「それは新聞記事に出ましたか？」

「それが出なかったのですよ」

葉山良太はやさしい眼を細めた。

「ほう、どうしてでしょう？　そんなスクープを載せないというのは、何かほかの事情

があったからですか？」

「その通りです。実はね、宮脇さん。ぼくの友人が切歯扼腕《せっしやくわん》して言うんですが、なんでも、その原稿を整理部に渡すと、それきり梨の礫《つぶて》だったそうです。なにしろ、友人は、特ダネを摑んだというので、その晩、銀座で祝杯をあげたくらいですがね。ところが、大きな見出しを幻想に描いて待っていたんですが、何日経《た》ってもいっこうに出ない。そこで、整理部に訊きに行くと、ああ、あれはボツになったよ、と簡単に言われたそうです」

「上からストップが掛かったんですな」

宮脇平助は、大体の事情が吞み込めた。

「お察しの通りです。その新聞社が千倉練太郎の潜行先を突き止めたというので、早くも秋芳大臣のほうから手が回って、記事を揉み消されたのですな」

「怪しからん話ですね」

「全く怪しからんことです。ですが、その新聞社にもいろいろな事情があって、現大臣の筋から頼み込まれると、嫌とは言えなかったんでしょうね。とにかく、ぼくの知ってるその記者は、もう知っちゃいねえよ、というわけで、くやし涙に暮れていましたよ」

「そりゃそうでしょう。新聞記者はスクープが何よりの生甲斐ですからね」

「そうなんです。その男は千倉練太郎の行方を以前から追っていて、刑事みたいに尾行や張込みをつづけ、ようやくその隠れ家を突き止めたんですからね」

「ちょっと待って下さい。その隠れ家というのが、ぼくの話した布田の例の家ですか？」

「多分、そうだと思います」

葉山良太は大きくうなずいた。

「多分というのは、その記者もさすがにぼくには具体的なことは言いませんでした。ただ、甲州街道だと匂わせていましたから、間違いないと思います」

「ははあ、やっぱり中山市太郎という老人が千倉練太郎だったわけですね。ぼくは千倉の写真をあとで調べたが、家主の女房の言う特徴にそっくりでしたよ。老人があわてて家を越して行ったのも、その新聞記者に感づかれたからですな」

このへんの推定は、宮脇平助が久間と話し合った通りだった。

「しかし、葉山さん。よくまあ、あなたはその新聞記者から、その話を聞いていましたね？」

「それなんですよ」

と葉山良太は額にたれた髪を掻きあげた。

「全く因縁というほかはありません。ぼくは、まさか、その友人から聞いた話があなた方の調査に結び着いているとは、当時、夢にも思いませんでしたよ。いや、人間、どういう話がどこでつながってるか、分からないものですな」

「その人にもっと詳しく聞いたら、相当な参考になるんじゃないですか」

宮脇平助は言った。

「千倉練太郎の隠れ家を突き止めたというくらいですから、そこまでの調査をその人から聞けば、相当な手がかりが出ると思いますがね」

「たしかに、そうです」

と葉山良太も応《こた》えた。

「その話を聞いたときは、まさか、こんなことになろうとは知らなかったものですから、つい、聞き流してしまいましたがね。おっしゃる通り、その男によく聞いてみます」

「期待していますよ」

宮脇平助は、事件に一筋の光明が射したように思った。

葉山良太はマッチを擦り、宮脇平助の煙草に火を点け、ついでに自分の咥《くわ》えた煙草に移した。

「ところで、宮脇さん、問題は出雲崎で水死した女になりますがね。事実、その女が千倉練太郎の隠れ家に出入りしていたとすると、その女の身元を知ることこそ目下の焦点だと思いますがね」

「たしかに」

と宮脇も言った。

「ぼくもそれに気づいてはいました。しかし、なにしろ、警察のほうでまだ身元が割れていないので、ぼくも困っているわけです」

「割れていないということが、どうして分かりますか？」

「いや、実はね、この前、出雲崎署に久間さんが照会を出したばかりです。すると、向こうの返事では、まだ身元が分からないので仮埋葬にしていると回答がありました。仮埋葬といっても、多分、共同墓地かなんかに葬《ほうむ》ってしまったと思いますね」

「なるほど。そんな返事が来たのですか」

葉山良太は眼を閉じていたが、

「しかし、その女のことは、もっと努力して身元を調べる必要がありますね。それで、いま思い出したんですが、久間先生から話を聞いたとき、面白い意見だと思ったことがあります。それは、その女が、もし、この選挙違反の関係者だとすると、千倉派も黙っている、また反対派もあえてこれに触れようとしない、といったものでした」

たしかに、そういうことを久間と話しあったことがある、と宮脇平助は思い出した。

つまり、実際に女が一人死んでいるのだから、その女のいた周辺では、彼女は目下、行方不明になっているはずなのだ。それがどうして表に出ないかというと、問題の性質上、関係者も内輪で処理しようとしているのではないか、と推定したのだ。

「ぼくも、その女の水死が、ただの過失や事故死ではないように思います。その点、久間先生の意見と全く同じですがね」

葉山良太は言った。

「そのためには、早いとこ女の身元を知らなければならないわけですが、こちらで手がかりもつかめないし、困ったものですな」

「いや、それは、葉山さん、例の布田の家主の奥さんを証人にしたらどうでしょう？　あの奥さんは、その女を見ていますからね」

宮脇平助は思いつきを言った。

「いやいや、それは駄目でしょう。なぜかというと、あなたの話によれば、その家主の奥さんは、はっきり女の顔を見たというわけではありません。いつもネッカチーフで顔をつつんで人相が分からなかったと言っていたでしょう。それに時間の経った死体の顔は、まるきり人相が違っていますから、たとえ家主の奥さんを伴《つ》れて行っても、まあ、判別はつかないでしょうね。悪くすると、間違ったことも言いかねませんよ」

たしかに、それも理屈だった。

「では、どうしたらいいでしょう？」

「そうですな、ちょっと、いま、いい知恵が泛《うか》びませんが……」

葉山良太は考え込んでいた。

「こっそり警察に知らせたらどうでしょう？」

宮脇平助が言った。

「ほう、どういうふうにですか？」

「死体の女は、生前、こういうところに、よく電車でやって来ていた。そして、あの女の死は溺死や事故死ではなく、実は殺人の疑いが濃厚だと言ってやるのです。そうなれば、警察も動くでしょう。なにしろ、簡単に自殺か事故死ぐらいに決めているんですからね。これが殺人事件となると、警察の調べ方もまた厳密になってくるでしょう」

「そうですな」

と葉山良太は一応賛成した。

「ひとつ、あなたが警察に投書してみますか？」

「そうですな。投書をして警察がどう動くか、その動き方を見るのも面白いですな」

宮脇平助はそう言ってみたが、すぐに自分のその発案を打ち消す考えが出てきた。

「待って下さいよ。そいじゃ警察が介入してくることになりますな。なるほど、女の身元は警察の調べで分かるかもしれないが、ほかのことまで分かってしまうのは、ちょっと問題だな」

「ほう、どうしてですか？　分かってしまったほうがいいじゃないですか。事件の解決が早くて」

葉山良太が不思議そうに訊いた。

「それがです、今度の事件は、そのきっかけをわれわれが見つけて来たようなもので、一つ、われわれだけでやってみたいんですよ」

宮脇平助は葉山良太と初めて話をしたのだが、なるほど、久間隆一郎のテストに合格しただけあって、話のはしばしが気が利いている。それに新聞記者の友だちを持っていることといい、ちょっと、どういう職業の人間か知りたくなった。

葉山良太は女のように白い顔に、例のやさしい微笑をひろげた。

「いや、ごもっともです。あなたには何もお話ししていないから、そのお訊ねは当然です。実は、わたしは広告の代理店をやっております」

はじめて彼は自分の職業を名のった。

「ははあ。すると、新聞や雑誌に載せる広告の代理業ですか？」

宮脇平助も雑誌の編集者だから、それぐらいの知識はあった。

自分の雑誌に載る広告は、社が直接にスポンサーから注文を取るのではなく、中間に代理店があって、そこから掲載広告の原稿が回って来る。

「いや、わたしのほうは、お宅のような雑誌とは、関係がないんです。主に新聞社ですよ。代理店といっても、大きな機構ではなく、主として案内広告を取扱っています。ほら、よく、新聞に、求人求職の三行広告が出ていますね。あれですよ」

「なるほど」

宮脇平助は、それで初めて葉山良太が新聞社に友だちを持っている理由が分かった。

「では、その経営者なんですか？」

宮脇平助が訊くと、葉山良太は少し照れ臭そうな顔をした。

「経営者というほど大きな店ではありません。実をいうと、親父の代から、その仕事をやっていましてね。働いている人は、みんなベテランばかりです。ですから」

と葉山良太は落ちついた声で淡々と説明した。

「ぼくなんかが出なくても、業務は渋滞なくやれるんです。いや、かえってぼくが出ると店の人の邪魔になるくらいですよ。ぼくは、去年いっぱい、肺浸潤で入院していましてね。そのため、近ごろはほとんど社にも顔を出していません。しっかりした支配人が一人いますから、その点は安心です。で、久間先生にお目にかかった鯨波にも、実は病後の静養に行って、知った家を根城に魚釣りをしていたわけですよ」

「ああ、そうですか。それでやっと分かりましたよ」

なるほど、そういうことか。久間との出遇いもそれで説明がつく。

「では、これからひとつお願いします。お身体に差支えない程度にやって下さい」

宮脇平助は葉山良太の顔を見て言った。葉山の顔が女のように白いのも、胸部疾患から来ているのだ。

「なに、もう、大丈夫です。それに好きなことをやれば健康にもいいですよ」

葉山良太はきれいな声で笑った。

——翌日葉山良太と宮脇平助とは再び会った。場所は、両方に都合のいいように銀座の喫茶店である。

「やあ、昨日は失礼しました」

と葉山良太は眼を細めてにこにこと笑った。

「あれから、早速、知っている新聞記者に、例の千倉練太郎の隠れ家を突き止めた事情を訊いてみましたよ」

「ほう。どうでした?」

宮脇平助は身体を乗り出した。昨日からそれを期待していたのだ。

「ところが、宮脇さん、ちょっとがっかりなんですよ」

葉山良太は、宮脇の勢い込んだ表情を眺めて押えるように言った。

「というのは、記者に訊いてみると、実は、その男が調べたんじゃないんですね」

「といいますと?」

「タレコミです。投書ですよ」

「投書?」

「ええ、編集部に舞い込んだ手紙でしてね。ただ千倉練太郎の目下の隠れ家が甲州街道の布田付近にある。調べてみたらよかろう、というような簡単な文句だったそうです……ぼくが問い詰めたもんですから、奴もそこまでは白状しました」

「ははあ。もちろん、無名でしょうね」

「そうなんです。〝一読者〟となっていたそうですが、誰が書いたか分かりません。しかし、おそらく、それは内部事情をよく知ってる者の仕業でしょうね」

「その手紙は、まだ保存してあるんですか？」

「その記者が持っていたそうですが、記事を潰《つぶ》されたので、癪《しゃく》にさわって破いてしまったそうです」

「そりゃ惜しいことをしましたな」

「全く惜しいことをしました」

と葉山良太も言った。

「その手紙があれば、筆蹟から、どんなことに役立つか分かりませんがね」

宮脇平助は期待が外れた。新聞社がこつこつと調べ上げたのならばヒントが取れるのだが、これでは何も得るところがなかった。

「いや、そう悲観したものでもありませんよ」

葉山良太は慰めるように言った。

「こういう投書があったというだけでも、かなりな参考になります。というのは、内部事情を知った者が新聞社へタレコミをしたということ自体、一つのひろがりを見せてくれます」

「なるほどね」

「もちろん、千倉練太郎の所在を報《しら》せたのだから、千倉に対して反感を持っている人間の仕業です。あるいは秋芳武治の反対派かも分かりません」

「では、投書者は、なぜ、新聞社にだけそれをして、警察には黙っていたのでしょうか？　警察に密告したほうが遥かに効果が大きいように思いますがね。警察だと、すぐに千倉逮捕にむかうわけですから」

「そこです。その点、投書者の心理はよく分かりませんが、多分、警察よりも新聞社に情報を流して、そこから騒ぎを大きくしようという狙いがあったんじゃないですか。つまりですな。警察だと、とかく、こういう政治問題には圧力がかかって、途中でウヤムヤになり勝ちです。現大臣が関連しているから、よけいにその惧《おそ》れがありますよ。新聞社だと騒ぎを大きくするから、警察側が、かえってそれに引きずられる例はよくあります。だから、新聞社に投書したんじゃないでしょうか」

「そう説明を聞くと、そうかもしれませんな。しかし、新聞社も逸早《いちはや》く秋芳派の工作があって揉《も》み消したとなると、少々、だらしないですね」

「その通りです。宮脇さん、われわれは、千倉練太郎を窮境に追い込む者は誰か、つまり、千倉を狙って秋芳大臣の没落を考えている者は誰か、ということに絞る段階になったようです。ぼくはここにそれらしい人物を考えていますがね」

「誰ですか?」

「やはり千倉練太郎という選挙違反の責任者が介在しているだけに、彼の選挙区の中でしょうな」

と葉山良太は言った。

それはその通りにちがいない。

秋芳武治は、与党の幹部として相当な政治力がある。それだけに敵も多いのだ。敵といっても、野党もあれば、党内の反対派もあるだろう。だが、それは大きな範囲であって、葉山良太の言うように、千倉練太郎という人物が介在していれば、彼の選挙区と推定するのに無理はない。

「そこでですな、宮脇さん」

と葉山良太は白い顔に切長の眼を細めた。

「まず、秋芳氏の選挙区を見てみましょう。これは九州T県で、県下に都市が多く、衆議院議員は、全県四区にわかれ、秋芳氏のたった第四区は定員四名になっています。現在の代議士を調べて来ましたから、お見せしましょう」

葉山良太はいつの間にそんなところに気が付いていたのか、何かの名簿で調べたらしい代議士の名前をメモに書いて見せた。

要領の良い葉山の説明によると、四名のうち野党は秋芳と常にトップを争っている大物が一人で、あとの三議席を秋芳国務相と、最近売り出した秋芳派の代議士、それに地元の古強者《つわもの》N代議士が占めている。

しかし選挙ごとに両派閥の陰湿な争いとなり、反主流派のNと、陽の当たる街道を驀《ばく》進《しん》する秋芳国務相との確執となって現われている。

「なるほどね。そいじゃ、千倉練太郎の逃亡先を追及しているものとして、警察以外に党内反対派も考えられますね」

宮脇平助は、長い顎の下に肘を突いた手を当てている。

「そうです、そうです」

葉山良太は、わが意を得たというように言った。

「あなたもそこにお気づきでしょう。反主流派としては秋芳武治が憎くて仕方がない。何とかして、一泡吹かせてやろうという魂胆があるわけです。そこにもってきて選挙違反という好餌《こうじ》が見つかった。すぐに検察庁に密告をする。検察庁では動き出して、下のほうをどんどん引っ張って行く。現在、T県での秋芳派の選挙違反は百五十件にも達しています。警察で調べられた人数は延べ三百五十人。そのうち起訴された運動員や金をもらった人間は、実に四十八人に上っています……秋芳派がバラ撒いた金も七千万円に達するだろうと言われています」

「そんなに金を撒いたんですかね？」

「そうらしいですよ。とにかく、派手な選挙違反をやった。さすがの千倉練太郎もいたたまれなくなって、逮捕状が出る寸前に逃亡したわけです。ですから、千倉の在所《ありか》が判って、彼が逮捕されたら、今の選挙法の連坐制によって秋芳国務相は忽ち失脚するということですから、反主流派にとってはこたえられないわけです。あなたが言う通りに、反主流派は鵜《う》の目鷹《たか》の目で千倉練太郎の行方を探していると思いますよ」

話を聞いているうちに、宮脇平助にもぼんやり何かが分かる気がした。何かがというのは千倉練太郎の布田の隠れ家を探っていたのは或る新聞の記者という事だったが、もしや、それは党内反対派の一員ではあるまいか。

そうでなくとも、反主流派の一人から有力な情報のタレコミがあって、その記者は隠れ家を突き止めたのではあるまいか。

宮脇平助がそれを言うと、

「ぼくもそう思います」

と葉山良太も同調した。

「しかし、葉山さん。ここで問題を出雲崎の沖合で水死した女のことに絞りましょう。

われわれの目下の関心はこれですからね。これは必ず千倉練太郎の逃亡に関係がありますよ。なにしろ、布田のその隠れ家に夜出入りしたというのは彼女らしいし、また、その死体のスーツの胸ポケットには、南田広市がキリスト教会から貰ったらしい回数券が入っていたんですからね」

「すると、宮脇さん、南田広市というのも当然問題になりますね？」

「なります。殊にあの娘の態度はけしからんですよ。あれはこそこそと工作をやっています」

宮脇平助は無念だった。別な回数券を見せて自分をごまかそうとしていたあの娘もだが、親父の南田広市も油断のならぬ男だ。

「南田広市は、同郷の関係で、千倉練太郎を通じて秋芳派ということになっていますが、ぼくは、例の千倉の隠れ家にあの死んだ女を送り込んだのは、南田ではないかと思いますよ。だって、回数券のことではいやに工作をしていますからね」

「それは、たいへん参考になる意見です」

と葉山良太もうなずいた。

「しかし、宮脇さん、ぼくはもう一つ先をカンぐっていますよ」

「もう一つ先といいますと？」

「南田広市の性格です……一応、秋芳派となっていますが、なかなか単純な人柄ではないようですよ。この人のことはもっと調べてみる必要があります」

「単純な人間ではないというと、どういうことですか？」

「表面では秋芳派ということになっていますが、実質はどうでしょうか。……いや、それをぼくが言うのは、ほかの人物の例からです。例えば、いま大蔵大臣になっている人がいますね。この人なんか与党の実力者の子分ということで、その派から閣内に送り込まれたように世間では言っていますが、実は、その人は全く別な実力者のふところに飛び込んでいるということです。こういうことは、保守党の中では珍しくありませんからね。南田も、人が言うような単純な見方は禁物です」

10

宮脇平助と葉山良太は揃って新宿から京王電車に乗った。葉山が布田の隠れ家を一度見ておきたいと言ったからだ。

電車が新宿を離れてしばらく走ると、窓に住宅地を交えた田園風景が展開する。広い田と、雑木林とが涯しなく流れて来た。

「こういう所に住んでいれば、さぞ気持ちがいいでしょうな」

葉山良太は飽かず窓を見ていた。

布田の駅に降りて、狭いホームから外に出た。すぐに踏切がある。そこから小さな商店街がはじまっていた。

「ここですよ。例の千倉らしい男に、その借家を最初に世話したという不動産屋は」

宮脇平助は、「布田不動産」の狭い家を指した。二人はそれを見ながら通り過ぎた。べたべたと物件の広告を貼ったガラス戸の隙間からは、周旋屋の肥ったおやじが客らしい男と話し込んでいる姿が見えた。次の「武蔵野不動産」も同じ模様だった。

宮脇平助は、無花果《いちじく》の樹を目標《めじるし》に歩いた。

お寺が見えた。「水田」という家も別に変わっていない。

この前の静かな寺も今日は活気づいていた。眼の前を、紋付袴に喪章をつけた男や喪服の女たちが山門に向かっている。宮脇が聞きこみをした農家の主婦もいる。

「誰かこの近所の人が亡くなったのですかね」

「そうらしいですね。葬《とむら》いだと、今日は和尚はいるわけですな」

宮脇平助が思わず言うと、葉山はすぐ聞き返した。

「和尚がいるって、何ですか、それは?」

「いやこの前、ここを通りがかりに納所《なっしょ》坊主が話していたのを偶然耳にしただけですがね」

宮脇が説明するうちに葉山は何を思いついたのか、

「宮脇さん、ちょっと、葬式をのぞいてみませんか」

と言い出した。どうせ先を急ぐわけではない。初めて来たので、この辺の事情をもっと知りたいらしい葉山に、宮脇も従うことにした。

山門を入ってゆくと、本堂の手前に受付の机がある。宮脇が頭を下げて、そこを通り抜けようとすると、葉山だけは、喪章を腕に巻いた男に向かって、お悔みみたいなことをいっている。調査となると葉山には変な度胸がでてくるらしい。宮脇は本堂に上がった。

折しも儀式の進行中で、宮脇は黙って人々の後に坐った。中央の須弥壇《しゅみだん》の前では、金襴《きんらん》の袈裟をまとった坊主が読経の最中である。四十半ばの肥った、いかつい顔つきだった。これが例の和尚であろう。左右にも坊さんが並んでいて、先日の若い納所坊主も末座にいる。

遺族の焼香が終わるころになると、さすがに会葬者の間には静かなざわめきが起こった。聞き耳を立てて察するに、新仏はこの町の有力者らしい。焼香を終わった人たちは会釈をして、次々に本堂を出て行く。

坊主の経はまだ続いている。葉山良太につられて上がりこんだのも何かの因縁と諦めて宮脇も仏前に香を焚いた。住職の赭《あか》ら顔をもう一度眼に入れて宮脇が本堂を下り、靴をはいていると、いつの間にか葉山が隣に並んでいた。神妙な顔つきで葉山は会葬御礼の葉書を読んでいる。友人総代に調布市の市会議員の名前があった。

「まさか焼香する羽目になろうとはね」

布田の駅へ向かいながら宮脇が言うと、黙々としている葉山の白い顔に例の柔らかい微笑がひろがった。

「いや、とんだぼくの気紛《きまぐ》れで、ご迷惑でしたね」

果して気紛れの思いつきだろうか。彼の性格から見てそこに何か着想があると宮脇平助は思った。布田で電車に乗りこむと黙っていた葉山の方からその事を言い出した。

「この祥雲寺の住職は、田辺悦雲という名だそうですよ」

葉山良太は言った。

「ああ、そうですか」

と宮脇は言ったが、彼が住職などの名前をなぜ調べたのか分からなかった。

「ぼくは訊いてみたんですが、あの坊さんは、この寺と、ほかにもう一つ寺の住職を兼ねているそうですね」

「ははあ、それで、あのとき住職があの寺にいなかったのですね」

宮脇平助は、あの寺の若い僧と近所の老婆との会話を思い出した。

「もう一つというのは、山梨県の秋野村《あきの》です」

「秋野村というのは、どこですか？」

「ぼくもよく知らないから訊いたんですがね。それは北巨摩《こま》郡で、小淵沢《こぶちざわ》の奥だそうです。この秋野村の寺は、小さな寺で、日ごろは留守番を置いとくだけだそうですがね」

宮脇平助は、はっと思った。

「なに、小淵沢の奥ですって?」

宮脇平助は頓狂な声を揚げた。

——小淵沢の奥といえば、甲府からそう遠くない。

彼の頭には、例の録音の声が流れてくる。

《甲府まで持って行くのだ。あれから山に入って埋めてしまえば、ちょっと判るまい。深い山林だと、めったに人も寄りつかないからな》

「そうです」

葉山良太も宮脇平助の言うことにうなずいた。

「ぼくも、それを聞いたとき、あなたと全く同じ感想を持ちました。その秋野村というのは、小淵沢の奥になっているが、どの辺か、よく分かっていませんがね。しかし、小淵沢と甲府というと、これは近い」

「そうですね、あれは汽車で、たしか、一時間足らずのとこだったと思いますな」

宮脇平助は中央線を何度か往復しているが、小淵沢という駅は山の中にぽつんと建ってるように記憶している。

尤も、小淵沢から小諸《こもろ》に行く線は小海《こうみ》線といって、日本で最も高い高原を走ってることで有名だ。小淵沢の駅が山の中にあるのも無理はない。

するとと、またしてもテープの声が蘇《よみがえ》る。

《……深い山林だと、めったに人も寄りつかないからな》

しかし、と宮脇平助は考え直した。

たしかに、小淵沢は甲府からそう遠くないが、それでも汽車で一時間はかかる。テープで言うように「甲府の山」とは言いかねる。

それに、あのテープの声は、「モノ」を処分するのに三つの方法を考えていた。即ち、一つは茅ヶ崎の海岸。一つは甲府の山。一つは柏崎の海岸だ。

このうち、柏崎の方は出雲崎の沖で例の女の水死体が見つかっているので、すでに処分はなされたと言っていい。

だから、もう「甲府の山」は必要ないわけである。

さらに、布田の祥雲寺の住職が小淵沢の奥の寺の住職を兼ねていたとしても、それはただの偶然であって、住職自体はこの事件に関係はないのだ。

この二つのことを、宮脇平助は葉山良太に話した。

「なるほど、そうですね」

葉山良太は腕組みしている。

折から、千歳烏山駅で乗客がどやどやと入って来たので、話は跡切れた。

新宿駅に着くまで、葉山良太はやはり腕組みしたまま眼を閉じている。彼は快げに、電車の動揺に身を任せていた。

「少し咽喉《のど》が渇きましたな。いや、今日はヤケに歩いたので、水が欲しくなりました」

新宿駅を出ると、葉山良太はそう言ったが、実は、まだつづきを話したいためのようだった。

二人は駅前のフルーツパーラーに入った。

「あなたのさっきの話は、なかなか穿《うが》ったご意見のようですがね」

と葉山良太は青いジュースをストローで吸い上げて言った。そのやさしい眼差《まなざし》は、彼自身が言うほど疲れているようには思えなかった。

「なるほど、テープの声に出ている三つの土地は、モノを処分しようとする候補地でした。もし出雲崎の事件がそれに当たっているとしたら、今さら小淵沢の奥は問題にもならないでしょう。われわれは、あまりに、あの声に捉《とらわ》れてるように思います。それと、お説のように、あの住職は何の関係もない。われわれが通りすがりにのぞいた寺にすぎません」

葉山良太は、一応、宮脇平助の意見に同感して、

「しかしですな」

とつづける。

「問題は、あの寺が例の千倉練太郎の隠れ家のすぐ近所だったということにありますね。つまり、寺が彼の隠れ家の近くだったということ。寺の住職は山梨県の田舎の住職を兼ねていること……この二つが、どうも気になりますね」

なるほど、この考えは理屈だ。言われてみると、ただの偶然とは言い切れない何かを感じる。

「そうでしょう。ちょっとおかしいですな」

葉山良太は言った。

「ははあ、すると、さっきの何とかいう住職……？」

「田辺悦雲です」

「その田辺悦雲がおかしいというわけですか？」

宮脇平助は対手の顔を見たが、やはり女のように切長な眼に静かな瞳は落着いている。

「いや、そこまではまだ分かりませんよ。しかしですな」

と葉山良太はおとなしい声で答える。

「一応、この坊さんの背後関係も洗ってみる必要がありますな」

「背後関係ですって？」

宮脇平助は、少々大げさな言葉だと思った。

「つまり、政党色ですよ。今度の事件は、あなたの推定だと、選挙違反が重大な舞台になっている。そして、その関係者が出ている。例えば、選挙違反の末端には、よく、市会議員、町会議員、村会議員などという者や、町内の顔利きという者が現われます」

「なるほど」

「それで、お寺の坊さんというのも、地方の寺になると、よく、こういう大ボス、小ボスに関係がありますからね」

背後関係と言うものだから大がかりに考えていたが、葉山良太の言う通りにちがいない。

「ぼくは田辺悦雲という住職に興味を持ちましたよ。ひとつ、やってみましょうか」

宮脇平助はためらった。興味があるのだが、これだけにかかり切っていられなくなっている。

最初、彼の意図に賛成してくれた編集長も、その後一向に埒《らち》があかないので、そろそろ渋い顔を見せている。折悪しく雑誌も校了日が近くなり、忙しくなってきた時だ。

宮脇平助の表情に気が付いたのであろう、葉山良太のほうから言い出した。

「あなたも忙しい身体だから、そう時間は取れないでしょうね？」

「ええ、まあ」

「いや、いいですよ。ぼくが独りでやってみましょう。なに、こんなことは、独りでやるのも二人でやるのも同じことですからね。お忙しいようでしたら、どうぞお仕事の方をやって下さい。報告は、四、五日うちに必ずあなたにするつもりです。そのくらいあれば、まず調べがつくと思います」

「そうですか」

宮脇平助は曖昧《あいまい》な返事になった。昨日知り合ったばかりなのに、対手が少し馴《な》れ過ぎているようにも思える。だが、彼の申し出にはたしかに助かった。

「じゃ、そうお願いしましょうか」

彼はついにそう答えた。

「分かりました。何とかやってみます」

葉山良太は静かな声で応え、

「では、ぼつぼつ、帰りましょうか」

と言って伝票を握った。

二人はフルーツパーラーの前で別れたが、新宿の人混みの中に消えて行く葉山良太の背の高いうしろ姿を見ていると、宮脇平助は少し憮然《ぶぜん》としてきた。いままで久間監督と二人でやっていた仕事が、何だか、彼に主導権を握られたような恰好になったのに気づいたのだ。

それから一週間、宮脇平助は雑誌の仕事に追われた。校了日の二、三日は、戦争みたいなものである。宮脇平助も、会社と印刷所とを往復し、印刷所では、深夜まで居残った。

社に久間監督からの葉書が届いていて、それを同僚が印刷所まで持って来てくれた。

「その後、例の件はいかがですか。多分、葉山良太君と協力して調査が進行していることと思います。小生いよいよ仕事に入り、ほうぼうをロケで駆けずり回っていますが、少々くたびれかけてきました。やはり年齢《とし》ですな。

ところで、葉山良太君はいかがですか。ぼくは優秀な男だと思っていますが、まだ実績を見ていないので、気がかりです。貴君とウマが合えばいいが、と思っています。あの件は、京都に来ていても、始終、頭の隅にこびり付いています。帰京が予定より遅れそうなので、ときどき、こちらに中間報告を送って下さい。　久間生」

久間隆一郎も京都で気になっているらしい。ロケでくたびれている、と書いてあるが、これは久間監督の口癖で、実は、彼の気持ちとは反対なのだ。

まだまだ若い者には負けられない、という激しいエネルギーが彼の意識に籠っている。ただ、口先だけ全然逆なことを言っているにすぎない彼一流の三味線だった。

そうだ、校了でひとくぎりついたら、その後のことを手紙に書いて彼に送ろう、と思った。

ようやく校了が終わって、間一日を休養し、翌日出社した。

「おい、ミヤさん、電話だよ」

同僚が受話器を片手に高く差し上げた。

宮脇平助は、来たな、と思った。

「もしもし。ああ、宮脇さんですね」

果して葉山良太の声だった。

いたって静かなもので、受話器を耳に密着させないと、よく聞き取れないくらいだ。

「やあ、こないだはどうも。あなたのお電話をお待ちしてたんですよ」

「実は、昨日、お電話したんですがね」

と葉山良太は言った。

「お休みだというので、今日、掛け直したんです」

「それは失礼しました。昨日は、忙しい仕事が済んで、休養日だったんです」

「これから、お会いしたいのですがどうですか？」

電話で打ち合わせた場所が銀座の喫茶店だった。

葉山良太は先に来て待っていたが、宮脇平助を見ると、やあ、と言って白い顔を笑わせた。

「お忙しかったようですな？」

「ええ、どうにか片が付きました。で、どうでした、あの件は？」

宮脇平助が訊くと、葉山良太は眉の間に微かなかげをつくった。

「それがね、どうもうまくいかないんですよ」

「といいますと？」

「あの寺の和尚田辺悦雲には、べつに政党関係はないようですよ。ぼくは三、四日がかりで調べ上げたんですがね。和尚は、そんなボス仲間とはつき合いをしていません」

「しかし、それは布田の寺のほうで、山梨県の寺はどうでしょうか？」

「それなんですよ。これは遠いので、もう少し日数がかかります」

「寺の名前は分かっていますか？」

「分かっています。瑞禅寺《ずいぜんじ》というんです。和尚は、月に一度は、この寺に回っているそうです」

山梨県の寺は一応見ておく必要があると、宮脇平助も葉山良太も意見が一致した。

「宮脇さん、あなたは、今、おひまですか？」

何を思いついたか、葉山良太が訊いた。

雑誌は校了がすむと、編集者は当分、楽になる。

社には出勤しているが、ほとんど仕事らしいものはなかった。もっとも、取材をすれば幾らでもあるが、もう少し締切日に近づかないと、本気にやる気がしない。

「すみませんが、この寺のほうはあなたが引受けてくれませんか?」

葉山良太はやさしい微笑を浮かべて、彼の顔色を見るようにした。

「ええ、それは構いませんがね」

「実は、ぼくがやってもいいんですが、ちょっと九州のほうに行ってみたくなりましたのでね」

「九州?」

「千倉練太郎の留守宅を調べてみたいんです……なにしろ、千倉が潜行してかなりな期間が経っているので、それが留守宅の生活にどのように反映しているかを見てきたいんです」

「なるほど」

「たとえば、表面上、千倉練太郎は行方不明になっていても、無事と分かっていれば、留守宅では割とのんびりとしていると思います。それに千倉に秋芳派の連絡がついていれば、必ず留守宅にもその反応があるはずです。無断で家出して消息不明になった場合と、家族の心配のしようが違うと思うんです」

「それは、そうですな」

「そこでですね、ぼくが思うに、これは留守宅の調査からやったほうが、千倉の現在を推測できると思うんです」

「それも一つの方法ですね」

宮脇平助は賛成した。

「しかし、九州となると大変ですな。向こうにも私立探偵社か興信所みたいなところがあるでしょうから、そんなところに頼んでみたらどうです？」

「いやいや、それではまどろっこしいです」

と葉山良太は首を振った。

「そんなところは時日がかかってしようがありません。少なくとも、調査や文書の往復に二週間ぐらいはかかるでしょう。それに、ああいうところに頼めば、こちらから頼んだことしかやってくれません。ぼくらが向こうに行って自分で調査すれば、また別な副産物が拾える可能性があります」

「それは、たしかにそうですね」

宮脇平助には葉山良太の主張がよく分かった。

しかし、たとえ時間を持てあましている身分とはいえ、こんなことでわざわざ九州まで飛んで行くとは、かなりの変わり者だと思った。

「向こうは、大体、何日ぐらいの予定ですか？」

「そうですね。往復は夜行列車としても、五日間もあれば行ってこられると思います」

「暑くなったのに、ご苦労さまですね」

これは皮肉ではなかった。実際、こういう男でないと、こんな面倒な調査は出来ない。

「まあ、好きだからやれるんですな」

と葉山良太も笑った。

「それに九州の帰りに、京都で下りて、久間先生に会ってきたいと思います」

「それは久間さんも悦ぶでしょう。この間、あの人もぼくに手紙をくれて経過を報告してくれとねだっていましたから。まだ関心があるんです」

「では、ぼく、今晩発ちます」

二人は喫茶店を出た。

「じゃ、気をつけて、行ってらっしゃい」

宮脇平助は葉山良太の肩を叩いた。

「あなたも、どうぞ」

葉山良太の顔は強い陽の光に眩しいくらい白かった。

11

宮脇平助は、六月はじめ、秋野村に行くことにした。社からは一日休暇をとった。

彼は駅で朝刊を退屈紛《まぎ》れに読んでいた。

目下、話題の中心になっている内閣改造問題がトップになっていた。総理大臣が懸案の内閣改造の構想を箱根で練っている。

新聞には首相が箱根の別邸で散歩している姿を写真で載せ、記事もその身辺の動きを細かに報じている。

ところで、新聞は改造の予想を書き立てているが、その中で、秋芳国務大臣は他の二、三の閣僚と共に任を解かれるかも知れぬ、と報じていた。

宮脇平助は、ほかの閣僚はともかく、秋芳国務相の場合、もし新聞辞令の通りに実現すれば、彼の選挙違反が重要な解任理由の一つになっているのではないかと思った。

もっとも、派閥の均衡上、大臣を外したり入れたりするのは常識だが、秋芳国務相の場合は、その選挙違反の事実があまりに有名になりすぎている。

ここで彼が外されることは、少なくとも現内閣はそのことによって明朗を期したという意味合いになるかもしれない。

宮脇平助は、自分が目下たずさわっていることだけに、極めて身近な問題としてこの記事を熟読した。

新宿発長野行の汽車に乗った。

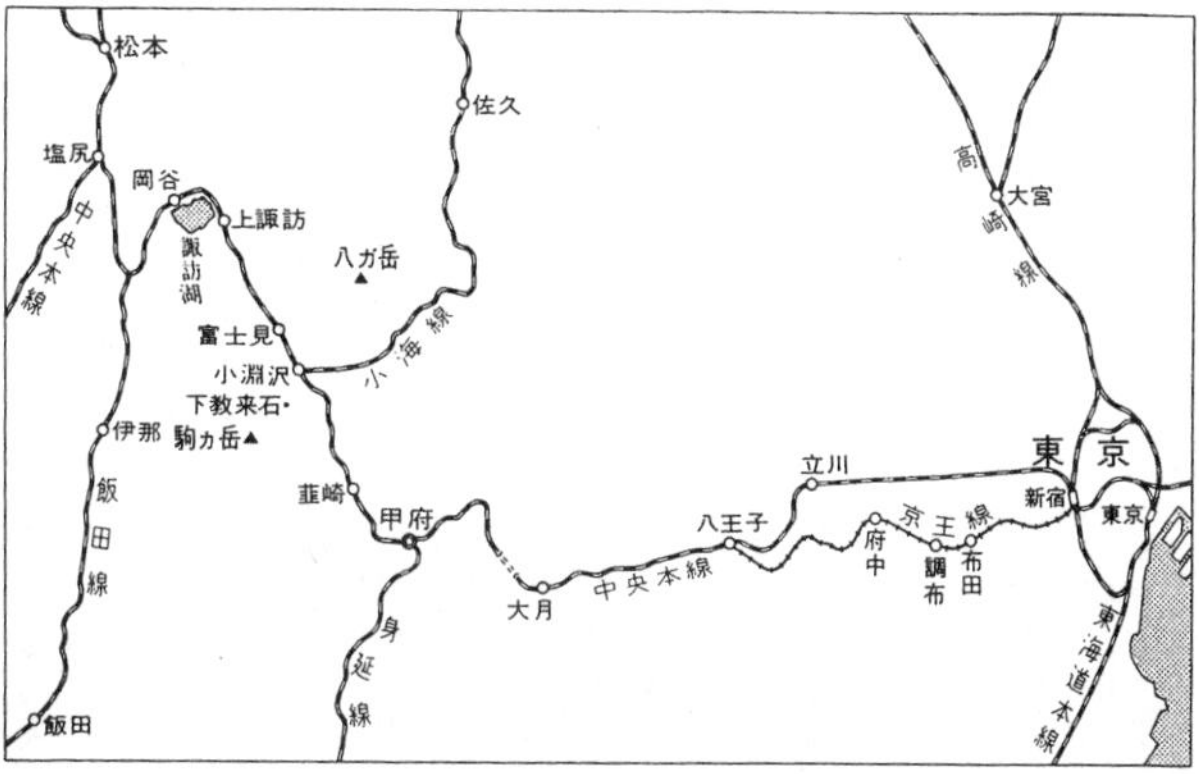

甲府を出て汽車は韮崎《にらさき》の駅から急に勾配を上りはじめた。

三十分後には、宮脇平助は小淵沢駅の高原のホームに降りていた。

八ヶ岳、甲斐《かい》駒《こま》などがホームの左右に頂を見せている。白い雲が光を眩しく含んで蒼い空を流れていた。風が強い。

駅前から教来石《きょうらいし》行のバスに乗った。秋野村は下教来石から西の山峡を入って行くのだ、と女車掌が教えた。

教来石は国道（甲州街道）に沿った小さな町だが、秋野村のほうへ途中までしかバスが行っていない。バスの切符を売る小さな雑貨屋には「報国生命保険代理店」の看板も掛かっていた。

宮脇平助は、そこで四十分も待たされて、小さなバスに乗った。

これが谿谷《けいこく》沿いに三十分ばかり走るのだが、

窓から見ると、気の遠くなるような断崖絶壁で、川は二十メートルもの底を流れている。

バスは終点で停まった。

ここに来るまでは、絶えず断崖に沿った路で、ほとんど家が見られなかった。ときたま、五、六軒固まった農家があっても、それは路からずっと下のほうに屋根を見せているか、逆に斜面のほうに危なげに建っているかだった。路は羊腸として曲がりくねっている。

秋野村はさすがに戸数が固まっていた。そこも、山の斜面に村落が匍《は》い上がるようにして集まっている。

家は、石垣を段々に積み上げて、その上に載っていた。

蕭条《しょうじょう》とした村落である。

瑞禅寺は、その小高い所が平地になった所にあった。本堂も、山門も藁葺《わらぶ》きだった。こんな所に祥雲寺の田辺悦雲が住職を兼ねて来ていると思うと、なるほど大変だと思った。

月のうちに一度来るのもかなりの苦労だと察した。

宮脇平助は、その寺の留守を預かっているという百姓家へ行った。ここでは四十年配の夫婦者が出て来て、茶の接待を受けた。

「和尚さんが、東京からこんな辺鄙《へんぴ》な所に、月一度でも見えるのは、難儀なことだと思います。この村には、ほかにお坊さんがいないので、村中の檀家を回られるたびに山坂を歩くのがえらい、と言ってこぼしておられます」

「すると、ここでは二、三日ぐらい泊まって行くのですか？」

「たいてい三日はおられます。まあ、歩くのはえらいけど、景色がいいから、それが愉しみだ、と言っておられます」

なるほど、景色は佳かった。

宮脇平助が縁側に腰掛けて眺めていても、まるで南画を見るように、向かいの山が突《とっ》兀《こつ》として重なり合い、谿谷美をつくしている。

景色は素晴しかった。しかし、耕作地のない土地の住民は貧困に苦しんでいるようだった。

鴉《からす》が一羽、低い所を飛んでいた。

宮脇平助は強い風に吹かれて立ちつくした。

12

宮脇平助は、バスの来るのを待った。

停留所は村の入口にある。一日に三往復というのだから、のんびりしたものだった。

今度上ってくるのが最終便で、あと四十分ばかり待たねばならない。停留所には土地の人が二、三人、かたちばかりの待合所に入っていた。村は石垣を層々と積み上げて、山の斜面に黴《かび》のようにとり付いている。何とも陰気な部落だった。

やっとバスが来た。降りた乗客も五、六人だった。みんな村の人だが、服装はどれも貧しい。町から買ってきた荷物もわびしい包みだった。

バスはまた断崖沿いの曲がりくねった路を進んだ。宮脇平助は、山際のほうに席を取ったが、反対側の窓には向かいの山の頂上が宙に浮いている。

この狭い路を時おり荷物を担いだ村人が歩いているが、バスを避《よ》けて待っている顔に生気がなかった。

次の部落に停まるまでほとんど家が無いが、ときには古い屋根が見上げるような斜面の上に二、三軒建っていることもある。全山の新緑に夕日が当たっていた。

窓に眼をやると、高い場所で大工が家を建てていた。こんな貧しい山の中でも新築する人があるのかと思い、いままで暗い印象ばかり受けていたので、それが珍しかった。

次の停留所では十二、三戸ばかりの家が固まっていた。みんな農家ばかりだった。

来るときは坐っている席が谿谷側だったが、今度は反対なので、山の崖《がけ》ばかりを眺める結果になった。

ふと見ると、その斜面の段々畑の横に、七、八人の人影が立ち停まったり、かがみ込んだりしている。

窓から乗り出して顔を仰向《あおむ》けて見ると、それは屈強な男たちばかりで、土をしきりと掘っているのだった。近くに墓石が一群れとなって立っている。

この辺の部落の墓地らしい。

《墓穴《はかあな》を掘ってるのだな》

そう思っていると、バスは次の崖鼻を回って忽ち景色が変わってしまった。

一緒に乗っている乗客も、今の光景が眼に止まったらしく、

「お咲さんも、とうとう、いけなかったな」

「あの人は五黄の寅《とら》で、七十一じゃったな」

「へえ、五黄の寅け？　そんなら気の強いのも道理じゃの」

「なんぼ気が強うても、穴の中に入ってしまっては、じたばたしても、どうにもならねえずら」

などと話し合っている。この辺は土葬らしかった。

バスはようやく断崖の路から別れて、教来石の町に入った。ここまで来るのに四十分を要した。

宮脇平助は、ここで別なバスに乗り換え、小淵沢の駅に行くつもりだったが、停留所

で待っているうちに、逆のほうから走ってくるバスに乗ってみる気になった。一つは、こんなところで暑いのに待っているのがじれったくなったのと、もう一つは、そのバスの行先の標識が「韮崎」とあったからである。この機会に、汽車でなく、バスで国道を見ておきたかった。

バスの通る路は、大体、鉄道に沿っているが、すぐ右側の低いところに釜無川《かまなし》が流れている。国道は川の流れているところより三十メートルぐらい高い所の崖上になっていて、これが韮崎まで蜿蜒《えんえん》と続いている。

この釜無谿谷を下のほうに望んで、向かい側に駒ヶ岳や鳳凰《ほうおう》山の山塊が続く。

――せっかく気負い立って秋野村まで出かけたが、ほとんど得るところがなかった。ただ、景色だけは素晴しいが、耕作地の少ない寒村を眼に収めて帰ってきただけだった。瑞禅寺も別段のことはない。このような貧村にぽつんと建っている草堂にすぎなかった。聞いてきた話といえば、一カ月に一度ぐらいやってくる住職の田辺悦雲が、村の人の間に評判の良かったことだけである。

宮脇平助は、今日一日かかって秋野村の寺を見てきたのだが、これは結局くたびれ儲けに終わったようだ。実際、近ごろあまり外に出ないので、今日の強行軍で彼もかなり疲れてしまった。

韮崎の町に着いたときには陽も昏れて、夕靄《ゆうもや》の立ち罩《こ》めたなかに駅の灯が輝いていた。

待合室に入って、時刻表を見上げると、あと二十分ばかりで新宿行上り準急が来ることになっている。

彼はその間に、駅前の食堂に入って夕飯をとった。旅とは言えないにしても、独りでこういう場所で忙しい夕飯をとっていると、そぞろ旅愁めいたものを感じる。

宮脇平助は小さな手帳を出して、とにかく、今日のことをざっとメモした。べつに収穫はなかったが、心覚えだけを簡単に書いておいた。もっとも、内容は何もないのだから、五、六行で書き終わってしまう。

飲食店を出て、駅のホームに入ったが、昼間、この辺からよく見える八ヶ岳の姿も、星空に黒い稜線を包み込まれていた。

列車が入って来た。

宮脇平助は眼の前に停まった一等車に乗ったが、車内は空いていた。

その辺に腰を下ろそうとして、ふと、視線を向かい側に投げると、一人の若い女が座席で雑誌を読んでいるのが映った。そのうつむいた顔に、宮脇平助は記憶があった。あ。……宮脇平助は口の中に出かかった声を殺した。人違いではないかと眼を凝らした。

彼は思い切ってその女の横に立った。

「やあ、こんばんは」

雑誌にうつ向いている女はびっくりして顔を上げた。間違いなく南田菊子だった。

「いつぞやは、どうも」

宮脇平助はにこにこして頭を下げた。

南田菊子は瞬間茫然とした眼つきをした。こんなところで彼に会ったのが思いもよらなかったようだ。

彼女の横の座席は空いていた。

「失礼ですが、ここに掛けさせていただいていいでしょうか？」

宮脇平助は勝手にそこへ腰を下ろした。気を呑まれていた南田菊子も、やっと自分を取戻したらしい。さすがに微笑をみせて会釈した。

「いま、あなたのお顔を見て、ちょっと、ぼくも迷ったんです。まさか、あなたがこの汽車に乗っていらっしゃるとは思いませんでしたから」

彼は煙草を取出した。

列車の窓は暗い甲府盆地を後ろに流していた。

「そうそう、その節はいろいろなことをお尋ねして失礼しました」

彼は改めて礼を述べた。勤先の××公団に行って、例の回数券のことを聞いている。

「いいえ、お役にたちませんで」

雑誌を伏せた南田菊子は、余裕のある微笑を消さなかった。いつぞやの印象と違って、はるかに女らしさがある。最初に会ったときは、妙にごつごつした感じだったが、こうして横に並んでみると、その横顔にはかすかに色気さえある。これは固い事務服が明るい色のスーツに替《かわ》ったせいでもあるだろう。

「どちらへご旅行でしたか」

宮脇平助は普通の挨拶で訊いた。

「上諏訪《かみすわ》までですわ」

彼女は答えた。

「上諏訪ですか……では、温泉か何か？」

「ええ。でも温泉宿は一晩だけで、後は湖畔を歩いたり、お諏訪さまに詣ったりしました」

「それはいいことをなさいました。休養旅行ですか」

「ええ、二日ばかり休暇がありましたから」

「おひとりですか？」

「そうです。はじめ友だちが一緒に行く予定でしたが、都合で来られなくなって、ひとりになりました」

「それは寂しいですな」

「いいえ、旅はひとりのほうが気楽ですわ」

「それはそうですね。気兼ねのいる対手がいると、かえって愉しみがなくなります。しかし、諏訪の宿はぼくも一、二度行ったことがありますが、あまり温泉情緒も感じられない町ですね？」

「そうでしょうか。でも、宿のすぐ近くは湖畔ですから、夜散歩に出ると、暗い湖面が素敵でしたわ」

列車の中の平凡な会話だ。宮脇平助は実はまた、例の回数券のことに話を持っていきたかった。ここで彼女に会えたのがもっけの幸いなのだ。

「お父さんは、お元気ですか？」

「ええ、元気にしています」

「ぼくが回数券のことでお邪魔したので、何か不愉快には思っていらっしゃいませんか？」

彼はそんなことからはじめた。

「いいえ、べつに」

南田菊子は軽く答えた。

「そうですか。いや、あんまりしつこくお訊ねしたので、お気持ちを悪くしていらっしゃらないかと思ったんです」

「そんなこと平気ですわ」

彼女は宮脇平助に眼を向けた。

「わたしがお答えしたことで、何かお役に立ちましたかしら？」

「ええ」

彼は曖昧《あいまい》な返事になった。役に立ったとは決して言えないのだ。まだ不審がいろいろとある。しかし、ここで正面切ってその不合理を追及出来なかった。それを言い出すにはまだ早い。

「そのとき、お話を聞いたんですが、不幸な死に方をなさった女の方、どうなさいました？」

彼女のほうから訊いた。

「どうやら、あのままらしいです」

「まあ、それじゃ、まだ身元が知れませんのね？」

「そうなんです。結局、判らずじまいになるのじゃないでしょうか」

宮脇平助はそう答えたが、そうだ、そういうことがあり得るだろうかと思った。どのような人間でも、それぞれの人間関係を持っている。その一人が突然行方不明になると、ぐるりの人間が変に思わないはずはない。

出雲崎で死体となった女も、その失踪で誰かが騒がなければならないのだ。それが未だに何事もないのはどういう理由《わけ》だろうか。まさか、その女が他人《ひと》と無縁で、たった一人で生きてきたわけではあるまい。

それにしても、彼女はどうして問題の回数券を胸ポケットの中に入れていたか。

彼はすぐ隣にいる南田菊子が、やはり死んだ女と重要な関係にあったと思っている。

だが、それを単刀直入にすぐに訊けないのがもどかしかった。

下手に切り出すと、余計に彼女を警戒させることになる。

「たしか、宮脇さまとおっしゃいましたわね？」

と南田菊子は穏《おだや》かに訊いた。

「はあ、そうです」

「今日は、どちらへいらっしゃいましたの？」

「ぼくですか」

正直に答えるべきかどうか、瞬間、迷ったが、結局、彼は嘘をついた。

「富士見《ふじみ》まで行って来たんです」

正直に言えない気持ちが咄嗟《とっさ》の嘘をつかせた。

「まあ、富士見に？」

彼女は呟いた。

「ちっとも知りませんでしたわ。あなたが富士見駅からお乗りになったことを……わたくし、きっと、雑誌を読んでいたからでしょうね」

列車は甲府駅を離れた。明るい灯が暗い盆地の中に消え去って、山ばかりの地帯にかかったころ、うしろから車掌が姿を見せた。すぐ検札がはじまった。

宮脇平助は、いま自分が小さな嘘をついたことで、対手の言葉に疑惑を持った。南田菊子は、上諏訪から乗ったと言っている。しかし、それはほんとうだろうか。自分が嘘をついたように、この女も、それをごまかしているのではなかろうか。休暇で遊びに行ったと言っているが、ほんとうにそうだろうか。宮脇自身、用事を持って小淵沢の奥に行ったように、彼女も何かの用事でこの中央線を往復しているのではなかろうか。

宮脇平助は、彼女の実際に行った先を知りたかった。

「お手元ご面倒さまです。乗車券を拝見します」

車掌が宮脇から検札を求めた。

彼は隣の南田菊子を意識しながら、素早く切符を手渡した。

車掌は手に取って一瞥し、鋏を入れて返した。

「新宿着は、二一時二〇分でございます」

車掌の手は彼の隣席に移った。

南田菊子がハンドバッグから切符を取り出して車掌に差し出した。その瞬間、宮脇平助は不意に起ち上がった。彼女の指と車掌の指の間を、猛然と突っ切った。

「あ」

低い声が南田菊子の口から洩れた。切符は宮脇平助の体当たりで彼の靴先に落ちた。

「失礼」

宮脇平助はかがみ込んで切符を拾った。文字は「小淵沢――新宿」だった。

「どうも失礼しました」

彼は切符を車掌に渡し、知らぬ顔で手洗いに向かった。南田菊子がどんな顔をしているか見たかったが、振り返るわけにもいかなかった。しかし、背中で彼女の視線を痛いぐらいに感じていた。

あの女、どうして嘘をついたのだろうか。

宮脇平助はトイレで考えている。

――あの女は、実は小淵沢駅から乗っているのに、上諏訪だと偽った。

人間は同じ心理になるとき、対手の気持ちが同条件に考えられるものだ。

南田菊子は上諏訪なんかに遊びに行ったのではない。彼女は別な用事を持って小淵沢に行って来たのだ。それは、ちょっと他人《ひと》には言えない事情があったのだ。あるいは、対手が宮脇平助だから事実を匿《かく》したともとれる。そのことは、彼が例の回数券の問題の詮索にひっかかっているからではなかろうか。

つまり、宮脇平助が彼女の前に現われたのは、彼女にとって、俗にいう「悪いところで悪い人間に出遇った」ということであろう。嘘はそのような気持ちから吐かれたのかもしれない。

彼女が行っていた先が同じ小淵沢だったというのも、宮脇平助を刺戟した。

あの女、小淵沢駅に下りてどの方面に行ったのだろうか。

もしそれが秋野村だったら、話がうまく合いすぎる。彼女がこの列車に乗るのだったら、自分の乗った最終バスに彼女は乗っていなければならない。それとも、もっと前のバスで小淵沢に向かったのだろうか。宮脇平助があの憂鬱な村を歩いていた時間の限りでは、彼女の姿は眼に触れなかった。

南田菊子は、まことしやかに諏訪の宿屋だの、湖畔だの、うまいこと話の調子を合わせた。考えれば、あれも懸命なごまかしの工作だったのだ。

宮脇平助には回数券の問題の上に、さらにこの事態が二重の疑問となって南田菊子に重なった。

彼は何気ないふうに彼女の隣の席に戻った。

菊子はまた雑誌を取上げて、活字を眼で追っていた。列車は暗い山の間ばかりを走っている。

「ご旅行はよくなさいますか？」

宮脇平助は再び話しかけた。

彼女は雑誌から眼をあげた。

「いいえ、あまりしませんわ。勤めがありますから、どうも」

この女は、おれに切符の駅名を読まれたことを知っているのだろうか。そして、そのことが気になってはいないだろうか。

横顔をそっとのぞいたが、彼女の表情は前と変わりはなかった。

彼女は、彼が席を立った留守に手早く顔を直したらしく、化粧が濃い目になっていた。

「それはそうですね。ぼくなんか仕事があるので、こうして旅しますが」

「あら、今度もお仕事なんですの?」

宮脇平助は、彼女から鋭く探りを入れられたような気がした。

「そうです」

とかえって強く答えた。

「山の中に行かされましてね。今日は一日中歩き回ってくたびれましたよ」

「それはご苦労さまです。山の中といいますと何処ですの?……あら、こんなことをお訊きしてよろしいかしら?」

「平気です」

実際、平気で答えた。

「駒ヶ岳の麓です。秋野村というのですがね。ひどくうらさびれた農村です」

瞳の隅に彼女の顔を置いたが、その表情の変化までは読みとれなかった。残念なことに彼女も横を向いていた。

宮脇平助は、ここでもう一度探りを入れてみた。

「いや、愕《おど》きましたね。秋野村というのは、大変なところです」

と彼女の耳に話しかける。

「山岳重畳たる山の中と言ったら言い過ぎですが、とにかく、えらい深山です。何十メートルもある断崖の下を川が流れていて、部落はその斜面を匍い上がっているんです。景色はたいへんいいところですがね。しかし、耕地は少ないし、とても貧農が多いのです。予想はしていたが、あれほどとは思いませんでしたよ」

南田菊子が顔を上げた。それは、彼の話に相槌を打つためだったが、やはり表情は平静だった。

「そうですか。そりゃ大変でしたね。でも、そんなところでしたら、ハイキングなんかにはいいでしょうね」

平気な声だった。

「ええ。あれからずっと奥まで道がついて、どこかに出られるようでしたら、絶好のコースですがね。しかし、道はそこで止まりになってるようですよ」

宮脇平助はそう話したが、南田菊子が少しも反応を見せないのだ。彼は、やはりいなされたような気持ちになった。

もし、菊子がわざとそう装っているのだったら、これは相当な女である。

「区会議員ともなると、やはり本業のほかに議員さんの仕事に時間をとられて、お父さんも大変でしょう?」

「ええ、なんですか、よくこぼしていますわ」

「今日はお家《うち》ですか?」

「いいえ」

菊子は首を振って、

「いま、関西ですわ」

「ははあ、やはりご商売のことで?」

「いいえ、議員の仕事です。父は土木委員をやっていますので、ほかの委員さんたちと一緒に、大阪の道路施設を視察に行っています」

「そりゃ結構ですな。東京の道路も、メチャクチャですから、大いによその都市のいいところを見ていただきたいですな。……そういう出張は、大体、何日間ぐらいですか?」

「十日間ぐらいですわ。今日で、五日目ぐらいですから」

「ああ、そうですか」

と言ったが、宮脇平助は、都会議員とか区会議員の視察旅行なるものが、かなり眉唾《まゆつば》ものであることを前から聞いている。

議員たちがその美名に隠れて大名旅行しているという非難は、ほとんど全国的な通例になっている。

区会議員も、全員が何かの名目の委員会に所属しているから、この視察旅行は、交代で遊びに行くといった傾向が強い。

南田広市は、たしかに、土木委員一行と関西各都市の道路施設の視察に出発したに違いない。

《待てよ》

しかし、その仕事の外に彼には単独な予定はなかっただろうか。

例えば、視察の用件さえ済めば、彼はほかの議員と別れて、途中から自分の用事で他の地方へ向かったということも考えられるのである。

単独で目的地に行くと、人の眼に着くが、議員団の視察の中に紛《まぎ》れ込めばごまかせるのだ。例えば、いま数百人の選挙違反者を出している秋芳派の本拠九州に彼が向かわなかったとは、誰が保証し得ようか。

南田広市が関西の視察旅行から脱《ぬ》けて九州に行っても、誰にも気づかれずに済むわけである。

しかし、いま、このことを南田菊子に訊くのは拙《まず》い。彼女は父親と気脈を通じている。そのことは、すでに例の回数券の一件でも証明済みだ。

だが、この女をつかまえておくことは、将来、この事件を追う上にたいへん便利であることに宮脇平助は気づいた。

「おい、アイスクリームをくれ」

宮脇平助は、停まったホームに窓から手を出した。大月《おおつき》駅だった。

「一ついかがです」

宮脇平助は、円い容器を彼女のほうに差し出した。

「ご馳走さま」

菊子はわるびれずに軽い会釈で受取った。

夜汽車は乗客も少なく退屈だった。甲府を出ると八王子《はちおうじ》まではほとんど山の中だ。

宮脇平助は南田菊子とアイスクリームを頰張ったが、妙なもので、こういう種類のものを一緒に食べていると、不思議と親近感が湧く。高級な食事だったら、かえって空々しくなるものだが、それが安物になればなるほど親しみが出る……。

南田菊子はつつましげにクリームを匙《さじ》ですくっていたが、やがて少しうつむいてコンパクトで顔を直し、ルージュを塗っている。

横で眺めていると、その仕種《しぐさ》はひどく宮脇平助に甘い親密さを注ぎ入れた。さきほどから彼女の柔軟さを発見したところだった。

将来、彼女を掌握しておく必要上、ここで会ったのが絶好の機会だった。

「お勤めは退屈でしょう」

と彼は言い出した。

「はあ、毎日ですから」

菊子は色の濃くなった唇で微かに笑った。

「ぼくも、あなたの公団の前はよく通りますよ。もし、お昼憩《やす》み時間でしたら、お茶にお誘いしてもよろしいでしょうか？」

彼はなるべく淡々とした調子で言った。彼女がそれをどう受取るか、ちょっと心配だった。

「ええ……でも、お昼の憩みは時間が短いものですから」

彼女は眼を伏せた。

「そうですか。そいじゃ、退《ひ》けてからならいいでしょう？」

「ええ、それなら構いませんけれど」

宮脇平助はほっとした。

「では、その時刻に近くを通りかかったら、電話でお誘いします。これをご縁にといっては変ですが、ときどき、お茶でも飲んで話したいですな」

南田菊子はそんなことを聞いても、別に動揺した顔はしなかった。

「ええ、どうぞ」

彼女も単純な声で応えた。

まずこれでよし、と宮脇平助は思った。

やはり何でも試みてみるものだ。案ずるほどのことはなかった。今後は、このような形で、彼女と接触が保てたらいい。

宮脇平助はそれからかなり饒舌《じょうぜつ》になった。

今度は、彼女の面白がるような話に移った。

雑誌の演芸欄を担当している彼は、そういう話題に不自由はしない。

南田菊子も面白がって聞いていた。

しかし、宮脇平助はただ無意味にその話を続けたのではなかった。

列車はようやく八王子を発車したばかりだった。

あと、新宿まで一時間足らずである。その間に、適当なチャンスを見つけて、例の回数券の真相を探ってみるつもりだった。

なるべく自然に、なるべく対手に警戒心を起こさせぬように言わねばならない。

むつかしいが、まあ後一時間もあることだから、その機会を見つけるつもりだった。

なおも話を続けていると、南田菊子は急にそわそわしはじめた。おや、と思っている

と、

「わたし、この次で下りますから失礼させていただきます」

と突然に挨拶した。

「え？」

宮脇平助は、ぎょっ、とした。

「新宿までおいでになるんじゃなかったんですか？」

彼は南田菊子をまじまじと見つめた。

「いいえ、立川《たちかわ》に親戚がありますから、そこに寄って一晩泊まるつもりです。切符も立川までしか買っていないのです」

宮脇平助は、顔を逆さまに撫でられたような気がした。

この女は、またしても嘘をついている。切符は確かに〝小淵沢——新宿〟になっていた。立川などとは、とんでもない。

しかし、切符を見たとはいえないし、彼は口の中に砂を入れられたような気になった。

窓に立川の街のネオンが漂って流れてきた。明るいホームがすべってくる。

「どうも、失礼いたしました」

南田菊子は、にこやかにお辞儀をすると、出口へさっさと歩き出した。

宮脇平助はとっさの自分の処置について迷った。

このまま無意味に新宿に行くべきか、それとも思い切って、ここで下りて彼女の後を尾《つ》けるべきか——停車時間は一分間だった。

すでに、ほかの下りた客との間に、彼女の姿が挟まって、窓際を通り過ぎて行く。

宮脇平助は、網棚のスーツケースを摑むと、通路から出口へ駆け出した。立川のホームは混雑していた。上りの列車から降りた乗客が一緒になって、夥《おびただ》しい流れで地下道を降りて行く。

宮脇平助は再び南田菊子の後ろ姿を発見すると、見失わないように気をつけて後から歩いた。

あの女、どうしてこうも嘘ばかりつくのか。乗って来た駅もごまかしていたし、いまも、立川までしか切符を買っていないといった。切符を見ないうちならともかく、すべてが分かっているいまは、彼女の嘘の心理を分析しないではいられない。

改札口を出ると、南田菊子は駅前に駐車しているタクシーに乗り込んだ。

宮脇平助もタクシーにすぐ走った。

「君、あの車のあとを気づかれないように追ってくれないか」

彼は疲労も睡気も振り捨てていた。

前のタクシーは、駅前から明るい立川の街を走っている。うしろの窓に南田菊子の影が貼り付いていた。

通りにはアメリカ兵士の姿が見られ、街角にはどぎつい化粧をした若い女が立っている。バーの看板には横文字が多い。宮脇平助は、一どきに十五、六年も前の終戦直後にかえったような錯覚が起きた。

前の車は、その街角から曲がって暗い通りに走り込んだ。しばらく追跡をつづけると、あたりは淋しい田舎道に変わった。ただし、道路は舗装されているので、向こうからくる車のヘッドライトが次々と流れてくる。

こちらのヘッドライトは、百メートルぐらい先の車をうすく照らしていた。車が揺れるたびに、その光は南田菊子のうしろ姿を揺曳《ようえい》させた。

「君、ここも立川かい?」

あまり淋しい道を走るので、宮脇平助は運転手に訊いた。

「いいえ、ダンナ、ここはもう府中ですよ」

また、あの女は嘘をついた。

立川に親類があると言いながら、実は府中に向かっているのだ。

だが、今度は別な興味になった。府中に何があるか。

車の窓には、黒い平野が広々と展《ひろ》がっている。その涯の空に一固まりの明りが反映していた。だが、やがて、対手の車は広い通りを左に走りはじめた。府中の街を通り抜けたのである。

「おやおや、どこへ行くのだろう?」

宮脇平助は思わず呟いた。

運転手は、若い女を追っている彼を特別な事情があると思ったらしく、

「ダンナ、これは甲州街道ですよ」

と教えた。

「なるほど」

宮脇平助は、実際、なるほど、と心でうなずいた。

南田菊子は「布田」に向かっているのだ。

彼女は宮脇平助が横にへばり付いているので、わざと立川で下車し、それから車で布田に向かったのだろう。布田は新宿と府中の中間にあるが、どちらかというと、府中に近い。彼女は最初新宿から布田に行く予定だったのであろう。だが、新宿に降りてからの宮脇を警戒して先手を打ったというところではなかろうか。

ますます油断のならない女だと思った。これは、彼女が回数券のことで見せた小細工とどこか通じている。よし、それなら、こちらもその覚悟で追うぞ、と思った。

宮脇平助は新しい昂奮が起こった。

布田。――

この不思議な地域に、いまや南田菊子はまっしぐらに進んでいる。今度こそ、具体的

にその布田のどこに行くかが判るのだ。あの狭い、小さな、町ともいえないような土地は、彼には未だにもやもやとしてはっきり捕捉されていない。

甲州街道が猛烈な勢いで川のように流れている。それだけ車がスピードを出しているのだった。

先方の車には、相変わらず南田菊子の後ろ影がのぞいていた。

「おや、向こうの車は、途中、どこかに寄るんですね？」

と運転手は背中からものを言った。

「どうして判るかい？」

「旧道を行ってますからね。普通、新宿方面に直行するのだったら、新道を飛ばすはずです。そのほうがずっと楽ですから」

運転手はそんなことを言った。

調布の町が近づいた。布田はその次だった。いよいよ問題の町に入ると思って、宮脇平助が固唾《かたず》を呑んでいると、車は急に街道から離れて左側の山沿いを曲がった。

「あっ」

宮脇平助は思わず声を出した。

その方角にキリスト教の教会があったことに気づいたのである。

いつぞや、その教会を訪れたことがあって、見憶えの急な勾配が眼の前にある。

一台の黒塗りの大型車が灯を消したまま怪物のようにゆっくりと坂をはいおりて来た。こちらのヘッドライトがまぶしいのか、光をさえぎるように手をかざした上品な中年婦人の陰影のある面ざしを宮脇は一瞬認めた。

「おや、キリスト教の教会ですね？」

運転手はブレーキをかけた。

眼の前に教会の門が立っている。それから先は、白い坂道が急な斜面を迂回《うかい》して上っていた。菊子の車はさらに建物の前まで行くらしく、ヘッドライトの光芒が樹の間を縫っていた。

「ダンナ、どうします？」

宮脇平助は唸った。

まさか、南田菊子が教会に走り込もうとは思わなかった。しかし、なるほど、彼女もここの信者だった。

宮脇平助は一応引取る事にはしたが、帰りの車の中でもさっきの事が頭からはなれなかった。

南田菊子は、なぜ、夜遅く、あのキリスト教会に走り込んだのだろうか。彼女がその教会の信者だったことは、前に調べたことでも分かっているし、彼女に会ったときも本人の口から聞いている。

しかし、まず、普通の常識からすると、信者が教会を訪れるのは昼間のことである。夜更けに教会の門を潜ったのは、よほどの事情がなければならない。

ことに布田の教会は神父に西洋人が多く、戒律厳しいカトリックであった。神父の生活は詳しくは知らないが、普通なら、夕食が済んでからは各自が勉強したり、お祈りしたりして、十時ごろには就寝するはずだった。

いかに年来の信者とはいえ、若い女が暮夜《ぼや》、単独で訪れるとは合点がいかない。それとも、あの教会に限り、特別にそんな習慣があるのだろうか。

その教会は例の回数券を信者たちに配布している。宮脇平助が神父の出した配布先のリストで突き止めたところ、出雲崎沖合で発見された水死体の持っていた回数券は、南田親娘《おやこ》に渡っていると思われる。

こうなると、キリスト教会と南田菊子との間に、特殊なつながりのあることを想像せずにはおられなかった。

この想像の線は、また身元不明の水死女にも重なってくる。代わりの回数券を宮脇に見せたりする小細工をみると、菊子は出雲崎の水死女を必ず知っている。殺された女は、菊子の友だちか、それとも特別な関係者だろうか。あのキリスト教会も、この秘密の一端の担《にな》い手であろうか。

いや、そうは考えられない。なぜなら、もし、そうだとしたら、教会側は宮脇平助の質問に南田親娘の名前をはじめから出さなかったに違いない。適当にごまかしてもいいわけだ。それがなかったのは、教会側が何も知っていなかったからであろう。だから、やはり南田菊子の秘密になる。

いや、父親の南田広市もおかしい。

あの親娘は、どうも曰《いわ》くがありそうだ。——

家に戻ると、九州の葉山良太から「アスアサカエル」という電報が届いていた。

13

翌朝腹這いながら庭を見ると、今日もいい天気だった。垣根の隅に植わっているドウダンの葉がエメラルド色に輝いている。

宮脇平助はジャズのレコードをかけながら、昨日行った小淵沢の谿谷を眼に泛べた。深山幽谷の回想とジャズのイメージとは渾然《こんぜん》となり、彼には少しも分裂を起こさなかった。

——菊子の話では、父親の広市は土木委員として区議会から大阪方面へ視察旅行に派遣されているという。しかし、彼はその視察旅行をいい加減に切り上げて、親分秋芳の選挙区の九州に飛んだかもしれない。

——これは昨日考えた推定だった。

よし、今日はその裏づけを取ってみよう、と宮脇平助は思った。

出勤途中の公衆電話から、××区の区議会事務局に電話した。

「土木委員はあと四、五日で帰ってくるはずです」

事務局員は答えた。

「大体、どこを回ってるんですか？」

宮脇平助は訊いた。

「予定では、大阪、堺《さかい》、岸和田《きしわだ》、それに和歌山《わかやま》まで行き、紀勢本線に沿って田辺《たなべ》、新宮《しんぐう》と回り、帰京する予定です」

「南田議員もその中に入っているようですが、ほかの議員さんたちと一緒に帰ってくる予定ですか？」

「さあ、多分、そうだろうと思いますが、はっきりしたことは、こちらでは分かりません」

「しかし、区会議員の視察旅行は、決められたスケジュールがあるのでしょう？　今日はどこを回ってることになっていますか？」

「はい、新宮に行って、今夜は勝浦《かつうら》温泉泊まりです」

「旅館は決まっているのでしょうね?」

「それは分かっています。黒潮ホテルというんです」

「黒潮ホテルですね。恐縮ですが、電話番号を教えて下さい」

区議会の事務局員は、宮脇が雑誌社と言ったものだから、そう面倒がらずに教えてくれた。

最後の視察旅行が新宮だとすると、今夜あたりの南田広市が危ないと思った。宮脇平助は、和歌山県勝浦温泉の黒潮ホテルに電話して、南田議員の宿泊の有無を確かめることにした。

社に着いたが、勝浦に電話するのはまだ早い。これは夕方でいい。それよりも昨夜の電報で、葉山良太が今朝帰ってくることになっている。

そろそろ彼から電話があるだろう、と心待ちにした。

いつもだったら、十二時前から昼食と称して油を売りに外へ出るのだが、今日はその電話のことが気懸《きが》かりで、デスクから動けなかった。

宮脇平助は、机に向かって辛抱強く待ったが、葉山良太からの電話はかかってこなかった。ベルが鳴るたびに受話器を取ったが、みんなほかの者への取次ぎに終わった。

葉山良太が秋芳派の選挙違反の地元に乗り込んで何かを握ったという報せは、宮脇平助にいろいろな空想を掻き立てさせた。

或いは、目下逃げている千倉練太郎の家族から、有力な聞き込みを得たかもしれない。それとも、出雲崎の沖合で浮かんだ女の死体の身元が割れたというのか。またば、東京の秋芳一派と九州の千倉の留守宅との連絡ルートがわかって、それから事件の証拠を握ったというのだろうか。

宮脇平助も、千倉の潜行が秋芳派の援護なくしては遂げられないことを知っている。千倉の逃避行に必要な旅費、手当などは必ず秋芳派から補給されていると思う。ただし、それは直接のかたちではあるまい。東京から九州の地元にいったん中継され、そこから千倉の潜行先に連絡がつけられているようにも考えられる。

葉山良太は、その線から何かを摑んだのだろうか。

「おい、ミヤさん」

同僚が受話器を差し出してくれた。彼は飛びついた。

「もしもし、ぼく、葉山です」

少し嗄《か》れ気味の声が懐しい。

「いま、帰ったところです」

「それはご苦労さんでした。電報を拝見しましたよ」

宮脇平助は声を弾《はず》ませた。

「それで、いまからお目にかかりたいのですが……」

「結構ですよ。お待ちしていたところですから。どこで会いましょうか？」

「この前の喫茶店に行きましょう」

「分かりました……九州はどうでした？」

「いや、そりゃお目にかかってからのことにしましょう」

葉山良太の声は明るかった。

一時間後、宮脇平助は葉山良太の白い顔を四日ぶりに眼の前に見た。

「お疲れでしたね」

「いや」

葉山良太は照れ臭そうな微笑を泛べて頭を掻いていた。

「電報を拝見して、相当な戦果が上がったのじゃないかと悦んでいます。早速ですが、お話を承りましょうか」

「いやいや、そう期待をもたれては困るんですが、まあ、向こうに行っただけの甲斐はありましたよ」

「そりゃよかったですな。京都には降りなかったのですか？」

「急ぐので東京へ直行して来ました。久間先生には遇いたかったのですが、あとで報告します。……ところで、宮脇さん、まず、ぼくのほうからお訊ねしたいんですが、例の山梨県小淵沢の奥の何とかという村の寺の一件は、どうでした？」

「はあ、行くことは行ってみましたよ」

宮脇平助は声を落とした。

「そりゃ、あなたこそご苦労さまでした」

「ところがですな、結論からいえば、結局、くたびれ儲けでしたよ。何も出てきませんでした。例の布田のお寺の坊さん田辺悦雲は、秋野村の瑞禅寺の住職は兼ねていますが、月に一度か二度ぐらい、お義理に顔を出す程度です。土地の顔役とは何のつながりもありません。日ごろは檀徒の一人に留守番を頼んでいる程度です。つまらない所でしたよ」

「そうですか」

葉山良太は少し小首をかしげていた。

「そのほか、何か変わったことはありませんか？」

「変わったことといえば、帰りの汽車の中で、偶然、南田広市の娘に遇いました」

「ほう」

「そこが、ちょっと面白いといえば面白いんですが」

宮脇平助は、南田菊子がそのときの行先を匿《かく》していたこと、帰りは立川で降りて布田のキリスト教会に車で走り込んだことをざっと述べた。

「まあ、こういったところで、ぼくのほうは何の収穫もありませんでした」

「いや、結構です」

葉山良太は、彼の話を面白そうに聞いていた。

「では、ぼくのほうから話しましょう」

と葉山良太はコーヒーで口を湿《しめ》した。

「秋芳武治の選挙区は、T県第四区で、これは北九州です。中心は××市ですが、千倉練太郎の家もその市内にあります。現在、家族としては、五十三になる女房の妙子《たえこ》と、三十五歳で会社員の息子と、その妻、それに孫が三人います。千倉の家は、××市では上流の下といったところで、わりと旧い家柄です」

「なるほど」

「千倉は県会副議長も勤めたことがあり、地方政界では一方の実力者です。人望も相当ありますよ。ただし、土地の人は、今度の秋芳派の選挙違反で、千倉がたいへんなミソをつけたと言っています」

「で、新しい事実というのは、どういうことですか？」

宮脇平助は早くそのことを聞きたかった。

「まず、以上の事情が判って、例の布田の隠れ家に千倉と一緒にいた若い男が、いよいよ彼の息子でなかったことがはっきりしましたね」

葉山良太は言った。

「そうですね。やっぱりあれはニセモノだったんですね。千倉が世間体をとりつくろってそう言っただけですな」

「そうです。やはりあれは彼の身辺の世話焼きだったということになりますね。多分、秋芳派から付けられた一人でしょう」

「それから、どんなことがありましたか？」

「ぼくは××市に二日間ばかり滞在したのですが、いろいろ土地の噂を集めてみました。すると、ちかごろ、千倉の家族がひどく憂鬱そうな顔をしているというんです」

「そりゃ主人が潜行しているからでしょう？」

「いやいや、潜行はしていても、以前はもっと朗かだったというんですね。そりゃ人から訊かれると、さあ、どこに行ったものやら、わたしたちにはさっぱり判りませんと言うでしょうが、それが言訳だということは、誰の眼にもはっきりしていたそうです。

つまり、家族は千倉の潜行先を知っていたのだと思われます。また、秋芳派にしても、千倉の家族に本人の行先を教えないような酷《ひど》いことは出来ませんからね。これは、こっそり連絡があったと思うのです。ところが、四月の半ばごろから、千倉の家族はひどく沈んだ様子を見せているというんですね。ことにその女房は、ヒステリーみたいになっているそうです」

「ははあ。それはどういう理由《わけ》ですか」

「実際のことは判りません。だが、ぼくの想像では、いままで続いた千倉との連絡が切断されたのじゃないかと思うんです。それで、女房はじめ家族は、急に憂鬱になっていると思われます」

「それは、土地の噂ですか？」

「いや、土地の人は、そこまでは考えていません。やはり千倉の潜行先を家族だけは知っていると思ってるようです。ただ、それがあまりに長くなるので、家族もようやく困ってきたと考えているようです」

「なるほどね。しかし、土地の人の考え方にも一理ありますね」

「それはあります。だが、四月半ばごろから家族が憂色に閉ざされはじめたということは、時期的にみて考えていいと思いますね」

「あ、そうか」

宮脇平助は思い出した。

「そりゃ布田の家から千倉練太郎が転居した時期ですね？」

「そうです。あれは、新聞記者に尾《つ》けられて、泡を喰って遁《に》げ出したんです」

と葉山良太も言った。

「ですから、今度は千倉も慎重になったと思うんです。同時に秋芳派も、千倉に出て来られては困るので、いや、困るどころか、当人は大臣の椅子もすべり落ちかねないことになる。そこで、家族の線から千倉の行方が割れてもいけないと思ってか、よほど深く彼を隠していると思いますね。そこが家族の心配になったと考えていいんじゃないでしょうか」

「まさか、海外に逃亡したんじゃないでしょうね？」

「さあ、それは判りません。とにかく、布田の家が新聞記者に見つけられて以来、ひどく神経を使っていたことは確かですからね。海外逃亡も、そういう意味でうなずけないことはないのです。千倉練太郎も、もう老齢《とし》ですからな。もし、外国にでも行けば、生きて日本に帰れるかどうか分からない。検察庁のほうでは次々と追起訴をして、時効にならないように狙っています。家族はそういう意味で悲しんでいるように取れますね」

「すると、千倉の行方は、われわれの手はおろか、日本の官憲も及ばぬところに行ってしまったというわけですか？」

「もし、海外に逃れていればね」

と葉山良太は言った。

「それに、秋芳派の反対派が何とかして千倉を引っぱり出そうとして、これまた策動しているから、いよいよ千倉は生きて日本には帰れないことになります」

「そういうことですな。ところで、ほかに何か面白い聞き込みはありませんでしたか？」

「聞き込みといえば」

と葉山良太は白い顔を笑わせた。

「千倉練太郎というのは、相当なやり手ですな」

「政治的手腕ですか？」

「いやいや、女のほうですよ。この男、××市にも妾が一人いましてね、博多《はかた》にも一人いるということです」

「ほう、そりゃ相当なもんですな」

宮脇平助は顔を緩《ゆる》めかけたが、ふと気づいて、葉山良太をのぞき込んだ。

「もしかすると、その千倉の妾というのが、出雲崎の沖合で水死体で発見された女じゃないでしょうか？　あの女は布田の千倉の隠れ家にたびたび行っていましたからね」

「そこは、ぼくも抜かりなく調べてみました。すると、××市にいる女は、年齢が三十八歳で、元芸者をしていて、ひどく肥った女です。それから、博多にいる女は、これも料理屋の女中か何かをしていて、四十二歳という大年増《おおどしま》です。二人とも現在元気に暮らしていますよ」

「そうすると、やはり違うのですな」

宮脇平助は肩を落とした。

「宮脇さん、ぼくはやっぱり前からの疑問が解けませんよ。出雲崎の沖合で水死体で発見された若い女が、まるきり天涯孤独とは思えない。もう死亡後二カ月になるのに、誰からも彼女の失踪が騒がれないのは変ですね」

「たしかにおかしいですな」

葉山もそれには首をかしげていた。

宮脇平助は彼と話しているうちに、南田のことに気づいた。

「葉山さん、例の南田広市は区会の土木委員として、いま、近畿地方を回っているそうですよ」

彼は委《くわ》しいことを話した。

「そんなわけで、今夜は和歌山県の勝浦温泉に泊まる予定になっています。しかし、これはちょっと怪しいと思うんです。南田だけはそこに泊まらずに、九州に飛ぶんじゃないかと思いますね」

「なるほど」

葉山良太は煙草をくわえて頷《うなず》いた。

「それはいい着眼ですね。区会議員や市会議員の視察旅行には、いい加減なものが多いから、それは十分に考えられます。殊に、千倉の問題がこんなふうにややこしくなってくると、南田にしても親分の秋芳の選挙区が心配になるでしょう。大量違反者を出した善後策というか、何かの処置に目立たないように九州に飛ぶということは大いにあり得るでしょうな。もしかすると、秋芳の意を受けているかも分かりませんよ」

「ぼくは区会議員たちが泊まる旅館の名前を聞いていますから、夕方になってその旅館に電話を入れてみようと思います」

「そりゃ、いい。ぜひ、それはやって下さい」

葉山良太は乗り気になって勧めた。

「ぼくもその結果を知りたいです。電話のときご一緒していいでしょうか？」

「どうぞ」

宮脇平助は言ったが、葉山良太がこれほど熱心だとは思わなかった。電話の結果は明日聞いても済むことなのに、彼は、一刻も早く様子を知りたいというのだ。

宮脇平助は、まさか彼を雑誌社に連れて帰るわけにもいかないので、中央郵便局に行くことにした。

「もうそろそろ五時ですね」

葉山良太が時計を見た。

「連中が泊まるとしたら、もう旅館には入ってるでしょうね」

二人はそこからタクシーで東京駅前に飛ばした。中央郵便局の窓口に勝浦までの長距離電話を申し込んだ。

「どのくらいで出るでしょうか？」

「そうですね、急報だと三十分くらいでしょう」

二人は客待ちの長椅子に腰を下ろし、小声で話を交した。

「京都に下りて、久間さんにお会いになれなかったのは残念でしたな。あの人も好奇心が旺盛だから、あなたの話を聞くと、きっと喜んだに違いありません」

宮脇平助は言った。

「いや、ぼくも京都に下りたかったんですがね。しかし、久間先生も忙しいし、わざわざ報告するには、現在のデータがまだちょっと弱いです」

「そうですな。久間さんも話し好きだから、会えばあなたが東京に帰られるのは遅くなるでしょうしね」

二人はすぐ横に客がいるので、具体的な話には触れなかった。

「勝浦が出ましたよ」

係員が窓口から呼んだ。

宮脇平助は指定のボックスに入った。

「黒潮ホテルさんですか？　こちらは東京の××区役所の者ですが、区会議員の人たちがあなたのほうに泊まることになっていますが、もう、着いていますか？」

「はい、お見えになっています」

女中らしい声だった。

「その中に南田さんという議員さんがいるはずですが、ちょっと電話口に呼んでいただけませんか」

「分かりました。少々、お待ち下さい」

女中は室内電話で部屋と話していたが、その声が受話器に洩れている。

《区役所の方だとおっしゃっていますが、えっ、いらっしゃいませんか？　さあ、お名前は聞いていませんけれど。では、電話をおつなぎします》

女中と話している対手は区会議員の一人らしい。南田がいないので、直接、自分が話すと言っているようだ。

「もしもし」

と声は男に変わった。

「君、役所の人だって？」

「はい、そうです、厚生課の山村と申します」

区会議員は、そんな下っぱの吏員の名前など知ってないはずだった。

「実は、南田さんに急用があるという方が見えましてね。お電話で話をすれば済むと言うので、そちらにかけたのですが」

南田がいないと分かったので、宮脇平助もそんな口実を言った。

「南田君はいないよ。彼は新宮の視察を済ませると、用事があると言って、ひとりで脱けたからね」

「どちらへいらっしゃったんでしょうか」

「なんでも大阪に用事があると言って、三時四十五分の準急で白浜《しらはま》に向かったよ」

「白浜ですって？」

「あすこからは、大阪まで飛行機が出ているからね。それにすると言っていたよ」

「すると、東京にはいつごろ帰られる予定でしょうか？」

「さあ、本人は、あと四、五日ぐらいして帰るようなことを言っていたが」

「どうも、いろいろと有難うございました」

電話をきった。

「やっぱり思った通りですよ。南田は新宮から一行と離れています」

宮脇平助はボックスを出ると、待っている葉山良太に、電話の次第を話した。

「大阪に行くと言っていたんですか？」

「そうです。大阪から飛行機で九州へ向かったかもしれませんね」

「南田は、新宮からは何時の汽車で白浜に行ったのですか」

「十五時四十五分とかだそうです」

「そうですか。……宮脇さん、外へ出ましょう」

二人は中央郵便局から出て、地下道を通り東京駅の乗車口に向かった。構内へ入ると、葉山良太が、ちょっと失礼、と断わって売店のほうに歩いていった。

書籍のならんでいるところを葉山良太がしきりと眺めているので、週刊誌でも買うのかと宮脇は思っていた。宮脇平助が手洗いに行って戻ってくると、葉山良太は売店から離れてもとの位置に立っていた。

「いま本屋の店さきで汽車の時刻表を調べましたよ」

葉山良太は言った。

「汽車の？」

「ほら、南田広市が乗ったという列車ですよ。新宮発十五時四十五分というのは準急です。これは白浜に十七時五十四分に着くことが分かりました」

「ははあ」

「南田広市は、白浜から飛行機で大阪に行くって言ったんですね？」

「そうです。電話に出た区会議員がそう聞いたと言ってました」

「たしかに大阪、白浜間には水上飛行機が出ています。これだと四十分くらいで着きますから、大阪まで列車で行くよりずっと早いです。しかしですな、十七時五十四分に白浜に着いたのでは、もう大阪行の飛行機は出ているんですよ」

「ははあ」

宮脇平助は、葉山良太がいつそんなところに眼をつけたのか知らなかった。汽車の時間を聞いただけで、葉山は早くも不審を起こしている。頭の回転の早い奴だと思った。

「そうすると、南田広市は大阪に行ったのと違いますか？」

「さあ、その点は分かりません。ただ、彼がほかの区会議員たちに、白浜から飛行機で大阪に行く、と言った言葉は、少なくとも時刻表の上では符合しませんな」

「つまり彼は嘘を言ったわけですね？」

「嘘と言っていいか、口実と言っていいか、とにかく、白浜から大阪までの飛行機はないのですから、言葉通りでなかったとは言えます。ただし、彼は白浜までは行ったかも分かりませんね」

「白浜に何があるのでしょう？」

「あすこは、御承知のように、有名な温泉地です。もしかすると、そこで誰かと会うつもりかもしれませんな」

「誰かと？」

「いや、これは想像だけですよ。いま、飛行機の時間がないということで、そう想像しただけです」

　二人は構内をぶらぶら歩いていたが、

「南田菊子は、どうしてるでしょうな？」

　と、突然、葉山良太が言った。

「南田菊子ですって？」

「親父のほうが南紀あたりで妙な行動をしているので、彼女の動静が知りたくなりましたよ」

　そうか、あの親子二人は緊密な連絡をとっている。いま葉山良太が彼女のことを気にするのは尤もだ、と思った。

「電話をしてみましょうか、いまだったら、まだ××公団のほうだと思います」

「かけてみてくれますか？」

　宮脇平助は駅の公衆電話の前に立った。

「南田さんはお休みです」

　公団の交換手は、南田菊子の課に訊き合わせて返事をした。

「いつからお休みですか？」

「さあ」

「病気ですか？」

「課の人につなぎますから、そちらで訊いて下さい」

交換手は男の声をつないだ。

「南田君は、三日前から休んでいます。年次休暇をとっているのです」

「いつまでお休みですか？」

「五日間の届が出ています」

「すると、明日までですね。明後日からは出勤されるわけですね？」

「そういうことですな」

宮脇平助は電話の返事を葉山良太に伝えた。

「やっぱりそうですか」

と葉山良太はうなずいた。

「何となく、ぼくの予感が当たったわけですな」

「あなたは、菊子が勤先を休んで、親父と何らかの連絡をとっていると思ったんですか？」

「そういう予感がしました。どうも、ぼくには、あなたのお話の小淵沢の一件が頭から離れなかったのです」

「小淵沢の一件ですって？　それと、親父の行動と、どう結びつくのですか？」

「いや、何となく、そう考えただけですよ」

宮脇は、葉山良太が何かを思いついたけれど、いまはそれを口に出したくないのだ、と察した。

「すると葉山さん、あなたは、南田広市が今夜あたり白浜に泊まると、そこで菊子と出遇うように思っているのですか」

「何とも分かりませんが、そういう想像もあり得るでしょうね」

葉山良太の言い方は、自分の考えを全部出していないように思われた。

「念のために、南田家に電話してみましょう。菊子が家に居るかどうかを確かめるのです」

宮脇平助が言うと、

「それは、いい考えですな」

と葉山良太も賛成した。宮脇は電話帳を調べて、南田の家に掛けた。

「どちらさまでしょうか？」

電話口に出たのは女中らしかった。

「ぼくは××公団のものですが」

と宮脇平助はまた嘘を言った。

「菊子さんに仕事のことで少し伺いたいことがあるんです。いま、お宅にいらっしゃいますか？」

もしも、いるといえば、適当にごまかすつもりだった。まだ彼女にこちらの声を知られるほど、親しくはしていない。

「少々お待ち下さいませ」

女中は奥に引込んだ。菊子がいるともいないとも言わない。

代わったのは、嗄《しわが》れた女の声だった。

「わたくしは、菊子の母親でございます」

とその声は言った。

「いつもお世話になっております」

母親が出たところをみると、菊子は不在なのだ。

「ただ今、菊子がおりませんので申し訳ございません」

と、こちらの声を××公団の職員と思い込んで丁寧だった。

「そうですか、今夜お帰りになるんですか？」

「それが、ちょっと遠い所に行っておるものですから」

母親が困ったような声を出して、

「あと二日ぐらいは、東京に戻らないだろうと思います」

「ははあ、地方にいらしたのですか？」

「はい。実は、親戚の別荘が伊豆《いず》の伊東《いとう》にございます。そこに遊びに行っているんでございますよ」

「ああ、そうですか。そいじゃ止むを得ませんね。ところで、伊東はお父さまとご一緒ですか?」

宮脇平助はついでに広市のことも、ためしに訊いてみた。

「いいえ、それは別々でございます。主人は区の土木委員として、近畿のほうに参っております」

「いつ、お帰りでしょうか?」

「はあ、明日の晩に帰る予定になっております」

「何ですって? 明日の晩ですか?」

宮脇平助は愕いた。現地に電話したところでは、大阪に用事があると称して、四、五日先に帰京の予定となっている。

そうすると、まだ留守宅には本人からの連絡がないのだ。南田広市は家を出るとき、大阪に寄る予定がなかったのであろう。それとも、広市の女房はとぼけているのだろうか。

とにかく、礼を言って電話を切るよりほかはなかった。

「南田菊子は今日は伊東の親戚に行っているそうですよ」

宮脇平助は葉山良太に知らせた。

「ところが、広市のほうがどうも妙なんです」

「ほう、どう変なんです？」

「いま電話に出たのは南田広市の妻女らしいんですが、亭主が大阪に行ったのを知らないらしいんですよ。ほかの区会議員たちと一緒に、明日帰ってくるようなことを言っています」

「そいじゃ、視察旅行に出かけるとき、彼は女房には何も言わなかったとみえますね」

「わざと、黙っていたんでしょうか。それとも予定が変わったのでしょうか」

「途中で予定が変わるというのはおかしい。あの男は東京を出るときすでにそのことを決めていたと思います。秋芳あたりから何かの指令を受けていたのかも分かりません。ことは秘密を要するので、まず女房から騙していたとも考えられます」

「あなたはさっき南田広市が大阪に向かったというのは、疑問だと言いましたね？」

宮脇平助は葉山の先ほどの言葉を思い出して訊いた。

「いや、そうは言いませんよ。ただ南田広市がその日に白浜に入り、すぐに飛行機で大阪に向かったというのが不合理だと言っただけです」

葉山良太は、にこにこして言った。

「彼は確かにある目的で視察団の一行と別れたが、その行先は疑問だと思うんです。極端にいえば、白浜温泉に行ったことさえ、疑わしいと思いますね」

しかし、これは結論が出なかった。

「南田広市が動き出したというのは面白いですな」

と別れるときに葉山良太は言った。

「そのうち、何かきっと起こりそうですね？」

「そういう予感はしますな」

宮脇平助も同感だった。

「いま、南田広市の行方を追及しても、これは別に方法がないと思うんです。われわれも一つこの辺で静観して、事件待ちとしましょうか？」

葉山良太はやさしげな笑みを口もとに泛《うか》べた。

14

それから十日経った。

この間に、京都にいる久間監督から簡単なはがきが来た。撮影が予定より長びいていること、これから山陰方面にロケに行くこと、例のことはいつも気にかかっているので、ときどき報告してほしいなどとあった。

しかし、久間に報告するにはまだ調査の具体化にもほど遠い段階だった。なにか、もやもやとしながら足踏みしている状態なのだ。葉山良太が言ったとおり、いわば、事件待ちのかたちだった。

——その事件が実際に起こった。

宮脇平助はその朝の新聞を読んだ時のショックをいつまでも忘れられない。

三面のトップの大きな活字が眼をむいて宮脇平助の心臓を握ったのだ。

「区会議員、蒲団《ふとん》詰めの死体となって、汐留《しおどめ》駅で発見さる……」

見出しの横に被害者の大きな写真が出ているので、ひと目で南田広市と判った。記事は、大体、次のように報道されていた。

「六月十二日午後三時ごろ、東京汐留駅貨物係が倉庫で荷物の整理をしていると、悪臭の強い蒲団包みを発見した。不審に思ってその一部をほどくと、中から人間の手が見えたので、すぐに所轄署に連絡、係官が駆けつけ蒲団包みを開いてみると、五十歳くらいの男の絞殺死体が現われた。この蒲団包みには、『汐留駅止、南田広市宛、同人出』の名札が付いているので、都内練馬区南町三一〇区議南田広市氏宅に連絡、長女菊子さんが汐留駅に馳せつけ、死体は南田広市氏と確認した。

警視庁では、同夜、ただちに監察医務院で解剖に付したところ、死後推定約六日間を経過しており、死因は絞殺だが、後頭部に鈍器用のもので殴られた打撲傷があった。しかし、これは致命傷ではない。

蒲団包みは三重県尾鷲《おわせ》駅より送り出され、去る九日夕刻に受け付けられ、十日朝発送となったものである。死体はかなり使い古したと思われる木綿の花模様の掛蒲団一枚に包み込まれ、その上を蒲団カバーで包装してあった。荷札の文字は、犯人が左手で書いたと思われるふしがある。

妻雪子さんの話によると、南田区議は去る一日より六日間の予定で大阪南部より紀州方面の土木事情視察のため他の土木委員と一緒に出かけたものである。

この土木委員一行は、さる七日には帰京しているが、南田区議だけは、最終の視察地であった和歌山県新宮市で、用事があるからと言って一行と別れている。以来、消息不明になっていたので、かねて家人が心配していたところだった。

警察側の発表では、南田区議の絞殺に使われたものは麻縄のようなものだと推定しているが、使われた紐は残っていない。死体の着衣は出発当時のもので、夫人の証言でも、現金その他盗まれたものはなく、明らかに怨恨による兇行と思われる。しかし、夫人はその心当たりがないと言っている」

これがその日の朝刊だった。つづいて夕刊には続報が載った。

「殺された南田区議の六日の行動が判明した。――

南田区議は、新宮市の視察が終わると、自分は用事があって白浜に行く、と言って一行と別れているが、白浜に行った形跡はなく、かえって反対方向の尾鷲駅に降りていたことが判った。

それは、六日午後五時ごろ、尾鷲駅員が新宮方面より着いた汽車の乗客を改札していると、南田広市そっくりの男が『この町に柳原《やなぎはら》旅館というのがあるか』と訊いている事実がある。

柳原旅館は尾鷲市××町に実在している旅館である。同旅館は駅から徒歩で十五分くらいなので、南田氏らしい男もタクシーには乗らなかったようである。

柳原旅館経営者柳原ふみさん（四八）の話では、当夜、南田広市氏らしい人物は投宿しなかった、と言っている。また、訪ねてきた事実もない、と確言した。

ここで問題なのは、南田氏の死亡時日である。解剖結果でも推定されたように、死後経過六日間であるから、六月六日夜から七日にかけて殺害されたという推定が有力だが、尾鷲駅で蒲団包みが受付けられたのは九日夕刻だから、死体は三日間どこかに放置されていたことになる。

蒲団包みを尾鷲駅に運んだ男は、それを受付けた係員の話によると、年齢二十七、八歳くらいの瘦せた男だったという。

蒲団包みは七十キロに近いので、係員が訊くと、下宿を引払ったため、多少の炊事道具を包み込んであると男は答えて、料金を払うと、そそくさと立ち去ったという。係員の記憶では、頭髪はオールバックに近いかたちで、眉毛がやや うすく、標準語を使っていたという。

南田氏が他の土木委員と別れるときに、用事があるから白浜に行くと言いながら、なぜ、逆の方向の尾鷲駅に降りたかは疑問とされている。家族の話では、尾鷲には友人もなければ知人もいなかったし、そこへ寄るような予定を氏の口から聞いていないそうである。なお、南田氏は新宮の宿で他の委員に、白浜では知人に会うようなことを言っていた。しかし、それが誰だか判っていない。

新聞記事はまだつづいている。

「警視庁では、南田広市夫人雪子さんについて参考訊問をしているが、雪子さんも南田氏がなぜ尾鷲駅などに降りたか全然判っていない。当局では、南田氏が白浜温泉に行くと言ったのは、他の委員への口実で、実は、はじめから尾鷲に行くつもりだったのではないか、と推測している。しかし、なぜ、氏がそれを匿《かく》していたかは依然として疑問だ。ただ、考えられるのは、南田氏が白浜で人に会うと言っていたことは、実は尾鷲市内のことで、同氏はその人にこっそり会う必要上、他人に逆の方向を言っていたのではないかと思われることだ。

南田氏が会おうとした知人は蒲団包みを駅に持込んだ二十七、八歳くらいの男だと思われる。しかし、当局が夫人について訊くと、それに全然心当たりはない、と答えた。

また、唯一の物的証拠は死体をくるんだ木綿の花模様の蒲団と蒲団カバーであるが、これはいずれも使い古されたもので、死体を送るために用意されたものではなく、普段使用されていたものを思いつきで包装用に使ったと考えられる。

警視庁では捜査員を尾鷲市に派遣して尾鷲署と協力して捜査を行なっているが、今のところ手がかりはない。柳原旅館という名前を南田氏が駅員に訊いているところからみて、同氏が同旅館を目的に行ったことははっきりしているので、目下、旅館についてなお調査中である。

この場合、旅館経営者柳原ふみさんは南田氏とは一面識もないので、一番有力と考えられているのは、同日まで同旅館に投宿していた客のところへ南田氏が面会に行ったのではないかという線である。しかし、同旅館では南田氏が来訪していないと言っているので、この点もまだはっきりした線が出ない。現在、宿帳について投宿客の身元を調査中である。

それにしても南田氏が殺されて、死体が蒲団包みとなって発送されるまで、約三日間、死体がどこに、なぜ放置されていたかということが大きな疑問である。その究明が事件解決の鍵となるであろう。あるいは、南田氏は同旅館に投宿している客と何らかの方法で連絡をとり、いずれかへ連れ去られて殺害されたのではないかという説が有力となっている」

（注・尾鷲市は三重県の南部にある漁港都市で、新宮は和歌山県の東端で三重県と接している。）

翌日、宮脇平助と葉山良太とは、また目立たない喫茶店で会っていた。

「とうとう、殺《や》られましたね」

葉山良太は、宮脇平助の顔を見ると、いきなりそう口を開いた。

新聞を読んだ直後の愕《おどろ》きは、宮脇平助にもすでに過ぎて、今は少し落着きを取戻している。葉山良太がいきなりそんなことを言うのも、宮脇と同じように幾分冷静になっているからであろう。だが、これはその新聞記事を読んでのちの最初の顔合わせだから、二人だけに共通している昂奮が新しく起こっていた。

「とうとう?」

宮脇平助は葉山良太の白い顔を見つめた。

「あなたもそう思ってましたか?」

「そりゃ口に出さないだけで、前から何となくこんな予感がしていましたよ。南田広市が行方不明になったと分かったときからです」

それは宮脇平助も同じ感想だった。

だが、そのことは漠然とした理由からで、具体的な根拠があるわけではない。いわば、ぼんやりとした不安感がそう思わせただけである。

「いや、こんなことになるだろうと思っていましたよ。南田さんには気の毒ですがね」

葉山良太はおだやかな声で言った。

「しかし、南田広市を殺さねばならぬ人間がいたのでしょうか？」

宮脇平助が訊いた。

「いや、それはぼくにもよく判りませんがね。だが、こういう結果になっても、ぼくは飛び上がるほど愕くような気持ちにならなかったのは事実ですね。それだけ、この事件のもつ危険感というものがぼくにはあったわけですね」

宮脇平助もそれにはうなずいた。

二人は、それから新聞記事についていろいろと話し合った。

「新聞にも出ている通り、南田さんがはじめから尾鷲に行くつもりだったことは確かなようですし、こっそりそこで会う人物がいたことも確実だと思います」

葉山良太は、細い眼で考えを追うようにして話した。

「ただ、南田さんは、白浜に行くなどと余計なことを言わねばよかったのです。そこが何かを匿《かく》している人間の心理でしょうか。土木委員なんかに尾鷲に行くと言っても、一向に差支えなかったのに、やはり嘘をついていたんですね」

「そうですな」

それはその通りと宮脇平助は返事した。

「南田氏は尾鷲駅で駅員に、柳原旅館に行くまでの道順を訊いていますね。もちろん、そこははじめての土地だったと思います。すると、死体の蒲団包みを送り出した二十七、八歳の男というのは、当然、犯人か、その共犯者かに決まっていますが、南田氏は対手と尾鷲で会うことをどこで約束したのでしょうか?」

「そこが問題です。普通なら、南田氏が土木委員の一行と東京を出発する前に犯人側と約束していたと思います。だが、東京出発後にどちらかが連絡して、予定を変えたということも考えられますね。なぜかというと、南田氏は家を出るとき、予定通りに帰ってくる、と家人に言っていますから」

「いや、それは家人にも秘密にしていたからじゃないでしょうか?」

「それも大いに考えられます。しかし、対手のところに行けば、土木委員の一行と帰京が共に出来ないことぐらいは南田氏に判っていたでしょう。そうなると、何かの理由を付けても、帰京が遅れると家人に言うのが普通ではないでしょうか?」

「そうですな。しかし……」

宮脇平助は、その点は疑問だった。

「家の者にも秘密にするため、予定まで知らせないということもあり得ますよ」

「むろん、それも考えられますがね……ところで、問題の娘さんは、いま、尾鷲のほうに行ってるそうですね」

「えっ、菊子という娘ですか。どうしてそれをご存じですか?」

「いや、ここへくる途中、南田さんの家へ電話したのですよ。娘さんのほうにね。すると、地元の尾鷲署に呼ばれて、昨夜の急行列車那智《なち》号で発ったようです。電話に出た人が、そう教えてくれました」

「那智号というと、尾鷲には何時ごろに着くんですか？」

「東京を夜遅く出て、尾鷲にはすごく朝早く着きます。多分、七時前には着くんじゃないでしょうか。だから、菊子は今ごろ尾鷲署でいろいろと訊かれていると思いますよ」

「なぜ、尾鷲署は夫人のほうを呼ばなかったのでしょうか？」

「それは、夫人が行けなかったんじゃないでしょうか。なにしろ、主人が死んでいるんですから、弔問客もあるだろうし、葬式その他のことも準備があるでしょうからね？」

「汐留駅の死体確認にも菊子が行ってますね？」

「そうです。夫人は気が弱くて、つい、娘を出したのかもしれませんな」

「それは偶然にしても、なんだか、今度のことでも菊子が主に活動していますね。どうもあの親娘《おやこ》はこの前から共謀して行動しているところがあると思いますよ」

宮脇平助が言うと、葉山良太もそれには同感のようだった。

「そうですね。それは確かにそういう印象を受けます。京王電車の回数券のことが、われわれの頭には、まだ引っかかっているんですね」

「そうなんです。ぼくが電話したときも、菊子は親戚の家に行ってる、と母親が言ってましたよ。それだって、本当に親戚の家かどうか、こうなると怪しくなってきます」

「それは確かにそうです。どうです。宮脇さん、ぼくらもこれから尾鷲に行ってみましょうか？」

「えっ、尾鷲に？」

宮脇平助は、葉山良太の熱心さというか、突飛さというか、その行動的な申し出に愕《おどろ》いた。だが、よく考えてみると、なるほど、これは尾鷲には行く必要がある。新聞記事でも、柳原旅館のことでさまざまな疑問を出していた。それに、まだ菊子が尾鷲にいれば、彼女に直接会って疑問を訊いてみることもできる。

「いや、あなたはぼくらと違って勤人ですから、いろいろ都合があるでしょう。無理におすすめはできませんが、今夜の夜行で行って、明日《あす》一ン日現地を調べ、その日の夜行で帰ってくれば、一日だけの欠勤で済むんじゃありませんか？」

宮脇平助は、葉山良太の言い方が久間そっくりなのにもおどろいた。久間監督は鯨波の洞窟を見に同じ方法で往復している。

「分かりました。そうしましょう」

宮脇平助は思い切って決心した。雑誌のほうもそろそろ忙しくなりかけるころだが、一日だけの休みなら何とかなると思った。

「ところで、宮脇さん。あなたは新聞記事にある荷物を発送した男のことに心当たりはありませんか？」

「さあ、どうも、ありませんね」

「そうでしょうか？　ぼくは顔は見ていないが、この年齢の点から連想して、あなたが湯島の旅館で録音させたという、テープの声の男の一人を思い出したんですよ」

「あ」

宮脇平助は手を拍《う》った。そうだ、二人づれの男の一人は秋葉原で車を降りている。それは、その二人を送った白タクの運転手が自分に聞かせたことだ。そして、もう一人が甲州街道を府中近くまで行った。その若いほうの男というのが、ちょうど二十七、八の年配だったという。それはまた、千倉練太郎らしき男と暮らしていた、息子と称する若い男とも合致するのだ。

宮脇は自分で葉山良太に話しておきながらそのことをついうっかりしていた。人間はよく知り過ぎていると、かえってぽかりと大事な点を抜かすことがある。

15

その晩、宮脇平助と葉山良太とは東京駅を急行「那智」で出発した。

宮脇の努力でやっと手に入れた指定席に坐った二人は、すぐには寝つかれないので、しばらく話し合った。

「新聞にも出ていましたが、南田の死体が蒲団包みとなって発送されるまで、三日間も放置されていたというのは、どういうわけでしょうか？」

宮脇は葉山に訊いた。

「そうですな。そこが一つの鍵ではないかと思いますな」

葉山は、暗い窓に流れる灯に眼を向けながら答えた。

「これには二つの考えがありますね。一つは南田を殺しはしたが、犯人が死体の処置に困ったということです。つまり、蒲団包みにして東京に送り返す工夫が浮かぶまで三日間の空白があったということです。もう一つは、その包装材料を手にいれるのに時間がかかったということですね」

「ちょっと妙ですな。犯人が南田を尾鷲市内におびき寄せたのは計画的だったのでしょう。それなのに、あとの死体の工夫がつかなかったり、包装材料の入手にてまどったのは、どういうわけでしょう？」

「さあ、そこです。ぼくもその疑問には前から気づいていました。なるほど、対手を尾鷲くんだりに誘い込む以上、殺害後の工夫もすでについていなければなりませんね。三日間も死体のまま放って置いたのは不思議です。……まあ、それはあとでゆっくりと考えることにして、問題はその死体がどこに置かれていたかということです」

「あの旅館が変ですな」

「確かに変です。しかし、まさか、旅館に死体を三日間も寝かせておくわけもないでしょう」

「いや、それは分かりませんよ。たとえば、その部屋を借りていた人間が、宿の女中に気づかれないで殺人を行ない、死体を押入れかどこかに入れて置いたということもあり得るでしょう」

「だけど、宮脇さん。その死体をどうして蒲団包みにして、外に持出したのです。そんなことをすると、女中なんかにすぐ気づかれますよ」

「それはそうですが、南田はその旅館を目当てに行ったんですから、そこに犯人の目算があったように思います」

葉山良太は眼を細めていたが、

「犯人は、なぜその蒲団包みを南田あてにして、東京汐留駅へ送ったのでしょうか？」

と、逆に宮脇に疑問を投げかけた。

「そうですな。それは、ほかの駅に送りつけたほうが死体の発見が遅れて犯人には有利だったでしょうにね。それに死人の身元が分からないようにするのが、これまでの常識ですな」

「そうなんです。死体は南田広市だと教えるように、ちゃんと洋服の中に名刺入れなどそのまま入れていたそうですからね。どういうことなんでしょう？」

「それはですな」

宮脇平助は自分の考えを言った。

「多分、犯人は人情の上から、死体を遺族のもとに送り届けたかったのじゃないでしょうか。ですから、その場合、犯人は南田とかなりな関係にあったと想定されますね」

「そうでしょうか？」

葉山良太は例のやさしい微笑を浮かべた。

「その逆だってありますよ」

「逆といいますと？」

「つまり、犯人が南田に対してたいへん憎しみを持っていた場合です。こういうときだと、犯人の心理はかえって、復讐的に遺族のもとに送り届けるという残酷な考えになります」

宮脇平助はおどろいた。

なるほど、そういう考えもあるのだと思った。しかし、そんなことをすぐに心に泛《うか》べる葉山良太という人物が、ちょっと異様にも感じられた。

「死体を包んだ蒲団のことも問題がありますね」

と宮脇平助は気を変えて言った。

「新聞の記事によると、その蒲団はかなり使い古されたものだと書いてありました。木綿の花模様というのですから、あまり上等ではなさそうです。もし、それが非常に上等な品だったり、新しかったりしたら、その材料から脚がつくと思って、犯人はわざとそんな物を使ったんでしょうか？」

「その通りだと思います。しかし、警察でも、その蒲団地や綿や、カバーなどを手懸りに、刑事を歩かせているでしょう」

宮脇平助は気づいた。

「葉山さん。もしかすると、その蒲団は東京都内から尾鷲に送られたのではないでしょうか。つまり、死体が三日間そのままの状態で置かれたのは、包装の材料が東京から到着するのを待っていたんじゃないでしょうか？」

「うむ、それは面白いですな。確かにそれは考えられますな」

葉山良太は少し考えたあとで同感した。

「尾鷲市というと、狭いところですから、蒲団の出所はすぐ分かるでしょう。東京だと、そんな古蒲団などの出所は探しようがないということも考えられますからね。しかしですな、これはまた、前の計画犯罪に戻りますが、それだったら、犯人はなぜ前もって蒲団を送っておかなかったのでしょう？　南田を尾鷲に誘《おび》き寄せているからには、すでに南田の視察旅行の日程も、犯人側には分かっていたと思います。殺したあとで包装材料の到着を待つというのも計画性からいって変ですね」

「列車の都合で荷物の到着が遅れたんじゃないでしょうか？」

「それは考えていいでしょう。しかし、おそらく、警察もあなたと同じ考えでもって、事件の日を中心にして、東京都内から尾鷲に送られた蒲団包みの荷物があったかどうかを、駅で調べていると思いますね」

「そうすると、南田を尾鷲で殺した加害者と、蒲団を東京から送った共犯者と二人いることになりますな」

「そういうことですな。だが、ここでは結論を出さずに、とにかく現地に行ってから、よく考えてみましょう」

葉山良太は睡くなったのか、大きな欠伸《あくび》をした。

尾鷲駅に着いたのが朝の六時半だった。

二人は睡り足りない顔で駅前に出た。早朝なので人影も疎《まば》らである。駅前の食堂も閉まっているので、休憩するところもなかった。

「いっそのこと、柳原旅館に飛び込みましょうか？」

葉山良太が言った。

「そうですな、そりゃ名案です。飯を食べながら様子も探れますからね」

タクシーもなく、バスもない。二人は、駅の前にある交番で柳原旅館の道順を訊いた。

「ちょうど、こんな具合に、南田広市は駅員から旅館の道順を訊いたのでしょうね」

交番を出てから葉山良太が言った。

「なんだか、ぼくら自身が南田のした通りをやってるようですな」

葉山良太は機嫌が良かった。昨夜ひと晩、列車の中だったので、気持ちが悪く、宮脇平助は早いとこ旅館に着いて顔を洗いたかった。

まだ戸を閉めている商店街を通ってゆくと、柳原旅館はその街の端に近い角を曲がったところにあった。わりと大きな旅館だが、まだ表戸は開いていない。

通りには、魚を積んだオート三輪車やリヤカーなどが通っていた。

「構わないから、もう、起こしましょう」

葉山良太が言った。時計を見ると七時近くだった。

裏口の門の戸を叩いていると、女中の返事があった。

「どなたですか」

「ぼくたちは、いま汽車で着いたので、少し朝が早いが、休ませてもらえませんか？」

潜《くぐ》り戸が開いた。起きたばかりの寝呆《ねぼけ》顔の女中が乱れた髪で立っていた。

「すみません」

宮脇平助は謝るように女中に頭を下げた。

「部屋はありますか？」

女中の機嫌がいいはずはなかった。が、それでもしぶしぶ表の門を開き、二人を家の中に案内した。

「まだお茶も沸いてませんが」

「いいよ、いいよ。ちょっとひと寝入りしてから朝飯を食いたいが、その前に風呂に入りたいな」

「風呂なら、あと二時間ぐらいしないと沸きません」

「構わない。まあ、お願いしますよ」

女中が去ると、二人は顔を見合わせた。

二人が起こされたのは九時ごろだった。茶を汲んできた女中もエプロンなど掛けていて、見違えるようにきりっとした顔と姿になっていた。

「お風呂が沸きましたから、どうぞ」

「やあ、すみませんな。そいじゃ、その間に朝飯の支度をしておいて下さい」

「分かりました。……あの、今日は何時にお発ちですか？」

「そうですね、ことによったら、ひと晩泊まるかも分かりません」

葉山良太が言った。

「それも仕事の都合だね。……おかみさんはまだ起きませんか？」

「ええ、もう、そろそろです」

「そう。そいじゃ、あとでちょっとここに来てもらいましょうか。少し話したいことがありますからね。ぼくたちは東京から来た者です」

「東京から？」

女中の顔は一瞬怯《ひる》んだようになった。すぐに例の事件に思い当たったらしい。

「今度は、あなたのほうにもだいぶ迷惑がかかったようですな。ずいぶん警察からも調べに来たでしょう？」

葉山良太が如才のない言い方で女中に訊ねた。

「ええ」

女中はもじもじしている。客二人の正体を疑っているようだった。

「いや、ぼくたちは亡くなった南田さんと知合いでね。今度、新聞を読んでびっくりしたわけですが、まだ犯人が挙がっていないようなので、一応、こちらの様子も聞きに来たのですよ」

「そうですか」

女中は、警察の者でもなく新聞社でもないと知って、いくらか安心したようだった。

「殺された人が駅でわたしのほうの道順を訊いたとかで、ずいぶん、警察からもおかみさんが訊かれていました。わたしどもも詳しく調べられましたよ。でも、ウチにはそんな人を泊めたことがないんです。また、その人がここにお泊まりのお客さんを訪ねて見えたこともありません」

女中はようやく口数が多くなった。

「なるほどね。それで、警察でもとうとう納得しましたか?」

「分かって下さったようです。でも、その晩の泊まり客の宿帳を写して、いちいち調べていらっしゃる様子です」

「あなたのほうは、正確にお客さんから宿帳を取っていますか?」

「ときには洩れることもありますけれど」

女中はちょっと言いにくそうな返事をしたが、世間には税金逃がれにわざと宿帳を出さない旅館もある。ここも同じとみえて、女中の顔つきから察すると、どうやら、かなり警察に絞《しぼ》られたらしい。

「それはそうと、ここに二十三、四くらいの女の人が訪ねてきませんでしたか? その人は殺された南田さんの娘さんですがね」

宮脇平助が口を入れた。

「さあ、わたしは知りませんけれど、おかみさんが会ってるかも分かりません。……どうぞ。風呂が沸きましたから」

女中はさすがに口を要心したか、そのまま部屋を出て行った。

宮脇平助は、葉山良太がすすめるので、先に風呂場へ降りた。昨夜はろくに睡れなかったし、顔も身体も汚れている。風呂から上がると、さっぱりとした気分になった。

部屋に戻ったが、葉山良太の姿はなかった。宮脇を先に風呂へ入れたまま、自分はどこかに出かけたらしい。

朝風呂で疲れが出たせいか、宮脇はしばらく睡った。次に眼が醒めたとき、葉山良太が湯上がりの顔で浴衣を着て坐っていた。

「やあ、失敬しました。つい、睡くなったので……」

腕時計を見ると、一時間ほど睡っていたことになる。

「やあ、よくおやすみだったので気をつけたのですが、起こして悪かったですな」

葉山良太は相変わらず如才がない。

「いいえ、……あなたはどこかにお出かけだったんですか？」

「ええ、ちょいとその辺を散歩してきました。……ぼくは他所《よそ》の土地の宿に入ると、すぐ、近所の様子を見て回る癖がありましてね。これはどこの宿に泊まっても同じです。いや、いま、ふらりとひと回りしてきましたが、ここはこの町の中心街のようですな」

「そうですか」

宮脇平助はそんな趣味にはあまり興味がなかった。

「ところで、葉山さん。これからどうしましょう？　まず、ここのおかみさんの話を聞くとして、今の女中の返事とあまり変わりはないように思われますがね」

「そうだと思います」

　葉山良太もうなずいた。

「しかし、一応、それは聞いておきましょう。それから警察に行って、事件のその後の様子を訊《たず》ねてみるのです。場合によっては、あの蒲団包みの発送を受付けたという駅の係員にも会ってみましょうね。せっかく、ここまで来たのですから、それくらいの念は入れないといけないでしょう」

「しかし、ぼくはあの新聞記事以上に深いことが判るとは思いませんがね」

「ですが、東京で新聞記事を頼りに調べてばかりもいられませんからね。無駄だと分かっても、一度は現地を見ておきたかったのですよ。それに、あなたは先ほど南田菊子のことを訊いていましたが、もしかすると彼女はまだ警察の用事が終わらずにこの土地にいるかも分かりません。この宿には泊まっていないようですが、その宿も判れば、彼女に会っておこうじゃありませんか」

「そりゃもちろんです。実は、ここへきたのも、南田菊子から直接に話を聞きたいつもりもあったんです。東京に帰ると、いつ会えるか分かりませんからね」

　事実、東京だと、南田菊子は宮脇の前から逃げ回るに違いない。

「しかし、おかしいですな。なぜ、南田菊子がこの旅館を訪ねてこなかったんでしょうか？　彼女も父親の殺された土地を調べに来たのですから、一番にここにこなければならないのに……」

「いや、それはぼくも同じです。尤も、おかみさんがこなければ最終的には判りませんが、南田菊子がこの宿に来ていれば、女中だってそれは分かるでしょうからね」

食事が終わって二人がお茶を飲んでいると、おかみさんという女が襖を開けて閾際《しきいぎわ》に膝を揃えた。四十四、五の、肥った女である。体格は、料理屋の女将《おかみ》にしても十分な貫禄がありそうだった。

「いいえ、そんなお方はお見えになりません」

おかみも最初から南田菊子の来訪を否定した。

その他のことも予想通り、女中の話以上にはおかみの口から出なかった。ただ、被害者がどういうつもりかこの旅館のことを駅員に訊いたので、警察からしつこく追及されて困っている、という愚痴をこぼすだけだった。

「そうでしょうな。いや、そうでしょう」

葉山良太がしきりにうなずいている。あたかも、南田菊子が訪ねてこないのを当然と思っているような顔つきだった。

宮脇平助と葉山良太とは、尾鷲警察署に行った。歩いて十分とかからない。どこへ行くのにもタクシーの必要がないのは気持ちをのんびりとさせる。

捜査課長というのは、四十年配の、ずんぐりとした、農夫のような顔の警部補だった。宮脇平助は雑誌社の名刺を出して、取材で東京から来たという口実にした。

「いや、どうも」

正直そうな課長は、困ったように頭を掻いた。

「その後、さっぱり手がかりがないので、弱っていますよ。わざわざ東京からお見えになったのに、何もこれという話が出来ません」

「あの蒲団包みを駅に出した男も、手がかりがないのですか?」

宮脇は訊いた。

「はあ、さっぱりです」

「死体を詰めた蒲団包みから、手がかりは得られませんでしたか?」

葉山良太が質問した。

「それがまるきりないのです。われわれとしては、そこに大きな期待をもっていたんですがね。いま、その古い蒲団布をもって、刑事に蒲団屋などを回らせているんですが、出どころが判りません」

「その蒲団を東京から送り出したというような形跡はありませんか?」

「それも警視庁と協力して調べているのですが、まだ何も出てきません」

「被害者の南田さんが、駅で柳原旅館を訊いていますね。旅館ではそんな人は訪ねてこないと言っていますが、この辺の事情はどうですか？」

「われわれも、あの旅館は徹底的に調べています。なにしろ、被害者がわざわざ尾鷲まで来て、その旅館の道順を訊いているのですから、無関係とは言えません。だが、ここからも思うような手がかりが得られないのです。昨日、南田さんの娘さんがこちらに来てくれましたから、事情を訊くと、これまで一度も南田さんはこの尾鷲市に来たことはないそうです。つまり、被害者に、いわゆる土地カンがないのですね。そういう人がどうして柳原旅館の名前を知っていたのか、不思議です。娘さんの話でも、南田さんは一度もそんな旅館の名前を口にしたことはなかったそうです」

宮脇平助は、南田菊子が上眼づかいに供述している顔をおもい泛《うか》べた。

「その娘さんは、まだこちらにいますか？」

彼は口を出した。

「いや、昨夜の汽車で東京へ帰られましたよ」

「えっ、もう、帰ったのですか？」

「われわれとしては、聞くべきことは終わりましたのでね。本人も東京で忙しいにちがいないから、これ以上引留めることも出来ません」

では、南田菊子は自分たちと入れ違いに帰京したのだ。

「われわれも、いま課長さんがおっしゃるように、なぜ、南田さんがこの町に降りて柳原旅館の道順を訊いたか、不思議に思っているのです」

「そうですね」

課長もうなずいて、

「ほかの区会議員の人の話を聞いても、南田さんが嘘をついたとしか思えないのです。だが、なぜ、嘘までついてここに来たかという疑問は、いま申したように、南田氏が柳原旅館の名前を知っていたということと関連がありそうです。つまり、南田氏は、どこで、誰から、柳原旅館の名前を聞いたかということですな。あの旅館は、ご承知のように、田舎の宿ですから、宣伝もしていませんし、もちろん、有名でもない。白浜や、勝浦あたりの温泉旅館とは違いますからね」

「それで、娘さんの菊子さんは、お父さんが殺されたことで心当たりはないと言っていましたか？」

「そうなんです。父は誰からも恨みを買うような人ではない、と断言しています。尤も、これは肉親としては当然のことですがね。われわれとしては、とかく肉親が被害者のことを庇《かば》いだてするので、その点いろいろと突っ込んで訊きました。結局、それも徒労でしたよ」

課長は憂鬱そうな顔をした。

「しかし、南田さんは、殺されてから三日ばかり死体のまま放置されています。もし、この尾鷲市内だったら、狭い土地ですから、そんな場所はすぐ判りそうなもんですがね」

「そうなんです。われわれもそれを考えて、柳原旅館を懸命に調べたのですが、やっぱり駄目でした。これはわたしの想像ですが、南田氏はこの土地で殺されたのではなく、ほかで殺《や》られて、死体の蒲団包みだけを駅から出したとも考えられます」

「ははあ。すると、柳原旅館のことを本人が駅で訊いているのはどういうわけでしょう？」

「さあ、そこです。その点が一番判らないのですよ」

これ以上ここで話しても、何も耳新しいことが聞けそうにもなかったので、二人は課長の前から起ち上がった。

こんどは警察署を出て、また旅館のほうへ向かったが、通りには自転車に乗っている人が多い。地方へ行くと自動車が少ない代わり、やたらと自転車が目につく。

「やっぱり、ぼくらの考え通りでしたね」

葉山良太は歩きながら宮脇に話した。

「捜査は行き詰まっているらしい。この地方としては大事件でしょうから、努力はしているんでしょうがね」

「蒲団包みは、どんな方法で駅に運搬したのでしょうか？」

宮脇はその疑問を出した。

「さあ、人間が肩に担ぐわけにはいかないですから、三輪車か自転車の荷台に載せるかしたんでしょうね。この辺は自転車が多いから、それが自然に考えられますね」

「あの課長は、そのことに何も触れませんでしたね？」

「手がかりがないからですよ。もちろん、それは当たっているでしょう。狭い町だから運送屋に頼めばすぐにばれます」

「しかし、課長はちょっと面白いことを言いましたね。犯行はこの町で行なわれたのではなく、よその土地で殺《や》られて、発送だけをこの駅に托したという意見でしたが」

「さあ、それはどうですかな」

葉山良太は首をひねった。

「それは、もっと不自然になるんじゃないでしょうか。つまり、田舎ほど人口が少なくなるから、かえって人眼に立ちやすいでしょう。あれは、課長が苦しまぎれに言った言葉だと思いますな」

そんな話をしているうちに、宿が近くなった。

宮脇平助は南田菊子のことを考えている。行き違いとなったのは残念だが、これはもう一度、彼女と会う必要がある。ここの警察署では通り一遍のことしか供述しなかったようだが、どうもあの女は、何かを隠している。もしかすると、父親が柳原旅館を訪ねて行った理由も知っているのではなかろうか。そう考えると、菊子がわざわざ尾鷲市にきたことも、その下心があったからだとも思われる。

賑《にぎ》やかな商店街が切れると、辺りはやや閑散な通りになっている。

「宮脇さん、ちょっと待って下さい」

急に葉山良太が言った。

「すぐ戻ってきますから」

何のことかと宮脇が見ていると、葉山良太は「梅原薬局」という古い看板の出ている薬屋の店につかつかと入っていった。

あいつ、どこか身体《からだ》の調子でも悪いのかと思って、宮脇が見るともなく見ていると、葉山は薬屋の主婦と店先でしきりと話している。病気に効く薬のことでも聞いているのか、話はかなり手間どっていた。

宮脇平助はそこに佇《たたず》みながら通りの家並を眺めていた。

町田医院、つるや料理店、萩原材木店、××銀行尾鷲支店、北原商事尾鷲出張所、大川金属工業支店、山口洋服店、太田自転車店などといった看板がぼんやりと眼に映る。知らない土地で、知らない店の看板を見るのは何となく旅愁をそそるものである。

どの店も閑散としていた。

宮脇が退屈していると、ようやく葉山良太が薬屋から出てきた。なぜか眉を寄せて困ったときのような表情をしている。

「この近所の家は長いこと人が変わっていませんね」

と、何のつもりか彼は言った。

「葉山さん」

宮脇平助は言った。

「ぼくは今夜の汽車で東京に帰りたいんですよ。仕事のほうも気になるし、今日一日しか休暇を取っていないものですから」

「あなたは、ぼくのような者と違って社の仕事があるのだから、どうぞ遠慮なしにお帰り下さい」

「あなたはどうしますか?」

「ぼくはここに来たついでに、もう、一、二日滞在するつもりです。それに、疲れていますからね。この辺の海岸は景色がいいそうですから、ぶらぶらしてみようと思ってます」

「それがいいですな。無理をしない方がいいです。ぼくもそうしたいのですが、実は、東京に早く帰って南田菊子に逢いたいのですよ」

「そうそう、それはあなたが前から言っていましたね。では、そうなさい」

葉山良太は、宮脇が先に帰ると言っても、べつに機嫌を損じるということもなかった。むしろ独りのほうが気楽だと言いたげな顔をした。

宮脇平助は、夕食だけは葉山良太と一緒にして、すぐ帰り支度にかかった。

「じゃ、お先に失礼します。何か後で収穫があったら、東京で聞かせて下さい」

宮脇平助は汽車に乗ったが、駅のホームを離れるとき、すでに夜になっていた。暗い夜空に高く浮かんでいる二つの青い灯が見えた。漁港の灯かもしれない。その星にも似た二つの青い玉が、旅のもの哀《がな》しさを覚えさせた。

灯は窓に小さくなっていつまでも残っていたが、やがてトンネルで消えた。

宮脇はさすがに疲れていた。夜汽車で尾鷲に来て、夜汽車で帰るのだ。しかし、頭の芯《しん》は冴えていた。身体が疲れているのに容易に寝つかれない。

彼は今日一日のことをぼんやりと整理していた。

①南田は柳原旅館の名前を誰から聞かされたか。②しかし、本人が同旅館を訪ねて来ていないのはなぜか。③死体の包装に使った古蒲団の出所。④犯人は土地の者とは思えない。他所《よそ》から来た男に違いない――他所から来た男だとすると、これはどうしても泊まり場所としては旅館が自然に考えられる。

旅館といえば、やはり南田が駅で訊いたという柳原旅館だが、そこに何の痕跡も残っていないのはなぜだろうか……そんなことをめぐって考えているうちに、いつの間にか睡くなってきた。耳に「なごや、なごや」の駅員の連呼を聞いた。朦朧《もうろう》とした意識のなかに尾鷲に残した葉山良太の顔が泛ぶ。葉山は一人で残ってどのような調査をするのだろうか。それがいつの間にか夢の中に溶け込んできた。

——東京には朝早く着いた。寝苦しかった夜汽車から外に出ると、冷たい空気が頬に爽《さわや》かだった。この時間だと、駅前も混雑していない。車も人影も疎《まば》らだった。

宮脇は真直ぐに自宅に帰ってひと休みしようと思ったが、その前に、南田に電話をして菊子を呼び出し、彼女と逢うことを承諾させなければならぬ。

彼は駅前の公衆電話のボックスに入った。

しばらく受話器に信号が鳴っていた。朝が早いので、家ではまだ寝ているのかもしれない。彼は少し気の毒になって、もう少し後にしようかと思った。が、時間が遅れて菊子がまた留守になってもつまらないと思って、そのまま信号の鳴る音を受話器で聞いていた。

「もしもし」

ようやく、向こうの受話器がはずれたが、それは妙に低い男の声だった。

「お早うございます」

宮脇平助は言った。

「恐れ入りますが、菊子さんは起きていらっしゃいますでしょうか？」

先方はすぐに返事をせずに黙っていた。

「もしもし、聞こえますか？」

宮脇が言うと、

「はい、よく聞こえます」

と、先方はちょっとトンチンカンな答えをした。これまで南田家には二回ほど電話をしているが、この男の声は初めてだった。

「菊子さんをお願いしたいのですが」

「どちらさまでしょうか？」

「ぼくは……」

宮脇と言いかけて、彼は急に警戒した。この聞き馴れない、そして、どこか気持ちに引っかかってくる男の声が、咄嗟《とっさ》に変名を思いつかせたのだ。

「大山《おおやま》という者です」

「どちらの大山さんでしょうか？」

男の声は妙にねばっこい、丁寧な調子だった。

「どちらのといって……し、品川のほうです」

「こちらの菊子さんとは、お知合いでしょうか？」

「もちろん、知ってるから電話に出てもらうよう頼んでいるんです」

「ああ、すみません。いま、どちらにいらっしゃいましょうか？」

「東京駅の前です」

「東京駅というと、八重洲《やえす》口でしょうか、丸ノ内口のほうでしょうか」

なぜ、こんなことを訊くのだろう、と思ったとき、宮脇平助は対手の言い方にますます普通でないものを感じた。

「とにかく、菊子さんはいるんでしょうか？　いないのでしょうか？」

「はあ、それが……いるにはいるのですが」

「いるなら、電話口に出してくれませんか」

「しかし、その……まだやすんでいますので」

「そうですか。そいじゃまた」

「ああ、もしもし」

宮脇が電話を切ろうとしたので、対手は慌てて押し止めるような声で言った。

「急用でしたら、すぐに起こしてもいいんですが」

「そうですか。では、起こしていただきましょうか」

「そのままお待ち下さいますか？」

「待ちます」

「ちょっと暇がいるかもしれませんが」

「もしもし、失礼ですが、あなたは？」

「わたしですか。わたしはここの親戚の者です」

なるほど、当主の南田広市は死んでいるので、葬式か何かで来た親類の男かもしれない。

宮脇は受話器を耳に付けたままでいたが、いくら待っても対手は出なかった。脚がくたびれてきたとき、宮脇ははっと気づいた。

今の声の調子は何だかこちらをこの公衆電話の中に引きとめるような感じだ。彼は受話器を置くと、急いでボックスを出た。

それから待合室のほうへ入って、構内の窓から外をのぞいて見ると、果せるかな、数分後に警察のパトカーが唸りを立てて、いま出たばかりのボックスの前に停まった。

宮脇平助が息を呑んで見ていると、パトカーから飛び降りた巡査がボックスの中をのぞいている。誰もいないと分かって、一人の巡査があたりをきょろきょろ見回して誰かを探しているようだった。

これは一体どうしたことか。刑事が朝から南田家に張込んでいるのはタダごとではない。

南田広市の事件以外に新しい事故が突発したのではなかろうか。それだったら、娘の菊子の身に変事があったとしか思えない。

16

宮脇平助は、その日ほど苛々《いらいら》したことはなかった。

南田菊子に異変が起こったらしいとは想像されたが、それをたしかめる方法がない。南田家の前に行って、外から様子を眺める手もあるが、今朝の電話の様子では、刑事たちが入り込んでいるようだから、あまりうろうろ出来なかった。

待ちこがれたその日の夕刊を見たが、どの新聞にも一行の報道もなかった。

してみると、あれはこちらの思い過ごしであろうか。いやいや、そうではない。今朝の電話で聞いた刑事らしい男の声の応対といい、その直後に電話ボックスを襲いにきたパトカーといい、南田家には必ず何かの事件が起こっている。新聞に出ないのは、夕刊締切までには警察が発表しなかったからであろう。

宮脇平助のこの考えは当たった。

翌朝の朝刊には、南田菊子の失踪が三段抜きぐらいの大きさで出ていた。

新聞記事の要領は、大体、次のようだった。

「三重県尾鷲市から蒲団包みの死体となって東京に送られた××区議南田広市氏殺し事

件は、その後、警視庁と三重県警とで合同捜査を行なっているが、まだ犯人を割出すまでに到っていない矢先、不幸のあった南田家にまた奇妙な事件が起こった。広市氏の長女菊子さん（二五）が、二日前の十五日午後二時ごろ、知人の家に行く、と言って出かけたまま、いまだに帰宅していない。南田家の届出で警視庁捜査一課が行方を捜索しているが、手がかりがつかめないままでいる。警視庁では、父親の広市氏が殺されて間もなくであり、これを重大視している。

菊子さんは、去る十四日、三重県尾鷲警察署に行き、広市氏に関して事情を述べ、その夜、急行『那智』号に乗り、十五日朝帰京したのだが、午前八時ごろ、いったん帰宅して、午後二時ごろ、広市氏の葬儀で世話になった人のところへ挨拶に行く、と言って出かけたままである。母親の雪子さんの話によれば、二、三の知人を訪ねるといっていたが、そのいずれへも立寄った形跡はない。

なお、十六日早朝、南田家へ、菊子さんを呼んでくれ、という男の電話があり、居合わせた刑事が対手の話をなるべく引き延ばしているうちに、電話局で調べたところ、これは東京駅の丸ノ内側広場の公衆電話ボックスで通話されていることが判った。すぐに丸ノ内署よりパトカーを出して公衆電話ボックスに急行させたところ、すでに通話者の姿はなかった。電話を聞いていた刑事は、その男があわてて電話を切ったので、早くも手配を気づいたのではないか、と言っている。なお、男の声は三十歳前後ぐらいと思われる。目下、この男が菊子さんの失踪に関係があるかどうか検討中である。警視庁では、その公衆電話ボックスが東京駅前であることから、あるいはその時刻の直前に到着した列車の乗客ではないかとみている」

宮脇平助は、最後の記事を読んだとき、首を竦《すく》めた。危ない、危ない。

こちらは潔白だから、たとえ電話の主だと判っても怖ろしいことはないが、刑事の前に出たら、いままでのことを洗いざらい言わないと向こうが承知すまい。

それでは、せっかくここまで筋を追って来たのに何にもならない。また、警察は少し妙だと思うと先入観で執拗《しつよう》に調べるから、加害者扱いにもされかねない。

もし、このことが社に判ったら、拙《まず》いことになる。この事件を調べていることは編長も承知だが、それは極秘にという話だった。また、一時的にしても加害者扱いにされると、社の幹部から睨《にら》まれるに違いない。とにかく、この記事を見ただけでも、すでに「電話の声の男」が半分は犯人扱いになっている。

宮脇は、記事の最後が気になった。電話が早朝にかかったというところに眼を着けて、それが東京駅前だったことからその時間の到着列車に結び合わせたのはさすがだ。それには必ず「那智」号も入っているに違いない。

もしかすると、警視庁では尾鷲署に問い合わせるかもしれない。そうなると、宮脇と葉山とが同署に行ったことが判るので、あるいはこの辺から手繰《たぐ》られそうである。

宮脇はいやな気持ちになったが、そのときはまたそのときのことにして、今は菊子がどこへ行ったかを考えてみることにした。

知人のところに行くと言ったのは、彼女の口実であろう。ほんとうに行きたいところは、案外、小淵沢あたりではなかっただろうか。それは、あのとき、汽車の中で彼女が行先を妙に隠しだてしていたことから想像される。つまり、小淵沢付近には、菊子の隠れた線があるようだ。

もう一つは、布田のキリスト教会である。彼女は宮脇をまくため、立川で降りて、タクシーでキリスト教会に走り込んでいる。教会は、例の京王帝都電鉄回数券以来、彼女とは不思議な結びつきがあると思う。

菊子の失踪が、自発的な家出か、また他人の強制による誘拐かは、まだ判断が出来ない。今のところ、彼女が知人のところに行くと称して外出していながらそこに行っていない事実から判断して、自身の意志で行方を晦《くら》ましたとも考えられる。

この場合だと、彼女は父親の加害者に見当がついて、何かを探りに出かけたのではあるまいか。

しかし小淵沢に菊子がどのような関係をもっているのか。

宮脇がかつて行ったことのある小淵沢の奥の秋野村には、布田の祥雲寺の住職が住持を兼ねている瑞禅寺がある。しかし、これは、宮脇が実地を踏査した結果、菊子との線はあまり考えられない。

小淵沢といっても、駅を中心に奥が深いから、必ずしも秋野村に関連があるとは限らないのだ。

第一、今からまたぞろ小淵沢くんだりまで行く時間もなかった。

それよりも布田のキリスト教会が手近だし、あすこに隠れるとちょっと人目にはつかないから、その可能性が考えられぬでもない。人間が逃亡する場合、外人経営のキリスト教会というのは、ちょっとした隠れ場所ともいえる。

宮脇は、今日はその教会の付近を偵察に行ってみることにした。もしかすると菊子の姿が教会の窓に映るかもしれない。そんな漠然とした期待も湧いてきた。

対手は、終始、教会の一室に潜んでいるとは限らない。ことに若い女だから、いつかは建物を出て裏庭あたりを散歩するかもしれない。その辺に長いこと張込んで辛抱していれば、彼女の姿が見つかるかもしれないのだ。

宮脇は新宿から京王線に乗った。

布田駅に下りたのが午後の二時ごろだった。ここから教会まで歩いて二十分くらいはかかる。

駅前から商店街のほうに向かって歩いているうちに、ふと例の不動産屋が目についた。

「布田不動産」という汚ない看板も前の通りだった。

宮脇は、いろいろな物件を書いて貼り出したガラス戸の隙から中をのぞいたが、この間のオヤジも女事務員もいなかった。田舎だけに、この商売も景気が悪いのかも知れない。

もう一軒の「武蔵野不動産」の前を通ったが、ここは客が多勢いるようなので、面倒になって立寄るのをやめた。

キリスト教会に行くのには、この道を真直ぐ進んで、甲州街道に突き当たり、さらにそこから岐《わか》れた路を山のほうに進む。

宮脇は甲州街道のほうへ向かったが、ここでちょっと気持ちを変えた。近くには、千倉練太郎が住んでいたと思われる隠れ家もある。べつに収穫はないと思われるが、脚のついでだから、その前を通ってみることにした。ちょっと回り道をするだけである。

宮脇は寺のほうへ向かったが、やがて、寺の山門と、その右側に無花果《いちじく》の樹が見えてきた。この無花果の樹は、あの隠れ家へゆく目標だった。いつぞや道を訊いたとき、そう教えられたのである。

今日の祥雲寺の山門は人影もなかった。この前は土地の有力者の葬式でざわついていたが、今は初夏の陽射《ひざし》が古びた石段をじりじりと焼いている。

トカゲが一匹、きれいな背中を五色に光らせながら石垣の間から匍い出ていた。

眼を転じると、無花果の葉が白っぽくなって樹から垂れ下がっている。その下の農家の屋根もほこりっぽくかわいていた。

宮脇は隠れ家の前を通り過ぎたが、「水田」という標札を打った表戸は、まるで人がいない空家のように固く閉まっていた。

宮脇は脚を返して寺へ回った。べつに目的があるわけではない。やはり脚のついでで、何となく境内を見て帰りたかっただけである。

彼が石段に脚をかけたとたんだった。不意に、ある考えが彼を襲った。

それは、南田広市が尾鷲の駅前で駅員に道順を訊いたという柳原旅館のことだ。いままで、南田広市が柳原旅館を目的に道を訊いたとばかり思っていた。しかし、そうでない場合もあるのだ。現に、宮脇は千倉の隠れ家を訊いたときに、目標としてこの無花果の樹を教えられたではないか。

南田広市が柳原旅館を訊いたのは、彼がそこに行くのではなく、柳原旅館が一つの目じるしだったのだ。

まず、人が土地不案内の人間に地理を教える場合、その近所で最も目立つ建築物や樹木を教えるのは普通のことだ。南田広市は尾鷲市内の或る場所に行くはずだったが、そこは柳原旅館を目じるしにするのが最も早分かりだったのだ。

例えば、それは柳原旅館から北へ三軒目だとか、斜め前だとか、裏側だとか言ったほうが、はじめて訪れる者に分かりやすい。

そうだ、たしかに、そうに違いない。

なぜなら、南田広市は肝心の柳原旅館には訪ねてこなかったではないか。駅でその旅館の名前を訊いておきながら、旅館自体に彼がこなかったのは、この推定ではじめて解ける。

宮脇平助は真昼の寺の境内に立って、その考えを追いつづけた。

道理で、柳原旅館でいくら訊いても何も出てこないはずだった。南田広市は新宮からこっそりと尾鷲に向かった。それは、彼が誰かを訪問するためだったに違いない。

もちろん、彼はその家の町名も聞かされたに違いないが、はじめてのことなので、教えるほうも手取り早く、柳原旅館を目標に、と言ったのであろう。だから、南田が訪ねた家は、柳原旅館を中心にしたごく近い範囲の中にあるとみなければならぬ。

宮脇平助は、薬屋に入った葉山良太を待ちながら、道路に立って退屈紛れに見た通りの商店の看板を思い出した。

町田医院、つるや料理店、萩原材木店、××銀行尾鷲支店、北原商事尾鷲出張所、大川金属工業支店、山口洋服店、太田自転車店。それに、葉山が入った梅原薬局――。

これらの店だって柳原旅館の近所なのである。

宮脇平助はここまで考えて、あっと思った。

それは、葉山良太がもう一、二日ここに滞在すると言った言葉だ。自分では、疲れたからぶらぶらする、と言っていたが、彼は早くもこのことに気が付いたのではなかろうか。いや、たしかにその考えがあったのだ。葉山良太は薬屋に入って何やら訊いていたが、あれは薬のことではなかった。その近くにある家の事情を訊ねていたのだ。

宮脇平助は、葉山良太のすばしこさに、また舌をまいた。

彼は考える。――

南田広市を尾鷲のどこかの家に誘い込んで、そこで殺害した犯人は、素姓の分かった土地の者とは思えない。彼の直感からすれば、犯人は最近その近所に移ってきたよそ者のように考えられる。

宮脇は、薬屋から出てきたときの葉山良太の表情を憶えている。それは、いかにも困りきったときの顔だった。おそらく、そのときの葉山良太はいまの宮脇と同じような当惑を感じていたのであろう。

ところで、南田広市が柳原旅館を目印にしたとすれば、彼が訪れた目的の家は同旅館からそれほど離れていないはずだ。そこを中心として、せいぜい半径二百メートル以内ではなかろうか。

それにあの旅館の裏側もそれほど家数が集まっているわけではなかったのだ。

薬屋の話を聞いた葉山良太は、その疑問から、あと一日残ってそれを丹念に調べる気になったのであろう。

宮脇平助は祥雲寺の境内を出てキリスト教会に向かう道を歩きながら、考えを続けた。なぜ、葉山良太はあのとき自己の考えを宮脇平助に打明けなかったのであろうか。もともと、葉山は途中から割り込んできた男だし、礼儀としても自分の考えは全部宮脇に話さなければならないのだ。殊に、はるばると二人で三重県くんだりまで行っているではないか。

これでは、水臭いというよりも、葉山良太が宮脇との間にある距離をおいているのだと判断せざるを得なくなる。

宮脇は、ここで、かねて葉山良太に対して微《かす》かな疑問を持っている自分の気持ちに気づいた。

葉山が久間監督のもとに手紙を寄越して、宮脇たちの調査に割り込んだのは、葉山の好奇心からだろうと解釈していたのだが、もともと事の起こりは、新潟県鯨波に調査に行った久間監督と彼とが偶然に出会ってからである。

久間は人がいいから、わけもなくよろこんで葉山を受入れたが、この青年はたちまちにして宮脇を追い抜いて行くくらいの頭の良さをみせている。

葉山自身の言葉によれば、彼は生活に困らないだけの資産を持ち、胸を患って柏崎海岸近くの親戚の家に保養していたというのだが、考えてみれば、彼の素姓さえこちらは調べていない。いわば、彼の言う通りを頭から信用してかかっているのだ。

女にしてもいいような彼の白い顔は、胸の疾患からきているのかもしれないが、その柔和な細い眼と、愛嬌のある口もとは、一見、人をしてすぐに好意をもたせるだけの魅力を持っている。が、えてしてこういう人物は、肚《はら》では何を考えているか分からないものだ。

――宮脇はいつのまにか甲州街道に出た。彼は車の流れの間を見計らって道路を横断した。

雑木林に囲まれた丘陵がすぐ正面に見え、尖塔の先が森の上に陽を受けて輝いている。蒼《あお》い空に光った銀色の十字架は、宗教的な荘厳さをこの武蔵野の風景に添えてみえた。

宮脇は教会への道を歩いた。ここに来るのもこれで三度目だった。一度は、変死した女が持っていた、京王電車の回数券の出所を調べにきたし、二度目は、南田菊子を追ってこの道を登った。

坂道に足を運びながら、宮脇の考えは、まだ続いている。――

さて、葉山良太という人間が、全面的に信用できなくなると、今度は彼の言葉も疑いたくなる。

葉山は、尾鷲の薬屋から出たとき、待っている宮脇に「この近所の家は長いこと人が変わっていない」とこちらから訊きもしないのに言ったのだが、あれだって、本当に薬屋の人がそう言ったかどうか分かったものではない。案外、話は葉山の言葉と反対だったのではなかろうか。

もしかすると、葉山良太はこちら側に利益にならない人物ではなかろうか。これは警戒しなければならない。どうも、先に先にと進んで行く葉山のやり方も、何か宮脇の知っていないことをちゃんと心得ての結果のような気もする。早く気がついてよかった、と宮脇は思った。まあ、こちらの取越し苦労かもしれないが、万事気をつけるに越したことはない。そのうち、何気ないふりをしてあの男をよく観察してやることだ。

――いつのまにか、教会の建物の前に出ていた。


彼は、自分の眼の前に教会の建物が空梅雨《からつゆ》の蒼空に高々と伸びているのを見た。実際、近くで仰ぐと、チャペルの尖塔は雲を突いて聳《そび》えているという感じだ。前の広場には棕櫚《しゅろ》を植え、低いフェニックスも葉をひろげている。教会の砲弾型の窓には、ステンドグラスが色模様を見せていた。日本の耶蘇《ヤソ》教会というと、オルガンチーノ以来、南国経由趣味である。

宮脇平助は、この教会に立ち寄ったという恰好《かっこう》で、その辺をぶらぶらした。礼拝堂の横は、神父たちの宿舎になっているのか、二階建の白堊《はくあ》の建物がつづいている。宮脇は、その窓のどれかに南田菊子の姿が映りはしないかと、歩きながらも絶えずそのほうへ眼を配っていた。

しばらくすると、下のほうから車が坂を上ってくる音を聞いた。宮脇は、自分の立っている位置を変えた。

車は大型車で棕櫚の樹の植わった前栽を回ると、礼拝堂の正門にぴたりと着いた。何気ない風を装って眺めていると、車から降りたのは、鴉のように黒い服をきた紅毛の神父二人と初老の日本婦人だ。やつれた横顔に記憶がある。そうだ、立川から菊子を追って来た時、車ですれちがったあの婦人だ。神父達は彼女をいたわるようにしている。教会にとっても大切な信者だなと宮脇は思った。

神父の一人が、そこに立っている日本人に眼をくれたが、三人はそのまま正面のドアの中に消えた。

車は広い庭を半周して、また坂を駆け下った。運転手は日本人だった。婦人と少し言葉をかわした時の運転手の態度からすると彼女の自家用車らしかった。

教会はコの字型になっているので、当然、中庭がある。宮脇は、出来たらその中庭ものぞきたかった。個人の家でなく、これは教会だから、のぞきに行ってもべつに咎《とが》められることもあるまい。彼はこの建物を見物するようなふりをして、ぶらぶらと歩き出した。

すると、急に正面のドアが開いて、外国人の神父が現われた。今度は、宮脇のほうを凝《じ》っと睨《にら》んで立っている。

しかし睨んでいたと思ったのは、遠くから見た眼の間違いで、実は、微かにほほえんでいることが分かった。神父が宮脇平助を、おいでおいで、というような手つきで招いたのである。

他人《ひと》の邸の中を無断で徘徊しているのだから、これは呼びつけられても文句は言えない立場にある。

神父の顔を見て、宮脇は思い出した。最初にここを訪問したとき、あの回数券のことでいろいろと答えてくれた、青い眼をした外国人なのである。

「何カココニ用事ガアリマスカ？」

「こんにちは」

宮脇平助はお辞儀をした。

「この前は、どうも失礼しました」

対手もこちらを憶えているだろうと思って、そんなふうに言った。

「オウ、アナタハ、マエニ、ココニオミエニナッタ方デスネ？」

奇妙なアクセントを除けば、日本語の巧い神父だった。果して彼は宮脇の顔を見憶えていた。

「その節は、どうも」

彼は頭をもう一度下げて、

「今日はもう一度、お邪魔に来ましたよ」

と言った。

「ナンデスカ?」

「ここに南田さんは来ていませんか?」

変に嘘をつくと、かえって怪しまれるので、単刀直入に訊いた。対手の返事次第では、その反応が分かると思った。

「ミナミダサンハ、オミエニナッテイマセン」

「いや、お父さんのほうではなく、娘さんのほうですが」

「キクコサンデスネ?」

「そうです、そうです」

「ココニ、オミエニナッテイマセン」

宮脇平助は神父の顔を見つめたが、外国人の表情だから、彼が本当のことを言っているのか、嘘をついているのか、よく分からなかった。

「菊子さんが急に家を出て行ったのですが、それはご存じですか?」

「知ッテイマス。オウチカラモ、何回モ問イアワセガアリマシタ。ワタシハ日本ノ文字ヨメマセンガ、教会ノ日本人修道士サンカラ、新聞ニ出テイタコトヲ聞キマシタ。トテモ心配シテイマス」

「そうですか。……南田さんの葬式は、この教会であったんですね」

「オオ」

神父は額に手を当てて十字を切った。

「ミナミダサンハ、イマハ天国ニ召サレテ、安息サレテオラレマス」

「その安息場所はどこですか？」

「エッ」

神父は青い眼をむいた。

「いや、お墓のことですよ」

南田広市は熱心なキリスト教信者だから、墓もこの教会内に造られているのではないかと考えたのだ。

「イイエ」

神父は顔をしかめて首を振った。

「ミナミダサンの墓ハ、ココニハアリマセン。仏教デ埋葬サレマシタ」

「しかし、あの人はキリスト教でしょう？」

「ソレニチガイナイデスガ、イロイロト都合ガアッテ、仏教デ墓ヲ建テラレタト聞イテイマス」

「なるほど」

本人はキリスト教信者でも、親類縁者の中では、やはり遺骨を仏寺の墓地に葬りたがる風習がある。日本人にはまだ仏教による埋葬習性が強いのである。

「そうですか。いや、ぼくは、もしここにお墓があれば、お詣りしようかと思っていたんです」

「ソレハ、オキノドクデシタ」

これ以上探っても南田菊子の姿の求めようがなかったから、宮脇平助もおとなしく引き退って坂道を下った。

神父がそのうしろ姿を石段の上に立って見送っている。彼がふとふり返ると、教会の窓からさっきの信者の中年婦人の顔がこちらを見ていた。

その晩の夕刊には、南田菊子の行方が分からないと続報が出ていた。

「家出当時の菊子さんの服装は、サマーウールの白のツーピースに、クリーム色の革製のハンドバッグと同色の中ヒールの靴。所持金は不明だが約二万円ばかり持っていたと推定される」

と服装のことが初めて書いてある。

どうも菊子の失踪には悪い予感がしてならない。何だか、父親の広市と同じ運命に遭ったような気がする。おそらく、捜査陣もそう考えて、この失踪を重大視しているのではあるまいか。一体、何者が南田親娘《おやこ》をこのような目に遭わせるのだろうか。その理由は何だろうか。宮脇はまだ、はっきりした見当がつかなかった。

ただ、この上は葉山良太の帰京を待つばかりだ。あの男もちょっと妙なところがあるが、とにかく彼の話が待遠しい。尾鷲に一日残って、どのような調査を遂げたのだろうか。今までとは違って今度は葉山の話を全面的に信用できない気持ちだったが、それでも、彼に対して警戒心が起こった今は、別な興味が加わったと言えぬこともない。

宮脇はその翌る日から普通に会社に出社した。

葉山良太が帰京すれば、必ず電話がくると思って一日中社で待っていたが、遂に何の連絡もなかった。あの男は今まで几帳面に連絡をしてきたほうだから、まだ東京には帰らないのかもしれない。あと一日帰京を延期したとすると、尾鷲での調べがひまどっているのかもしれない。

それにしても、南田菊子はどこへ行ったのであろうか。この場合、どうも消されたという感じが強い。宮脇は、考えることがいっぺんに多くなったが、尾鷲のほうは、まず、葉山良太の帰京を待つことにして、ともかく、菊子のことを考えねばならぬ。

今度は、まさか殺しても死体を蒲団包みにして東京に送り返すというような方法ではあるまい。すると、宮脇の頭には、ふと前にきいた例の旅館のテープの声の内容がよみがえってきた。

《茅ヶ崎海岸の砂浜の中に埋めてしまったらどうだろう?》

《茅ヶ崎ではあんまり有名すぎる。これはぼくの思いつきだが、甲府の山の中に埋めてしまえば、ちょっと分かるまい。深い山林だと、めったに人も寄りつかないからな》

《柏崎の近くの鯨波はどうだろう? あすこに海岸に突き出た岩があって、その下が広い洞窟になっている。こいつは満潮時になると、水が洞窟の上までくる。モノを洞窟の中に置いておくと、満潮時になって沖に運んでゆくだろう》

録音の声は二人の会話だから、かなり長ったらしいものだったが、要するに、こんな意味だった。

この会話の中では、茅ヶ崎と甲府の地名が挙げられている。どちらも「埋める」ことが目的になっている。

ところが、あとの柏崎の洞窟はすでに例の漂流死体で事が終わったとみなければならないから、もし、そのテープの二人が菊子を消したとすると、その死体はどこかに埋没されたとみなければならない。

その場所はどこか、今はあの密談をテープにとった初春とは違って夏も間近い。水遊びの客が多く入り込んでいるから茅ヶ崎の砂浜に埋めることは困難だ。

とすれば、甲府の山奥が残る。

尤も、これはあのテープの声の計画通りに考えての話だが、人間の心理は、案外、一つところを低徊《ていかい》するものだ。

宮脇はここまで考えてみて、さらに脳裡に閃《ひらめ》くものがあった。甲府の山奥とはいってるが、この前に行った山梨県北巨摩郡秋野村も、甲府からはさほど遠くない。一体、東京にいて離れた土地のことを話す場合は、どうしても大ざっぱな言い方になるから、秋野村を甲府の山の中と言っても不自然ではないわけだ。

いま、宮脇の頭の中に閃いた考えというのは、むしろ、彼がそこで見た記憶と言ったほうが正しい。それは瑞禅寺を訪ねての帰りのバスの中で目撃した事だった。

窓からすぐ横の崖の上で、五、六人の村の若い者が鍬を持ってしきりと立ち働いているのが見えたものだ。

一緒に乗り合わせた土地の者もそれを眺めて、知った人間の死亡を話題にしていた。それで、そのとき初めて知ったのだが、村の青年たちは、墓穴を掘っていたのだ。その辺は火葬場の施設がなく、土葬だったのである。

土葬。

そうだ、これではないか。

山の中に埋めるのではなく、寺の境内に墓穴を掘って埋めると、誰にも気づかれないで済む。

もちろん、この場合、寺の和尚の協力が必要となる。――

これは、もう一度、瑞禅寺に出かけなければなるまいと思った。布田の寺は火葬の墓地だが、山梨県の山奥の瑞禅寺は土葬だ。

あの寺は、近くの農家が和尚の留守を管理しているだけで、田辺悦雲が来れば、和尚ひとりがそこに泊まるわけだ。何が起こっても、近所の者には分かりはしない。

ただ、交通がひどく不便なところだから、死体を運ぶ方法が問題だ。あの辺にはめったにハイヤーも入らないだろう。死体を車で運べば、その車のことから手がかりが得られそうだ。

だが、寺の墓地に運ぶには、何も死体に限ったことではない。生きた人間を連れて行き、夜の寺内で殺害しても、村の誰にも気づかれないし、そのまま墓地に埋めても、一向に分からないわけだ。

もう一つ調べなければならないのは、田辺悦雲が最近、布田の祥雲寺から離れている事実があるかどうかだ。

この仮説の成立には、悦雲和尚が秋野村の瑞禅寺に出かけていなければならない。つまり、この和尚の共犯がないと、以上の犯罪は考えられないからである。

宮脇平助は、翌朝、さっそく布田に向かった。これで何度目だろうか。

昨日、この考えが起こっていれば、一度で用事が足りたのだが、人間の知恵の浅さは同じことを繰り返させるのである。

(読者は作者がわざとこういう書き方をしていると思わないでいただきたい。無能な人間の行動が壁の前でうろうろしていることを書きたいのである)

祥雲寺の山門は、今日も人影がない。彼は真直ぐに庫裏《くり》のほうへ足を向けた。高い銀《いち》杏《よう》の樹に蟬《せみ》が暑そうに鳴いている。

「ごめん下さい」

骨太の障子を開けて中をのぞくと、寺の構え特有の土間と広い座敷とが見えた。誰もいない。

二、三度声をかけた末に、やっと奥から白い着物が動いてきた。

これは、いつぞや山門の前で近所の老婆と立話をしていた、若い坊主だった。

「何か、ご用ですか?」

顔色が悪く、眼ばかり光っていた。

「ぼくは府中の者ですが、和尚さんはいらっしゃいますか?」

「和尚さんは、当分、留守ですよ」

と若い僧は答えた。

「どちらにおいでになったんでしょうか? 実は、ちょっと、母親の法事を営みたいと思いましてね」

「あなたは、檀家のかたじゃありませんね？」

若い僧は、宮脇の顔をじろじろと見て言った。

「檀徒ではありません。最近、アパートに越してきたものですから、こちらさまにお願いにきたのです」

「和尚さんはいませんが、わたしでよかったら伺いますよ」

これは言い方が悪かったと宮脇はうろたえた。

「いえ、はなはだ申しにくいんですが、これから、こちらさまにずっとお世話になりたいと思って、なるべく和尚さんにお願いしたいのです。いつ、お帰りになりますか？」

「そうですね。あと三、四日ぐらい留守になるでしょう」

「どちらにお出でになったんですか？」

「静岡県をずっと回っておられます」

「静岡県？　すると、向こうにもここの縁故寺があるのですか？」

「いいえ、そうじゃありません。和尚さんは説教を頼まれて出かけているんですよ」

「ははあ」

「うちの和尚さんは話のうまい人ですからね。ときどき招かれて方々へ行かれるんです」

「なるほどね。それはいつごろからですか？」

「二日の朝出かけられましたが、なにしろ、辺鄙《へんぴ》な寺を次々と回られるので、ひまがかかります」

だいぶ前から寺をあけていると聞いて、宮脇平助は心が躍った。

「こちらでは、たしか、山梨県の小淵沢の奥に瑞禅寺という寺をお持ちになっていますね」

「はあ、そうです」

「今度も、和尚さんはそちらにお出かけになりましたか？」

「いいえ。今度は説教だけですから、そこへ行く予定はありません」

宮脇平助は、ちょっと考えて、

「すみませんが、静岡県はどういうところを回っていらっしゃるか、分からないでしょうか？」

「それは分からないこともありませんが、そんなにお急ぎになるのですか？」

「いえ、そうじゃありません。実は、わたしも駿河《するが》の出身ですから、つい懐しくなってお訊ねするんです」

宮脇平助はたちまち静岡県人になった。

弟子の坊主は、仕方なさそうに奥へ引っ込んだが、すぐに何か書いたものを持って来た。

「和尚さんは、次の場所に行かれます。必要なら、書き取って下さい」

宮脇平助は、早速、手帳を出した。

「吉原市比奈、修福寺。富士川町中山、定久寺。興津町、広隆寺。岡部町本郷、広幡寺。榛原《はいばら》郡川根町栃下、正念寺。周智《しゅうち》郡三倉村、安養寺。同郡春野町大居、信養寺。天竜市、光明寺。引佐《いなさ》郡細江町小野、信円寺。同郡伊平村伊平、極楽寺。同郡鎮玉村渋川、往念寺。浜名郡湖西《こさい》町鷲津、覚恩寺。……」

宮脇平助は苦労して対手が読み上げる通りに書き取った。

「全部で十二ですね？」

と指で数をかぞえた。

「ええ。それは予定ですから。そのほかに、近くの寺に誘われて説教なさることがあるから、どうしても遅れがちになります」

「なるほど。すると、今日はどの辺でしょうか？」

「そうですね、よく分かりませんが、毎日一カ所ずつ寺を回るとのお話でしたから、もう帰ってこられる頃だとは思いますが」

宮脇平助は考えこんだ。

「えらく辺鄙なところばかりですね」

「和尚さんが説教にゆく先は、たいてい、田舎ばかりです。もう、都市の人は坊さんの説教など聞いてくれません」

弟子の坊主は淋しそうに言った。

「なるほどね。和尚さんは、始終、そうしてほうぼう回っているわけですね」

宮脇平助は、ふと、ここで気づいた。

「新潟県のほうにも、説教においでになることがありますか？」

「そりゃあります。なにしろ、越後は昔から一向宗の本場ですからね。真宗は盛んです」

「すると柏崎や出雲崎のほうにおいでになったこともありますか？」

「そりゃありります」

宮脇は、和尚さんも忙しくてたいへんですね、と適当に挨拶して出た。

どうも変だ。

宮脇は、和尚の説教旅行が気にかかる。なぜ、それが心配なのか、歩いているうちに、やっと、その理由が呑み込めた。

第一に、和尚の留守が、南田広市とその娘の菊子の失踪の期間にまたがっていることである。

次は、最も大切なことだが、和尚の説教地域が静岡県の吉原からはじまって西に移っていることだ。なぜ、これが大事かといえば、吉原の近くの富士駅が身延《みのぶ》線の起点となっていることだ。すなわち、甲府から東海道線を結んでいる土地である。

同じ静岡県でも、和尚の説教地は、それから東、つまり伊豆地方が含まれていない。甲府から東海道線を結ぶ以西に限られていることが、宮脇平助には大事な意味に取れた。「甲府」は因縁の土地だ。

《よし、田辺悦雲を調べてみよう》

宮脇は決心した。しかし、どのようにして彼の行方を突き止めるか。まさか、今からいちいち和尚のあとを追って東海道の旅でもあるまい。

宮脇平助は、ここで思い切って、説教に行ったという各寺に電報を打ってみることにした。返信料付きで、こちらの住所氏名を明記しておくのだ。もし、和尚がその寺に寄った事実がなければ、いよいよ怪しいとみなければならない。

ただ、心配なのは、実際に田辺悦雲が予定の寺に寄っていて、この電報に不審を起すことだ。

宮脇平助の住所と氏名が明記してあるから、こちらにねじ込まれるのは当然である。だが、それは、そのときに適当に誤魔化すことにして、さし当たってこの非常手段をとることにした。

彼は京王電車に乗って府中まで足を伸ばした。

郵便局の窓口に行き、頼信紙に文句を書いた。

田辺悦雲が東京を出発して以来、立寄った寺を全部電報で照会する必要がある。


このうち、もっとも大事なのは、六月六日だ。すなわち、この日、南田広市が、三重県尾鷲駅に下車しているし、死体解剖の結果もこの日に殺害された、と見られている。だから、悦雲がもし南田広市殺しの事件に関係していれば、その日には予定地に泊まっていないことになる。

それに尾鷲までの往復時間があるから、前後の予定地も空白になっているはずだ。

この六日の日というのは、悦雲和尚が説教に出て五番目に当たる川根町柄下の正念寺と推定される。

なお、前日から、尾鷲に向かっている、とすれば、犯行前日の岡部町本郷の広幡寺にも、犯行翌日の三倉村の安養寺にも、田辺師の姿が行っていないことになる。


その晩、宮脇平助のところには、電報がぞくぞく舞込んだ。

電報は、田辺悦雲の最初の説教地である静岡県吉原市の修福寺をはじめ、最後の、湖西町の覚恩寺に至るまで、全部返事が揃っていた。

「タナベ　シハ　ヨテイノトオリトウジ　デ　セツキヨウヲオコナツタ」（田辺師は予定

の通り当寺で説教を行なった）

電報の文句は違うが、いずれも同趣旨の返事であった。

殊に宮脇をがっかりさせたのは、六日の正念寺の電文で、これもはっきりと田辺和尚が同寺に立寄ったことを証明している。

その前日の広幡寺も、その翌日の安養寺も、同じく和尚の説教のあったことを報じていた。

つまり、田辺悦雲は、予定の通りに遅滞なく静岡県の各寺を回っていたのである。

この返事が田辺悦雲の工作とは思われない。なぜなら、宮脇平助がその電文で問合わせることは、田辺悦雲も予想していないからだ。

もちろん、和尚は宮脇平助の存在すら知らないでいる。

せっかくの思いつきだったが、これでは和尚が全く南田広市殺しには無関係だったことを知らされただけだった。

しかし、宮脇平助の意気は、それで、まるきり挫折したのではなかった。

小淵沢の奥にはぜひ、もう一度行ってみたい。でなければ気が済まないのだ。和尚の静岡県における行動は了解出来たが、いわゆる「甲府の奥の寺」にはまだ疑念が残っている。

宮脇平助は、朝早く出社すると、自分の机の上に「取材」の紙片を置いて、すぐ飛び出した。雑誌社というところは、編集者が一日ぐらい所在が知れなくても、仕事で飛び回っているように思われて、べつに不審は起こされない。

小淵沢の駅に降りたのは、午後二時ごろだった。バスを待っていたのではまどろっこしいから、宮脇は駅前にたった一軒しかないタクシー屋に寄って、ハイヤーを一台頼んだ。かなりくたびれた国産の中型車だった。

ふたたび断崖に沿う路を眼にした。歩いている人たちが路端に避《よ》けて、車を見送っている。予想通り、ハイヤーの珍しいところだ。この分だと、瑞禅寺に行った車があれば、村民の印象に残っているはずだった。

例の山腹に迫《せ》り上がった部落に着いた。古びた瑞禅寺の前に立つと、車の音を聞いたのか、隣の農家のおかみさんが表から顔を出した。さいわい彼女は、この前来たときの宮脇平助の顔を憶えていてくれた。

「和尚さんは、ここんところ、ずっとお見えになりませんよ。あなたが見えたあとからも、この村に上って来ません」

おかみさんの言葉は、その表情から見ても正直だと受取れた。

「ハイヤーなど来たことありませんか?」

「いいえ、そんなものは、ここ半年ぐらい来ませんよ」

宮脇平助は吐息をついて寺の境内に入った。寺は戸が閉まっていて、いかにも無住の荒寺の感じだった。

墓地に出た。宮脇平助は墓の間を縫って地面を探して回ったが、べつに新しく掘られた跡は見えない。ただ、この前来たとき眼に入った新仏の卒塔婆が、うす黒く汚れて古びていた。供物の花輪が雨風に打たれて、無残に壊れている。

宮脇の予想は完全に裏切られたのだ。

この半年のあいだ、車の来たこともなく、墓地も宮脇が来ていらい掘られた形跡もないのだ。住職もあれ以来姿を見せないという。

宮脇は落胆して、待たせてある車に戻った。この辺の美しい景色も、ただ色の褪《あ》せたものにしか映らない。車は戻り路にかかった。かなり走ったころ、向こうから、バスが上って来た。路幅が狭いので、こちらの車は少しバックして傍らに避けた。バスの運転手が会釈をしながら、すれすれに車を走らせていった。

宮脇平助は煙草を一服吸いつけて、窓から片側の崖の上を見上げた。

斜面に四、五軒の家があるが、少し離れた一軒の農家だけが真新しい。この前ここを通ったとき、たしかに、その家は新築の工事中だった。大工が立働いていたのを見ている。それが出来上がっているのだった。

そこにも時間的な経過がまざまざと映った。家は棟上げから屋根をつけ、瓦を葺き、壁を塗って完成されているが、宮脇の努力は相変わらず一つところに止まっている。いつになったら彼の建築が完成するか分からなかった。

車は小淵沢のほうへ次第に近づいてゆく。宮脇は窓の外を眺める興味もなくなった。すると、宮脇の胸に急に湧いてきたものがある。

《あの電報の返事は、果して真実を伝えてきたのだろうか。今まではそう考えていたが、もし、田辺悦雲がこのことを予想して事前に手を打っているとすればどうだろう。偽証の返事もあり得ることではないか》

そうだ、これはやはり現地に行って見なければならぬ。行くとすれば、一番大事な、六日の日の川根町の正念寺が中心だ。

寺に直接行って訊くのではなく、その近所の人たちに問えば、その日、田辺悦雲の説教があったかどうかが正確に判明する。――

17

宮脇平助は、甲府の駅で会社あてに、もう一日休むという電報を打った。甲府駅のホームからだった。

甲府から東海道線の富士駅に出る身延線に揺られながら、彼はつくづく自分も物好きだと思った。

この事件とは変にウマが合っているのかもしれない。こちらの考えは次々と崩《くず》されてゆくが、また次の壁にとりかかる愉《たの》しさがあった。もっとも、その壁自体が幻影に終わるかもしれないが。

しかし、出雲崎沖の女の水死体から南田親子の災難に至るまで、これは現実に起こっていることなのだ。いつかは、その現実の裏に分け入ってゆく推理の径《みち》が発見出来ると思っている。また、その自信がなくては出来ない仕事だ。

身延の駅では、身延山詣りの客がどやどやと車内に乗込んできた。いずれも洋服やワンピースの上に数珠を掛けている。

このごろはお山詣りもインスタントに出来ているが、白装束の先達《せんだつ》格が講中の旗を持って車中の世話を焼いていた。

宮脇平助は、田舎をとぼとぼと歩く墨染姿の一人の坊主を眼に泛《うか》べた。布田の寺はあまり裕福とは思えない。田辺悦雲が他所《よそ》から頼まれて説教に出かけるのも、ただ彼の弁舌の巧《たくみ》さだけではあるまい。

田辺和尚の場合は、説教師という職業で地方を旅するのだから、これは盲点となりうる。

なぜなら、およそ人間が移動するのに、その仕事上の旅行が一番自然に見えるからだ。

たとえば、普通の人間だと、泊まるのには旅館を利用する。この旅館は、犯罪者にと

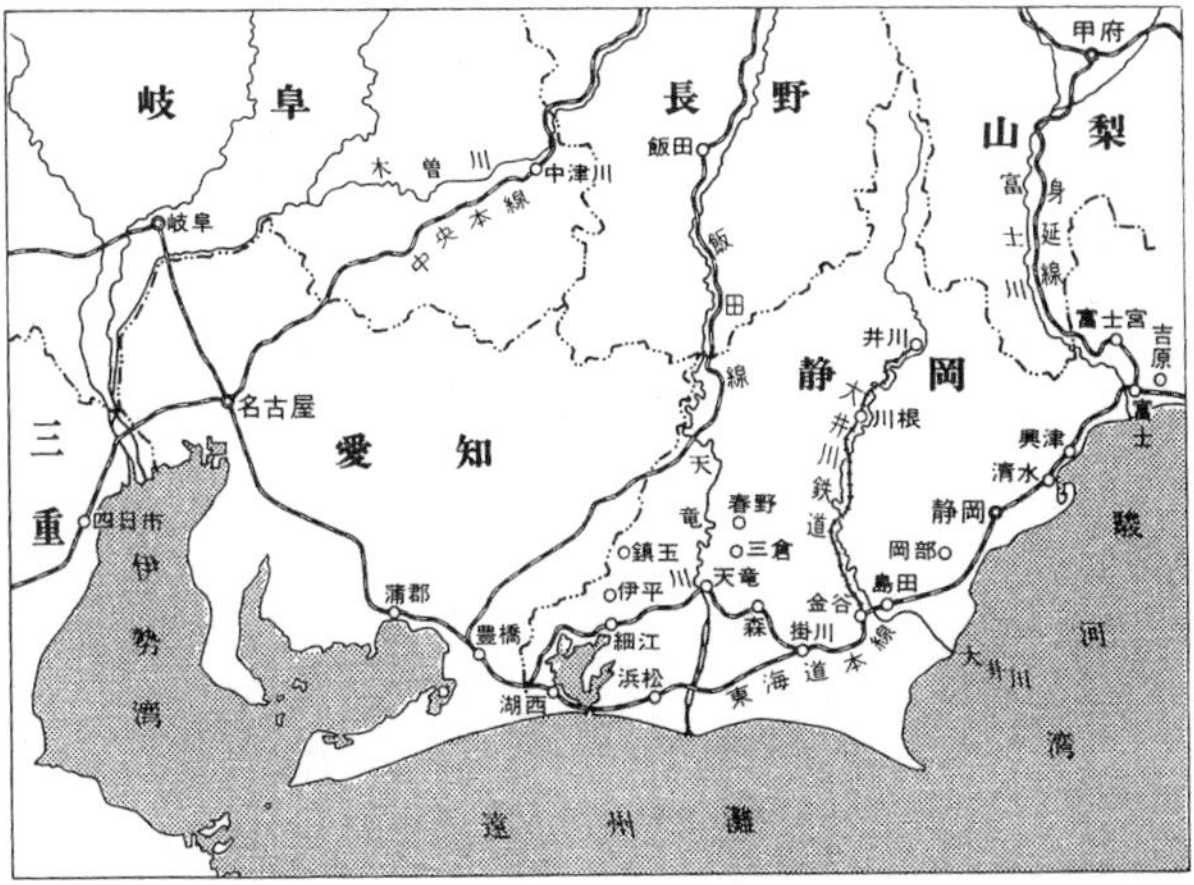

って案外手がかりを残しやすい。一つの事件が起これば、捜査当局が第一番に旅館を洗う。

そこでの行動は、宿の女中たちの記憶によって報告される。

ところが、寺に泊まることは、世間の眼から遮断された場所に身を置くことになるのだ。これぐらい安全な宿泊場所はない。

また、地方の寺は彼を説教師として迎えるのだから、手厚い待遇をする。もし招聘した寺と田辺悦雲とが前から熟知の間柄だったら、寺側が悦雲の便宜を計ったり、その頼みを承諾したりすることも十分に考えられる。つまり、問題の日に悦雲がたしかにその寺に泊まったというアリバイの偽証だ。

しかし、ここに、そのことを成立させな

い条件がある。説教は寺に多くの善男善女を集めて行なうのだから、寺側の偽証だけではアリバイは成立しない。といってまさか多くの参詣人に寺側がいちいち協力を求めることはできない。いや、そんなことをするとかえって怪しまれる。

だから、これからゆく、静岡県榛原《はいばら》郡川根町柄下にある正念寺の六日の説教日に、田辺悦雲が姿を見せていたかどうかを訊くのは、寺よりも、付近の人に問い合わせるのが一番の方法だ。

宮脇平助は、東海道線に乗換えて西に向かった。このころから日が昏《く》れはじめた。田辺悦雲が最初に説教した土地は吉原だが、富士宮から遠く左手にやりすごして、そこは無視して通り過ぎた。西日を背にしてカトリック教会の尖塔だけが黒く浮き上がって見えていた。

いま、清水港の海が見えているが、宮脇がこれから行こうとしている土地は奥駿河の山の中である。地図を見ると、川根町は、金谷《かなや》で降りて、大井川に沿う大井川鉄道線で奥地に入る。

その晩は、静岡の宿で一泊した。――

宿の蒲団にくるまっていると、葉山良太のことが思い出される。あの男は、今日あたり東京に帰っているのではなかろうか。もし、帰京していれば、彼は最初に宮脇のところに電話で連絡してくるはずなのだ。

社には、ただ、もう一日休暇をとるといってあるだけだから、宮脇がどこに行っているのか皆には分かっていない。しかし、電話に出た男がそう伝えれば、葉山も必ずぴんとくるに違いない。あの男は宮脇平助が独自の行動をしていることを察して、多分、片頬に笑いを泛《うか》べるに違いない。

宮脇はわずか二日間だけだが、この旅が自分を事件の中心から引離したように思えた。

翌日の朝早く、宮脇平助は、島田の町から自動車を傭《やと》って大井川沿いに奥地に向かっていた。

金谷から大井川鉄道が出ているが、発車の間隔が遠いので、ハイヤーを傭うことにした。

道は大井川の下流を渡って西側に出ていた。

これから絶えず川に沿って北へ向かうのだが、進むにつれて山峡《やまかい》が深くなってくる。正面の重なり合った山が、刻々と姿を変えた。道路がじぐざぐに曲がっているからだ。

車が進むにつれて、山は両側からいよいよ狭まってくる。桑畠が多いのは、この辺は養蚕が盛んなのだろうが、煙草畠も少なくはなかった。農家の軒下に、茶褐色の煙草の葉が束《たば》ねられて吊り下がったりなどしている。

川根町までは一時間半ほどかかった。山峡の底の侘しい町だ。

正念寺を訊くと、土地の人は、火見櫓のうしろに聳《そび》えている大屋根を指さした。

正念寺は大きな寺で、広い境内に公園のように松林が植わっている。梢の間からは本堂がのぞいていた。あたりは町の中心から離れて農家が多い。

宮脇平助は、車をそこに待たせて、近くの農家の前を歩いた。表を通りながら見ていると、ちょうど、六十ぐらいの老婆が一人、孫を対手に日陰で遊んでいた。

「ご免下さい」

宮脇平助は腰をかがめた。

「ちょっと、つかぬことを伺いますが、そこの正念寺で、この前、お説教があったでしょうか？」

老婆は頭に被《かぶ》っていた手拭を取った。丁寧なものである。これは、ただの道訊きではなく、寺のことなので、敬意を払ったのかもしれない。

「へえ、二週間ばかり前に、たしかにお説教がございましたよ」

老婆は眼をしょぼつかせて、抜けた前歯を見せながら答えた。

「なるほど。それで、お婆さんは、そのお説教にはおいでになったでしょうね？」

「はいはい、わたしもお詣りさせていただきましたよ」

「そのお説教は、東京から見えた坊さんがなさいましたか？」

「へえ。そのお坊さんのお話が有難いので、未だにお名前を憶えております」

「ほう。名前まで憶えていらっしゃるとはえらいですな。何という方でしたか？」

「田辺悦雲さんとおっしゃいました」

やっぱりあの坊主はここに来ている。宮脇平助は、折角とりついた岩角から突き放された思いがした。

「そりゃあ有難いお説教でしてな。話も分かりやすく、みんなげらげら笑ったり、泪《なみだ》を流したりさせてもらいました」

老婆はうっとりとなったように説明した。

「その田辺さんというのは、まだ若い方ですか？」

「いいえ、それほど若くはありません。年のころ四十五、六で、でっぷり肥えた赭《あか》ら顔のお方です。眼が大きく、唇も厚くて、見るからに立派な和尚さんでした」

間違いない。老婆は正確に田辺悦雲の人相を描写している。それは、いつぞや布田の寺の葬式で宮脇自身が悦雲を見ていることだ。

「お説教があった日は、何日でしたか？」

「そうですな、あれは息子の命日ですから、よく憶えています。この月の六日でしたよ」

これも間違いない。

「お説教は何時ごろからはじまりましたか？」

「そうですね、たしか、二時ごろからはじまって、四時ごろに終わったように思います。東京の和尚さんは一番あとでしたから」

それだと、田辺悦雲は完全に三重県尾鷲には行っていない。時間的に余裕がないのだ。

「その日は大勢が集まりましてね。あれで五十人ぐらいお詣りしたでしょうか。みんなそのお説教が有難いと言って、あとあとまで話し合っていました」

宮脇平助は、田舎の老人たちを集め、仏前の一段高いところに坐って手に数珠を爪繰《つまぐ》りながら説教している田辺悦雲の姿を眼に泛べた。

宮脇平助は車に戻った。

寺に寄る必要はなかった。今の老婆の話で十分である。たしかに、六日の午後四時まで、田辺悦雲がこの寺にいたことは決定的になった。

しかし、と宮脇平助はまだ疑惑がとけなかった。疑うと際限《きり》がないが、もし、田辺悦雲が説教を済ませて、すぐにその日の夜行ででも尾鷲に直行したらどうであろうか。時刻表を持っていないので正確なことは分からないが、悦雲は、その晩遅くか、翌る日の早朝にでも尾鷲に着くことは可能である。

そのことを確かめるためには、正念寺の次に行なわれた説教寺、周智郡三倉村安養寺に行かなければならない。——

宮脇平助は、掛川《かけがわ》から二俣《ふたまた》線に乗換えて、森《もり》駅に降りた。沿線はほとんど茶畠だった。三倉村は、遠州森から約八キロ、山峡の小さな路を一時間ぐらいかかってバスが走った。

太田川の上流に沿って狭い路がじぐざぐにあるのだが、川が二つに岐《わか》れたところで路もまた二つになる。その岐れた場所が三倉村字三倉だった。どこを見渡しても山ばかりで、三倉の村は街道沿いに細長く伸び、あとの人家は両側の山の段々畠の斜面に点在していた。

安養寺の所在は土地の人に訊くまでもなかった。大きな瓦屋根が杉の木立の中に見えた。

宮脇平助は、安養寺の前を二、三度往復して適当な老人を見つけた。農家の軒下に蓆《むしろ》を敷いて、鋸《のこぎり》の目立をやっている六十ばかりの老人だった。胡坐《あぐら》をかいて、眼をしょぼつかせながら、鋸にかがみ込んでいる。

「お爺さん、精が出ますね」

宮脇平助が声をかけると、老人は皺の多い顔を上げた。眼ヤニが溜っている。はだけた着物の前から肋骨がムキ出ていた。

「やあ」

老人は黒い歯を出してニヤリと笑い、見知らない宮脇に会釈をした。

宮脇は老人の傍にしゃがんだ。

「お爺さん、この寺で、この間、説教があったね？」

「は？」

老人は手を自分の耳に当てた。これは大きな声を出さないと通じないらしい。

宮脇が同じことを高い声で言うと、

「へえ、有難てえ説教でした」

とお辞儀をした。

「その説教は、いつだったかね？」

「へえ、あれは、もう、今からだいぶ前になりますだ。おおかた、七日だったずらな」

「七日？　間違いないでしょうね」

「ええと、そうそう、たしかに七日の日だ。わしがこの鋸の目立の仕上げを頼まれたのは、その翌日の八日だからね。今日仕上げをするちゅう約束なので、日付はよう憶えとりますだ」

「なるほど。で、説教に来たのは、東京のお坊さんじゃなかったかね」

「そうだ。あんた、よう知ってなさるな。話のうめえ坊さんで、わしら、しまいまで面白う聞かせていただきましたよ」

宮脇は、半分は予想していたが、やはり落胆した。

「その坊さんの名前を、お爺さんは憶えているかね？」

「そりゃ憶えとる。わしと同じ苗字だからね」

「お爺さんの苗字は何というの？」

「田辺ちゅうだ。その坊さんも田辺悦雲という人だ。四十五、六の肥り肉《じし》の、立派なお坊さんでしたよ」

「説教は、何時ごろからはじまったかね？　いや、東京のお坊さんの説教だがね」

「そうだな、まず初めは、ここの寺の和尚さんだったが、あの人は、お経は有難てえが、説教はへたくそでな。なんでも、あれは昼からの一時ごろだった。それが二時ごろに済んで、東京の坊さんがすぐあと代わったから、説教が終わったのは、三時半ごろじゃったろう」

宮脇平助はまた溜息をついて、老人の横から起ち上がった。

頭に沁みこむような鋸の目立の音を背中に聞いて、バスの待合所のほうに歩いた。

ここで完全に田辺悦雲のアリバイが決定的になったのである。

和尚が六日の午後四時ごろに川根町の正念寺の説教を済ませ、三重県の尾鷲まで飛び、犯行を済ませて、この寺に引返すということは、絶対に不可能である。川根町といい、この三倉村といい、東海道沿線からはずっと離れた山奥だ。これは絶対に考えられない。

《やっぱり自分の独り合点だったのか》

宮脇平助は、はるばると遠州くんだりまで足を伸ばした自分の愚かさに、頭を叩きたくなった。

こんな場合、葉山良太がいてくれたら、出発前に彼と検討することが出来たのだが。

宮脇平助は、路が二つに岐れている淋しい停留所に立った。

すると、森町行のバスの姿は見えないが、反対のほうからくるバスが「春野町行」の標識をつけているのが見えた。それが彼のすぐ前に停まった。

このとき、宮脇平助の頭に働いたのは、その春野町にも田辺悦雲が説教に行っていることだ。

すなわち、三倉村の次は、

「周智郡春野町大居、信養寺」

なのである。

「もしもし」

宮脇平助は、客を降ろしてステップに足をかけたバスガールを呼んだ。

「ここから春野町までは、時間にしてどのくらいですか」

「四十分ぐらいです」

宮脇は、ものも言わないでバスの中に走り込んだ。

山路なので、バスは船のように揺れる。

宮脇平助は思いなおしてバスガールから切符を買いながら、

「春野町に信養寺というのがありますか?」

と訊くと、

「次が、信養寺前でございます」

バスガールが宮脇の方をむいて歌うような声を出した。


春野町は、天竜川沿いの聚落であった。大きな橋を渡ると、バスはしばらく長い町筋を走っていたが、やがて寺の前に着いた。

信養寺は高い石段の上にある。ここでも巨きな杉が大屋根を囲《かこ》っていた。降りてみると、製材所の機械鋸の音が遠くから伝わってくる。

信養寺の前は、農家と普通の店とが半々に並んでいた。時間は四時を過ぎていた。見渡すことが寺の説教に関係があるので、やはりそれを訊くのは老人に限るのだが、見渡すと、年寄の姿がない。ふと、傍らを見ると、雑貨屋と煙草屋を兼ねている店があって、四十五、六ぐらいのおかみさんが店先に坐っていた。この辺は何でも兼業だとみえて、入口には「××新聞販売所」の看板と、「報国生命保険株式会社春野町代理店」の看板が一緒に並んでいる。

宮脇平助は、この看板をどこかで見たような気がしたが、思い出せなかった。もっとも保険屋は全国に多いから、どこかで眼にふれたのであろう。

「少々、伺いますが」

宮脇は、お義理に「新生」を一個買って、店番のおばさんに訊いた。

「この寺で、最近、お説教があったそうですね？」

おばさんは客だと思って、わりに愛想よくそれに返事してくれた。

「ええ、こないだ、ありました」

「あなたもおいでになりましたか？」

「はい、お寺さんがすぐ前なので、聞かせてもらいましたよ」

「なんでも、東京から偉い坊さんが見えたんだそうですね？」

田辺悦雲が偉いかどうか分からないが、とにかく、東京から来た坊主だから、地方の人には偉く見えるに違いない。

果しておばさんはそれを肯定した。

「ええ、とても有難いお説教を聞かしていただきました」

「それは、何日の日でしたか？」

「そうですね」

おばさんは日付を思い出そうとしていたが、宮脇はこちらから暗示をかけた。

「おばさん、その日は、八日の日じゃないでしょうか？」

「そうですね、そのころだったと思います。……そうそう、たしかに八日でした。浜松に行っている子供が、学校の都合があって帰った日ですから、間違いありません」

「東京の坊さんは、田辺悦雲という人ではなかったですか」

「そうですね、たしか、そんな名前でした。四十七、八ぐらいの大きい、よく肥えておられた坊さんです」

宮脇にはこの返事が意外ではなかった。すでに三倉村の安養寺で説教しているのだから、この町に来ていることは当然だった。

だが、宮脇は、実は、この当然の返事を裏切る答えを聞きたかったのだ。

「坊さんは、この寺にお泊まりになったんでしょうね？」

「ええ、そうです。翌る日の朝、その東京から見えた坊さんがほかの坊さんと三人づれで、この前を通ってゆかれるのを見ましたよ」

「おや、東京からの坊さんは、一人で来ていたんじゃないんですか？」

おばさんが三人づれだと言ったものだから、宮脇はそう訊いてみた。

「いいえ、それは、すぐその先で別れて、東京からの坊さんだけが別の所に行きました。

二人は寺に帰ったようです」

「ああ、見送りに出たわけですね？」

「そうです」

やっぱり田辺悦雲は、一人でこの駿河、遠江《とおとうみ》の寺々を回っているのだ。

「この寺は」

と宮脇は石段の上にのぞいている大屋根を見上げて言った。

「かなり由緒《ゆいしょ》が深いんでしょうね？」

「ええ、この辺では一番古いお寺さんで、また一番大きいんです。始終、坊さんが他所《よそ》から来ては逗留《とうりゅう》してゆかれますよ。見送りに出たのも、そういう坊さんたちです」

なるほど、それが諸方から集まって一夜の宿を借りる者同士の仁義なのであろう。宮脇は、坊さんの慣習《しきたり》を昔通りの世界に考えた。

結局、ここまで来て、田辺悦雲のアリバイをいよいよ信じるような結果になってしまった。宮脇は、よほどこの寺に行って住職に会ってみようかとも思ったが、それは中止した。住職のとりつくろった口実を聞くよりも、関係のない第三者の話のほうが信憑性《しんぴょう》がある。

宮脇は、停留所のほうに向かって歩いた。自転車に乗っている人が多い。こうして眺めると、田舎町の象徴は自転車ということになりそうだ。

宮脇が歩いていると、黒い鞄を荷台に括《くく》りつけた男が、彼の横を抜いて先へ走って行った。自転車の後ろには、先ほど看板で見た報国生命保険の名前が白いペンキで書かれていた。

どうもこの名前はどこかで見た記憶がある。

その晩、宮脇は、東京行の夜行列車に乗っていた。混み合う二等車の片隅の座席で、彼は欲も得もなく寝込んだ。昨日からの活動で疲労しきっていたのである。失望が余計に彼の睡りを深いところに引きずり込んでいた。

18

宮脇平助は、朝七時に東京駅に着いた。

ホームに出ると、一番に新聞を買った。政治面には用はない。社会面を開いて、眼を見出しに一巡させた。出ていない。南田菊子の失踪は一行も書かれていないのだ。この分でみると、あれから捜査の進展はなかったようだ。

彼は睡眠の足りない眼で自分の家の離れに戻った。それから、欲も得もなく睡りつづけた。

起こされたときが十時過ぎだった。

彼は急いで出社した。普通だったら昼まで寝込むところだが、葉山良太が帰京して連絡してくるかもしれないと思うと、気が気ではなかった。

「お早う」

出社して同僚と朝の挨拶を交した。みんないつもの通り、机の上で執務の用意をはじめている。宮脇が二日間、山梨県から静岡県の山奥まで歩いて来たことなど夢にも気づいていない。

「おい、ミヤさん」

遅く出勤した同僚が呼んだ。

「何だい？」

「昨日、君に電話が掛かってきたよ」

「えっ、誰からだ？」

思わず対手の顔をのぞき込むと、

「京都からだ。久間さんからだよ」

葉山良太ではなかった。しかし、久間監督の電話というのも気にかかる。

「何か言っていたかい？」

「ああ。君は留守だと言ったら、そうか、じゃ、また掛けると言って切ったよ」

同僚はそう言って向こうに行きかけたが、

「ああ、そうだ、久間さんは、これからロケに出る、と言っていた」

と言い添えた。

それでは、これから京都の撮影所に電話しても無駄なのだ。ロケに出発する前に電話を掛けたのは、やはり久間も事件の成行きを心配しているからであろう。

このとき、眼の前のベルが鳴った。宮脇はすぐに受話器を摑んだ。

「宮脇さんですか。葉山さんとおっしゃる方から電話です」

交換手の声が耳に大きく響いた。

「よし、つないでくれ」

彼は大きな声を出した。

「宮脇さんですね。葉山です」

葉山良太の声が、宮脇には恋人のそれのように聞こえた。

「ああ、お帰んなさい」

宮脇も思わず喜びに似た声をあげた。


宮脇は電話で葉山と打合わせて、有楽町の喫茶店の二階で会った。葉山のほうが先に来ていた。

「やあ」

葉山はコーヒー茶碗を口から放すと、にこにこして顔を上げた。久しぶりに見る細い眼と柔和な口もとだった。ただ彼の女のように白かった顔が見違えるように黒くなっている。その陽灼《や》けした彼の皮膚から尾鷲での活動ぶりが想像できた。

「この間はどうも」

　葉山はおだやかな声で言ったが、ふと宮脇の顔をみつめた。

「こりゃ、宮脇さん。あなたは大ぶん色が黒くなったようですね」

　宮脇は葉山の黒い顔色には気づいていたが、自分のことは分かっていない。しかし、二日間も炎天の下で山梨県の奥から静岡県の田舎を回ったのだから、これは陽に灼けるのが当然だった。

「どちらかへ、お出かけでしたか？」

葉山は例の細い眼の奥で、瞳をきらりと光らせた。

「ええ、ちょっと……」

宮脇平助は瞬間の答に迷った。

葉山良太が少しおかしいと気づいた現在、自分の行動を全部正直に言っていいものかどうかだ。これが以前だったら、多少得意気にしゃべるところだが、いまは慎重になっている。彼は山梨県の小淵沢の奥まで、再度出かけたことだけを話して、静岡県のことは割愛した。

「そうですか。ご苦労ですな」

葉山はコーヒーの残りを飲んでいる。その様子を見るとひどく落ちついているのが、尾鷲で相当な資料を握ってきたための自信のようにも宮脇には思われた。

「ところで葉山さん。あなたこそ、変わった材料を握って帰られたんじゃないですか？」

葉山良太は自分から進んで話すような男ではないので、宮脇から催促せずにはいられなかった。

「そうですね。ちょっと、面白いことはありましたがね」

葉山良太は静かに答えた。

「ぜひ、それを伺いたいものですね」

何を摑んだというのか。

「実は、ぼくはもっぱらあの柳原旅館を重点的に調べていました。あなたとは、たった一日しかご一緒しませんでしたが、残ってからあの旅館を洗いあげてみたのですよ」

と葉山は言う。

それはおかしい。葉山良太が柳原旅館に重点をおくはずはないのだ。これは彼のごまかしではないかと宮脇は思った。

「何か変わったことが出ましたか？」

「それがなんにもないんです。ずいぶんおかしな話ですね。南田広市は柳原旅館を目当てに行ったのだから、そこに何かの形跡が残っているはずなんですがね」

そのとぼけたような顔つきを見ると、宮脇はじりじりしてきた。ひとつ、自分の推測を彼に告げて、おどろかせてやろうといった、野心が湧《わ》いた。

「しかし、柳原旅館は、案外、南田広市の目的の家ではなかったんじゃないでしょうか？」

宮脇は言い出した。

「ほほう」

葉山良太は細い眼を少し開いて宮脇の顔を眺めている。

「それは、どういうことですか？」

わざわざ訊き返すところを見ると、この男、どこまでとぼけているのかと思う。宮脇は何だか葉山にからかわれているような気さえしてきた。

「ぼくはあとで考えてみたんですが、南田広市は、必ずしもその旅館に用事があったわけじゃないと思うんです。彼が尾鷲の駅員に同旅館のことを訊いたのは、それが道順の目標だったということだと思うんです。普通、知らない土地を訪ねて行く場合、いちばん目につきやすいところが目標になりますからね。こういう意味から、南田広市は誰かに柳原旅館を目標にせよと、教えられたと思います」

宮脇平助の説明が終わると、

「ふむ、なるほどね」

葉山良太は額を指先でこつこつと叩いた。うすら笑いが彼の唇に出ていた。

「いや、愕《おどろ》きました」

葉山良太は、その微笑で何度もうなずいた。

「あなたがそこまでお考えになっているとは知りませんでした」

「間違っていますか」

「とんでもない。見事なものです。なるほど、柳原旅館が目的地でなく、単なる目印であったというのはなかなかの炯眼《けいがん》です」

葉山良太はほめてばかりいるが、では、彼はいったい何を調べ上げたのだろうか。

「いや、宮脇さん、実は、ぼくもあなたと同じ考えを持ったことがあるんです」

持ったことがある?――宮脇は思わず葉山の口もとを見つめた。

「全くぼくもあなたと同じ疑問を持ちました。つまりあの柳原旅館に南田広市の足跡が全然ないことです。しかも、南田は駅で同旅館の所在を訊いています。こんな不思議なことはありません。そこで、気づいたのがあなたと同じ理屈です」

「そういえば、葉山さん。あなたは薬屋に行って何かしきりと質問していたじゃありませんか、あれは薬の買物ではありませんね?」

「あははは」

葉山は笑った。

「分かりましたか。もっとも、あのときは、その考えがまだしっかり出来ていなかったので、あなたには打明けられなかったんですがね」

それはどうだか分からない、と宮脇は思った。

葉山良太はポケットをもそもそと探ると、名刺入れを取出し、その中から、折りたたんだ紙をそっとつまみ上げた。

見取図が紙に書かれていた。

その紙が、普通のものではなく、ひどく薄いのだ。

「これはライスペーパーといいましてね」

葉山は皺《しわ》を丁寧に伸ばしながら紙質を説明した。

「幾らでも小さく折られるので、重宝なんですよ。ほれ、ひろげると、こんなに広いでしょう」

事実、指先につまめるような小さいかたちが、すっかりひろげると八ツ切ぐらいの大きさになっていた。

図面は克明に書きつけられている。

「この紙は軽くて、引きがよく、便利なんですよ。戦争中、よくスパイが使ったもんです」

スパイという言葉が出たので、宮脇は妙な気持ちになった。

「さあさあ、ご覧なさい」

葉山良太は、自分で図面に指を当てた。

「これが柳原旅館です。ぼくたちが歩いて行ったのは、この道ですね。ほら、ここに、ぼくが近所のことを訊いた薬屋さんがあります」

宮脇は図面に書かれたものに眼をさらした。

梅原薬局、町田医院、つるや料理店、萩原材木店、××銀行尾鷲支店、北原商事尾鷲出張所、大川金属工業支店、山口洋服店、太田自転車店……これらの名前は、宮脇が葉山良太を路傍に待ちながらぼんやりとその看板を眺めたものだった。

今、葉山良太の図面を見ると、そのときの家なみがありありと泛んでくる。町並だけではない。自転車で通っている少女。オート三輪車を走らせている魚屋。子供の手を引いて歩いている女。鞄を持っている勤め人風の男。……

「この梅原薬局で、この近所には移動がないと言っていたのは、本当です」

と葉山良太がつづけた。

「しかし、ぼくはそれで安心が出来ませんでした。これは性分ですね。やはり柳原旅館を中心に、南田広市が殺された家が、必ずどこかにあるような気がしたのです。ぼくが尾鷲に残ったのは、その調査に当たるつもりでした」

「分かりました。それでその結果はどうなんです？」

「駄目でした」

葉山良太は静かに頭を振った。

「やはり薬屋の言う通りでしたよ。この辺は居住者の移動が全然ないんです。新しいところで、せいぜい六、七年ぐらい。古いところでは、明治、大正期から住んでいるというのがザラなんです。もちろん、なかには江戸時代の先祖から住み着いているという家もありました」

「……」

「ぼくはそういう地元の人が、南田広市殺しの犯行をしたとは思っていません。今もこの考えに変わりはないのです。ところが、調べてみると、いま申し上げたようなことが判って、ぼくは落胆しました。なにしろ、父祖の代から住み着いているというだけに、人情は厚く、とてもあの怖ろしい犯罪をする人間がいるとは思われないのです。いや、それよりも南田広市が立寄ったという家が全然摑めませんでした。なにしろ、看板そのものの古さでも分かる通り、どの家も歴《れっき》とした旧さをもっています。そんなわけで、結局、ぼくの努力はカラ回りに終わりましたよ」

葉山良太は、まだ唇に微笑を湛《たた》えている。それは、彼の言葉からすると苦笑であろう。

「そうですか」

宮脇平助は、少々疑わしげな視線を葉山良太の顔に当てた。

葉山良太は新しい煙草に火を点けている。この男、ずいぶんと煙草を吸《す》う。胸の疾患なのに、そんなに煙草ばかり吸っていいものだろうか。葉山はほとんど指から煙草を放したことがない。

おそらく、日に五十本ぐらいは吸うのではなかろうか。彼の左手の二本の指先は、ヤニで黄色くなっている。

ところで、宮脇平助がひそかに観察すると、葉山は例の女のようなやさしい顔を憂鬱そうにしていた。先ほどの微笑が消え、今度は宮脇に話した自分の言葉で、己れの無駄に腹を立てているようにもとれる。

それが思わず見せた彼の本当の表情のようでもある。

少なくとも、その表情からは宮脇を騙《だま》したとは読みとれないのだ。

「しかし、葉山さん」

宮脇平助はふと思いついたことを言った。

「柳原旅館を目印にしたからといって、必ずしも、その近所とは限らないでしょう。尾鷲の町は都会ではないにしても、やはり、かなりな広さです。つまり、第一の目標が柳原旅館、そこを通り過ぎて、今度は映画館だとか、郵便局だとか、学校だとか、そういった人目につきやすい建物が第二の目標となって、そこから道順をとるということも考えられませんか？」

「おっしゃる通りです」

葉山良太は合点合点をした。彼の憂鬱げだった眼つきが、ふと元の明るさに変わった。

「いや、それも、ぼくは考えないではなかったんですがね。そして、実際そんなふうに目につくところがあるかと思って歩いてみたのですよ。ところが、あなたもご存じのように、柳原旅館は商店街のちょっと外れにあって、そこをそのまますすむと本当に寂しい場所になるのです。学校もなかった、郵便局もなかった、映画館も銀行もありませんでした……」

葉山良太は宮脇の想定した建物を一つ一つ否定していった。

「つまり、柳原旅館の通りを過ぎると、もう目に立つような建物はないわけです。そこで、次には旅館の通りに近い辻を左に行くか、右に行くかということの想定です。ところが、あなたも現地にいらして、おぼえていらっしゃるでしょうが、左のほうに行くと、これも小さな家ばかりになって、最後は農家に変わってくる。右に行けば商店街で、中にはデパートまがいの大きな店もあり、実際には映画館や郵便局もありました。……ところがですよ。こういう目標物があることが、かえって目的地がその付近ではなかったという証明になると思います」

「ほほう、どうしてですか？」

「もしですな。そんなに有名な建物だとか、デパートがあれば、何もわざわざ柳原旅館を第一の目標にすることはないでしょう。その郵便局なり、映画館なり、銀行なり、デパートなりの名前をいえば、そのものずばりで早分かりがしますからな」

なるほど聞いてみるとその通りだと思った。

「つまり、こうですよ。われわれが道を教えるとき、極めて簡単な教え方をします。理想的には一口で分かるような言い方です。ですから、南田広市が誰かに目的地への道順を指示されたときも、やはり単純な表現だったと思います。第一の目標、第二の目標、さらに第三の目標といった煩《わずら》わしいことは言わないでしょう。そういうことが必要な場合は、誰に訊いてもあまりよく知られていない目標ということになるでしょうね。……ですから、ぼくは自分の直感として、南田広市が誘い出された家は、柳原旅館の近所だと限定したいのです」

「しかし、そこには発見がなかったのでしょう？」

「そうなんです。だから弱っていますよ」

葉山はもじゃもじゃした髪をごしごしと掻いた。

「といって、ほかの場所は考えられませんかね？」

宮脇が言うと、

「いや、それはないでしょう」

と葉山良太はあたまから否定した。

「ぼくはやはり、南田広市が最初に訪ねた家が殺害の犯行現場だと思いますね。これが一度柳原旅館を訪ねて、それからどこかに出かけたとすると、今度はずっと離れた土地が予想されます。しかし、本人が行っていないところをみると、やっぱり初めの訪問先が現場でしょうね」

「すると、あなたの説だと、柳原旅館の近所？」

「そういうことになります。だが、それがどうしても分からない。あの辺りの家に、そんな現場になる可能性があるとは思えないのです」

葉山良太は、そのあと、机を指先でこつこつと叩いた。

彼は口の中で何か呟《つぶや》いていた。よく聞くと、それは、

「困った、困った」

と言っているのだった。

宮脇平助も葉山良太の顔を見ると、自分も同じ立場であることに気づいた。なぜなら、自分も田辺悦雲の説教のあとを訪ねて駿河路から遠州路を回ったではないか。山の中をわざわざバスに揺られて、得たものはくたびれ儲けだけだったのだ。

すると、宮脇もつい葉山良太の心情に同情した。

初めは、このことを絶対彼には告げまいと思っていたのだが、ここでの同情が打明け話になった。

一つは、自分のしたことを誰かに話さずにはおられなかったのだ。人間は、自分のし

たことを匿《かく》したい気持ちの一方には、それを誰かに発表したい心理になるものである。

「へえ、そりゃ面白いですな」

葉山良太は宮脇の小旅行の話を聞き終わって眼を輝かした。

話の途中でも、引き込まれるように上体を宮脇のほうに傾けていたくらいだ。宮脇も話しながら葉山の反響を観察していたのだった。

もし、葉山良太が宮脇以上に何かを知っていれば、彼の顔にそれを知り得た男の表情が泛《うか》ぶはずなのだ。心配そうな顔をするか、軽蔑を泛べるか、それとも無視したような顔つきをするか、何かそんな表情が出なければならない。ところが、葉山は実に熱心に宮脇の話を聞いてくれたのだ。

この真剣な表情は、とても演技では出来ないことだ。もし、それが葉山の偽《いつわ》りの顔つきだったら、役者としても葉山は一流であろう。

が、宮脇平助は、葉山の熱心な表情を彼の本心と読んだ。

「やあ、面白いです」

と葉山良太は重ねて言った。

「あの住職が説教が出来て、地方の寺回りをするとは面白い。また、それに眼を着けたあなたもなかなかの達眼です」

「いや、どうも」

宮脇は照れて笑った。

「達眼はいいんですがね。実際に調べてみて、和尚に全部アリバイがあるのには弱りましたよ。せっかく、二日間も和尚の足跡を追って回っていながら、何もしなかったと同じことでした」

「いやいや、それだって、かならずあとで、何かのかたちで収穫となって残りますよ」

「というと？」

「いや、具体的にはどうとは言えませんがね。漠然とそんな気がするんです。つまり、人間、とことんまでいろいろなところに手を着けてみることですな、知らないよりも、無駄でもそれを知ったということは、少なくともプラスと言えましょう」

「有難う」

宮脇平助は葉山の慰めに応えた。

「なるほど。今の話を伺ってると、和尚が尾鷲にゆく時間的な余裕はありませんね。だが、住職が説教というかたちで旅行したのは面白い。なるほど」

葉山良太はすっかり考え込んでしまった。

彼にとってはどうやら、宮脇の話が相当のショックだったようである。それを見ても、これは葉山の作為とは思えなかった。

「それに、小淵沢の奥、つまり、田辺悦雲が住職を兼ねている寺の付近が土葬というのも興味がありますね」

葉山良太は顔を上げたが、宮脇平助の話を悉《ことごと》く面白がっていた。

「しかし、ぼくはそこに行って何の形跡も発見出来なかったのですよ」

宮脇は言った。

「いや、それはそれでいいんです。ぼくは、ただ、あなたの着眼に敬服しているんですよ」

「しかし、実績がなければ、これも無駄に等しいでしょう」

「いや、理論は前と同じです。必ずそれもあとで生きてくると思います」

「そうでしょうか」

宮脇平助は疑わしげな眼をした。

「まあ、そう言ってあなたが慰めてくださるのは嬉しいんですがね。……とにかく田辺師の持っている小淵沢の奥の寺は、ひどいものですよ。一体に、あの界隈《かいわい》の部落自体、そう言っては悪いが零細農家で、すごく貧乏なんです。地形からいってそれも無理はありません。なにしろ、耕作地というものがほとんど無いのですからね。……ああ、そうだ、それでもよくしたもので、一軒だけ農家が新築していましたがね。まあ、眼に着いた景気のいいところは、そんなものです」

「ははあ、やっぱり新築の農家もありましたか」

「バスの中から見たんですがね。山の斜面の崖っぷちに、すっかり出来上がっていました」

「そうですか」

葉山良太は煙草を咥《くわ》えて、眼をしかめるようにして閉じた。

蒼い煙が彼の顔にまつわっている。彼は宮脇が話した山村の風景を想像しているかのようだった。

「いや、そんな山の中や、静岡県の田舎を回っていると、やはりのんびりした気持ちになりますね」

宮脇平助は葉山の空想を手伝うように言った。

「和尚のことを訊きに静岡県の田舎に行ったときなどは、主に農家だとか、小さな雑貨屋だとかいう家ばかりで訊きました。雑貨屋なんていうのは、何でも売ってるんですね。農具から日用品、シャツや酒まで揃えているんです。ちょいとしたデパートですよ。それに、新聞の販売店や生命保険の代理店の看板まで下がってるんですから、多角経営ですね。田舎はまだそれぞれが分業では商売が出来ないんですね」

「生命保険の看板ですって？」

葉山良太は、にわかに興味を起こしたようだった。

ちらりと眼をくれた。

「何という生命保険なんですか？」

「ええと、あれは何とか言ってましたが、そうそう、報国生命保険だったと思います」

「ふむ」

葉山良太はたちまち面白くもなさそうな顔に戻って、煙草を灰皿に棄てた。

「そんなのは、田舎ではザラですよ。今じゃ地方のちょっとした店は、どこでも保険の代理店ぐらいはやっていますからな」

二人はしばらく黙り合った。

それにしても、まだ宮脇平助に分からないことがある。それは、出雲崎沖合に浮かんだ例の女の水死体だ。

「ねえ、葉山さん」

宮脇平助は話題を変えた。

「あの出雲崎沖で発見された若い女のことですがね。あれは例の回数券を持ってたことで、この事件とは無関係ではありません。これははっきりしてると思います」

「そうですね」

葉山良太も話題が変わったので顔つきまで新しくなった。

「あの女の身元がどうしても判らない。ずいぶん日にちが経っているのに、未だに心当たりの家族から届け出がないというのは、どうも合点がいきませんな」

それは前にも二人で話しあったことだった。

水死体の身元が依然として判らないままに来ているので、話題はまたその蒸し返しとなった。

葉山良太も首をかしげている。

「宮脇さん、ぼくはひょいと思いついたんですが、もしかすると、あの女は家出娘かも分かりませんよ」

宮脇平助は言った。

「家出娘ですって？」

「ええ。この前、何かの雑誌に載っていたんですが、家出娘は全国に何万人といるそうですね。それは捜索願を出している数ですが、このほか捜索願の出ていないものを含めると、もっと沢山な数になるでしょう」

「しかし、出雲崎沖合の女にも親があり、兄弟もあるに違いないでしょうが、それで一向に届け出がないというのは、どういうもんでしょうね。やっぱり新聞を見ていないのでしょうか？」

「そうかも分かりません。……とにかく、ぼくは、この前、こういう話を聞きましたよ」

と葉山は語り出した。

「東京水上署での話ですがね。東京湾の入口の海底には、白骨が数知れず沈んでいるそうですよ。潜水夫が潜って実見しているんですがね。それは気味が悪いということでした」

「ほう。それはどうにかならないものですか？」

「ならないでしょうね。たとえ一体ずつ引揚げたとしても、身元なんか全然判らないでしょう。こういうのが、家出人の末路になってるかも分かりません。それに、なんだそうですな、日光の華厳《けごん》滝の滝壺の中にも、まだ死体が何体か残っているそうじゃありませんか」

「そういえば、そんな記事を何かで読んだことがあります」

「そうでしょう。ですから、世の中には、自分の娘が、そんな所で死んだとは知らずにいる人が、ずいぶんあるわけです」

「しかしですな」

と宮脇は言った。

「出雲崎沖に浮かんだ死体は、東京湾や華厳滝の白骨じゃありませんよ。ちゃんと顔まで残っているんです。それが未だに心当たりのほうから届け出がないというのは、どういうわけでしょうか？　なるほど、あなたのお説のように彼女は家出娘かも分かりませんが、それにしても、当人は生存中に多くの人ともつき合ったでしょうし、どこかで働いていたかも分かりません。親元のほうではその新聞を見ないにしても、家を出てからの彼女の環境の中に知合いがあるはずですがね」

「いや、それが現実には案外なことがあるんですな。われわれの理屈ではそれが当然のようでも、それでは割切れない何かがあるんでしょう。……そういう意味では、今、行方不明になってる南田菊子だって、案外、同じ運命になってるかもしれませんよ」

「同じ運命ですって？」

宮脇は対手の顔を見た。

「じゃ、やはりあの女は殺されたと思いますか？」

「いやいや、必ずしもそうは思いませんがね。ぼくが今言ったようなことを考えると、その仲間に入ってるかもしれないという気がするだけです」

「しかし、彼女の場合は、ちゃんとした母親も残っているし、彼女の勤めていた公団の人間だっています。それに、家出当時の服装だって新聞に詳しく出ていました。変死体がどこかで発見されれば、当然、身元が判るはずですがね。警察だって目下彼女の行方を追ってるわけですから」

「どうも不思議ですね」

葉山も解釈のつかない表情になった。

二人の話は、大体、それで終わった。しかし、宮脇は、もう一度、この男と話しあってみたかった。やはりそれだけの魅力を葉山良太は持っている。

「ねえ、葉山さん」

宮脇は椅子から起ち上がった彼の顔を仰いだ。

「明日、あなたともう一度会って話しあいたいんですがね。どうでしょうか？」

「明日ですか？」

葉山の顔がちょっと当惑そうに曇った。

「午後五時以降だといいんですがね」

と言った。

「いや、それは一向に構いませんよ。では、五時にお会いしましょうか？」

「いいでしょう。しかし、新宿ならそれでいいんですが、都心だともう少し遅らせていただきたいですね」

「いや、新宿で結構です」

宮脇平助は心あたりのフルーツパーラーの名前を対手に告げた。


宮脇平助は葉山良太と喫茶店で別れて、社に戻りかけた。タクシーに乗って皇居前広場を通りかかった。

天気がいいので、あたりは観光客で賑《にぎ》わっている。旗を立てた団体客が幾組も二重橋のほうに向かったり、戻ったりしていた。なかには、まだ着いた早々らしく、荷物を持っている団体もある。今ごろ東京駅に着くのだったら、さぞかし遠いところから来た人たちであろう。

宮脇の頭にさっと閃《ひらめ》くことがあった。汽車に連想が走ったのだ。

《待てよ。葉山良太は変なことを言ったぞ》

宮脇が明日会いたいと言うと、葉山は、午後五時なら新宿で会おうという。それはいいのだ。しかし、都心だと時間がそれより遅れるとも言ったではないか。これは妙だ。なぜなら、新宿から都心にゆく時間だけ遅れるというのは、葉山良太が午後五時に新宿に現われるのを前提としているのだ。

これは何を意味するだろうか。

つまり、葉山良太には明日の午後五時に新宿に現われる必然性があるのだ。他人との約束か、それとも、ほかの条件のためだろうか。

ほかの条件だ、と宮脇平助は思った。

なぜなら、午後五時に新宿の喫茶店に現われるのだから、彼が用事を済ませるのは、その少し前と考えなければならない。

五時少し前——それを四時半ごろだと仮定しよう。

四時半に葉山良太が新宿に立つ条件は何か。

それは、彼がその時刻に新宿に到着することである。

これは、宮脇平助には、すぐに思い当たった。新宿駅着午後四時半は、松本発準急「第一白馬号」だ。

今度の事件とは関係ないが、宮脇平助は、いつぞや、甲府からこの汽車を利用したことがあるのだ。たしか、甲府発午後二時十分だった。

そうだ、確かにこれだ。葉山良太は明日中央線を利用するつもりなのだ。行先は言わずと知れた小淵沢の奥の秋野村だ。

《あの男、さして興味のない顔をしておれの話を聞いていたが、心の中では十分に興味を持っていたのだ。だから、おれの話を聞いて、自分もあの村に行ってみたくなったのだ。あの男は、おれとはまた違った観点から、何か手がかりを摑《つか》もうというのであろう》

それにしても、葉山良太はどこまで秘密主義の男かしれない。何喰わぬ顔をしながら、宮脇まで騙《だま》そうとかかったのだ。

こちらは全部オープンに話してるだけに、宮脇も少し腹が立ってきた。

ただし、この推測が当たっているかどうかはまだ分からない。汽車でなく、案外、四時半ごろ人と会う約束があったのかもしれない。

では、それをどういうふうに確かめるべきか。

宮脇は、葉山良太の山梨県行も日帰りであろうと推定した。彼の帰京予定時間が新宿着午後四時半と決まっている。それも真直ぐに小淵沢に向かうはずだから、出発は朝の早い汽車だ。

「おい、ちょっと停めてくれ」

宮脇は本屋を見つけたので、その前に停車させた。

店に入って、そこに並んでいる時刻表を手に取った。

六時半の新宿駅ホームは、さすがにいつもの混雑は見られなかった。しかし、列車が出るので、そのホームだけは相当に人が多い。

宮脇平助は、すでに到着している列車の後尾から前部まで見通せる位置の柱の陰に、こっそりと佇《たたず》んで見戍《まも》っていた。葉山良太のことだから、多分、時間ぎりぎりに来るに違いない。

すでに列車に乗り込んでいるとも考えられるが、じろじろと車窓をのぞきながらホームを歩けば、たちまち先方に見つかってしまう。

彼の予想に間違いはなかった。七時十分前になると、見憶えの葉山良太の紺色の背広がホームを歩いてくるのが眼に止まった。宮脇は思わず身体を小さくして柱の陰に避《よ》けたが、その苦心の必要はなかった。

葉山良太は何も知らぬげに煙草をふかしながら、まっすぐにうしろから二両目の二等車に景気よく乗り込んだ。その姿を見ていると、まるで鼻歌でも唄いそうな恰好《かっこう》だった。

宮脇平助は、自分の予想が当たったのを喜んでばかりもいられない。葉山良太は、明らかに宮脇の話から何かのヒントを得て秋野村まで行ったのだ。あの男は、成算なしには行動を起こさぬ性質《たち》のようにみえる。いったい、自分の話のどこが彼を刺戟《しげき》したのだろうか。昨夜から考えたことだが、今もそれがどうしても思い当たらなかった。

どうせ、今夜は五時ごろにあの男と会うから、そのときに様子を探ればいい。彼は初めから正直なことは言わないと思えるが、それはこちらからさりげない質問で探りを入れてやろう。しかし、葉山良太の熱心さには、宮脇も今さらのように愕《おどろ》いた。尾鷲に残ってあの近所を調べ上げたことといい、今度の山梨行といい、あのおとなしい顔に似合わずなかなかの行動力だ。

宮脇平助は駅から西口に出た。

まだ朝が早いので、駅前はそれほど混雑もしていない。最近建った生命保険の大きなビルも朝日を受けてしんと静まり返っている。早出のサラリーマンの急ぐ姿が、長い影を地面に曳《ひ》いていた。

京王線の駅がすぐ左に見える。いつぞや、宮脇が回数券のことで訊きに行った窓口も、その構内なのである。

宮脇はそれを見て、急に気が変わった。それまでは、自分の部屋に戻って一寝入りして会社に出勤するつもりだったが、京王線の駅が目にとまると、もう一度、布田の寺を訪ねてみたくなった。和尚の田辺悦雲が説教行脚《あんぎゃ》から帰ってきているかどうかを確かめる気になったのだ。

あのときの予定だとそろそろ帰っているころだ。しかし、万一、和尚があのまま旅先から寺に帰っていないとなると、これはまた別な発展が考えられる。

和尚の在否は、そういう意味で案外重大だと気づいた。

新宿から府中方面へ向かう電車はガラ空きだった。

しかし、向こうから来る擦《す》れ違う電車は満員だった。

都心の会社に勤めるサラリーマンは、ほとんど郊外に家を持っている。どの駅のホームも、上り電車を待つ客でいっぱいだった。窓から入ってくる朝の空気が冷たい。例年にない空梅雨《からつゆ》で空気は乾燥している。

布田の駅に降りた。ここには、もう、これで何度来たことであろう。傍《かたわ》らの例の周旋屋を見た。朝が早いので、まだ戸が閉まっている。

祥雲寺の山門の屋根には、朝の強い光が当たっていた。境内に入ると、この前会って話した若い坊主が庭を掃いている。坊主と宮脇平助の眼とが合った。

「お早うございます」

宮脇から声をかけた。

「お早うございます」

坊主は箒《ほうき》を動かす手を止めなかった。彼は宮脇平助の顔を見憶えているようだった。

「この前は失礼しました。あれから府中のお寺のほうにお願いして、法事をやっていただきましたよ」

「それは結構でしたね」

若い坊主は微笑した。

「お寺はいつ来てもいいですね。ことに朝の寺は、何かこう、気分がせいせいします」

宮脇は煙草を吸って、蒼い煙を澄んだ空気の中に吐いた。お世辞ではなく、実際気持ちがよかった。

「和尚さんは、もう、お帰りになりましたか?」

彼はその一番聞きたいところから質問した。

「はい、もう寺にお戻りになりましたよ」

坊主はやはり地面を掃いている。箒の目がきれいな筋を作っていた。

「そうすると、説教の旅から帰られたわけですね」

宮脇はちょっと落胆した。

「はい、その通りです」

「和尚さんの留守の間は、あなたもたいへんですね」

「いいえ、それほどでもありません」

「和尚さんは、今、いらっしゃいますか？」

「いいえ、今はここにはいませんが」

「ははあ、すると、またお説教にでも地方に出られたのですか？」

「今度は説教ではありません。ですが、和尚さんが管理をしている山梨県の瑞禅寺にどうしても行かなければならない用が出来て、昨日お出かけになりました」

「なに、では、秋野村にゆかれたのですか？」

宮脇平助はしばらく坊主の箒を持った手もとを見つめていた。

彼は瞬間に田辺悦雲と葉山良太との出遇いを頭に泛べた。

「和尚さんは、秋野村の瑞禅寺では何泊ぐらいして帰られるのですか？」

宮脇平助は箒を握っている若い僧に訊いた。

「そうですね、わたしには二日ばかりで帰って来ると言われていましたが」

顔の面長な、十八、九ばかりの坊主は答えた。

「予定が長引くことがあるんですか？」

「ええ、それは用事次第では違ってくることもあります」

坊主は箒を忙しそうに動かしはじめた。どうやら、朝っぱらから雑談をしかけてくる宮脇がうるさくなってきた様子だった。

このとき、山門を潜って一人の男が境内をこちらに歩いて来ていた。宮脇が眼をやると、きちんとした背広を着て、手提鞄に黒い手帳を持っている。距離が縮まって顔を見ると、年齢は三十二、三歳ぐらいで、頭をきれいに分けている好男子だ。

男は最初からにこにこしていた。ひどく愛想がいいと思っていると、小坊主にむかって、

「やあ、お早うございます」

と朗かに挨拶をした。

「お早うございます」

若い坊主もまた箒の手を止めて軽く頭を下げた。

「朝から精が出ますね」

と対手の男は皓《しろ》い歯を出してにこにこと笑っている。ついでに、横に立っている宮脇平助にも軽く会釈をした。

愛嬌のある男だ。

「和尚さんはいらっしゃいますか？」

「いいえ、今、留守です」

若い僧はちらりと宮脇の顔にも視線を投げた。

「ああ、お留守ですか。何日ごろ、お帰りになりますか？」

対手は和尚が留守だと聞いても、別段失望もしていない。

「山梨県のほうに用事があって出かけましたから、帰って来るのは二日ぐらいあとになるでしょう」

「山梨県のほうですか。ほう、そりゃ暑いのに和尚さんもご苦労さまですな」

「はあ」

「何かご用でしたら、わたしから伝えておきましょうか？」

男は笑顔をつづけた。

「実は、今月の分を頂戴に上がったんですが」

「ああ、集金ですね？」

「そうです」

その男は黒革の手提鞄を持ち替えて、まず一服というように煙草に火をつけた。蒼い烟《けむり》が朝の静かな境内を流れてゆく。

「和尚さんも、ここんところ忙しいようですな」

と対手は若い坊主に話しかけた。

「この前は、お説教の旅行とかで静岡県にいらしたんでしょう。お帰りになると、すぐまた山梨県じゃ、席の暖まる間もありませんね。いや、お元気で結構ですよ。大体、和尚さんは長命の相がありますからね」

男は独りでしゃべった。

「だが、和尚さんが留守だと、その分だけあなたが忙しいのでしょうな?」

「はあ、どうも」

「近ごろ、お葬式なんかあんまりありませんか?」

「ええ。やはり薬が発達しているせいか、亡くなる方が少なくなったようです」

「そう言っちゃ悪いが、お寺さんにはあまり嬉しくない話ですな」

「けど、あなた方のような会社では、加入者の寿命が延びるほど儲かるそうですね?」

若い僧が言い返すと、男は額を叩いた。

「いや、こりゃやられましたね……全くその通りですが、その分だけ会社が儲かって、われわれの給料やボーナスがふえるというなら分かりますが、そういうことは一向にありませんよ。景気がいいんだか、悪いんだか、ぼくらにはさっぱり分かりません」

男は腕時計をながめた。

「じゃ、和尚さんによろしく言って下さい」

「もし、また出かけるようでしたら、今度はわたしがお金を預かっておきます」

「お願いします。どうもお邪魔さま」

男は如才なく、宮脇平助のほうにも頭を下げて、すたすたと帰って行った。

「生命保険のようですな?」

宮脇がその辺を掃きはじめた青年の僧に言った。

「ええ」

僧はまた面倒臭そうな顔をする。

「和尚さんは生命保険にはいっているんですか?」

「そうです」

僧の返事は短い。

「お寺さんに生命保険会社が来るというのは面白いですな」

と宮脇は言ったが、対手があまり機嫌のいい顔をしていないので、そろそろ退散することにした。また、次のこともあるので、この坊主にもあまり印象を悪くしておいてはいけない。

「生命保険の勧誘員というのは、一度喰いつくと離れませんからな。和尚さんもきっと責められて入られたんでしょうが、今の生命保険はどこですか?」

これは宮脇としては愛嬌のつもりで訊いたのだった。

「報国生命です」

「ああ、そうですか。あすこも今はなかなか宣伝をやっていますからな」

報国生命といえば、この前、静岡県の片田舎でも宮脇は看板を見ている。その印象があるから、会社名を聞いて発展ぶりが頭に泛んだのだ。

「どうもお邪魔をしました」

宮脇は布田の駅に向かった。

先ほどの保険会社の集金人がその辺を歩いていないかと思ったが、影もかたちも見えない。彼らは忙しい予定を持っているので、その辺にぐずぐずしてはいないのであろう。

布田の町は一本道だ。たちまち駅に来てしまった。

電車を待っていると、上りがなかなか来ない。所在なさに、ホームに立って田の面をぼんやりと眺めていた。しかし、しばらく経つと暑くなったので、廂《ひさし》のかげになっているベンチに腰を下ろした。時計は十時近い。葉山良太がそろそろ秋野村に近づくころだ。あんまり電車が来ないので、駅の売店に行って新聞を買った。今朝はアワをくって床から起きたまま新宿駅にかけつけたから、朝刊も見ていない。

新聞をひろげた途端に上り電車が着いた。

時間がズレているので、車内には勤め人の姿は少なかった。彼は腰を下ろし、ゆっくりと新聞の見出しを拾いはじめた。

社会面はさしたることはない。南田事件のことは一行も出ていない。政治面も退屈だった。経済欄はもとより興味がない。

ところが、社会面をもう一度ひろげたとき、その対頁《ページ》になっているところに「あれはどうなっているか」というタイトルで囲みものがある。

それは四つの区画に仕切られていたが、前に世間を騒がした事件の後日譚《ごじつだん》を特集しているのだ。たとえば、基地問題でリーダーとなって闘争した男のその後、ピストル強盗と一緒に逃げ回った女性のその後の境涯、といったものが内容になっているが、その見出しの一つを見たとき、宮脇は急に眼を輝かした。「秋芳派選挙違反で逃げている出納責任者千倉練太郎の行方」という少し長たらしい題名だ。宮脇は本文を貪《むさぼ》り読んだ。

「秋芳国務大臣（××庁担当）がこの前の選挙で大きな違反を起こして、運動員百名近い者が選挙区の警察署に検挙された。これは当時大きな話題を投げたものだが、早いもので、それから二年近くなっている。ところが、同派の参謀格で、出納責任者の千倉練太郎（六六）＝T市在住、元県会副議長＝の行方が依然として判らない。当局の必死の追及を逃れた千倉が現在どうしているかは、大きな関心事だ。というのは、千倉が当局の手で逮捕され、起訴されて、罪状が決定すると、秋芳国務相は連坐制によって代議士の失格が決定的となるからである。

もっとも、秋芳氏は千倉のことは全然関知しないといい、選挙違反の事実も自分としては知らないといっている。だが、千倉が出納責任者である以上、法的には言い逃れができない。

千倉の行方については警察当局でも未だに摑めないでお手上げの恰好だが、あるいは沖縄方面に逃げたのではないかともいわれ、また国外逃亡説も強いようだ。一年ぐらい前には、千倉と銀座で出遇ったという知人の話も伝えられたが、これは噂程度で、真偽が確かめられないままでいる。そのほか、東北地方の温泉場にいるとか、地元の山の中に炭焼に化けて隠れているとか、臆測まじりの噂とりどりだ。千倉は時効になるまで逃避行をつづけるのではないかと考えられているが、それにしても、ことが現内閣の大臣を失格させるかどうかに直結しているので、千倉の行方にはスリラー仕立な臆測が相変わらず横行している。

T市の千倉の留守宅では、妻女や息子夫婦がひっそりと暮らしているが、往訪の記者にも面会を避け、また来客も断わっているようだ。もちろん、千倉の行方については何も知らないと日ごろから言い切っている。

千倉の友人で、選挙違反に問われている末端の人たちも、千倉の逃亡先には全然心当たりがないようである。千倉は秋芳国務相が当選決定となると同時に行方を晦《くらま》したもので、当局の手入れが選挙後に行なわれることを予想しての行動のようだ。

なにしろ、六十六歳の老人が一人で逃避行をつづけているのだから、病気その他の不測の事故も考えられるが、留守宅では一切その連絡がないと言っている。

秋芳国務相にとっては千倉問題は最も頭の痛いところで、かつて地方を視察したとき、新聞記者にこの問題を持ち出されて顔色を変えたこともある。最近、記者が秋芳国務相に会って千倉の行方を訊くと、自分には全然関係がないから分からないと言い、つづいて、記者が、もし、千倉が逮捕されて、公判でその罪状が決定したら、代議士も失格し、従って今度こそ大臣も辞任しなければならなくなるが、これについて日ごろから何か考えを持っておられるか、と訊くと、秋芳国務相は、自分の関知しないことだが、自分のために選挙で働いてくれた千倉君の罪状が決まれば、徳義上でも辞任しなければなるまいと答え、さらに、そうなれば次の選挙まで本業の保険事業に専念するさ、と冗談めいた言い方をしたが、その表情は憂鬱そうだった。

秋芳夫人の貞子《さだこ》さんも近ごろはひどいノイローゼにおちいり、最近は療養のために各地を転々としている。熱心なキリスト教信者の彼女の煩悶は国務相の憂鬱に内側から拍車をかけている。

それにしても、千倉練太郎はどこに潜んでいるのだろうか。国外逃亡説も流されているが、案外、賑やかな東京の銀座あたりを知らぬ顔で歩いているのではなかろうか。当局では、千倉が自殺または事故死した場合を考えて、全国の変死体にも気をつけているが、現在のところ、その形跡もない」

宮脇平助は読み終わって、その記事の一カ所に眼を戻した。正確には「保険事業」という四つの活字をまばたきもせずに見つめていた。

知らないうちに電車は新宿駅のホームに着いた。

19

宮脇平助はふらふらと起ち上がった。実際、このときの彼の意識は、ふらふらと起ち上がったという形容に似合っている。頭の中には記事の「保険事業」が波のように揺れていた。

秋芳国務相は新聞記者との談話で、もし、失格となれば、次の選挙まで本業の保険事業に専念するさ、と語っている。宮脇は迂闊だが秋芳の本職を知らなかった。政党人というのは、ただ代議士稼業だけだと思っていたのだ。

しかし、そんな政治家もいるが、また事業を経営したり、いくつもの会社の役員を兼ねたりしている政治家も多いのだ。秋芳が保険事業を本職としていると知って、宮脇の眼には「報国生命」の四つの文字が急に大きく映ってきた。

この文字は、かつて静岡県周智郡春野町の信養寺に行ったとき、寺の近くの雑貨屋にその代理店の看板が掛かっていた。たしかに、自転車の後ろにもその名前が付いていたはずだ。今度は、布田の祥雲寺でもその集金人の姿を見た。

どちらも田辺悦雲に関係があるのは妙ではないか。静岡県の信養寺は、田辺悦雲が説教に行った寺だ。布田の祥雲寺は、むろん彼の本拠だ。

宮脇平助は新宿駅前にひとりでに出ると、真直ぐに駅前広場の公衆電話に入った。彼は備え付けの電話帳を調べた。

報国生命保険は京橋が本社で、電話番号も大代表以下十幾つも並んでついている。支店も無数だった。その中から新宿支店の住所を見付けた。奇妙なことに、それがすぐ眼と鼻の先の、西口に近い淀橋《よどばし》だった。

すぐそこだからタクシーを利用するほどでもない。宮脇平助はしばらく都電の通りへ向かって歩くと、やがて「報国生命」のネオン看板が屋根につき出ている建物を見付けた。小さいながら白い壁のビルまがいになっている。

ちょっと、どこかの銀行の支店といった感じだ。

彼はやはり「報国生命」という金文字の入っているガラスのドアを押した。

長いカウンターの向こうで事務員たちが仕事をしていたが、宮脇平助が入ると、一番手近にいた女の子がすぐに起ち上がって来た。

客と見たかひどく丁寧である。

「何か御用でございましょうか?」

色の白い、可愛い女の子だ。

「少し保険のことを知りたいのですが、適当な案内書みたいなものはありませんか?」

「はい、それはたくさんございます。……あの、どちらさまでしょうか？　もしお名刺でも戴いたら、早速、外交員を差向けますが」

「いえ、それほどでもありません。案内書を戴いて、よく考えてみます」

「少々、お待ち下さいませ」

女の子は備え付けのきれいな印刷物を幾通りも揃えて、

「これに大体書いてございますが、分からないところがあれば、今、係りの者を呼んで説明させましょうか？」

「それには及びません」

と宮脇平助は言った。

「ちょっと拝見」

宮脇は折りたたみになっている「人生の希望」という題のパンフレットをひろげた。

「人生は茫漠《ぼうばく》として不安な航海に似ていますが、生命保険にかかってさえいれば、いつも不安なく、絶えず安全な航路を行くことができます」というような月並な言葉が書かれている。

そんな文字に用事はなかった。宮脇が見たいのは、終わりのほうに付いている報国生命の役員名だった。

見ると、秋芳武治の名前はすぐ眼に飛び込んで来た。

会長、社長、専務などよりも筆頭にきている。

「顧問 秋芳武治」とはっきりあるではないか。

まさに、新聞記事にある秋芳談話を裏書きしている。

宮脇は胸が鳴った。

「この秋芳さんは」

と女事務員に訊いた。

「この社では、ずっと前から顧問でいらっしゃいますか」

「さあ」

その点は女の子には分からないらしく、この問答を横で聞いていた中年の男が、いらっしゃいませ、とにこやかに挨拶をして席を起って来た。

「秋芳さんは、ご承知の通り、いま国務大臣でいらっしゃいますが、永いこと、わが社では社長を勤めておられました。大臣になられたので、一時顧問ということになっていますが、わが社にとっては永年の功労者でございます。こういう方がわが社の役員の中におられますから、絶対信用のあることもお分かりいただけると思います」

「なるほど。では、秋芳さんは、この社では実力者なんですね？」

「さようでございます」

社員は現大臣が自社の顧問であることに自慢げだった。

宮脇平助は社に帰って調査部に行った。

「紳士録を見たいんだがね」

調査部の友だちに言うと、ものすごく厚い本を取出してくれた。

「誰を調べるんだい？」

「いや、ちょっと、自分で見るよ」

宮脇平助はその紳士録を抱えて片隅にゆき、「秋芳武治」の項を開いた。

「報国生命保険（株）社長　日本造機、東華化学工業（株）各取締役　政党役員　武一の長男（生）××県・明35・9・8（学）東大法科卒（妻）貞子（大2・2・25生）清泉高女卒（趣味）ゴルフ、囲碁（住）東京都渋谷区松濤《しょうとう》町二の四六八」

宮脇平助は表紙の背中を見た。昭和三十×年度となっている。

つまり、このころは、秋芳武治も大臣ではなく、報国生命の社長だったのだ。彼が同社の顧問になったのは、大臣になったためにそのような処置をとったのであろう。宮脇は調査部を出て、自分の机に戻った。

今日聞いた新宿の支店員の話でも、秋芳武治は同社の実力者だということだった。宮脇は煙草をくゆらせながら考え込んだ。

——報国生命は全国に支店、営業所、代理店を持っている。これはどこの生命保険会社も同じことだ。

一方、千倉練太郎はどこに潜《ひそ》んだか分からない。しかし、千倉がいかに大金を持って逃げていても、すでに二年以上も逃避行をつづけているのだから、生活費だけでもその金を食い潰してしまう。

千倉の逃避行には生活費の補給が絶えずなされていなければならない。当然これは極めて秘密の裡《うち》に行なわれるだろう。

東京から千倉の隠れ家に生活費なり資金なりを届けることは、誰にあとを尾《つ》けられるか分からないという懸念がある。秋芳武治がそれを考えぬはずはない。ここで彼が利用できるのは、全国に散らばっている支店、出張所、代理店網である。

つまり、秋芳武治が実力を持っている報国生命の腹心の誰かに命令しさえすれば、千倉練太郎が日本のどこを隠れて回っても、そのいちばん近い営業所なり代理店なりから金が支給される仕組みになっているのではなかろうか。きっと、それに違いない。

これは極めて巧妙なやり方だ。したがって、千倉は絶えずこの報国生命の資金網の中で潜行をつづけることができるのである。これなら、千倉はいくらでも日本中を逃げ回ることが出来る。

宮脇平助は、静岡県周智郡春野町の信養寺の前で見た「報国生命」の看板を思い出す。

はっと思ったのは、その寺に田辺悦雲が説教に行っていたことだ。もしかすると、悦雲こそは、秋芳派と千倉練太郎との連絡係をつとめていたのではなかろうか。坊主というと、とかく盲点になる。それに、前にも考えたことだが、説教旅行は極めて自然なかたちの動きである。

いやいや、それは違うかもしれない。

宮脇平助は自分の考えをまた壊した。

秋芳派は、なにも坊主に頼んで千倉練太郎に連絡することはないのだ。それは報国生命の支店なり、営業所なり、代理店なりから連絡させればいいことだ。たとえば、千倉練太郎が新潟県西頸城《くびき》郡××村に潜在していたとして、秋芳の内命で、その最も近い土地の代理店から現金の補給がなされるわけだ。

しかし、そうは考えても、田辺悦雲がまるきり問題の外に立っているとは思われない。つまり、田辺悦雲の実際の役が知りたいのだ。

宮脇平助はふと気がついて、ポケットに捻《ね》じ込んだ報国生命の案内書を取出した。案内書は、どこの保険屋もそうだが、大部分、保険加入の解説になっているが、その最後のところは、相当なスペースを割いて支店、営業所、代理店の所在が並べて載っている。その店数が多ければ多いほど、会社は機構の充実と規模の壮大を誇示出来るわけだ。

宮脇平助は真先に三重県を探した。活字は六号よりもっと小さいぐらいなのがぎっしりと詰まっている。

あった。——三重県尾鷲市に報国生命の営業所があったのだ。

「尾鷲市明治通り三丁目」

宮脇平助は、机の抽斗《ひきだし》の中から尾鷲で買って帰った市街地図を取出した。これを買ったときには、あとで何かの役に立つかもしれないと思ったのだが、こんな重要なことに利用出来るとは思わなかった。ものは何でも用意しておくものだ。

宮脇平助は明治通りを探した。地図の上にそれを見つけて呆然となった。

なんということだ。明治通りは尾鷲駅より東側になっているではないか。

柳原旅館は駅の西側だ。市の繁華街はほとんどこの西側になっているのである。東側は海岸に沿って、魚市場だの、漁業組合だの、港湾事務所だのが並んでいる。

殺された南田広市は尾鷲駅に降りて、たしかに柳原旅館の所在を駅員に訊いている。広市が報国生命の尾鷲営業所を訪ねてゆくのだったら、これは全く無意味といわなければならない。柳原旅館の位置は、報国生命営業所へ行く目じるしには何の役にも立たないのである。

——南田広市が尾鷲に降りたのは千倉練太郎に会うためと考えられる。そして、千倉は報国生命の営業所と連絡をとっているのだから、もし、南田が千倉に会おうとすれば、この報国生命の営業所にゆかねばならない。宮脇はそう考えて地図を調べてみたのだが、柳原旅館と報国生命の営業所とは駅を中心にしてまるで正反対になっているし、両方の距離もひどく遠いのであった。

しかし、とにかく、「報国生命」の営業所が尾鷲市にあることは、案内書を見ても明白だ。葉山良太は、秋芳武治と報国生命の関係、そして千倉練太郎と報国生命の各地の支店・営業所とのつながり、これに気づいているかどうか。

葉山良太が宮脇の出発のあとに残って尾鷲で調べごとをしていたというから、あるいはこの営業所のことに気がついているかもしれない。この男は、こちらから何か訊かなければ、進んで自分の考えをしゃべるということはない。葉山と会う五時まで、あと三時間余りだった。今度会ったら、このことも訊いてやろうと、五時かっきり、宮脇平助は約束の新宿のフルーツパーラーに行った。

葉山良太が何かの都合で――というのは、中央線の列車は準急の本数が少ないので、それに乗り遅れた場合を考え、その時間には姿を見せないのではないかと危惧《きぐ》していたが、それは思い過ごしだった。

葉山良太は、店の二階の窓際にちゃんと坐って待っていてくれた。その姿を見たとき、宮脇はほっと安堵した。

「どうも」

宮脇は葉山良太の真向かいに坐った。

「やあ」

葉山良太も眼をあげたが、その顔に何がなしの疲労が出ている。ははあ、奴さん、秋野村くんだりまで日帰りで行って来たので、疲れたのだな、と思った。

「宮脇さん、何か新しい情報はありませんか？」

昨日別れたばかりだから、そう変わったことが入るわけもないが、葉山良太は挨拶代わりにそんなことを訊いたのかもしれない。宮脇は情報こそ入らなかったが、新しい発見をしている。これを葉山に素直に話したものかどうか判断に迷うところだが、尾鷲の一件があるので、それを葉山から探ってから決めることにした。

「葉山さん」

宮脇はわざと彼の顔を見て言った。

「ちょっと疲れていらっしゃるようですね？」

昨日は何も言わないくせに今朝になって黙って秋野村に行っている葉山に、それとなく皮肉を利かしたつもりだった。

「いや、実はね、宮脇さん。ぼくは、今朝早く、山梨県まで行って来たんですよ」

なんと葉山のほうからそれを言い出したのだ。

「えっ、山梨県ですか？」

宮脇は訊き返したが、それは葉山から先手を打たれた感じだった。

「なに、別段のことじゃありません。あなたがそんな山の中に行って来たと言ったものだから、ぼくもその土地に行ってみたくなりました。あなたの話があんまりお上手なものですから、旅心が起こったんですね」

葉山良太はニヤニヤと笑った。

この男、どこまでとぼけているか分からない。そんなことで秋野村までゆくはずはなかった。やはり宮脇の話に何かのヒントを得て、わざわざ出向いたと解釈したほうが理屈に合う。

「どうでした？」

宮脇はともかく葉山の感想を訊いた。

「ええ、とてもよかったですな。ことに、これはあなたのお話にもあったが、秋野村に行くまでの途中が素晴しかったんですよ。ああいう谿谷美は、もっと東京あたりに紹介されていいんじゃないですかね。ひどくつまらない所ばかり宣伝されていて、いい所が幾らでもまだ知られないでいます。とにかく、久しぶりにのんびりとした気持ちで帰って来ました」

葉山良太の顔には多少の疲れはあったが、いかにも満足げであった。

しかし、宮脇には葉山が空とぼけているとしか思えない。そこで、こちらから切り込んでみることにした。最も理想的なのは、葉山のほうから自発的にしゃべらせることだが、葉山の態度はいつも宮脇の焦《あせ》りを誘う。だから、まずいとは思いながら、つい、宮脇のほうからものを訊くという成行きになってしまう。

「秋野村にいらしたんですか？」

「そうです。瑞禅寺も見ましたよ」

葉山はやはりうす笑いを浮かべていた。

「あなたのおっしゃった通り、ひどい田舎寺ですね。しかし、あの秋野村の部落はいいですよ。山の斜面に家がせり上がって建っているところなんぞ、日本の山村をそのまま象徴していますね」

葉山良太は悠々と話した。

「瑞禅寺では、あなたは誰かに会いましたか？」

宮脇は少しいらいらして訊いた。

「いいえ、誰にも会いません。ただ寺と墓地を見てきただけです」

「それはおかしいですな」

宮脇は葉山の表情を見た。

「たしか、田辺悦雲が行っているはずでしたがね」

「和尚がですか？」

葉山のほうがきょとんとしていた。

「いいえ、和尚の姿は見えませんでしたよ。寺は、あなたが見た通り戸が閉まっていて誰もいませんでしたから。……あなたはどうして田辺悦雲のことをご存じなんですか?」

「実は、ぼくも今朝早く布田の祥雲寺まで行ってきたんです。そしてあそこの若い坊さんに会って、住職が昨日から秋野村の瑞禅寺に行っていることを聞いたんです」

「おや、そうでしたか」

葉山良太は首を傾《かし》げた。

その表情がちょっとずるそうにも映る。実際は和尚に遇ったのにそれを隠しているようにに思えるのだ。

「それはおかしいですな。もし和尚があの寺に行っているんでしたら、当然ぼくと会わなければならないんですがね」

葉山良太は、考えるような眼つきをしていたが、

「もしかすると、布田の祥雲寺の若い坊主があなたに嘘をついたんじゃないでしょうか?」

それは考えられないことではないが、しかし、あのときの坊主の表情には虚偽はないと宮脇は信じている。

「そんなことはないと思いますがね」

しかし、田辺悦雲が留守の坊主に嘘をついて、どこかに行ったということも考えられる。悦雲が千倉練太郎と連絡をとっているのだったら、その隠れ家に行ったという推定

もあり得るのだ。

宮脇は葉山に、秋芳武治と報国生命の関係、その会社の支店・営業所網から千倉練太郎に出ている生活費補給の線などの推定をよほど言って聞かせようかと思った。しかし、待て待て、それはまだ早い。もう少し対手の反応を見てからにしようと思い直した。

「今日は日帰りでしたがね」

葉山良太は宮脇の思惑など気づかずに先ほどの話の続きをした。

「秋野村を見たのは、思いがけない収穫でした。とにかく、眼の保養をしてきましたよ。そうそう、あなたの話を聞いていたものだから、特に興味が深かったのですね。あなたがバスの中で眺めたという土葬の墓場も見たし、新築の農家も見ました」

葉山良太は、感想を続けた。

「ぼくは、その新築の農家までわざわざ行って見ましたよ」

「ほう、わざわざですか?」

「わざわざです」

葉山良太はうなずいた。

「ぼくは、これでも民俗学に興味を持っているんですよ。ですから、古いところでは柳田国男さんの著書なんか、ずいぶん読んだし、日本の民家について書かれた今和次郎さんの本なんか面白かったです。そんな興味があったので、秋野村の民家の様式に心を惹かれました。同じ関東地方といっても、山梨県の奥地は、完全に信州グループに入っているようですね」

何を呑気なことを言っているのかと、宮脇はまたいらいらしてきた。そんなことよりも、この事件のことをもっと考えなければならないのに、ゆうゆうと勝手なことをしゃべっている。

「そうですか」

宮脇平助は興味のない相槌を打った。

「ぼくはこの機会だと思って、その新築された農家にも行って家の人にも会い、いろいろ話を聞きました。参考になりましたよ。なにしろ、本で知ったことを実地に見るのですから、これは面白いです。……そんな具合できょう午後五時にあなたにお目にかかる約束がなかったら、もう少しのんびりとあの辺を回って見てくるところでした」

「それはお気の毒でしたね」

宮脇は多少むっとした。葉山の恩きせがましい言葉が癪《しやく》にさわる。

「それはそうと、話が違いますが」

こうなったら単刀直入に訊くほかはない。

「あなたは尾鷲に残っていろいろ調べられたでしょうが、あそこに報国生命の営業所があったでしょう。そこに行ってみましたか?」

「生命保険ですって？」

葉山良太は不思議そうな眼つきで宮脇を見た。

「それはあったかも知れませんね。保険会社と新聞の販売店は全国どこにもありますから」

葉山は、その話題に格別な反応を示さなかった。

さすがの葉山良太も、秋芳と報国生命の線には気がつかないとみえる。

宮脇は心の中で何となくほくそえんだ。

葉山良太は心なしかしょぼんとした顔をしている。しかし宮脇は、そう微笑してばかりいられなかった。葉山に優越心を持ったからといって問題の解決にはならない。

「田辺悦雲が秋野村に行ってないとすると、一体、どこに行ったんでしょうな？」

宮脇は不審気に対手の意見を求めた。

「そうですね」

葉山も元気のない顔で考えている。

「留守の者に嘘をついたところなんか変ですね」

と言ったが、いつもだったら、もっと彼はそれについて活潑な意見を出すところだった。だが、今日は気乗りのしないような顔で、それきりぽつんと黙ってしまった。

収穫がないのと、日帰りで甲州の山奥まで行って来た疲れとで、葉山も意気が揚がらないとみえる。

「ずいぶん、お疲れのようですな」

宮脇は、今日はこれで葉山と別れることに決めた。

「ええ、何となくね」

葉山良太は自分の頬をさすっている。

「では、また、お会いしましょうか？」

「そうですね」

葉山もそれを待っていたふうに起ち上がった。

「今度は、ぼくのほうからあなたに連絡しますよ」

別れ際に葉山はそう言った。

「失敬」

葉山良太はぴょこんと宮脇に頭を動かすと、そのまま人混みの中に消えて行った。

宮脇は、その後ろ姿が何となくこそこそと逃げるような感じがした。今まではなかったことだ。よほど今日は参っているとみえる。

宮脇平助は一人で群衆の中に混じって、西口から歌舞伎《かぶき》町のほうへ流れた。群衆の中の孤独ということがあるが、今の宮脇平助がそうだった。人の間に挟まりながら歩いているのだが、心は全くあたりの景色から離れていた。

――田辺悦雲はどこに行ったのだろうか。もし、葉山良太の言うことが本当だったら、悦雲は留守の坊主に嘘をついている。

してみると、悦雲は自分の行動を他人に知られては困るような所に行っていることになる。秋野村にゆくという口実ならば、少なくとも三、四日ぐらいは東京を留守にしてもいい。

三、四日間の行動……これは一体何を意味するだろうか。もしかすると、千倉練太郎の隠れ家に連絡に行ったのではないか。すると、それは東京から三、四日ぐらいの日数の必要な地方ということになる。

あるいは、また静岡県の奥地へ行ったのではあるまいか。そう何度も説教旅行ということはあり得ないから、電話で連絡の取れない秋野村の寺にゆくという体裁を作ったのではあるまいか。

千倉練太郎の現在の隠れ家は、東京よりひどく離れた場所になっていることが分かる。田辺悦雲の行動から逆に想像すると、そうなるのだ。

ところが、もし、この推定が実際と合っていれば、田辺悦雲は秋芳武治と連絡を取っていることになるわけだ。秋芳としても、そう秘密な連絡まで自社の営業所員なんかに命じられないはずだから、生活費の補給とは別に秘密な伝書使というものが必要になってくる。田辺悦雲が最も目立たない位置からして、その役目に当たっているようにも思われる。

　では、田辺悦雲はどこで秋芳派と連絡を取っているのだろうか。まさか秋芳武治自身が住職に会っているとは思えないから、秋芳の腹心の誰かが親分の意を受けて、千倉との連絡を頼んでいるように察しられる。

　いつの間にかコマ劇場の前まで来た。

　べつに行く所もないので、宮脇はまた脚を電車通りに向け直した。

　今度は別な道を歩いていたが、この辺は小さなバーだの、小料理屋だのが多い。

　ふと見ると、その家並びの途中で、裸電球をつけながら板囲いの中で人夫が働いていた。また一軒新しいバーかキャバレーが出来るらしい。マンボズボンの若い者が女の子のような赤いセーターを着て、三、四人屯《たむろ》している。

　新築のことで思い出したが、葉山良太の話の中に、秋野村の帰りに農家の新築を見に行ったというくだりがあった。宮脇はそれをバスの中から見ただけだが、葉山はわざわざその家を訪ねたというのだ。生かじりの民俗学か何かの興味で家の中をのぞきに行ったというのだが、あれは何も収穫がなかったので、照れ隠しに宮脇の前にそんな話を持ち出したのだろう。

20

翌る日の朝、宮脇平助は三重県の尾鷲の駅に降りていた。

問題はどうしても尾鷲から解かねばならぬ。南田広市の死体を蒲団詰めにして発送した地点が、やはりこの事件のカナメとなっている。昨夜、新宿の街を歩いて、急にここに来ることを思い立ったのだ。

もう一つは、葉山良太はしらばっくれているが、たしかに、あの男、一人だけここに残って、何かを摑んだように思っている。その点も出来る限り自分の手でやってみたい。早く葉山良太と同一線上に並ばなければならないのだ。

昨夜は俄かの思い立ちなので、汽車の寝台も取れなかった。一晩中、固い座席で不自由な睡り方をしたので、身体の節ぶしが痛い。

宮脇は市内地図で調べておいた通りの道順で、まっすぐに「報国生命」の営業所へ向かった。

今度は、柳原旅館のある所とは反対の方角になっていて、海に向かうのだ。踏切を渡ると、ほぼ徒歩で十分余りの距離に目的の看板を見つけることが出来た。

そのあたりは商店もあるが、大体、各会社の支店だとか、蒲鉾《かまぼこ》問屋だとか、信用金庫だとか、倉庫だとか、要するに、小売屋でない大きな店が並んでいる。

さすがに漁港だけに船の道具を売る店も多かった。報国生命の営業所も、隣が船具を売る店で、階下《した》がその倉庫になっている。つまり、よその倉庫の二階を借りているのが保険会社の出張所だった。狭い階段が横手に付いていて、道路からじかに階上へ上がるようになっている。

看板はその階段の入口に下がっているのだが、黒ずんだ板に「報国生命保険株式会社尾鷲営業所」と筆太な字が一行に書き下してある。

二階を見上げると、さすがに営業所らしい体裁だが、階下の倉庫は板壁に狭い窓が陰気そうに閉じられてあるだけだった。

大体地図を見て見当をつけたのだが、実際に来て見ると、駅からここまで歩いて約十分で、一方の柳原旅館も駅から反対側に歩いてほぼ十分ぐらいだ。つまり、駅を中心にして南北に等距離となっている。

これでは、やはり柳原旅館を目標にして南田広市がここまで来たという想定は不自然になってくる。

ところで、宮脇平助は、この狭苦しい木製の階段を上って営業所に顔を出そうかと思ったが、どうも入りにくい。それは、そこが二階だというだけではなく、彼が土地の人間でないというひけ目だ。他所《よそ》者がここで生命保険の申込みをするはずもないし、それに、うかつに先方に顔を憶えられるのもあとの都合が考えられる。

階上の事務所に顔を出すのはあとでも出来ると思って、建物の様子をしばらく眺めていると、隣の船具屋の店員らしい男が、赤い棕櫚《しゅろ》のロープの輪を抱えながら表へ出て来た。

店員は自転車の荷台にそれを載せていたが、胡散《うさん》くさそうに宮脇の立姿を眺めている。見馴れない男がそこに佇んでじろじろと建物を眺め回しているのだから妙に思ったのかもしれない。

宮脇平助は仕方がないので、その店員が立ち去るまで、報国生命保険の看板を見ていた。看板はかなり古びていたが、最近洗ったものらしくきれいになっている。

ここで気づいたのだが、ほかの店の看板を見ると、どれもが埃を被って汚ならしい。この通りは真直ぐにゆくと魚市場に出るはずだから、往来はオート三輪車やトラックの往復が多いとみえ、どの家の表も埃っぽくなっている。従って看板も汚れているのだ。

この生命保険の看板だけがきれいに洗われた跡があるのは、この営業所の人がよほどきれい好きな性格とみえた。それとも、客を惹きつける商売だからという配慮があるのかもしれない。

宮脇が突っ立っていると、隣の店員も彼のほうを偸《ぬす》み見しながら、荷台に括《くく》りつけたロープの紐を結んでいる。その動作がいかにもわざとらしい。つまり、故意に手間を取って宮脇の様子を窺《うかが》っているように思える。

仕方がないので、宮脇平助はそこを離れてぶらぶらと駅の方へ向かった。田舎の人は土地の者でない人間に好奇心が強いと見えた。

踏切を渡った。駅は左手に曲がってすぐだ。

ここから先は、前に一度来たことがあるので様子が分かる。

宮脇は柳原旅館のほうへ歩き出した。もし、南田広市が報国生命保険を目的に行ったのであれば、なぜ、柳原旅館が途中の目じるしになったのか、その辺の手がかりを得なければならぬ。

宮脇平助は柳原旅館の近くに出た。

例の梅原薬局がある。この辺の風景は、この前見た通りだった。あのときは葉山良太が薬屋の中に入って何か訊いていて、それを表に立ってぼんやりと眺めただけだったが、今度は新しい眼になって通りの家並を眺めた。

前と少しも変わっていない。町田医院、つるや料理店、萩原材木店、××銀行尾鷲支店、北原商事尾鷲出張所、大川金属工業支店、山口洋服店、太田自転車店などの看板が、永遠不動の象徴のように両側に並んでいる。それぞれの家の構えもどっしりとしている。いかにもこの旧い町に似つかわしげな伝統を感じさせていた。

宮脇平助は梅原薬局に入った。この前、葉山良太が訊ねていた主婦が、ちょうど、店番をしている。

「この前、東京から来た人間が、お宅で何か訊いたようですが」

と宮脇平助は主婦に言った。

こまごまとした説明にてまどったが、ようやくその意味が対手に通じた。

「あれは、一体、何を訊いていたんですか？　変なことを伺うようですが」

「ああ、あれですか」

主婦はすぐに言った。

「この辺に住んでる人で、最近、よそからここに越して来た人はいないか、と訊かれたんです」

やっぱりそうだった。

「それで、どんなふうにお答えになりましたか？」

「この町は昔から変わりようがないんです。ですから、そんな引越しなどはありません、と答えました」

「なるほど、それだけですか？」

「ええ、ほかに言いようがありませんよ」

「ほかに何か訊きませんでしたか？」

「そうですね」

主婦はちょっと考えていたが、

「そういえば、この近くに報国生命の営業所はないか、とお訊きになりましたわ」

「なに、報国生命ですって」

宮脇平助はいきなり顔を殴られたような思いになった。

「あの男が、はっきりとそう訊いたんですか？」

「ええ、そうですよ。ですから、その場所をお教えしました。ここの近所にはないけれど、その保険会社だったら、明治通りにありますから、それを詳しく言って上げました。明治通りはこの町とはまるきり反対で、線路の向こう側なんです。海岸の近くですからね」

「そ、そうしたら、その男はどう言いましたか？」

「何もおっしゃいませんでしたわ。お礼を言ってすぐ出てゆかれました」

宮脇平助はふらふらと薬屋を出た。

宮脇平助は眼の前で葉山良太がニヤニヤと嗤《わら》う顔を思い泛べた。

こちらが内心得意になっているのに、あの男は何もかも知っていて、わざととぼけた顔をしていたのだった。それだけではない。報国生命の名前を宮脇が口に出すと、

《田舎のちょっとした店でも保険の代理店ぐらいはやってますからな》

とこともなげな顔つきをした。あの表情も、あいつの策略だったのか。

宮脇平助が報国生命の存在に気がついたのは、二、三日前のことだ。しかるに、葉山は、この尾鷲に来たときから、すでにその線を知っている。

何ということだ。——宮脇は自分の頭を拳で叩きたくなった。それから、打ちのめされたような気持ちになって、のろのろとその町を歩いた。

ここまで分かると、葉山が突然秋野村に飛んだのは、単なる思いつきではないことが分かる。あの男は、何か確信があってあの地方に出かけたのだ。

秋野村に行っても何も収穫がなかったように葉山は言ったが、それは嘘だ。景色がいいので眼の保養になっただの、民俗学の興味で民家を見に行っただの、いい加減な御託《ごたく》を並べていたが、あれだって明らかにごまかしだ。宮脇は自分の人の好さを思いしらされた。

それにしても、葉山良太の料簡《りょうけん》が分からない。なぜ宮脇に真実を教えないのだろうか。

それを葉山良太の単純な功名心だけに帰していいだろうか。その裏に彼の特別な魂胆はないのだろうか。もしあるとすれば、一体それは何だろうか。

疑問は次々に湧く。それが重なるにつれて、葉山良太という人物の正体が宮脇にはいよいよ不可解になってきた。

宮脇はいつの間にか、警察署の前に出ていた。

あの事件は、その後、捜査側でどのように発展しているか分かっていない。東京の新聞にはあれきり記事が出ていないので、その後の模様も知りたい。

彼はこの前に面会した捜査課の警部補に会った。

「やあ、またこちらにいらしたんですか？」

警部補は宮脇の顔をおぼえてくれていた。

「ええ、ついでがあったものですから」

まさかわざわざ調査にきたとは言えないのでそうごまかしておいた。

「ところで警部補さん。この間の事件はどうなりましたか。何か新しい事実が分かりましたか？」

「そうですね」

警部補は、とたんに浮かぬ顔になった。

「あんまり、その後の発展はないのですがね。実は困っているんです。キメ手だと思っていた包装用に使った古蒲団の出所がまだ摑めないんですよ」

警部補の表情は弱り切っていた。

「普通、常識として、死体を包んだ蒲団からすぐに足がつくもんですがね。われわれもそう思って楽観していたんです」

警部補は宮脇に言う。

「今度の事件では、犯人がいろいろとボロを残しているようにみえます。今の蒲団の一件もそうですが、荷札にはちゃんと送り先を書いている。その筆蹟も捜査の有力な資料となっているんです。ところが、案に相違して、蒲団生地のことも何も手がかりがないのです。むろん、当地から東京に向けて送ったんですから、蒲団生地はこちらの品物と思って捜《さが》したんですが、さっぱり、どこの店で売られたか摑めません。かなり使い古されていることも捜査の困難になっています」

警部補は額に指を当てていた。

「東京から送られて来たんじゃないですか?」

宮脇平助は、死体が三日間もこの尾鷲市内のどこかに置かれていた理由をかねてから考えている。それは、東京からくる蒲団包みの到着を待っていたのではないかとも思われるからだ。

「いや、東京のほうも全然手がかりがないんです。事件の前後に発送されたものを全部調べてみたんですが、やっぱり分かりません」

すると、包装用の蒲団は、尾鷲市内か、その周辺の犯行現場にあったものと思われているのだ。だが、警部補の答えは、それも摑めていないというのだった。

「次に荷札の書体ですが、犯人はわざと左手で書いています。したがって、筆蹟から被疑者を割り出すことはむずかしいんです。それもはっきりと被疑者が決まっていれば、また筆蹟の鑑定のしようもありますが、何もそれらしい人間が捜査線上に浮かんでいないのだから、今のところ筆蹟からの割り出しは絶望です」

「しかし、その死体包みを送った人間は、こちらの駅員が見ているはずですがね」

「それもやっぱり誰だか分からないままになっています。犯人はどうも土地の人間ではなさそうですね」

「他所《よそ》から入り込んだ人間ですか？」

「多分、そのように思われます。一番考えられるのは、それが東京の人間ということで、こちらのほうからも捜査員を上京させて、警視庁の協力で捜査を続行したんですが、むなしく引揚げてきました。いや、全く参りましたよ」

警部補の話を聞いていると、この事件の捜査を、最初、かなり楽観的にみていたようだった。それは尤もなことで、死体を包んだ蒲団、荷札の筆蹟、駅に荷物を送りにきた人物、と手がかりになりそうな条件が揃っている。

土地の警察が当初、事件は早急に解決できると見当をつけたのも無理はない。だが、この安易な考え方がかえって捜査をこじらせたといえる。

「それでは、迷宮入りの公算が強いわけですか？」

宮脇が訊くと、警部補は嫌な顔をした。

「まだ今のところ、はっきりとそう決まっていません。われわれは最後まで努力をするつもりです。しかし、いま非常に困難な目にあってるということはたしかですな」

「死体を発送する作業だけがこの土地で行なわれたという考え方はありませんか？　つまり、殺人はよその土地で行ない、そこで蒲団包みにして、この尾鷲駅から送ったという考え方です」

「さあ、それはどうでしょうか。この尾鷲を除くと、ほかの土地はみんな人口の少ない田舎ですからね。かえってそういう場所の犯行は目立つんじゃないでしょうか。それに、荷物を田舎から尾鷲駅まで運んだとなれば、田舎道の途中で誰か目撃者があるわけです。しかし尾鷲市内でその場所の発見が出来ないのですから、お説のようなこともあり得るとみて、ずっと両面捜査を行なってきました」

「死体は死後三日間を経て発送されていますが、この点はどうですか？」

「むずかしい問題ですね。普通ならば、殺してすぐに死体を送りますね。ところが、この犯人は殺してから三日間も死体を放置している。なぜそんなことをしたのか、その理由がよく分かりません。死体を蒲団包みにして東京に送りつけているのは、つまり、死体の処置に困ったからでしょう。こういう意味で、三日間も死体を或る場所に放置していたのは、同じく始末に困っていたのでしょうね」

「ははあ。すると、結局、蒲団包みにしたというのは、犯人が死体の処置を考えあぐねた結果というわけですか？」

「そうわたしたちは取っています」

「それだと、死体の置場所が問題ですね。まさか他人の家に置くわけにはいかないから、これは自宅ということになるでしょう。でなかったら、戸外の人目につかない場所でしょうね」

「全くあなたと同じ意見です。しかし、この辺は都会と違って人口の移動がありませんから、自宅で兇行を行なったとすると、もちろん、土地の人間ということになります。だが土地の人間と、被害者の南田さんとのつながりが、どうしても出てこないんです。なにしろ、南田さんは、この土地には初めての人ですからね、どこにも縁故がないのです」

「すると、よその人間がこの土地に来て、どこかの家を借りて兇行を行なったということになりますか？」

「荷物を発送したのが土地の人間でないので、その線が一番強く考えられます。それが、先ほど申しましたように、この土地の特殊性を考えて結びつかないのですよ。つまり、この街に住んでいる人は、みんな旧くからの居住者で、身元が全部分かっています。よその人間に、一戸の家を貸したり、あるいは間借りなりをさせていたら、すぐにも近所に分かることです。事実、われわれが調べて、そんな家は一軒もなかったのですから」

「では、殺人現場も、死体を三日間も置いた所も、戸外ということですね？」

「それも調べています。大勢の人間を使って山の中までも捜索したのですが、それらしい形跡は見つかりませんでした」

宮脇平助は警察署を出て街を歩いた。

せっかく遠いところをここまで来たのだ。もう一度柳原旅館の近くに行ってみることにした。

実際、旅館のあたりは旧い家ばかりが並んでいて、二代も三代も前から居ついているような構えである。警部補の言う通り、この辺で家を他人に貸せば、それはすぐに噂になってしまうだろうし、また、他人《ひと》に部屋を貸しても同じ結果であろう。隣家の事情が分からない東京の生活とは違う。地方ではかなり遠方の出来事でもまるで近所のように知れ渡る。

だが、南田広市がこの土地で殺され、この駅から死体を蒲団包みにされて東京に送り返されたことは現実の事実である。だから、問題は、犯人の幻像の追及よりも、兇行現場を求めたほうが早道のようである。

宮脇平助は柳原旅館を中心にして、その辺の街をぐるぐる歩いたが、さっぱり見当がつかない。古めかしい看板が眼につくだけだった。

やはり疑点は、あの報国生命の営業所にあるようだ。南田広市が、もし千倉練太郎と会うためにこの街に来たとすれば、報国生命の営業所が一番有力な存在となる。だが、まさか報国生命の事務所で兇行が行なわれたとは思えない。なぜなら、この生命保険の営業所は、単に秋芳が千倉への資金の補給連絡機関として利用しているだけで、殺しまで社員に頼めるはずはないのだ。

かりに、この保険会社に死体を三日間置いていたとしても、そこには、ほかの従業員も多数いることだから、すぐに感づかれる。最も自然な考えは、報国生命の事務所に千倉練太郎自身が待っていて、南田広市と出遇《であ》ったことだ。それから、千倉は南田を伴っていずれかへ連れ去る。それが何処だか分からないが、とにかく、或る場所で南田は殺害され、蒲団包みに梱包《こんぽう》されて尾鷲駅から託送される。

だが、この場合も、南田が連れ込まれたその第二の現場が同じように謎となってくる。次に、千倉練太郎は相当な老人だ。南田広市は五十を過ぎているが、千倉に比べれば、ずっと若い。その南田が年寄の千倉練太郎にむざむざと殺されるだろうかという疑いだ。しかしこれはほかの共犯者を設定すればいい。現に蒲団包みを尾鷲駅に持って来たのは、二十七、八歳の若い男だったというではないか。だから千倉と南田との年齢の差はあまり問題とならない。

それから、前にも考えた通り、最大の矛盾は、南田広市が柳原旅館を目標にしていたことだ。もし、南田の実際の行先が報国生命の出張所だったら、旅館の場所は全然逆になっているから目標の意義はない。

《待て待て》

宮脇平助は歩きながら考えた。

《もしかすると、南田広市は柳原旅館の前で誰かと待合わせ、それから報国生命の出張所に向かったのではあるまいか》

これだと、南田広市が訪ねてこなかったという柳原旅館の証言も同時にうなずけるわけだ。多分、犯人と南田広市との間には、汽車の到着時間の打合わせまで出来ていたに違いないから、これは大いにあり得る。

《いやいや、これでも不自然だ》

と彼は自分の考えを叩き潰《つぶ》した。

なぜなら、もし、誰かが南田広市の到着を待っているのだったら、なにもわざわざ旅館まで来ることはない。駅で待合わせるのが一番手取り早いのだ。

駅は人目にふれやすいという欠点もあるが、それなら、わざわざ柳原旅館までゆかなくても、もっと駅から近い場所が択《えら》ばれてもいい。そのほうが、この土地に初めての人間にもずっと早分かりする。

こうは考えたものの、宮脇平助はまだ柳原旅館の目標の意義を捨て切れないでいる。いや、南田広市が現に同旅館の名前を駅員の一人に訊いているのだから、この旅館の存在は絶対に無視できない。

宮脇は柳原旅館に入った。前にも来ているので、女中も彼の顔を知っていた。

宮脇は昼飯を食べながらその女中を呼んで、あれ以来変わった話はないか、と言うと女中は首を振った。

「あの日の午後五時十分から三十分までの間、この旅館の前で、誰かが人待ち顔で立っていたということはなかったかね？」

「いいえ、見かけませんでしたよ」

午後五時十分から三十分の間というのは、南田広市が尾鷲駅に降りてここに来たという推定時間だ。

「では、この旅館の近くで、被害者らしい人が誰かと立ち話をしていたということもなかったのかね？」

「いいえ、ありませんでしたわ」

女中は言下に答えた。

「ほう、おかしいじゃないか。どうしてそんなことがすぐ答えられるのかね？」

「だって、あなたと同じようなことを前に訊いた人がいるんですもの。それに、警察でもこの近所をシラミ潰しに片っ端から聞込みをやってましたわ」

「誰だい、ぼくの前に訊ねたという人は？」

「あら、旦那さまとここにみえた人ですよ」

またしても葉山良太だ。宮脇は、ここでも、また葉山が自分を出し抜いていることを知らされた。

これでは、まるで彼が葉山のあとから芸もなく歩いているのと同じだった。

「ここに報国生命保険の営業所があるだろう？」

宮脇は女中に訊いた。

「はい、ございます」

女中はおかしそうに微笑している。

「そこの所長さんは何という名前か、君、知ってるかい？」

「ええ、知ってます。川田《かわだ》栄三郎《えいざぶろう》という人ですわ」

女中は忍び笑いをしていた。

「おや、何がおかしいのだ？」

「だって……旦那さまと前に一緒にこられたお客さんも、そんなことをお訊きになったんですもの」

宮脇は鼻白んだ。やっぱり葉山も同じことを考えていたのだ。

「あの男はあの男さ。ぼくはまた別に訊きたいんだが」

と彼は威厳を見せて言った。

「その川田さんという人の自宅は？」

「営業所のすぐ裏ですわ。そこが社宅みたいになってるんですの」

「ほう。すると、川田さんはいつごろこっちに来たのかね？」

「だいぶ古いほうですわ。ここには三年ぐらいになるんじゃないでしょうか」

「よく知ってるな」

「そりゃ、この街のことは何でも分かっていますわ」

「川田さんには、家族はいるのかね？」

「いらっしゃいます。奥さまと、子供さんが三人ですわ」

「その子供は、みんな大きいのかね？」

「一番上が、中学生だったと思います」

宮脇は、それでは川田の家で南田広市が殺されるわけはないと思った。家族が多ければ、そんな犯行は出来ないはずだ。

「報国生命というのは、社員が多いかね？」

「さあ、数はよく分かりませんが、なんでも、外交員や集金人を入れて二十人ぐらい、いらっしゃるんじゃないでしょうか」

この答を聞いて、やはり報国生命の事務所で行なわれることはあり得ないと推定した。

「この前ぼくと一緒に来たお客さんも、ぼくと同じような質問をしたのかい？」

「ええ、ほとんど同じようなことを訊かれましたわ。それで余計におかしくなったんです」

女中は本当に笑い出した。

宮脇平助は柳原旅館を怱々《そうそう》に出た。

葉山良太が、あのとき、あとに残って調べてみると言ったのも道理だった。あの男は全く単独で行動したのだ。どっちでもいいことだけは宮脇にしゃべっていたが、大事な点は一切内密にしている。

今度東京に帰って葉山良太と遇ったら、大いに抗議してやろうと思った。

ところで、ここの報国生命の営業所は、果して今度の事件にどの程度の役割を持たされていたのだろうか。葉山良太がここに残ったのは、おそらく、その点を追及したかったからに違いない。

だが、葉山良太の帰京後の様子を見ると、例の秋野村に行った以外は格別の動きがない。葉山をもってしても、この線はあまり成果が上がらなかったのかもしれない。いずれにしても、その川田という営業所長に会う必要を感じた。

彼はまた踏切を渡って海岸に近いほうへ歩いた。

「報国生命保険株式会社尾鷲営業所」の看板を横眼で見たが、この看板だけが洗ったようにきれいになっている。彼は狭い階段を上った。二階だが、板の床になっている。今度は最初から所長さんに会いたいと言うと、カウンターの正面に当の川田所長がいた。

四十七、八くらいの、いかにも田舎の営業所長といったような、律義《りちぎ》そうな人相だった。宮脇は、今度は保険の話など一切せず、いきなり訊いた。
「所長さんは、千倉練太郎さんという人を知っていますか？」

「千倉練太郎さんですって？」

正直そうな所長はぽかんとしていた。

「一体、その方はどういう人ですか？」

宮脇平助は、その所長の顔色から、彼が千倉を知っていないことを直感した。人間は咄嗟《とっさ》の質問で、大体、その表情が擬装かどうかは分かるのだ。この所長にはその反応が全然なかった。

ただ、宮脇のほうが打撃を受けたのは、所長の次に言った言葉だった。

「妙ですね。あなたと同じようなことを言った方がおられましたよ。ずっと前ですがね。その千倉とかいう人の名前を訊ねたのは、あなたで二回目です。一体、千倉さんというのはどんな人ですか？」

宮脇平助は営業所の狭い階段をとぼとぼと降りた。

この営業所は千倉とは関係がないのだ。考えてみると、千倉の逃走資金が全国の報国生命営業所のすべてから出ているとは限らない。つまり、千倉にとって必要と思われる地域の営業所だけが、その連絡に当たっていたわけだ。

したがって、この土地には千倉練太郎は資金の面で用がなかったのである。しかし、南田広市がこの土地を訪ねている。誰も知人のないこの地に、同行者に嘘までついて来ている。これはどう解釈したらいいか。

宮脇平助が、よその店よりきれいになっている報国生命の看板を尻目にかけて往来に出たとき、ふいと天啓のように脳裏に閃いたヒントがあった。

21

宮脇平助は、「報国生命保険株式会社尾鷲営業所」の看板から、もう一つの同じ文字に記憶が走った。これほど大きな看板ではないが、静岡県周智郡春野町大居の信養寺に行ったとき、寺の前の、荒物や雑貨や煙草や新聞販売など、いっしょくたにした店にも確かにかかっていた。

あのとき、その店のおかみさんに田辺悦雲のことを訊いたが、おかみさんの答はこういう事だった。

《和尚さんは六月八日に説教に来られて、一晩、ここに泊まり、九日の朝出発するときは、わたしもここで見ていたが、二人の坊さんに見送られておられました》

田辺悦雲は六月六日には川根町の正念寺で、七日には、周智郡三倉村の安養寺で説教し、八日には春野町の信養寺で同じく説教を行なった。そして九日の朝出立している。田辺悦雲の行動からすると、南田広市が殺害されたと思われる六月六日夜から七日朝にかけての時間、和尚は絶対に三重県尾鷲まで往復することは出来ない。

しかし、ここでふと頭に泛《うか》んだのは、田辺悦雲を信養寺の前で見送ったという二人の坊さんのことだ。

待てよ、これは少し考える必要がある。

宮脇は足を返して海のほうへ出た。魚市場がある。波止場には漁船が着いている。景色のいい所で、両方から差し出た岬が入江を囲うようにしている。湾の入口には小さな島が幾つか並んでいる。

漁村らしい小さな屋根が斜面の下に光っていたり、旗をいっぱい掲げた漁船が見えたりした。

——あの店のおかみさんの話では、悦雲和尚は二人の坊さんに見送られていたと言っていたが、もしかすると、それは悦雲の同行者ではなかったろうか。おそらく、おかみさんはその情景を最後まで見届けたわけではないだろう。ほんのちょっとした目撃程度で、そう判断したのではあるまいか。

もし、悦雲を見送っていたという坊さん二人が、ただ春野町だけではなく、その前の三倉村でも、川根町でも、ずっと悦雲と一緒だったらどうだろうか。悦雲は説教坊主として諸方の寺に頼まれて歩いているのだが、同行の坊さんがいても不思議はないはずだ。同行の坊さんといっても、布田の祥雲寺には番僧が留守居をしていたのだから、あの若い僧ではない。そうだ、これは苦労でも、もう一度、春野町まで行って来なければなるまい。どうせ東京に帰るのだ。東京直行を止めて、少しばかり遠回りをすればよい。この際、この点をはっきりとさせておくことだ。

宮脇は大急ぎで駅に向かった。港の風景が後ろに動いてゆくのを見ているうち、たちまちトンネルに入った。

独り旅の五時間は辛かった。週刊誌を買い込んで読んだが、それも二時間ともたない。あとの三時間をもてあました。

名古屋駅で降りて乗り換えの列車を待った。夜のホームでネオンに光る街を見下ろしたが、一人で佇《たたず》んでいると、同伴者や見送りを受けている旅客が羨《うらや》ましくなる。侘《わび》しいといえば、浜松に降りて当てずっぽうに入った旅館ではうら悲しい気持ちを味わわされた。あまりいい部屋には通されずに、壁には汚斑《しみ》が匍《は》い、畳は客の煙草に焦がされている。

遅く着いたので、女中もいい顔をしなかった。ひとりで蒲団にくるまっていると、汽車の汽笛が枕元に冴えて聞こえた。

それでも、昨夜からの疲れでぐっすりと睡った。眼を開けると眩しい朝陽が部屋に射し込んでいる。宮脇はここから私鉄に乗った。終点で降りてタクシーを頼んだ。また見憶えの山に接した。

春野町の信養寺の前に車を着けさせた。あのときは、二度とここに来る気遣いはないと思ったが、先のことは分からないものだ。宮脇は信養寺の高い石段を見上げたあと、見憶えの例の店に入った。

煙草を買うためにケースの前に立つと、店番がいない。二、三度声を出して、やっと奥からおかみさんが出て来たが、紛れもなくこの前の主婦だった。着物の上に黒い上っ張りを掛けている。

「今日は」

宮脇は代金を払いながら言った。

「またやって来ましたよ」

おばさんは、宮脇の顔をのぞいたあげく、やっと思い出したようだった。

「あなたは、いつぞや、煙草をお買いになった方でしたね」

宮脇はピースを五個買い求めた。店を見ると、農具や、荒物、雑貨、種物、何でも並んでいる。その前に、「報国生命保険株式会社春野町代理店」の看板と、「××新聞販売所」の看板とが二つ下がっている。この生命保険の看板の記憶が宮脇をまたこの土地に誘い寄せるきっかけを作らせたのだ。

「お宅は生命保険をお扱いになるんですか？」

彼は一本を口に咥《くわ》えた。おばさんはサービスにマッチを擦《す》ってくれる。

「はい」

「どなたがおやりになってるんですか？」

「わたしの主人がそのほうの仕事をしています」

「お一人でやってらっしゃるのはたいへんですね」

「いいえ、この町は小そうございますから、人を使うほどではありません。片手間ですよ。代理店という看板にはなっていますが、本当は、ただ契約だけをしているようなもんです」

「本社からは誰も来ませんか？」

「本社どころか、浜松の支社からもめったに人が来ません。契約といっても、月に五人とないくらいですから」

むろん、こんな店では千倉への生活資金補給網とは言えない。

「それはそうと、この間、おばさんから聞きましたね。ほら、東京から見えたお説教の坊さんのことですよ」

「ええ、ええ、あなたはそんなことをお訊きになりましたね」

おばさんはそれも憶えていた。

「そのときは、他の坊さんが二人、その説教にきた坊さんを見送っていたんですね?」

「ええ、あなたはよく憶えておられますね。たしかにそうでしたよ」

「その見送った坊さんというのが、若かったか、年寄りだったか、憶えてませんか?」

「そうですね」

おばさんはちょっと考えていたが、

「ここから見てだいぶ遠方だったから、はっきりと顔は分かりません。でも、そう言われると、一人の坊さんは年寄りのようだったし、一人は中年のようでしたね」

「もちろん、坊さんというと、頭を丸めていたでしょうね?」

「いいえ、それが、あなた、年寄りのほうは笠を被っておられましたよ」

「なに、笠を被っていた? では、顔は見えなかったわけですね」

「そうです」

「それで、どうして年寄りだということが分かりましたか」

「それは、身体の恰好で分かりますよ」

「腰が曲がっていたわけですか?」

「いいえ、腰が曲がらなくとも、脚の運び方とか、そんなことで若い人とは区別がつきます」

「なるほどね」

宮脇は少し考えて、

「それで、その説教の坊さんと挨拶するとき、見送りの年寄りの坊さんは笠を取っていましたか？」

「そうですね」

おばさんは記憶をまさぐるようにしていたが、

「いいえ、笠のほうはそのままだったように思いますよ。でも、どっちだったかな？はっきりとは憶えていませんが」

「憶えていないといえば、おばさんは、その見送りの坊さんが寺のほうに引き返しているのを見たんですか？」

「いいえ、それは見ませんでした。そんな挨拶をしてるのをちらっと見ただけです。ちょうど、そこに買物にきたお客さんがありましたので、そっちのほうへ行きましたからね」

やっぱりそうだった。自分の推定が当たったと思った。

「どうしてそんなことをお訊きになるんですか？」

おばさんはあまり同じことをきかれるので不思議そうな顔をした。

「いや、ちょっと坊さんのことで訊きたいんですよ」

おばさんは意味が解らなそうな顔だ。

「この寺の坊さんは、おいくつぐらいの方ですか？」

「もう、年配です。五十を過ぎていらっしゃいます。いい人ですよ」

「どうも有難う」

宮脇は、その店を離れて寺の石段に向かった。この前は寺を訪ねなかったので、今度が初めてだ。

高い石段を上り切った所に本堂があり、そのすぐ脇に庫裡《くり》が見えた。そちらへ脚を向けて、格子戸に手をかけた。

出て来たのは、白い着物を着た五十くらいの坊さんだが、すぐに住職と分かった。ここで社の名刺を出した。こんな場合は、これがいちばん手取り早い。しかし、対手の坊さんは名刺を眺めて愕いていた。

「どういうご用件ですか？」

と大きい眼を剝《む》いている。

「実は、こないだ、東京の布田の寺の住職をしておられる田辺悦雲さんが、こちらに説教に見えましたね？」

「はあ、お見えになりました」

「たしか、六月八日だと思いますが？」

「そうです、そうです。この寺に一泊されました」

「妙なことをお訊きしますが、悦雲さんがこの寺を出立されるとき、こちらの寺のどなたかが石段の下までお見送りされましたか？」

「そうですね、そういえば、一人だけ見送ったようです」

「一人？」

宮脇は訊いた。

「そりゃ妙ですね。二人じゃなかったんですか？」

「いいえ、一人でした。ちょうど、この寺に脚を止めていた、広島の或る寺の住職がお見送りしたようでした」

「しかし、悦雲さんを送ったのは二人だと聞いていますが、つまり、その広島の方と、もう一人はもっと年寄りで笠を被っておられたということですが」

「ああ、あの方ですか」

和尚はすらすらと言った。

「あれは、悦雲さんのお友だちですよ」

「ほう」

宮脇は躍る胸を抑えた。

「やっぱり坊さんですか？」

「そうです」

「どこの坊さんですか？……いや、こんなことを伺ってすみませんが、少し調べたいことがありますから」

「悦雲さんがどうかしたんですか？」

住職が不安そうな眼を上げた。

「悦雲さんがどうというわけじゃないんですが、ちょっと事情があるんです。しかし大したことではありませんからどうかご心配なさらないで下さい」

「そういえば」

住職はちょっと暗い顔をした。

「悦雲さんは、その坊さんがどこの寺の人だかはっきり言わなかったですな。なんでも、山梨県の山奥の寺だということだけでした」

悦雲は自分が面倒をみている秋野村の寺を何となく当てはめたらしい。

「坊さんの年齢はいくつぐらいでしたか？」

「そうですね、六十五、六ぐらいでしょうか。えらく疲れておられたようですが」

「その坊さんはお経を上げましたか？」

「自分でも、ひどく疲れているから、おつとめのほうは堪忍してもらいたい、と言って悦雲さんの部屋にずっと休んでいました」

「その坊さんは悦雲さんと一緒に、八日の日にこちらに来たんですか？」

「日は同じでしたが、その年寄りの坊さんのほうだけはあとから到着されました」

「なに、あとから？　それは何時ごろでしたか？」

「もう、昏《く》れていましたから、六時ごろだったと思いますね。ちょうど、悦雲さんが昼間の説教を終わったあとぐらいでしたから」

「すると、この寺には悦雲さんを訪ねて来たわけですね」

「むろん、そうです。わたしは知らない人ですから。名前もはっきり聞いていません」

宮脇平助は、この老僧の到着時間と、尾鷲の兇行時間とを勘定した。

「その年寄りの坊さんは、和尚さんが見て、本当の坊さんだったかどうか分かりませんか？」

「そうですね」

住職は困ったような表情をした。

「実は、わたしもその点が気がかりになっています。というのは、あなたのおっしゃるように、真からの僧とは思えないところがありましたからね。恰好だけは旅僧の姿でしたが、動作が素人くさいようで……あなたにこうして何もかもおしゃべりしていますが、実は悦雲さんから、その坊さんのことは誰にも言ってくれるな、と口止めされているんですよ」

「ほう」

それがどうして約束を破ったのか、と宮脇が住職を見つめると、住職も彼の表情に気づいてか、間の悪そうな顔をした。

「どうも悦雲さんの話がおかしいので、わたしも妙だと思っていたんです。これは約束はしたが、あんまり匿《かく》しだてをしてもいけないと思って、あなたに言ってしまったんですよ」

宮脇は名刺入れを出して、中に挿し込んでいる新聞の切り抜きを取り出した。

「その坊さんというのは、こういう顔じゃなかったですか？」

新聞の顔写真に付いている「千倉練太郎」の活字をわざと切り落としている。

「あっ、この人です」

住職はひと目見て叫んだ。

「この通りの顔でしたよ。ただ、これよりも痩せて、もっと年取っていました。こんなに元気そうじゃなかったです。でも、人違いではありません」

「間違いありませんか？」

「ありません。しかし、この人が、何か悪いことをしたんですか？」

住職も写真が新聞の切り抜きなのでびっくりしていた。

「いやいや、そんなに悪いことをしたというほどではありません。ただちょっと事情があるんです。ところで、この年寄りの坊さんは、九日朝、田辺悦雲師と一緒にこの寺を出たわけですね？」

「はあ、そうです。でも、寺を出てから、二人は別れたようですよ」

それで初めて解けた。千倉練太郎は八日の晩だけこの寺に泊まって、あとはまた一人になってどこかへ行ったのだ。

すると、前の晩、つまり七日の夜の三倉村安養寺と、その前日六日の川根町正念寺が問題となってくる。この二つの寺に、千倉練太郎が坊主姿になって悦雲と同行していれば、千倉は尾鷲の殺人事件にはアリバイがあるのだ。宮脇平助は信養寺を飛び出して、大急ぎで三倉村と川根町を回った。安養寺でも、正念寺でも、住職の答は一つだった。

「いいえ、悦雲さんは当寺にはたった一人でお見えになりましたよ。同行の方はおられませんでした」

では、正念寺の前日の岡部町ではどうだったろうか。つまり、六月五日だ。

宮脇平助が焼津《やいづ》から車をとばして岡部の街についた時は夜になっていた。

「説教に見えた、東京の田辺悦雲さんですか」

と広幡寺の住職は宮脇に会って答えた。

「一人ではありませんでしたよ。自分の友だちだと言って、年寄りの僧を伴れて当寺にお見えになりました。ええ、わたしのほうはお二人ともお泊めしましたよ」

22

宮脇平助は東京に帰った。さすがの彼も少し痩せた。尾鷲から静岡県の奥地を強行軍で回って来たので、疲労が強い。しかし、気持ちは張り切っていた。彼はその慌《あわただ》しい旅行で千倉練太郎の存在を確かめたと思った。

ことに春野町信養寺に行ったときは、そこの住職が、田辺悦雲と一緒に当寺で一夜を過ごしたのは確かにこの人だ、と千倉練太郎の写真を見て断言したのである。

田辺悦雲の説教行脚《あんぎや》の日程をもう一度振り返ってみよう。

岡部町広幡寺｛六月五日到着午前十時
　　　　　　　六月六日出発午前九時（同行者あり）
川根町正念寺｛六月六日到着午前十時半
　　　　　　　六月七日出発午前九時半（同行者なし）
三倉村安養寺｛六月七日到着午前十一時半
　　　　　　　六月八日出発午前十一時（同行者なし）
春野町信養寺｛六月八日到着正午
　　　　　　　六月九日出発午前九時半（同行者あり）

この悦雲の同行者というのは、もちろん、千倉練太郎のことである。これは写真を見てそれぞれ確認しているから間違いはない。

この表でも分かる通り、千倉練太郎は悦雲に従《つ》いて岡部町を六日の午前九時に出発している。彼が再び悦雲と一緒になったのは八日の信養寺である。一方、尾鷲の犯行は六日の深夜から七日の未明にかけてと推定されるから、坊主に化けた千倉練太郎が以上の表で空白になっているのと照応する。

千倉練太郎は悦雲の法衣の下に隠れて南田広市を殺害したのだ。尾鷲に南田広市を引きつけたのは、思いもよらない遠距離の犯行を考えたからであろう。もっとも、この場合、南田広市の死体を詰めた蒲団包みを尾鷲駅から出したのは若い男だから、千倉には共犯者があったと思わねばならない。その共犯者の線から尾鷲が択《えら》ばれたといえば、説明がつかぬこともない。

実際の犯行現場や動機はまだすっかり解明されないにしても、南田広市を殺した犯人が千倉練太郎だったということは、このアリバイ表を見てもはっきりと分かる。千倉は南田を尾鷲におびき寄せたのだが、その犯行に間に合うよう六日の午前九時に岡部町広幡寺を出発して現地に向かったと思われる。従って犯行を済ませると、何喰わぬ顔で尾鷲から春野町信養寺に八日の夕方の六時ごろ入り、再び悦雲の連《つ》れに化けている。

こうなると、もはや、田辺悦雲が千倉練太郎と共謀者であったことは分かる。直接には犯行を手伝わなくとも、事情を知って、僧形になった千倉の同行を許したであろうか。共犯者という点では動かせないのだ。これには誰も気がつかなかった。犯行地に近い所まで僧形という隠れ蓑《みの》を着て悦雲の説教行脚の連れになったところなど、なかなかの工夫である。

ただ、この事情を知っている者が一人いる。それは南田広市の娘菊子だ。

その証拠に、彼女は尾鷲の警察署に参考人として出頭したあと姿を消している。現地に行って、あの柳原旅館に立ち寄らなかったのも、彼女が父親の実際の行先を知っていたからだと思える。おそらく、広市は誘い出される前に、菊子には内情を打ち明けていたのではあるまいか。彼女の失踪もそれと無縁ではない。こうなると、宮脇は葉山良太にぜひ会いたかった。あの男は、尾鷲では確かに何かを握ったと思う。千倉練太郎の行動も、あの男は摑んでいたのではあるまいか。

尾鷲市内のいかなる場所に千倉が現われたか、あの男はほぼ見当をつけているのではあるまいか。

宮脇は社の同僚に訊いた。

「ぼくの留守に、どこからか電話が掛かって来なかったかい」

誰も知らないというのだ。

宮脇は丸二日も東京を留守にしているので、普通だったら、葉山から必ず電話が掛かって来なければならないはずだ。

「そうそう、飲み屋の借金催促の電話は、二つばかりあったがね」

同僚は冷やかした。

「おかしいな。葉山という人だがね。そういう名前で掛かって来なかったかな?」

宮脇は何度も念を押した。

葉山良太はなぜ電話をしてくれないのだろう? 新宿駅で別れて以来連絡を絶っている。宮脇の眼には雑踏の中にこそこそと消えた彼の後ろ姿が蘇った。

だが、葉山のことばかり当てにしてはいられない。

宮脇は一刻も早く布田の祥雲寺に行って悦雲和尚に当たらねばならなかった。むろん、最初から正面切って質問するのではなく、横からじわじわと攻めてみるのだ。

彼は社を飛び出して、大急ぎで京王新宿駅に駆けつけた。タクシーを飛ばすよりも近ごろの混雑では電車のほうがずっと早い。

電車の中でも疑問の点が雲のように湧いてくる。千倉練太郎はなぜ南田広市を殺したのだろうか。この動機がさっぱり分からない。南田広市は千倉と共に秋芳武治の後援者だ。現に南田も秋芳派のために運動して、不起訴にはなったが選挙違反に問われている。千倉練太郎に至っては会計兼総括責任者だ。いわば南田とは味方同士ではないか。

それから、出雲崎沖の身元不明の女の死体だ。彼女が持っていた回数券は、南田の娘菊子が妙な工作をしたことでも分かるように、南田広市とは何らかのつながりがある。南田が、あの水死体を身元不明のままでおいているのも妙な話だ。

次に、悦雲はなぜ千倉練太郎を庇《かば》っているのか。悦雲がいわゆる土地の有力者とつながりのないことは前に宮脇が確かめている。だから、この坊主が秋芳派の選挙に関連したとは思えないし、その一派と交渉があるとも考えられない。その悦雲が九州の千倉練太郎をなぜ庇っているのか。それに、おそらく、千倉が南田を殺したこともこの坊主は知っているのではあるまいか。彼が何も知らないで千倉を伴《つ》れて歩いたとは思えない。なぜなら、この悦雲は信養寺では客僧を連れて歩いていたことを他言してくれるなと言っている。ただ一つ悦雲と千倉の関係は、千倉練太郎が仮の侘住居を布田の家に求めていたころ、祥雲寺はその近くにあった。だが、これは千倉と悦雲との関係で、南田広市と悦雲との直接の関係はない。

最後に、今度のことを秋芳武治は知っているだろうかという疑問である。

宮脇の推定では、千倉練太郎が諸所ほうぼうを逃げ回っている資金は秋芳から出ていると思う。それは、秋芳が自分の勢力下に置いている報国生命保険の各支店、営業所というパイプを通して補給されていると考えられるのだ。

だから、千倉練太郎の居所も行動も秋芳武治には分かっているはずだ。してみると、千倉練太郎が南田広市を殺したとなれば、秋芳の耳にも内密には入ったとみなければならない。

秋芳武治と千倉練太郎の関係は普通以上のものがある。なぜなら、千倉は秋芳のために今追われている身だが、それは秋芳武治という一人の人間を代議士にさせ、政党幹部に仕立て、さらに大臣にまでさせたのだ。つまり、一個の千倉練太郎の自己犠牲において秋芳武治は大臣にまで成り上がったのである。

秋芳がこの恩人のために逃走資金を出しているのは、千倉が逮捕されると彼の代議士失格という事態だけではなく、道義的にも千倉を援助しなければならない立場にあるのだ。この二人の関係は他の運動員の誰よりも強い。宮脇平助は、いつかは秋芳武治に会わねばならないと思っていた。しかし、今こそその時機が来たと考える。千倉が南田を殺害したとはっきり信念を持ったいまは、秋芳武治に正面から面会を求めねばならぬ。

——

いつの間にか布田の駅に着いた。例によって駅のすぐ横の不動産屋を横眼で見て通る。次の不動産屋も外からのぞいてみた。この辺の不動産屋は景気が悪いらしく、人影がなかった。

祥雲寺に行った宮脇は、今度はまっすぐに庫裡を訪れた。ところが、出て来たのは六十ばかりの年老いた坊主だった。

「わたしが今度ここへ参った住職ですがな」

と老僧は名乗った。

宮脇が愕《おどろ》いて問い返すと、本山の命令で昨日移って来たばかりと言う。宮脇にとっては思いもよらぬ事態だった。

「先住は雲水になられましてな」

と新しい住職は言う。

「しばらく諸国を修行されるそうです。先住は偉い人ですよ。一笠《りゆう》一杖《じよう》、これは仏家本来の姿ですからな」

そんなことに宮脇は感心していられなかった。悦雲が寺を捨て、雲水となって行方を晦《くら》ました裏には、彼にもうしろ暗いところがあったからだ。何を訊いても、この新しい住職は知っていない。悦雲の雲隠れは、ただうしろ暗いところがあったからではなく、蔭で千倉練太郎と連絡を遂げているのではあるまいか。

「一体、どの方面に回ると言っておられましたか？」

宮脇が訊いても、

「それはご本人の心まかせ。べつにその予定は聞いてはおりませぬ」

とあっさりしたものだった。

べつに僧侶としての落度もないのにそういう境涯に入った悦雲は、一つはこの寺にいては追及の手がいつかは迫ると思って遁《に》げ出したに違いない。

「ここに若い坊さんが前からいましたね？」

宮脇が気づくと、

「ああ、了念《りょうねん》ですか。あの男も僧が嫌になったのか、還俗《げんぞく》して郷里《くに》に帰ってしまいました。郷里ですか。さあ、わたしもよく聞いておりません」

頼りない住職だった。しかし、この新しい和尚にとっては先住時代からいる若い坊主は使いにくいらしい。宮脇は寺を出ると、すぐに都心へ引き返した。

宮脇は、自分が馬車馬になったと思った。ここまでくれば、もう脇目を振っていられない。身体の内側から武者振いしたくなるような闘志が湧き上がってくる。

本来なら、葉山良太と相談して今後の戦術を検討するのだが、あの男から連絡が来ないため止むを得ない。といって、彼からの電話をのんべんだらりと待っているわけにはいかなかった。

秋芳武治の家は閑静な住宅街の一郭にある。国務大臣の貫禄にふさわしく、邸宅は道路の傍らに石垣を築き、それも百メートルにも及びそうな長さである。宮脇はちょっと威圧されたが、石段を上って門を潜り、砂利道を玄関に歩いた。

「秋芳」と筆太に書かれた標札に怯《ひる》んだが、思い切って呼鈴を押すと、中から現われたのは美しい女中ではなく、図体の大きい、いかめしい顔の三十男だった。

「何ですか？」

と男は突っ立って訊いた。甚《はなは》だ失礼な態度である。向こうはにこりともしないで、睨むように宮脇を見ていた。

「ぼくはこういう者ですが」

彼は名刺を出した。

「秋芳先生はいらっしゃいますでしょうか？」

男は黙って名刺を読み、すぐに宮脇の顔へ眼を移した。心なしか前よりも怒った顔をしている。

「今、先生はいませんよ」

と突慳貪《つっけんどん》だった。

「それは困りましたね」

宮脇は対手の風采から判断して、この男は秋芳武治のボディーガードかと思った。ちょっと、昔の院外団風な恰好である。

「先生にお目にかかりたいんですが」

「本人がいないんだから、仕方がありませんな」

「いつごろお帰りになりますか？」

「分からんな」

「しかし」

と宮脇はちょっと憤然とした。

「あなたはここの家の方でしょう?」

「留守番だ」

「それなら、お帰りの予定ぐらいはご存じでしょう?」

「そういうことは一切聞いていない。行先も分かっていないくらいだからね」

「ははあ、行先も分からないんですか?」

「しつこいね、君は。先生ご夫妻は、休養のために各地の温泉場を回ってらっしゃるんだ。だから、いつお帰りになるか分からないよ」

対手は宮脇が色をなしたのを見て、むしろせせら嗤《わら》うような顔つきになった。

宮脇は、秋芳夫妻が留守なのは本当だろうと思った。こういう男を門前払い役に使っている以上、行先を秘めて遁走していることは必至だ。家が大きいだけに、奥からも音がしないのは寒々とした気分にさせる。

「どうもお邪魔をいたしました」

これ以上こんな奴と問答をつづけても無駄だと思ったから、宮脇はそこで引き返すことにした。彼の背中を巨漢は仁王立ちになって見送っていた。

もし、秋芳武治夫妻が実際に東京を留守にしたとすれば、あの南田広市殺しと何か関係がありそうである。もしかすると、千倉練太郎の犯行のために、秋芳夫妻も身を隠す必要に迫られたのではあるまいか。千倉に対する生活資金の補給は、秋芳武治のみならず、その夫人の手からも出ている公算が大きい。つまり、夫人は多忙な秋芳武治に代わってそのほうの面倒を見ていると思われるからだ。

宮脇は、秋芳邸の石段を降りて道を歩いた。あいにくとタクシーも走って来ていない。仕方がないので、車の走っていそうな通りまで歩くことにした。この付近は、角を曲がると急に庶民的な街づくりになっている。

宮脇の昂奮はまだ収まっていない。道を歩いても自然と足早になる。

そのときだった。すぐ横から、賑やかな唄声と手拍子とが聞こえてくる。眼を向けると、一軒の建築中の家屋があって、今、建前（上棟式）の祝いをやっている最中だった。その建築に当たった大工や鳶職《とびしょく》などが、柱ばかり立っている野天同様な所に蓆《むしろ》を敷き、車座になっている。真中に酒の一升瓶が五、六本並び、今や彼らの宴会は佳境に入っているところだった。

しかし、これはありふれた街の風景である。宮脇はそこを見過ごして通った。

すると、彼は表通りに出てはっと気づいた。今の建前祝いで思い出したのが、甲州の奥地で見た秋野村付近の新築家屋だ。彼はバスの中から、一度は建築中のところを見、一度はすっかり出来上がった農家を眺めている。

それだけならべつに仔細《しさい》はないが、あとで秋野村まで行った葉山良太がその家に注目しているることだった。その注目は、葉山の言葉を借りて言えば、彼の趣味としている民俗学的な興味でわざわざのぞきに行ったというのだ。

あれは少々おかしいぞ。宮脇は今になって気づく。

葉山良太がいかに物好きとはいえ、バスを途中で降りてまでのぞきにゆくのは、ちょっとおかしい。民俗学的趣味ならば、古い家を見にゆくのこそ本当ではなかろうか。宮脇がバスの中からちらりと見たところによれば、あの新築の家はわりと新しい構造で造られていたようだ。そんなものは民俗学とは何の縁もゆかりもない。

《しまった》

宮脇は、また葉山にしてやられたと思った。

23

宮脇平助は炎天の路を歩いた。草いきれがする。

韮崎《にらさき》駅前から傭《やと》ったハイヤーは、部落のずっと下のほうに待たせた。これは、車で駆けつけたところを村の人にあまり見せたくないからだ。

昨日、東京の街を歩き、新築の家のことに気づいて、早速、この秋野村まで駆けつけて来た。やはり現地に来て調べてみないと徹底したことが分からない。

いつぞやバスの窓から見た例の新築家屋は、いま真新しい屋根瓦が夏の陽を弾《はじ》いている。この辺はほとんど藁葺《わらぶ》きなのに、その家だけが新しい造りだった。これを見ても、葉山良太が口実にした民俗学の参考にはいよいよ縁遠い。

宮脇はその家にすぐには向かわずに、近くの農家にまず足を向けた。

近所といっても、この辺は二、三軒ずつが段丘に沿って離れ離れに建っているのだ。

宮脇は、新築の農家が見えている段丘下の、古い百姓家の前に立った。

こういう場所だから、農家はいかにもみすぼらしかった。僅かに下方の川沿いに開いた畑と、斜面に作った段々畑があるだけだった。その百姓家には、老婆がひとり蓆の上に坐って小豆の粒を選っている。

「おばあさん、精が出ますね」

宮脇は声をかけた。

「へえ」

老婆は宮脇をちょっと見上げて、また笊《ざる》に眼を戻した。知らない人間には馴染めそうにもない顔である。

「おばあさん、すみませんが、少々咽喉《のど》が渇いたので、水を一杯ご馳走してくれませんか？」

「へえ」

老婆は膝のゴミを払って蓆から起《た》った。藁草履をつっかけて、宮脇を暗い土間の奥に案内する。台所がまる見えだったが、侘しい住まいだ。

「すみませんね」

宮脇は井戸から茶碗に汲んだ水を飲んだ。水は冷たい。

彼は汗を拭いて、こういう所だと、さぞお仕事も骨が折れるでしょうね、と老婆をいたわった。できるだけ対手の気持ちをほぐすように、にこにこと笑った。

「この辺は、あんまり土地がないようですな?」

こういう話をきっかけにしゃべっているうちに、老婆の表情もいつの間にか、はじめの固さが取れてきた。

「へえ、みんな貧乏百姓ばっかりでな。百姓だけでは食ってゆけねえから、おやじさんは韮崎の町まで下りて道路人夫などやっとりますだ」

「そりゃ気の毒ですね。この近所の人は、みんなそうですか?」

「へえ、百姓だけではやってゆけねえだ」

「そうですか。でも、すぐ上に見えるお百姓さんは、家も新しく造られてるようだし、なかなか、そう貧乏そうには見えないじゃありませんか?」

宮脇はきっかけを作った。

「ああ、あれけ？」

老婆も宮脇と一緒に戸口に立って、段丘の上に見えている瓦屋根を仰いだ。

「あすこは別だんべ」

老婆の吐きすてるような言葉に尖《とが》った調子があるのを宮脇は聞き逃さなかった。

「特別というと、何か広い田畑でもほかに持っているんですか」

「いんや、そうじゃねえ。あの家も、わしらと同じように猫の額ほどしか土地がねえ。そりゃこの部落の者はみんなおんなじことだ」

「しかし、新築してますね？」

「だから、あの家だけは別だと言うだ。何ぞええことがあったずら……」

宮脇は、赤く眼の爛《ただ》れたような老婆の顔に、皮肉とも反感ともつかない表情が露骨に出ていることを知った。

「そうですかね。やっぱりうまいことがあったんでしょうね」

宮脇は老婆の調子に合わせた。

「あの家は、何という人がいるんですか？」

「菅沼平治ちゅうてな、まだ若えが、根性のしっかりした奴じゃけん」

「この部落では新しいんですか？」

「いや、親の代からここに住み着いていてな。今じゃ親が死んでるで平治の代になっとるだ」

「そいじゃ、その平治さんというのはよっぽどのやり手なんですね？　あれだけの普請をするくらいですから」

「平治け？　そんな働き者とは思えねえがな」

老婆の言い方は奥歯に物がはさまっている。菅沼一家を快く思っていないことは宮脇にも汲み取れたが、彼が聞きたいのは老婆の本音である。

宮脇は、老婆の機嫌をとるようにつとめた。このへんの取扱いは、近ごろ、馴れてきている。その結果、老婆が話したのは、平治には女房と男の子が二人あること。平治は三十五、六で、それほどの働き者ではないこと。どちらかというと、若いとき東京に出奔したことなどあって、あまり身持ちが良くないということ。両親は亡くなっているが、彼には異母妹が一人あることなどの事情だった。

異母妹？——宮脇はその言葉に喰いついた。

「母親が違う妹がいるんですか？　そりゃ幾つぐらいになるんです？」

「そうだな、名前は照子《てるこ》というのだが、たしか、二十四か五になる。やっぱり父親《ておや》が道楽者《もん》でな。よそに産ませた子を引取ったのだが、その照子がいるばっかりに家の中がいつもごたごたしていた。平治とも兄妹仲が悪く、父親が五年前に死に、つづいて平治の母親がその一年あとに死んでしまうと、照子は東京さ奉公に出て行った」

「東京のどこに奉公に行ったんですか」

宮脇は、自分の顔色が変わるのを覚えた。

「さあ、どこか知らねえが、なんでも、偉い人の家に女中奉公に行ったそうじゃ。照子も、家にいて兄夫婦といがみ合うより、東京さ出たほうがよっぽど気が楽ずらな」

「偉い人というと、それは政治家ですか？」

「うむ、そんなふうの人と聞いとるがな」

「それは秋芳という人で、大臣になった方じゃありませんか？」

「さあ、そうかも知れねえ」

「それで、照子さんというのは、ときどき、こっちには帰っていますか？」

「前《めえ》には二、三回姿を見たんだが、帰って来ても面白くねえので、このごろはさっぱり見かけんな。縹緻《きりよう》のええ娘《こ》じゃったが、母親が違うと、子供は可哀想なもんじゃ」

宮脇は、そのあとも適当な言葉をつないだが、彼の気持ちはもうそこにはなかった。

彼は畔道《あぜみち》同様のところを段丘に上った。草の茂みを動かして蛇が逃げて行った。

宮脇は新築された農家の前に立った。新しいだけに小ぎれいな家だ。屋根こそ瓦で葺いてあるが、恰好はやはり百姓家である。

むしろ狭いくらいで、下から見上げたほど贅沢ではない。それでも、古びた近くの農家からみると格段の立派さである。格子戸の表には「菅沼平治」と門札が出ていた。

出て来たのは、三十ばかりの、顴骨《ほおぼね》の出た農婦だが、ひと目で平治の女房だと分かった。

宮脇は適当に名前を言って、自分の妹がここの照子さんと知合いだが、ちょうど、近くに用事で来たので、妹に頼まれて照子さんの様子を見に来たのだ、と告げた。これは、下の農家の老婆から一時照子も東京に出たことがあると聞いたので、それにひっかけたのである。

平治の女房は細い眼で鈍《にぶ》く宮脇を見ていたが、照子はいま東京に奉公に出ていて、家にはいない、と答えた。

「たしか、秋芳さんの所でしたね?」

宮脇はカマをかけた。

「いいえ、南田さんという人です。あすこに、もう、四年ばかり前からお世話になっています」

「南田?」

この返事で宮脇は声をあげるところだった。秋芳ではなかったのか。南田広市だったのか。そうか。なるほど、なるほど。……

「そうですか。実はこっちに来る前に、南田さんとこに電話したのですが、照子さんはいま南田さんの家にいらっしゃらないということでした。それで、多分実家のほうだろうと妹がいうので、こちらにぼくが使いに伺ったようなわけですが」

平治の女房は困ったような顔をしていた。平治という男は見たことがないので、どんな人間か分からないが、この女房のほうは案外正直そうに見える。

「さあ、わたしは照子さんのことはよく分かりませんが」

平治の女房の顔には多少狼狽も見えていた。その表情で宮脇の心はいよいよ躍った。

「ああ、そうですか。ご主人は?」

「はい、今日は甲府のほうに用達に行って、明日でないと戻って来ません」

「照子さんからは始終、手紙が来ますか」

「いいえ。あの人も筆不精なほうですから、便りはほとんどありません。こちらも百姓仕事が忙しいので、つい、筆不精になって、まあ、便りのないのが無事だと思っています」

「そうですか」

宮脇の頭の中に閃《ひらめ》くものがあった。

「それはそうと、ずっと前ですが、こちらに南田さんのお使いの人が金をもって見えられたそうですね?」

「えっ?」

平治の女房の顔が再びうろたえた。宮脇はいよいよ自信を得た。

「いや、これは、わたしの妹が照子さんから聞いたんですがね。なんだそうですね。この家も南田さんの好意で新築が出来たということですが、照子さんはよっぽど南田家に気に入られてたんですね」

平治の女房は困り切った顔をしていた。下を向いて、それを肯定もしないが、全然否定もしなかった。

「何かそういう噂が東京のほうにもひろまってるんですか?」

女房はつと顔を上げて反問した。

「いや、噂というのは聞きませんが、ぼくは妹からそれを聞いたもんですから」

「でも、あなたと同じようなことを訊きに来た人が前にもありましたよ」

「えっ?」

瞬間、またしても葉山良太の顔が眼の前を過《よぎ》った。

「そうですか。そんな人はぼくは知りませんがね」

宮脇は動揺を抑えて、

「では、南田さんのほうから家の金が出ているのは間違いないわけですね?」

と念を押した。

「それはわたしでは分かりません」

女房は危うく受止めた。

「主人が何もかもやっていますから、そういうことでしたら、明日主人が帰って来てから直接訊ねて下さい」

しかし、平治に訊くまでもなかった。答はこの女房の表情がしている。

宮脇は最後に訊いた。

「南田さんのところから来た使いは誰ですか?」

女房は返事をしなかった。

しかし、宮脇は瞬間に考えが走った。

「南田さんのお嬢さんでしょう?」

平治の女房がくゎっと目を剝《む》いた。

——やっぱり菊子だった。菊子がその使いをしている。宮脇の頭には、いつぞや小淵沢からの切符をもっていた菊子の姿がありありと映ったのだ。

信州上諏訪からの帰りだと嘘をついた菊子。彼の追跡から逃げた菊子。——

宮脇は、あと適当にごまかしておいて、その家を出た。狭い路を道路まで下りて仰向くと、平治の女房が家の前で不安そうな顔で見送っていた。

宮脇は、待たせてある車まで戻った。

例のジグザグ道を韮崎のほうへ下ったが、宮脇の心は凱歌《がいか》を揚げていた。

もはや、出雲崎沖合に浮かんだ水死体の女が、菅沼平治の異母妹の照子だということは間違いなかった。彼女は四年前から南田家の女中として働いている。

これで水死体の女の失踪届がいつまで経っても出ない理由が分かった。南田家では女中の行方不明を押えているのだ。多分、出雲崎沖合にその死体が浮いたことも承知しているに違いない。

平治の家に南田が金を出している。新築費まで南田が援助しているのは、むろん、照子の怪死が絡《から》まっているからに違いない。

いろいろ話を聞いても、照子と兄とは仲が悪く、ほとんど文通もなかった。兄としては邪魔者の照子がいないほうが都合がいいくらいだ。だから、妹から消息が来なくともべつに気にもかけていない。警察では家出娘の身元が分からない理由に家庭の不和を挙げているが、この場合はたしかにそのケースの一つであった。

想像を働かせると、南田父娘《おやこ》は照子の怪死の事実が洩れるのを防ぐために、その兄の平治と金で取引したようにも思える。もとより、平治は妹のことをさほどには思っていないのだから、照子がどうなってもあまり関心がないのではないか。

ただし、南田父娘は実際には照子の死を平治に告げてはいないだろう。これは宮脇の推定だが、何かの理由をつけて、照子と絶縁するよう言い含めたのではあるまいか。新築の金はその手切金だったような気がする。平治は、妹とはいえ、気の合わない照子のことだから、その金で喜んで承知したのだろう。つまり、南田広市は、照子とその兄とを絶縁させ、文通その他一切の交通を絶ち、彼女の死が実家から追及されるのを防いだのであろう。

もう一晩ここに泊まって平治の帰りを待ち、彼を追及する手段もないではないが、話に聞けば、平治もなかなかのくわせ者のようだし、今度はあの女房のようなわけにはいくまい。これに当たっても無駄だと分かった。


宮脇は、夕方、東京に帰った。

気になるのは葉山良太からの連絡だ。それで、新宿駅に着くと、すぐに社に立ち寄った。

「ぼくの留守に、葉山良太という人から電話が掛かって来なかったかい?」

まわりの同僚に訊くのだが、誰も知っていなかった。やはり、彼は宮脇への連絡を中絶したらしい。

宮脇は不安になってきた。葉山良太がこんなに長く沈黙したことは、かつてないのだ。あれからもう四日も経つ。彼は、連絡出来ないような仕事にかかっているのだろうか。例によって秘密主義の葉山のことだから、大事な点になると、一切宮脇には知らせない癖がある。

あの菅沼の家もそうだった。葉山はとっくに事情を訊きに行っているのに、東京に帰ってもそれとはおくびにも出さず、宮脇から追及されて、やっと実は民俗学の参考だなどといい加減な言い訳をした。

前から考えていたことだが、一体、どんな考えで葉山良太は単独行動をとっているのか。

何かあとで宮脇を愕《おどろ》かしてやろうというような単純な功名心からだろうか。それとも、まだ宮脇の気づかない理由が彼にあるのだろうか。

——それにしても……

と宮脇はここで気を変えて大事な点を考える。

——南田広市は、なぜ、女中の菅沼照子を殺したのだろうか。

これははっきり殺したと断定できる。なぜなら、普通の水死だったら、これほどまでに彼が苦心をして隠すはずはないからだ。

また、南田と関連のあることは、死んだ女が持っていた京王電鉄の回数券ではっきりしている。この回数券のことも、菊子が妙な小細工をしてひた隠しに隠そうとしたではないか。

ここで思われるのは、前に考えていた照子の運搬方法だ。あれは自動車か汽車かと、一時思い悩んだことがある。

しかし、犯人が南田広市だとすると、彼は土建屋だ。土建屋にトラックは付きものである。照子の死体はトラックで東京から北陸の柏崎、出雲崎あたりに運ばれたに違いない。

《いやいや、これは誤りだ、出雲崎沖合にあがった照子の死体は水死だった。絞殺ではない。明らかに水を飲んでいる。してみると、彼女は生きたまま北陸に運ばれている》

では、東京で水死させて、その死体を北陸路にトラックで運び、海中に遺棄したのだろうか。

それとも、生きている照子の自由を何らかの方法で束縛し、トラックで運んだのか。或いは照子を騙《だま》して汽車に乗せたのか。

もし、東京で水死させたら、彼女の飲んでいる水と、浮き上がっている出雲崎沖合の海水とは、その水中に含まれたプランクトンの相違ではっきりと分かるのだが、おそらく、田舎の警察ではプランクトン検査もやっていないだろう。いや、土地の警察では、他殺とは思わず普通の溺死体として扱っているから検査の必要はなかった。

ここで宮脇の頭に一筋の道が仄《ほの》白く見えてきた。

南田広市は千倉練太郎に殺されている。このことは照子の死と無関係ではない。

宮脇は、千倉が布田の民家に一時借家をしていた事実を思い出す。その借家に千倉は若い男を置き、そこに照子が通って来ていたことだ。

その青年は、前にも推定したことだが、千倉練太郎の逃避行に秋芳派から付けられた世話役だ。その男と照子は恋仲だったのだろう。

どうも推測の線がややこしく縺《もつ》れてきたが。——
①千倉練太郎の隠れ家にいた若い男。
②そこに暗くなって通って来た南田家の女中菅沼照子。
③照子の水死。
④つづいて、三重県尾鷲で千倉練太郎のために殺害された南田広市。
⑤その直後に起こった娘の菊子の失踪。
宮脇の眼に一筋に見えてきた道は、この辺からまた混沌としてきた。

宮脇はこの推定を裏づける一つの仕上げをした。彼は南田広市の近所に行って聞込みをした。

「たしかに、そんな女中さんがいました」

と二、三軒まわった家では口を揃えて言った。

「ちょっと可愛い娘さんでしたわ。でも、四月ごろから姿を見なくなりましたね。南田さんの奥さんに訊くと、なんでも、暇を取って実家に帰ったそうです。よく働く、いい娘《こ》でしたよ」

四月といえば、出雲崎沖で水死体が発見されたのが四月八日午前八時である。ここまで確かめれば菅沼照子は決定的だ。

さて、これからどうすべきか。

宮脇は社に帰って編集長に逐一報告した。編集長の意見も、これ以上こちらの手に負えないことだから、警察に連絡したほうがいいということだった。ただし、これまでの苦心があるので、警察に言って捜査の刻々の情勢を全部知らせてもらうことにした。

もっとも、ここまで来れば、どんな公式的な発表があっても、他社が宮脇の仕事の足もとにも及ぶ話ではない。

ただ、問題は菅沼照子が殺されたことがまだ断定出来ないことだ。それはあくまでもこちらの推定なのだ。出雲崎署での検視では、明らかに自殺か過失死になっている。

これは警視庁に直接言うよりも、出雲崎署から動いてもらうことにした。一つは、なるべく遠方から徐々に捜査の手を伸ばしてもらったほうが、こちらとしても時間的な余裕があって、今後の調査も警察より一歩先んじてやれる。

宮脇は、早速、出雲崎署に宛て、四月八日に発見された水死体の身元が南田広市方の女中だと電報で通知した。電文の末尾には、彼女の死は自殺や過失死ではなく他殺の疑いが濃厚であるから、他殺として捜査をしてほしい、という文句を書き添えた。

これで警察は確実に動く。だが、警視庁が出雲崎署からの連絡で本格的に動くのはまだ二、三日先である。宮脇としてはその間、出来ればもっと深いところに調査の手を伸ばしたかった。

するとと、午後二時ごろだった。宮脇は自分宛の電報を受取った。受付の女の子がそれを持って来たのだが、発信局を見ると、「オオイタ・ユフイン」としてある。大分県――九州からだ。はっとしたのは、それが葉山良太の発信だと気づいたからである。彼は早速それをひろげた。

「フダ フド ウ サンヲスグ ニソウサクセラレタシタダ シケイカンヲヨブ コトハヤマ」

布田不動産。――

葉山良太ははるばる九州から、布田の例の周旋屋を警官同行で調べろと指令してきたのである。これまで絶えず自分の前を歩いている葉山のことだ。それに、宮脇もその電文を見て初めて思い当たった。あの周旋屋は祥雲寺にゆくたびにのぞいて通ったのだが、いつも留守のようにしていた。すでに誰も住んでいなかったのだ。あの肥った周旋屋のおやじの面影が思い出される。

ああいう商売だから、何日間戸を閉めていてもべつに近所からは怪しまれずに済む。もともと小さな不動産屋というのは外を歩くことが多い商売だから、留守がつづいても誰からも不思議には思われない。

――警官と一緒に彼も「布田不動産」の表戸を壊して闖入《ちんにゅう》した。彼もかつては腰を下ろしたことのある表の土間は、依然として机、椅子がそのままになっている。しかし、土間から奥へ抜ける戸を開けると、早くも異臭が漂って来た。

刑事たちは宮脇を押しのけて奥へ進んだ。奥は簡単な炊事場と六畳ばかりの部屋になっている。しかし、一物もそこには置いてなかった。異臭は壁際の襖からにおって来ている。刑事たちが襖を開けた。すると、押入れは二段になっている。下の段の奥に白い物が横たわっている。それが女のワンピースだとは、刑事たちの後ろからのぞいている宮脇の眼にも分かった。

《菊子だ》

宮脇はとたんに眩暈《めまい》を起こした。

南田菊子の死体は絞殺で、死後十日間を経過していた。頸には皮膚に喰いこんだ索溝があり、夏の屋内だから、ひどい腐爛《ふらん》だった。死体は検視のあと、解剖のため監察医務院の運搬車で運ばれて行った。

刑事たちはそのあとを調べていたが、ふと、その中の一人の刑事がつぶやいた。

「この家は、本当に一物も残っていないな。これほどきれいに何もかも持ち去った家も珍しい。この死体の入った押入れは、普段から蒲団を入れていただろうが、手回しよく蒲団まで担《かつ》いで引越すとは、落着いた犯人だな」

その声が宮脇の頭を殴った。

蒲団——彼の頭には、尾鷲から東京に送られた南田広市の死体が蒲団包みだったことが浮かぶ。あれは古い蒲団だった。尾鷲署がいくら躍起となっても出所の分からなかった蒲団だ。

今にして思う。

南田広市は殺されてから三日間も死体のまま放置されている。それは、実はここにいた周旋屋の男を千倉練太郎が尾鷲で待っていたためだったのではなかろうか。

宮脇平助は、不動産屋の殺人現場を出てから社に帰るまで、電車やバスの中で考える。

南田菊子を殺した犯人は、千倉だろうか、それともあの不動産屋のおやじだろうか。しかし、不動産屋が単独に南田菊子を殺したとは考えられない。あの男は千倉の子分だと思う。千倉の指図で彼女を殺したか、あるいは二人が共同で殺害したかである。

宮脇には思い当たることがある。

それは、あの不動産屋のおやじの年齢だ。テープの声の男の一人は少し年配者で、もう一人は若かったという。現に、あの白タクの運転手が車であとを尾けて行ったところ、若いほうは布田で見失っている。

さては、不動産屋があの声の主だったのか。秋葉原で降りた年配のほうが、実は「布田不動産」をやっていたのだ。若い男のほうがあの晩、布田で車を降りたから推測がこんがらがったのだ。おそらく二人は同類で、若いほうは不動産屋の外交員にでも化けていたのだろう。こんがらがったのは、おやじのほうはあの晩、偶然に秋葉原に行く用事があったことだ。二人とも秋芳派の末端だろう。政治家の末端には、よくこんなゴロツキのような手合いを見かける。

それなら、その二人はなぜ密談の場所をわざわざ湯島の旅館に移したのか。ちゃんと不動産屋の事務所があるのだから、そこでいくらでも出来るはずだ。なぜ温泉マークを会談場所に択ぶ必要があったのか。

——宮脇は、あっ、と気づいた。

あの二人はやっぱり同性愛だったのだ。だから、二度までも同じ旅館に現われたのだ。テープに入った最初の部分の話し声でごまかされたのだ。あの会話のあとで、きっと、二人の奇怪な遊びがはじまったに違いない。テープはそこまでとっていなかったのだ。

しかし、録音に取られた二人の密談は、誰を殺す相談だったのだろうか。出雲崎沖合に浮かんだ南田家の女中のことだろうか。それとも菊子のことだろうか。この辺のところはまだ分からない。だが、こんな思案よりも一番の焦点は千倉練太郎がどこに逃走しているかということだ。これを突き止めない限り、ほかの問題は枝葉末節となってくる。

その所在を葉山良太は勘づいているようだ。

だが、葉山の奴はあれっきり姿を見せない。ただ、「布田不動産にゆけ」の電報をよこしただけだ。

《そうだ、葉山は知っている。不動産屋の中で菊子が殺されていることも、あの男はちゃんと摑んでいたのだ》

葉山がどうしてそれを知り得たかというよりも、葉山こそは事件全部の真相を知っている人間だといえそうだ。当然、彼は千倉練太郎の現在の逃亡先をも探知している。

《なぜ、あの男はそれをおれに教えないのか？》

葉山は、布田の殺人現場をわざわざ電報で宮脇に指示してきたのに、肝心の千倉の行方には触れていない。そこに葉山良太の不可解さが潜んでいる。

宮脇はバスから降りた。奇妙なことだが、足が地についた途端、

「あっ」

思わずひとりでに声が出た。

葉山良太は、ちゃんとあの電報で千倉の潜行先を指定しているではないか。今までうっかりと気づかなかっただけである。

それは電報の発信地である。九州のユフインという所だ。葉山良太がわざわざそんな所に行っているのは、その土地こそ千倉の潜伏先だという謎ではないか。

宮脇平助は大急ぎで社に戻った。彼は図書室に走って九州のガイドブックを引っぱり出した。

「由布院温泉（ゆふいんおんせん）——大分県別府の裏側に当たる。汽車で行けば、大

分から久留米《くるめ》に至る久大線の途中由布院駅で降りる。現在は別府から由布岳、鶴見岳の間の高原を通って連絡するバスが通じている。別府温泉に次ぐ優秀な温泉群で、泉質は中性またはアルカリ性の単純泉で、温泉は各所に集団的に分かれている。旅館は合計十八戸。海抜五〇〇メートルで、夏涼しく、閑静なこの山里の湯は保養に好適である」

宮脇平助が地図を見ても由布院は別府のすぐ背に当たっている。いかにも人目を避けた人間のかくれそうな場所だった。

宮脇は迷った。すぐに警察に知らせようかと思ったが、これは葉山からの電報だけで推定していることで確実とはいえない。それに、警察に届けると葉山との関係を根掘り葉掘り訊かれるから、少々厄介だ。

だが、宮脇が警察に届けなかった最大の理由は、どうせ千倉練太郎は早晩警察に捕まることと確信しているから、（たとえば、出雲崎署の捜査がはじまっているはず）その前に、できれば千倉練太郎と会って、本人からじかに話を聞いてみたい。そして、彼の潜伏生活の苦労も詳しく観察してみたい。千倉が逮捕されてしまえば、こういう取材のうま味はなくなるのだ。雑誌記者のこの考えは、いわば仕事上の業《ごう》ともいえる。

宮脇平助は編集長に話した。編集長もすぐに賛成した。

「君、すぐに今夜の夜行で行ってくれ、寝台のほうは手配するから」

宮脇は、その日の夕方の下り急行に乗った。寝台の中に入ったが、容易に寝つかれなかった。

いまや事件は最後の段階に来ている。思えば長い追及だった。

彼は、もしかすると、由布院駅に自分が降りたとき、葉山良太がにこにこして待ってくれているような予感をおぼえたりした。

いつの間にか睡《ねむ》り込んだが、耳もとで、「京都、京都」というスピーカーから流れ出る駅員の睡たげな声を聞いた。

宮脇は、今、この京都のスタジオで働いている久間監督のことを思い出した。もし、時間が許せば、京都に降りて久間に一切を報告したかった。久間の肥った顔が昂奮で色づき、はあはあと荒い息を吐くのが見たかった。

翌日の午後には宮脇は由布院の駅に下りていた。駅前に旅館の客引きが並んでいる。どこの温泉地でも見られる風景だ。構内掲示の旅館一覧表を見ると、軒数は案内書にあるよりは数が殖えていた。しかし、全体でせいぜい二十戸くらいだから、宿を片っぱしからたずね歩いてもしれたものだ。

宮脇はあたりを見回した。なるほど閑静な温泉地だ。盆地になっているが、大きな建物の旅館も見えない。眼の前には由布岳が火山の特徴を見せた姿で壮大にそびえていた。

宮脇は、葉山の姿はないかと見回したが、むろん、そんなうまい具合にはいかない。

地元のお百姓さんに混《まじ》って浴客がちらほら散歩しているだけだった。

宮脇は千倉練太郎の写真をポケットに大事に忍ばせている。彼の旅館調査がはじまった。一軒一軒入って、帳場の番頭や女中に千倉の写真を見せて回った。由布院は温泉地が五、六軒ずつの宿でいくつもの群に分かれているので、歩くのにくたびれた。事実、その結果もくたびれもうけだった。どこの宿屋でも、そんな人は泊まっていませんと断言するのだ。嘘をついているとは思えないのである。

宮脇は弱った。これは見込み違いかと思ったくらいだ。気がつくと日も昏《く》れかけている。何という名前か知らないが、大きな池の上に夕陽が映えていた。旅先の薄暮はもの寂しい。

だが、彼は最後の気力を絞った。葉山良太がただわけもなくこんな土地から電報を寄越すはずはないのだ。あの男のことだから、必然的な関連があって自身で来ているのだ。宮脇は見えないところから葉山に激励されているような気になった。

彼は駅前に戻ってきた。見るとその通りに面したところに郵便局がある。

宮脇は、躊躇なくその表のドアを押した。すでに郵便物の受付は時間が過ぎているが、電報係だけは女の子が雑誌を読みながら机に坐っていた。宮脇はポケットにねじ込んでいる葉山良太からの電報を出して見せた。

「こういう電報を打った人がいるんですが、記憶はありませんか？」

女の子は発信の日時を見ていたが、

「ええ、それは、わたしが発信を頼まれました」

と一重瞼をあげた。

「それじゃ、本人に記憶があるわけですね？」

電報係の返事はまさに葉山良太の人相を的確に答えた。

もう間違いはなかった。

「あ、そうそう」

女の子は思い出したように言った。

「あなたは宮脇さんとおっしゃいますか？」

「そうです」

「葉山さんから、あなたがこちらにきたら差上げてくれといって手紙を預かっていますよ」

「なに」

葉山良太は宮脇がくることをちゃんと予想に入れているのだ。どこまでも心にくいやり方だった。

宮脇は女の子が抽斗《ひきだし》から出した手紙を受け取ると、すぐに封を切った。一枚の紙にたった数行しか書かれていない。

「――遠路ご苦労さまです。当地の八山温泉場の北原商事株式会社社員寮にお出かけ下さい。そこの住人はあなたの知っている人です。……いずれ東京に帰ってから詳しく手紙を差上げます　葉」

宮脇はその紙片を摑んで郵便局を飛び出した。

由布院温泉群の一つである八山温泉場は彼がいま回ってきたばかりだ。そこの旅館は五軒ほどだったが、どこも宮脇の見せた写真に首を振ったものだ。

宮脇はその紙片を見て、思い出すことがある。ここに書かれている「北原商事」というのは、確かに彼の記憶の中にある名前だった。場所は尾鷲市だ。あの柳原旅館の近所を歩いたとき、町なみの中にその看板が出ていたではないか。

宮脇平助は大股に歩き出した。陽はすでに落ちたが、まだ辺りには淡《あわ》い明りが残っている。北原商事の社員寮を探すと、そこは旅館街のあるところからかなり離れた辺鄙《へんぴ》な場所だった。

繁った森の中に、屋根が見えるのがそれだと土地の人に教えられた。この辺はいたるところ温泉が湧出している。

社員寮とは気づかなかった。温泉地というと、旅館ばかりが宮脇の頭にあったのだ。径《こみち》を歩いて、その林の中の家の前に立った。元は小さな旅館だったらしいのを会社が買収したらしく、二階建ての古い家だった。表に、「北原商事株式会社社員寮」の木の看板が下がっていた。

葉山の手紙によればここの「住人」が宮脇の知った顔だというのだ。宮脇は玄関に立ってベルを押しながら胸が高鳴った。

廊下からすぐ右手に階段があるが、階下《した》の奥は見通せない。正面に襖が立っていて、廊下はそこから横に曲がっていた。宮脇は二度ベルを押した。

青年が出てきた。蒼白い顔だ。

宮脇はその顔をまじまじと見た。向こうでも宮脇の顔を見ている。

「あっ」

先に声を出したのが宮脇だった。つづいて、青年も彼だと分かったらしく、眼が驚愕《きようがく》でむき出されていた。

「あんただったのか！」

宮脇は「布田不動産」にいた女事務員の顔を見つめた。いつぞやお茶を汲んでくれた二十五、六の瘦せた女の顔がこの青年にあった。

宮脇平助の脳裡にすぐ閃くものがあった。布田の千倉のかくれ家にいた髪を伸ばした青年とはこの男だったのか。

青年は宮脇平助の顔を見て息も絶えそうな愕きかただった。眼と口とがしばらく大きく開いたままだった。

「おやじさんはどこにいる?」

宮脇は靴を脱ぎ棄てると玄関に駆け上がった。

「あ、いけない」

青年は猛然と宮脇の後ろから組みついてきた。

24

宮脇平助は青年を振り放して、廊下をまっすぐに進んだ。が、奥からは誰も出てこなかった。途中に部屋が幾つもあるが、人のいる気配もない。

宮脇は途中で気づいて二階に駆け上がった。しかし、誰もいない。妙に無人の家だった。布田の不動産屋の「女事務員」の青年は、おろおろしながらついて来ている。見ると、青年は階下のほうを気遣っているようだった。彼は階段をかけ下って、今度は一直線に奥へ向かった。

「いけない。そこは夫婦者がいる」

男がうしろから叫んだ。

「夫婦?」

二の足を踏んだが、もう、途中で止めるわけにはいかなかった。彼は廊下が右に折れる突き当たりの戸を開けた。うしろからやせた青年の声が叫んだ。

また廊下になっている。どうやら離れがあるらしい。彼は次の襖を開けた。宮脇はさすがにそこに立ち竦《すく》んだ。

一人の老人が蒲団の中に仰向けになって寝ている。四十七、八と思われる婦人が老人の手脚をしきりと揉《も》んでいるのだった。いや、揉んでいるかたちで、宮脇の闖入《ちんにゅう》に石のようになっていた。

「千倉さんですね？」

宮脇は立ったまま呼んだ。

写真でさんざん網膜に残っている老人の顔だ。写真よりはずっと老けて頰《ふ》がこけているが、陽にやけた顔をしていた。

「何奴《なにやつ》だ？」

咎《とが》めた声は老人とは思えぬほど大きかった。

「雑誌社の者です」

宮脇はつかつかと老人の枕もとに行って、自分の名刺を置こうとしたが、気づいて、

「奥さんですか？」

と、横の婦人に聞いた。

その女はやや肥っていたが、蒼白い顔をしていた。髪も乱れて窶《やつ》れた表情をしている。

病人の付き添いに精根を擦り減らしているといった様子に見えた。女は何も答えないで、眼を伏せていた。

《あの布田のキリスト教会にいた信者だ》

菊子を追って行ったとき、二度まで見かけた上品な中年女！

「とうとう、ここまで来たか」

千倉練太郎は下から、宮脇を睨《ね》めつけていたが、突然、く、く、くという声が咽喉から出た。笑っているのだ。

「ご苦労だったな。雑誌社が来るようだったら、警察もあとからすぐ来るじゃろうな」

千倉練太郎は年寄りとも思えないカン高い声を出した。

「おい」

練太郎は宮脇にではなく、傍に坐っているその上品な婦人に顎《あご》をしゃくって言った。

「脚がだるい。もっとそこを揉むんだ」

蒲団のはしから、片方の脚を裸のまま突き出し、それを傍若無人に女の膝に載せた。

その女性は黙って練太郎の脚を両手で揉みはじめた。宮脇平助は、人前も憚《はばか》らない老人のその異様な態度に眼を奪われた。

婦人は千倉練太郎の命令通り黙って脚を揉んでいる。これは、どうしても千倉の女房としか思えない。千倉の女房が、あのキリスト教会にいたのか。そして、彼女と菊子とは教会で連絡をとっていたのか。

「君、この女が誰か判るか？」

千倉は宮脇の顔に笑いながら問いかけた。

「あんたの奥さんじゃないですか？」

「ふん、奥さんは奥さんだ。だが、おれの女房じゃない。他人の女房だ。なあ、貞子さん」

上品な中年女は首をうなだれて、千倉の按摩をつづけていた。

貞子？

宮脇ははっとなって、その女性のうつむいている姿を上からじっと見下ろした。

「あ、あなたは」

宮脇は思わず絶叫した。

「秋芳夫人じゃありませんか」

その女は衝撃を受けたようにぐっと肩を落とした。

「は、ははは」

寝ている千倉練太郎が突然哄笑《こうしょう》した。

「そこの雑誌屋」

千倉は半白の短い頭が揺れるかと思うくらいに笑いつづけてしゃべった。

「見い、これが秋芳の女房じゃ。わしがいま手脚を揉ませてやっている。それくらいのことは、わしが秋芳の女房にさせていいのだ」

宮脇はじっと千倉練太郎の歪《ゆが》んだ顔を見つめていた。

「わしはこの夫婦のために一生を台なしにした。秋芳はおれのおかげで代議士になり、大臣になった。ところが、おれはこの夫婦のために逃げ歩かねばならぬ。もちろん、おれは秋芳のために選挙参謀となり、総括責任者になってやったから、選挙違反が起これば、おれが責任を負うことは覚悟しとった。ところがだな、秋芳はただおれを隠すことに一生懸命だった。自分の防衛だけを考えておれを全国にわたって逃避行させたのだ。秋芳は保険会社をその勢力下に持っている。おれを厄介者のように、その組織の手で盥《たらい》回《まわ》しさせた……僅かな手当てでだ。人間が一生を棒に振るにはあまりにも少ない扶持《ふち》だった。おれはこの男のために土地を離れ、家族と別れ、見知らぬ旅先でみじめな日陰者の暮らしをしてきた。秋芳だけは栄耀栄華の限りをつくしている。おれはバカバカしくなって、もう少し手当てを寄こせと言ったら、こいつら夫婦がニべもなく断わったのだ。しまいには、このおれを邪魔者扱いにした。それだけではない。おれが世間に出ると、亭主の大臣の地位も危なくなるものだから、この秋芳の女房が手下に言いつけておれを消そうとかかったのだ。ふふふ、そんな手に乗るものか。おれは自分がバカだったということがよく分かった。選挙のとき、この女房が亭主の尻について、おれを拝んだのを真にうけていたのだ……」

千倉は吼《ほ》えた。秋芳夫人は顔を伏せた。

「そこで、おれは逆手に出てやったのだ。南田の女中がおれの身辺の連絡に付けられてきたので、そいつに手をつけた。南田の奴がえらく怒った。そこで、おれは女中の顔を、水を張ったタライの中に突っ込んで殺してやったのだ。女はおれに首の根を摑まれてタライの水を飲んで窒息死した。ざまを見ろ。その水も、海水と同じような濃度に塩をまぜておいたから、ご丁寧な細工だ。秋芳はすっかり震え上がった。あいつは、おれがさらに殺人犯となったと分かると、それが世間に知れては、完全に自分まで社会的に葬られるものだから、今度は掌を返しておれを大事にしてくれた。いや、大事にしてくれたんじゃない。おれを世間からかくすために、秋芳は末端の組織にいる手下を使って、おれを庇護したのだ。南田の女中を柏崎海岸に捨てに行ったのも、その手下の細工だ。これには秋芳の自家用車を使った。この女房が提供したのだ。営業車を使うと足がつくといってね。おれは秋芳の庇護と防衛組織の中でまた新しい殺人をやったよ。南田広市だ……同じ殺すなら気に喰わぬ奴を択ぶよ。おれが犯罪をやればやるほど、秋芳は、おれを警察の捜査から防衛しなければならぬ。わが政治生命の破滅につながるからね。なんのことはない、おれは秋芳派のピケの中で犯罪をやっているようなものだった」

千倉練太郎はつづけた。

「そのあげくがこの通りだ。おれは秋芳夫婦を呼びつけた。おれが説教に同行してた時もこの女房は心配そうに各地のヤソの坊主の寺に潜んでついてきたわ。そして、女房をこれ、この通り思う存分おれが使ってやっている。まるでおれの奴隷のようにな。秋芳夫婦はどんなことをおれからされても、ぐうの音も出んのだ。おれはどうせ人間を三人も殺したから、警察に送られようとどうされようと、どっちでもいいのだ。だが、秋芳夫婦はそれがいちばん怕《こわ》いのだ。おれの言いなりになって、この通り、どんな無理でも、おれの命令通り、ご機嫌を取りむすんでいるんだ。秋芳か。あいつはそのへんの旅館にいて震えているだろうよ。ふ、ふふふ」

千倉練太郎は蒲団の上にふんぞり返って、わざとらしく脚を秋芳夫人のほうへ突き出した。そこまで見届けると、宮脇も居たたまれなくなって、その寮から逃げ出した。

一つは、あの周旋屋のおやじがいつここに現われるか分からなかったからだ。

事件は終わった。

三日後の新聞には、千倉練太郎が殺人罪で逮捕されたと記事が大きく出た。秋芳夫妻は重要参考人として警視庁に召喚された。このほうがもっと大きな見出しになっていた。

宮脇平助は、東京で葉山良太から長い手紙を貰った。

「九州の由布院では失礼しました。あなたを待っていればよかったのですが、ぼくのほうの事情がそれを許さなかったのです。その代わり、郵便局の電報係の女の子に渡したぼくの置手紙の約束通り、この手紙を書いています。

すでに、あなたもご承知の通り、ぼくは半分はあなたに相談せずに独自の行動をとりました。なぜかとお訊きになるんですか。それは最後に一行書き加えるつもりですから、お分かりになると思います。その前に、ぼくがどういう方法で調査したかをお知らせしておきます。

ぼくは偶然のことから、保養先の鯨波海岸で久間監督に会いました。そのときは、この高名な監督さんがただ北陸海岸に遊びに来ていたくらいに思っていたんですが、そのあと夕刊紙を見て、それが出雲崎沖に浮かんだ或る女の水死体を久間監督が探偵眼を働かせて調査に来たことが分かりました。ぼくの興味は俄然動いたわけです。そして久間監督のところに行き、あなたとお知り合いになったのはご承知の通り。それから先の途中までのことは、あなたと一緒でしたから、ここに縷説《るせつ》する必要はありますまい。

出雲崎の水死体の女が、今をときめく秋芳武治の選挙違反の元兇千倉練太郎に関係があるらしいことは、あなたと共に考えました。と同時に、一方、南田広市親娘《おやこ》にも関係があるのは、あの死体から出てきた京王帝都電鉄の回数券の残りでも分かります。

ところで、その水死した女がまさか、南田家の女中とは気がつきませんでしたね。われわれにとっては盲点だったのです。ぼくはあなたの話から、南田広市を尾鷲に誘い寄せて殺したのが千倉練太郎だと推察しました。千倉の密行は、例の布田の寺の坊主悦雲の法衣のかげで行なわれました。

それから、あなたがくどく訊いていた尾鷲の調査のことですが、ぼくはあなたよりあとまで現地に残りましたね。まさにあなたが考えた通り、あの柳原旅館は南田広市を呼び寄せる道順の目標でした。

では、千倉は南田広市をどこに呼びつけたのでしょうか。あなたは二度目に尾鷲へ行ったとき、海岸通りにある『報国生命保険株式会社尾鷲営業所』の看板が近所の看板よりも埃がなく、きれいだったことに気がついたでしょう。ぼくも最初に行ったときに、それに気がついたんです。つまり、その看板のきれいな理由は、一度そこから移動されていたことを思わせたんです。どこに移動したのでしょうか。言うまでもありません。報国生命保険の看板は、柳原旅館の近くの家に掲げられたんです。それも南田広市が訪ねてくる晩だけでした。そうです、南田広市は、柳原旅館に近い所に報国生命保険営業所があるから、同旅館を目印にしてそこに来るようにという、千倉の誘いにのせられたのです。そして、南田が殺されると、その看板は多分夜の明けないうちに元の所に返されたのでしょう。

問題の兇行場所は、北原商事の二階だったのです。あなたも気にしていた通り、あの近所は全部旧い家ばかりで、商店も土地の人ばかりです。だが、あの北原商事というの来ています。社宅は別にありますし、社員たちも通いです。つまり、店は旧いが、中身はもちろん前からあるのですが、そこにはいつも他所《よそ》の人間が出張所長として赴任して来ています。社宅は別にありますし、社員たちも通いです。つまり、店は旧いが、中身の人間には交替があったというわけです。ぼくは、そのことに眼をつけたが、あなたは気がつかなかった。外観だけで騙《だま》されていたんです。そして、北原商事というのは、実はこれも報国生命保険が融資関係で、営業権を握っていたのです。

この辺をくどくど言うと長くなりますが、要するに、それを知った千倉練太郎が、その二階に南田広市をおびき寄せたのです。このとき千倉練太郎は、報国生命の実力者秋芳の紹介状を持っていたものですから、尾鷲出張所もそこを千倉の潜伏場所として提供していたのです。夜は社員がみんな帰ってしまいます。千倉が二階に来て、宿直もなくなりました。

南田広市は、その晩だけ掛けられた看板を見て、その家がてっきり報国生命保険の営業所だと思って、怪しみもせず入り、千倉と面会したのですが、ここで南田は千倉のために、不意を突かれて絞殺されました。年は取っても千倉は力の強い男でした。あなたも千倉を見ているから、そのことがうなずけるでしょう。

昼間は普通の通り、階下に北原商事の人間が出勤して執務をします。しかし、二階は所長の意を含んで、誰も来ないようにしてありますから、千倉も南田の死体を押入れの中に蔵《しま》って暮らしていても、平気だったわけです。

千倉も南田は殺したが、死体の処置には困りました。彼は電報を打って東京から秋芳の手下を呼んだのです。例の湯島の旅館でテープに声を盗み取りされた若いほうです。この男が尾鷲に着くまで、殺害後二日間かかっているので、南田広市の死体がその間放置されることになりました。この男は尾鷲に来て千倉の手伝いをさせられて、死体発送をしたわけです。

死体を包んだ蒲団は若い男が尾鷲から連絡を受けて、また秋芳夫人から自家用車を借り、布田不動産にあったものを乗せて東京から現地に行ったのです。すでにお察しでしょうが「布田不動産」は彼らのアジトで、千倉が潜伏している間は、連絡場所でもあったわけです。辺鄙なところでこんな商売をしていれば、目につかぬと思ったからでしょう。だから、商売は素人だし、事実、やる気もなかったので、近くの「武蔵野不動産」にバカにされていたのです。そんな具合で、現地の警察では、蒲団の出所がどうしても分からなかったわけです。これを駅に出したのも秋芳の自家用車ですから、尾鷲署で管内の営業所を調べても無駄だったのです。

千倉がなぜ南田広市を殺したか。この答は簡単です。つまり、秋芳派の内命を受けて千倉を消そうとかかったのが南田だったからです。南田はまた連絡に出していた、自家の女中が、千倉に犯されたのに怒っていました。女を連絡に使えば、目立たなくていいと思ったのが災いしたのです。それと察した千倉は、先手を打って女中を殺し、さらに南田を誘い出して殺し、自分が殺人犯人になることによって、逆に秋芳に脅威を与えたわけです。

ところで、南田菊子は父親の殺害されたことを知って、うすうす裏の事情が分かっていたものですから、布田の祥雲寺に隠れている千倉練太郎を訪ねてゆくと、これも逆に千倉に殺され、例の坊主悦雲も千倉に脅迫され（説教行のことでお前も共犯だと脅かされたのかもしれない）、あの不動産屋に菊子の死体を棄てに行く手伝いをさせられたわけです。坊主の悦雲は後難をおそれて、雲水になり、寺から遁げてしまいました。悦雲が千倉練太郎と関係を持つようになったのは、寺の隣の家に入ったときからはじまります。老獪《ろうかい》な千倉練太郎は、自分の逃走路に「寺」を考え、ひそかに悦雲を抱きこんでいたのです。悦雲は金をしこたま千倉から貰っていたでしょうから、どうにもならない羽目におちこんだわけです。

この面倒な事件の起こりは、千倉練太郎が南田のところから世話役として送りこまれた女中の照子に手をつけ、そのことの縺《もつ》れから彼女を殺害し、同時に秋芳を恐怖させたことです。あなたは、千倉の例の隠れ家に若い男がいて、そこへときどき女が会いに来たという噂を聞いたはずですが、あれは目撃者の誤りで、若い男は、実は昼間の連絡のときにだけ女事務員として不動産屋にいたのでその女装で帰るのを間違ったのです。布田不動産の「女事務員」が、変にギスギスしていたのに気がつきませんでしたか。彼女の髪が短く、いわゆるボーイッシュだったこと、また、近所の人が暗い家の中で見ている、千倉の家の若者の髪が、長く伸びていたことを思い合わせて下さい。実は、この男が夜間に連絡先の「布田不動産」から帰る姿を見て、目撃者は女が忍び逢いに来たと思い違いをしたのです。不動産屋が駅の近くにあったので、あたかも、布田駅から下りて来たようにも錯覚されたのです。

彼は照子が消されたあとの連絡をつとめていたのですが、同時に千倉を殺す機会を狙っていたのです。(録音の声参照)

もっとも、彼が不動産屋に「女事務員」として居たのは、連絡の必要のときだけで、ふだんは「若い男」になって千倉老人と居たのです。彼は、不動産屋のおやじになった、秋芳派末端の暴力団のボスの「愛人」でもあったわけです。

この男が千倉のもとに付けられたのは、照子が殺害されたあとからなのですが、その前も引越しの手伝いをしたり、ときどき様子を見に行ったりして、ずっと千倉の息子のふりをしていました。照子は、おそらく、数回しか千倉のもとには通わなかったでしょう。それは、彼女の持っていた回数券の使用枚数でも分かります。つまり、南田のもとから、その回数券を使って千倉のところに連絡にいっていたわけです。むろん、回数券は、例の教会から南田が貰ったものを、照子に与えたものです。

照子は僅かしか千倉のところに通わなかったので、近所の人の眼にはふれなかったと思います。それよりももっと長くいた女のような若い男のほうが、近所の人に気づかれたわけです。それに、照子は千倉の隠れ家から南田の家に帰るときは、夜間を択んでこっそり脱け出していたので、あの辺の早寝の近所は全く気づかなかったのです。

千倉の隠れ家といえば、彼が布田に移ってくる前は、都内の某所だったと思います。

女中の照子は可哀想でした。彼女は秋野村の不幸な農家に育ち、ついにはその最期さえも、南田が出した手切金で仲の悪い家族から見放されてしまいました。ぼくは、あなたが貧乏な村に新しい農家が建築されていると何気なしに話したときに、これだと思いました。そして調べに行って、はっきりと南田の女中の線が出て来たのです。あとはすらすらと調査が進みましたよ。不幸にして照子は普通の水死体と判断され、土地の警察がプランクトンを調べなかったのが解決を遅らせました。

今にして思えば、テープの声の殺人相談は千倉練太郎についてだったのです。彼らは千倉を殺すぐらい何でもないが、その死体処置を相談していたのです。むろん、千倉のあまりの横暴に耐えかねた秋芳の意図を体しての計画だったと思います。

四月七日の旅館からの帰り、不動産屋のおやじになった男が、たまたま他に用事があって秋葉原駅で降りたために、すっかり、われわれの推理をくるわせることになりました。

殺された照子が、京王帝都電鉄の回数券をスーツの胸ポケットの中に忍ばせてあったのが、犯人や死体運搬の誰もそれに気づかず、あなたやぼくに不審の手がかりを与えたのは、死者の霊が残っていたのかもしれません。

秋芳の内命をうけた南田は、南紀州を回る区議視察団の一員となったのを幸いに、千倉練太郎に内密に連絡をつけました。千倉は南田に、尾鷲の潜伏先を知らせたのですが、もちろん十分警戒していたので、目標のトリックを作りました。それが「柳原旅館」です。

皮肉なことに、刺客の南田は、老いたりとはいえ膂力《りょりょく》のある千倉に逆に殺される始末になりました。

その結果千倉練太郎は、またまた秋芳というこの上ない庇護と資金網の中で、十分に泳ぎまわることが出来ました。彼が殺人を犯せば、皮肉なことに秋芳はいよいよ彼を隠さなければならない羽目になりました。いわば、千倉は秋芳というこの上ない隠れ蓑《みの》を着て犯行が出来たわけです。逃走も、潜伏場所も、そしてそれに必要な資金も、結果的には秋芳が出資してくれたということになりましょう。千倉が容易にシッポを出さなかったのは、ひとえにその隠れ蓑的な組織のお蔭です。

秋芳夫人の方も、夫に先んじて教会組織にいち早く避難していました。資金の一部は、そこから出ていたとみられるふしもあります。

最後に、では、なぜ、ぼくがあなたを出し抜いて独りで調査をしたかというんですか。

いや、それはぼくの初めからの目的だったんですよ、有体《ありてい》に言えば、ぼくは秋芳武治に会い、ぼくの書いた原稿を読ませ、それと引替えに秋芳から相当な「謝礼」を貰いました。この原稿の取引には、あなたの雑誌の名前をちょっぴり利用させてもらいました。幾ら取ったかとおっしゃるんですか。まあ、それは言わぬが花でしょう。少なくとも、ぼくがあなたと一緒に二カ月間動き回った日当の数百倍にはなりましたよ。

もっと書きたいのですが、ぼくは遠い旅行に出なければならないので、その時間が迫りました。絵解きをするのに時間切れとなったのは残念です。おそらく、もう二度とあなたにお目にかかることはないでしょう。いや、あるいはまた、ひょっこり数年後に新宿あたりでお会いするかも分かりませんね。そのときは、お互いにニヤニヤ笑って、ビールの一本でも飲み合いましょう。

巨匠久間監督によろしく。

あなたの活躍の結果による、精密なスクープ記事が、雑誌を飾る日を待ちながら。

葉」

宮脇平助殿

解説　清張地獄

みうらじゅん

松本清張を深く味わうためには先ず、既婚者であることが条件だ。

そして、人生の中で何度も〝それしか〟考えられなくなった経験を持っていること。

それが、より追い込まれた主人公（または犯人）の心境に近づくことになるのである。

〝それしか〟とは、それ以外のことが全く考えられない状況。この世の中で自分だけがそのことについて深く悩んでいると思い込んでいる時間の長さを指す。

既婚者でなければならない理由の一つに〝不倫〟がある。既婚者の場合、家庭外の恋愛は全て不倫。いくら愛し合ってると言い張っても不倫は不倫。いずれ地獄を見ることになる。幸せとは人間一人に対し、一つ。それ以上、持ってる者は世間的にズルイということになっている。「いや、家庭はちっとも幸せではない」と、主張しても結婚式の時、牧師がカタコトの日本語で〝ソノ　スコヤカナルトキモ、ヤメルトキモ、ヨロコビノトキモ、カナシミノトキモ、トメルトキモ、マズシイトキモ、コレヲアイシ、コレヲタスケ、ソノイノチアルカギリ、マゴコロヲツクスコトヲチカイマスカ?〟と、聞いてきたではないか。それに対し「誓います」と、あなたは言った。牧師にではなく、牧師や参列者を通して神に誓ったわけだ。当然、神を裏切ると罰が下る。それは松本清張の小説の結末と同じ。「他にもっと悪い奴はいるじゃないか」と、あなたは小心者でちょっとした浮気心だと主張したいが許してはくれない。問題なのは日頃から気にしてる小心者である自分。ちっとも幸せじゃないという家庭であっても、それを壊したくない。出来れば〝それしか〟考えられない時が静かに通り過ぎ、いずれいつも通りの生活に戻るだろうと望んでいるところに〝隙〟が出来るのである。

既婚者でない者の恋愛は別れの時、互いが傷つくことを前提に進行するが、不倫は相手が未婚である場合「あなただけズルイわ」って、ことになる。「オレだって辛いんだ」などと言ってみても「私の悲しみに比べれば」が出れば黙るしかない。松本清張はそんな衆合《しゅうごう》地獄をさらに引き下げ、地下三百六十万キロの最深部にあるという〝阿鼻《あび》地獄〟に落すべく女のセリフを付け加えてみせる。

「妊娠しちゃった」、である。

これを切り出された時、不倫者は〝それだけ〟しか考えられなくなる。今までちっとも幸せじゃないと思ってた家庭が突然、極楽のように思え、いかにこの最悪の状況を回避し幸せを取り戻せるか？〝それしか〟考えられなくなるのである。女はさらに続ける。

「あなたが何と言っても、私は産むから」

小心者で、今まで揉めごとは出来る限り避けて生きてきた。今回だって、初めに誘ってきたのはこの女の方だ。そもそもこの女に恋愛感情なんて持ってなかったんだ。すぐに別れられるもんだと思ってた。それがズルズルと。それが今、人生最大の危機を迎えている。〝こいつさえいなくなれば……〟もう一度、幸せがやり直せる。自由の身に成れるんだ。その時、不倫者の頭に過るのは〝殺意〟。それしか考えられなくなった男の末路だ。

僕は松本清張の小説（または映像）を、推理や社会派として見てこなかった。その根底に流れる人間の煩悩。分っちゃいるけどやめられない肉欲や、他人と比較しないと今いる自分の位置が確かめられない人間の弱さや、〝幸せ〟という人間が生み出した幻想を追い求めてしまう虚しさなど。これら全てがまるで反仏教のように展開するストーリーにゾクゾク、時にはワクワクしてきた。

本書『不安な演奏』は何と、煩悩渦巻くラブホテルでの録音テープから幕を開ける。たぶんこの時代はラブホなどというライトな呼び方ではなく〝旅荘〟、または〝連れ込み宿〟であろうが、その方が後ろめたい秘めごとにはしっくりくる。フツーの旅館と違って仲居は宿泊客の顔は見ないのが礼儀。しかし、事件の発端は男同士の客。珍らしい盗み録りから意外な方向に話はどんどん進展していく。特に既婚者であれば、そんな後

ろめたい現場は何度か訪れたこともあるだろう。録音機を仕掛けられ、今ならＹｏｕＴｕｂｅで流されるかも知れない。それが原因となり、今ある地位や家庭が崩壊する可能性だってある。なのにあなたはラブホに行くの？　これも全て〝それしか〟考えられないからである。この場合の〝それしか〟とは肉欲。

　松本清張の小説のおもしろさは連れ込み宿から一気に場面が日本全国に飛ぶところである。今回は新潟だった。それも市内ではなく、柏崎。当時、市内から電車でどれくらいかかったのだろう？　寺泊から出雲崎、その先が柏崎。特に冬場は荒狂う日本海と豪雪であった。

　僕は数年前、松本清張の小説の現場を訪れるブームがあってその柏崎に行ってみたことがある。そしてこの『不安な演奏』に出てくる映画監督久間隆一郎が泊った〝青海荘ホテル〟を捜

し出した。まるで自分も小説の中にいるような不思議な気持ちがして、旅館の方に尋ねると「取材旅行で一度、清張さんもお見えになってます」と、おっしゃった。実際の名称は〝蒼海ホテル〟、僕は何度も旅館の前でシャッターを切った。

そこから少し行ったところが〝海につき出た米山峠の北の端の海岸が鯨波になり、南の端が椎谷になる〟。小説と同じでドキドキワクワクしたもんだ。

それから現場は甲府、東海道、尾鷲、そして九州と飛ぶ。小さな連れ込み宿の部屋から始まったストーリーがまるで主人公・宮脇平助と旅してるように広がっていく。布田での教会のくだりは戦後、実際の事件がベースとなった小説『黒い福音』での、スチュワーデス殺しの臭いがプンプンするし、選挙違反にまつわる殺人は、これも戦後まもない怪事件・国鉄総裁が轢死した〝下山国鉄総裁謀殺論〟（文春文庫『日本の黒い霧』㊤に収録）が基盤になっている気がした。

松本清張の小説のおもしろさは単なる推理ではなく、清張さんの中で湧き起った〝霧〟的マイブームが小説の中にたくさん盛り込まれているところ。それは最初バラバラで起った出来事が、途中から絶対不可欠の説得力を持って結びついていく。点と線。正しくそのタイトルが清張さんの骨頂なのだ。

（イラストレーターなど）

＊本作品には今日からすると差別的表現ないしは差別的表現ととられかねない箇所があります。しかし、お読みいただければわかるように、作者は差別に対して強い憤りを持ち、それが創作の原動力にもなっています。その時代の抱えた問題を理解するためにも、こうした表現は安易に変えることはできないと考えます。また、作者は故人でもあります。読者諸賢が本作品を注意深い態度でお読み下さるよう、お願いする次第です。
　また、文中の役職、組織名、地名その他の表記は、執筆当時のものとなっています。

文春文庫編集部

初出　週刊文春
一九六一年三月十三日号〜十二月二十五日号

この本は、一九七六年七月に刊行された文春文庫の新装版です。
DTP制作　ジェイ　エスキューブ

文春文庫

不《ふ》安《あん》な演《えん》奏《そう》

定価はカバーに
表示してあります

2012年12月10日　新装版第1刷
2025年6月10日　　　　第4刷

著　者　松《まつ》本《もと》清張《せいちよう》
発行者　大沼貴之
発行所　株式会社 文藝春秋

東京都千代田区紀尾井町3-23　〒102-8008
TEL　03・3265・1211(代)
文藝春秋ホームページ　https://www.bunshun.co.jp

落丁、乱丁本は、お手数ですが小社製作部宛お送り下さい。送料小社負担でお取替致します。

印刷製本・TOPPANクロレ
Printed in Japan
ISBN978-4-16-769732-7

（　）内は解説者。品切の節はご容赦下さい。

松本清張
神々の乱心（上下）
昭和八年、「月辰会研究所」から出てきた女官が自殺した。不審の念を強める特高係長と、遺品の謎を追う華族の次男坊。やがて遊水池から、二つの死体が……。渾身の未完の大作千七百枚。
ま-1-85

松本清張
宮部みゆき　責任編集
松本清張傑作短篇コレクション（全三冊）
松本清張の大ファンを自認する宮部みゆきが、清張の傑作短篇を腕によりをかけてセレクション。究極の清張ワールドを堪能できる決定版。「地方紙を買う女」など全二十六作品を掲載。
ま-1-94

松本清張
日本の黒い霧（上下）
占領下の日本で次々に起きた怪事件。権力による圧迫で真相は封印されたが、その裏には米国・GHQによる恐るべき謀略があった。一大論議を呼んだ衝撃のノンフィクション。（半藤一利）
ま-1-97

松本清張
昭和史発掘　全九巻
厖大な未発表資料と綿密な取材で、昭和の日本を揺るがした諸事件の真相を明らかにした記念碑的作品。「芥川龍之介の死」「五・一五事件」「天皇機関説」から、「二・二六事件」の全貌まで。
ま-1-99

松本清張
事故　別冊黒い画集(1)
村の断崖で発見された血まみれの死体。五日前の東京のトラック事故。事件と事故をつなぐものは？　併録の「熱い空気」はTVドラマ「家政婦は見た！」第一回の原作。（酒井順子）
ま-1-109

松本清張
火の路　長篇ミステリー傑作選（上下）
女性古代史学者・通子は、飛鳥で殺傷事件に巻きこまれる。考古学会に渦巻く対立と怨念を背景に、飛鳥文化とペルシャ文明との繋がりを推理する壮大な古代史ミステリー。（森　浩一）
ま-1-117

松本清張
波の塔　長篇ミステリー傑作選（上下）
中央省庁の汚職事件を捜査する若き検事は一人の女性と恋に落ちる。だが捜査の中で、彼女が被疑者の妻であることを知る。現代社会の悪に阻まれる悲恋を描くサスペンス。（西木正明）
ま-1-121

（　）内は解説者。品切の節はご容赦下さい。

赤川次郎
赤川次郎クラシックス
幽霊列車
山間の温泉町へ向う列車から八人の乗客が蒸発。中年警部・宇野は推理マニアの女子大生・永井夕子と謎を追う——。オール讀物推理小説新人賞受賞作を含む記念碑的作品集。（山前　譲）
あ-1-39

赤川次郎
マリオネットの罠
私はガラスの人形と呼ばれていた——。森の館に幽閉された美少女、都会の空白に起こる連続殺人。複雑に絡み合った人間の欲望を鮮やかに描いた、赤川次郎の処女長篇。（権田萬治）
あ-1-27

麻生　幾
観月
消された「第一容疑者」
大分の城下町で善良な市民が殺された。必死に犯人を追う警察だったが、同時期に東京で起きた殺人との関連が指摘され事態は急変する。「日本警察のタブー」に切り込む圧巻の警察小説。
あ-38-2

有栖川有栖
火村英生に捧げる犯罪
臨床犯罪学者・火村英生のもとに送られてきた犯罪予告めいたファックス。術策の小さな綻びから犯罪が露呈する表題作他、哀切でエレガントな珠玉の作品が並ぶ人気シリーズ。（柄刀　一）
あ-59-1

有栖川有栖
菩提樹荘の殺人
少年犯罪、お笑い芸人の野望、学生時代の火村英生の名推理、アンチエイジングのカリスマの怪事件とアリスの悲恋。「若さ」をモチーフにした人気シリーズ作品集。（円堂都司昭）
あ-59-2

阿部智里
発現
「おかしなものが見える」心の病に苦しむ兄を気遣う大学生のさつき。しかし自分の眼にも、少女と彼岸花が映り始め——「八咫烏シリーズ」著者が放つ戦慄の物語。（対談・中島京子）
あ-65-8

天祢　涼
希望が死んだ夜に
14歳の少女が同級生殺害容疑で緊急逮捕された。少女は犯行を認めたが動機を全く語らない。彼女は何を隠しているのか？　捜査を進めると意外な真実が明らかになり……。（細谷正充）
あ-78-1

天祢　涼
あの子の殺人計画
母子家庭で育つ小学五年生の椎名きさらには、誰にも言えない「我が家の秘密」があった——。少年事件を得意とする仲田蛍巡査が真相に迫る、社会派ミステリーシリーズ第二弾。

あ-78-3

天祢　涼
葬式組曲
喧嘩別れした父の遺言、火葬を嫌がる遺族、息子の遺体が霊安室で消失……社員4名の北条葬儀社に、故人が遺した様々な〝謎〟が待ち受ける。葬式を題材にしたミステリー連作短編集。

あ-78-2

秋吉理香子
サイレンス
深雪は婚約者の俊亜貴と故郷の島を訪れるが、彼には秘密があった。結婚をして普通の幸せを手に入れたい深雪の運命が狂い始める。一気読み必至のサスペンス小説。（澤村伊智）
あ-80-1

彩坂美月
柘榴パズル
十九歳の美緒、とぼけた祖父、明るい母、冷静な兄、甘えん坊の妹。仲良し家族の和やかな日常に差す不気味な影——。繊細なコージーミステリにして大胆な本格推理連作集。（千街晶之）
あ-87-1

彩坂美月
double～彼岸荘の殺人～
少女の頃念動力で世間を騒がせて以来ひきこもる紗良を、ひなたは見守ってきた。富豪から「幽霊屋敷」の謎を解いて欲しいとの依頼が入る。そこには様々な超能力者と惨劇が待っていた！

あ-87-2

芦沢　央
カインは言わなかった
公演直前に失踪したダンサーと美しい画家の弟。代役として主役「カイン」に選ばれたルームメイト。芸術の神に魅入られた男と、なぶられ続けた魂。心が震える衝撃の結末。（角田光代）
あ-90-1

芦沢　央
汚れた手をそこで拭かない
平穏に夏休みを終えたい小学校教諭、元不倫相手を見返したい料理研究家。きっかけはほんの些細な秘密や欺瞞だった……。第164回直木賞候補作となった「最恐」ミステリ短編集。（彩瀬まる）
あ-90-2

石持浅海
殺し屋、やってます。
《650万円でその殺しを承ります》――コンサルティング会社を経営する富澤允。しかし彼には、殺し屋という裏の顔があった…。殺し屋が日常の謎を推理する異色の短編集。（細谷正充）
い-89-2

石持浅海
殺し屋、続けてます。
ひとりにつき650万円で始末してくれるビジネスライクな殺し屋、富澤允。そんな彼に、なんと商売敵が現れて――殺し屋が日常の謎を推理する異色のシリーズ第2弾。（吉田大助）
い-89-3

伊岡 瞬
赤い砂
男が電車に飛び込んだ。検分した鑑識係など3名も相次いで自殺する。刑事の永瀬が事件の真相を追う中、大手製薬会社に脅迫状が届いた。デビュー前に書かれていた、驚異の予言的小説。

い-107-2

内田康夫
氷雪の殺人
利尻富士で、不審死したひとりのエリート社員。あの日、利尻島にわたったのは誰だったのか。警察庁エリートの兄とともに謎を追う浅見光彦が巨大組織の正義と対峙する！（自作解説）
う-14-24

内田康夫
贄門島《にえもんじま》（上下）
二十一年前の父の遭難事件の謎を追う浅見光彦は、房総に浮かぶ美しい島を訪れる。連続失踪事件、贄送り伝説――因習に縛られた島の秘密に迫る浅見は生きて帰れるのか？（自作解説）
う-14-25

歌野晶午
葉桜の季節に君を想うということ
元私立探偵・成瀬将虎は、同じフィットネスクラブに通う愛子から霊感商法の調査を依頼された。その意外な顛末とは？　あらゆる賞を総なめにした現代ミステリーの最高傑作。

う-20-1

歌野晶午
春から夏、やがて冬
スーパーの保安責任者・平田は万引き犯の末永ますみを捕まえた。偶然の出会いは神の導きか、悪魔の罠か？　動き始めた運命の歯車が二人を究極の結末へと導いていく。（榎本正樹）
う-20-2

（　）内は解説者。品切の節はご容赦下さい。

冲方　丁
十二人の死にたい子どもたち
安楽死をするために集まった十二人の少年少女。全員一致で決を採り実行に移されるはずのところへ、謎の十三人目の死体が!?　彼らは推理と議論を重ねて実行を目指すが。（吉田伸子）
う-36-1

江戸川乱歩・湊　かなえ　編
江戸川乱歩傑作選　鏡
湊かなえ編の傑作選は、謎めくパズラー「湖畔亭事件」、ドンデン返し冴える「赤い部屋」他、挑戦的なミステリ作家・乱歩に焦点を当てる。（解題／新保博久・解説／湊　かなえ）
え-15-2

江戸川乱歩・辻村深月　編
江戸川乱歩傑作選　蟲
没後50年を記念する傑作選。辻村深月が厳選した妖しく恐ろしい名作。恋に破れた男の妄執を描く「蟲」。四肢を失った軍人と妻の関係を描く「芋虫」他全9編。（解題／新保博久・解説／辻村深月）
え-15-3

榎田ユウリ
この春、とうに死んでるあなたを探して
妻と別れ仕事にも疲れた矢口は中学の同級生・小日向と再会する。舞い込んできたのは恩師の死をめぐる謎——事故死か自殺か。切なくも温かいラストが胸を打つ、大人の青春ミステリ。
え-17-1

折原　一《いち》
異人たちの館
樹海で失踪した息子の伝記の執筆を母親から依頼された売れない作家・島崎の周辺で次々に変事が。五つの文体で書き分けられた目くるめく謎のモザイク。著者畢生の傑作！（小池啓介）
お-26-17

折原　一
傍聴者
複数の交際相手を騙し、殺害したとして起訴されている牧村花音。初公判の日、傍聴席から被告を見つめる四人の女がいた——。鮮やかなトリックが炸裂する、傑作ミステリ！（高橋ユキ）
お-26-20

大沢在昌
闇先案内人　（上下）
「逃がし屋」葛原に下った指令は、「日本に潜入した隣国の重要人物を生きて故国へ帰せ」。工作員、公安が入り乱れ、陰謀と裏切りが渦巻く中、壮絶な死闘が始まった。（吉田伸子）
お-32-3

大沢在昌
心では重すぎる（上下）
失踪した人気漫画家の行方を追う探偵・佐久間公の前に、謎の女子高生が立ちはだかる。渋谷を舞台に描く、社会の闇を炙り出す著者渾身の傑作長篇。新装版にて登場。（福井晴敏）
お-32-12

大沢在昌
冬芽の人
警視庁捜査一課に所属していた牧しずりは、捜査中の事故で亡くなった同僚の息子、岬人と出会う。彼がもたらしたものは事故の意外な情報。事件は再び動き始めるが……。（細谷正充）
お-32-14

恩田　陸
夏の名残りの薔薇
沢渡三姉妹が山奥のホテルで毎秋、開催する豪華なパーティ。不穏な雰囲気の中、関係者の変死事件が起きる。犯人は誰なのか、そもそもこの事件は真実なのか幻なのか――。（杉江松恋）
お-42-2

恩田　陸
木洩れ日に泳ぐ魚
アパートの一室で語り合う男女。過去を懐かしむ二人の言葉に、意外な真実が混じり始める。初夏の風、大きな柱時計、あの男の背中。心理戦が冴える舞台型ミステリー。（鴻上尚史）
お-42-3

大山誠一郎
赤い博物館
警視庁付属犯罪資料館の美人館長・緋色冴子が部下の寺田聡と共に、過去の事件の遺留品や資料を元に難事件に挑む。超ハイレベルで予測不能なトリック駆使のミステリー！（飯城勇三）
お-68-2

大山誠一郎
記憶の中の誘拐　赤い博物館
赤い博物館こと犯罪資料館に勤める緋色冴子。殺人や誘拐などの過去の事件の遺留品や資料を元に、未解決の難事件に挑む!?シリーズ第二弾。文庫オリジナルで登場。（佳多山大地）
お-68-3

織守きょうや
花束は毒
芳樹はかつての憧れの家庭教師・真壁が結婚を前に脅迫されていると知り、尻込みする彼にかわり探偵に調査を依頼する。気鋭のミステリ作家による衝撃の傑作長編！　未来屋小説大賞受賞。
お-82-1